〔瑞典〕大卫·拉格朗兹 著 颜湘如 译

MILLENNIUM·IV

蜘蛛网中的女孩

DET SOM INTE DÖDAR OSS

上海文艺出版社

图书在版编目(CIP)数据

蜘蛛网中的女孩/(瑞典)大卫·拉格朗兹著;颜湘如译.—上海:上海文艺出版社,2018
ISBN 978-7-5321-6670-1

Ⅰ.①蜘… Ⅱ.①大… ②颜… Ⅲ.①长篇小说-瑞典-现代 Ⅳ.①I532.45

中国版本图书馆CIP数据核字(2018)第079783号

DET SOM INTE DÖDAR OSS
Copyright © David Lagercrantz
First published by Norstedts, Sweden, in 2015
Published by agreement with Norstedts Agency.
Simplified Chinese edition copyright © 2018 by Shanghai 99 Readers' Culture Co., Ltd.
All rights reserved.

著作权合同登记号　图字:09-2018-307

责任编辑:秦　静
特约策划:邱小群　刘佳俊
封面设计:汪佳诗

蜘蛛网中的女孩

〔瑞典〕大卫·拉格朗兹　著
颜湘如　译

上海文艺出版社出版、发行
地址:上海绍兴路74号
新华书店经销　上海利丰雅高印刷有限公司印刷
开本890×1240　1/32　印张12　字数330,000
2018年10月第1版　2018年10月第1次印刷
ISBN 978-7-5321-6670-1/I·5316　定价:59.90元

目录

1	楔　子
3	第一部　监视之眼
129	第二部　记忆的迷宫
297	第三部　不对称的问题
379	致谢

楔子
一年前

　　故事从一个梦开始,但不是特别惊奇难忘的梦,只是在伦达路公寓的某个房间里,有一只手不停地、有规律地击打着床垫。

　　从梦中醒来的莉丝·莎兰德还是在熹微的晨光中下了床,坐到计算机前面开始搜寻。

第一部
监视之眼
十一月一日至十一月二十一日

美国国家安全局是隶属于国防部的联邦层级机关，总部位于马里兰州米德堡，帕塔克森高速公路旁。

自一九五二年成立以来，国安局一直对各样信息进行监控，近几年大多集中在网络和电话上。其权力一而再、再而三地扩张，如今二十四小时全天候监视的通话与信息数量已超过两百亿笔记录。

第一章
十一月初

法兰斯·鲍德向来认为自己是个不称职的父亲。

从前他几乎不曾试着承担起父亲的角色，如今儿子都八岁了，对这份工作他仍觉得不自在。但这是他职责所在，他是这么看的。孩子跟着前妻和她那个讨人厌的同居者拉瑟·卫斯曼同住，日子并不好过。

因此鲍德放弃了硅谷的工作，搭上飞机回家来，现在就站在阿兰达机场前等候出租车，几乎处于惊吓状态。天气恶劣到了极点，雨水像鞭子似的打在脸上，他已经自问不下一百次：这么做到底对不对？

像他这种完全以自我为中心的笨蛋竟然要当全职父亲，这念头多疯狂？他还不如到动物园去工作。他对小孩一无所知，大致说来，对人生也所知不多。最奇怪的是根本没人要他这么做。不管是孩子的母亲还是外婆都没有来找他，哀求他承担责任。

这是他自己做的决定。他打算挑战为时已久的监护权裁定，毫无预警地走进前妻住处带儿子奥格斯回家。到时肯定会陷入混乱局面，那个讨人厌的卫斯曼八成会狠狠揍他一顿。但他抛开这些念头上了出租车。司机是个女的，嘴里一边猛嚼口香糖，一边试图找话题和他闲聊。其实就算在鲍德心情较好的时候，她也不会成功，因为他天生不善聊天。

他坐在后座想着儿子和最近发生的一切事情。他辞去索利丰的工作并不完全是为了奥格斯，这甚至不是主要原因。他的生活一团乱。有一刻，他不禁怀疑自己到底知不知道在招惹什么麻烦。当出租车驶进瓦萨区，他感觉全身血液仿佛都流干了，但已经无法回头。

到达托尔斯路后，他付了车钱，拿起行李放在紧邻大门内侧的地方，只带一只空行李箱上楼。箱子是他在旧金山国际机场买的，其外壳图案是一张色彩缤纷的世界地图。他站在公寓门外，大口喘息，双眼紧闭，想象着所有可能发生的打斗与尖叫情节，同时心想：说真的，这也怪不得他们。有谁会这么突如其来地上门，强行将小孩带离家中？更遑论是个一直以来只管把钱汇入银行账户的父亲。但现在情况紧急，因此他压制住逃跑的冲动，咬紧牙根按下门铃。

起初毫无动静，随后门猛然打开，出现的是卫斯曼。他有双锐利的蓝眼睛、壮硕厚实的胸膛和两只巨大拳头，仿佛天生就有伤害人的本钱，所以他在银幕上才会老演坏蛋，只不过鲍德深信：他演过的角色没有一个像真实生活中的他这么可恶。

"天哪，"卫斯曼喊道，"看看这是谁大驾光临啦！是我们的天才先生啊！"

"我来接奥格斯。"鲍德说。

"你来干吗？"

"我要把他接走，卫斯曼。"

"你在开玩笑吧？"

"我从来没有这么认真过。"他正想解释，只见汉娜从左侧另一头的房间走出来。的确，她已不似昔日貌美如花，因为经历了太多不愉快，抽烟抽得凶，而酗酒恐怕也是原因之一。然而他还是意外地涌上一股激动情绪，尤其是看到她喉咙的一处瘀青。在这种情形下，她似乎仍想说几句欢迎的话，却始终没有机会开口。

"你怎么忽然间关心起孩子来了？"卫斯曼问道。

"因为奥格斯受的苦够多了，他需要一个安定的家。"

"你以为你这怪胎有能力提供吗？你除了盯着计算机，什么时候做过其他事情？"

"我改变了。"他觉得可悲，因为他也怀疑自己是否真有任何改变。

眼看卫斯曼移动庞大身躯、带着郁积的怒气走上前来，鲍德不由打了个寒噤。万一这疯子发起疯来，他绝对无力抵抗，这是再清楚不过了。打一开始，这根本就是个疯狂的想法。但说来奇怪，卫斯曼没有发作、没有大吵大闹,只是阴阴一笑说道:"那可真是太好了!"

"什么意思?"

"时候也差不多了,不是吗,汉娜?大忙人先生终于展现出一点责任感,太好了!"卫斯曼边说边夸张地鼓掌。事后回想起来,这是最让鲍德感到震惊的:他们竟如此轻易便放手让孩子离开。

也许奥格斯对他们而言只是负担。真相难以断定。汉娜朝鲍德瞄了几眼,看不出眼神中的含义,而且她双手发抖、紧咬着牙,却几乎没问什么问题。她本该不断追问他、向他提出千百个要求与警告,并担心孩子的作息被打乱才对,不料她只说:

"你真的要这么做吗?你应付得来吗?"

"我是认真的。"他说。接着他们进到奥格斯的房间。鲍德已经一年多没见到他,很羞愧自己竟忍心抛弃这样一个小男孩。他是那么秀气可爱,一头浓密鬈发搭配细瘦身躯和一双严肃的蓝眼睛,格外引人注目。他的两眼直盯着一幅巨大的帆船拼图,身体姿态似乎在大喊着"别吵我"。鲍德慢慢走向他,就像在接近一头无法预料的未知生物。

没想到他到底还是成功地让孩子牵着他的手,随他走进走廊。他永远忘不了这一刻。奥格斯在想什么?他觉得当下是什么状况?他既没有抬头看他也没有看母亲,对于他们频频挥手道别当然更是视若无睹。他只是跟着鲍德走进电梯,就这么简单。

奥格斯患有自闭症,也很可能智力不足,不过医师还没有针对后者作出明确诊断,而且远远看去,任谁都可能觉得他天资聪颖。他精致的脸庞散发出一种庄严超然的神情,至少也像在表达他认为周遭的一切不值一哂。但若是细看,便会发现他有种深不可测的眼神。他至今尚未开口说过一句话。

这一点,他完全不符合所有医生在他两岁时作的预测。当时,医生都说奥格斯很可能是属于极少数没有学习障碍的自闭儿,只要给予密集的行为治疗,前景相当看好。不料事情的发展丝毫不如预期,鲍德既不知道对孩子的那些治疗照护与辅导,甚至对孩子学校教育后来的进展也一无所知,因为他逃到美国去过自己的日子了。

以前的他真傻。但现在他要偿还这笔债,要来照顾儿子。首先他调出儿子的病历记录,并打电话给各个专科医师与教育专家。一件事立刻真相大白:一直以来他寄去的钱都没有用在奥格斯身上,而是一点一滴都花在其他方面,十有八九是被卫斯曼拿去挥霍和还赌债了。他们似乎任由孩子自生自灭,日复一日地重复他的强迫行为,说不定还更糟——这也是鲍德回国的原因。

曾有一位心理医师来电,对奥格斯的手脚、胸部与肩膀上布满不明瘀伤表达关切。据汉娜说,那是因为儿子突然发作,前后剧烈晃动才受的伤。第二天鲍德便亲眼目睹了一次,吓得手足无措。但他心想,这无法解释那么大面积又深浅不一的瘀痕。

他怀疑是家暴,便向一位家医科医师和一位与他有私交的退役警员求助。尽管他们无法证实他的忧虑是否为真,他却愈来愈气愤,着手准备寄发一连串正式信函并提出种种报告,忙到几乎把儿子都抛到脑后了。鲍德发觉要忘记他很容易。鲍德在索茨霍巴根的家里替儿子准备了一个房间。大部分时候,奥格斯都坐在这个房间的地板上玩一些超高难度的拼图,把数以百计的小图片拼接起来,最后再全部打散,从头再来。

起初鲍德会盯着他看得入迷,就像在欣赏伟大的艺术家工作,有时候还会突然幻想儿子可能随时抬起双眼,说出一句成熟的话。但奥格斯一个字也没蹦出来过。就算拼图拼到一半,他抬起头来,目光也是直穿过他父亲,望向俯临大海与海面上粼粼波光的窗子,到最后鲍德也只得任由他去。他几乎不带儿子出门,就连屋外的院子也不去。

依法而言,他并没有监护权,在想出办法解决之前,他不想冒任何风险。所以,买菜、煮饭、打扫,都由帮佣萝蒂·拉丝珂负责。鲍德对于这类事情一窍不通。他很多事情都不在行,只熟悉计算机与算法,因此也就更沉迷其中了。夜里,还是和在加州时一样睡不好。

眼看官司诉讼与风暴迫在眉睫,他每晚都会喝掉一瓶红酒,通常是阿玛罗尼,虽然能暂时得到舒缓,长期下去恐怕也没什么作用。他开始觉得状况愈来愈糟,并不时幻想自己化成一缕烟消失不见,或是离开这里到一个荒凉偏僻、不宜居住的地方去。没想到十一月的某个星期六,发生了一件事。那天晚上很冷,风又很大,他和奥格斯走在索德马尔姆区的环城大道上,冻得半死。

他们到法拉·沙丽芙位于辛肯路的家里吃饭。奥格斯早该上床睡觉了,但那顿饭吃到很晚,鲍德倾吐了太多心事。沙丽芙对人就是有这种魔力。鲍德是在伦敦皇家学院念信息科学时认识她的,如今沙丽芙是瑞典国内极少数水平与他不相上下的人之一,而且也是极少数能大致理解他想法的人之一。能遇到一个有共鸣的人,让他松了好大一口气。

他也觉得她很有魅力,但经过多次尝试,却始终打动不了她。鲍德一向不太擅长追求异性。不料这回他们的道别拥抱差点就变成吻别,可以说是往前跨了一大步。和奥格斯经过辛肯斯达姆运动中心时,他还在回味那一刻。也许下次应该请个钟点保姆,然后说不定……谁知道呢?一段距离外有条狗在吠,接着有个女人的声音冲着狗大喊,听不出她是怒是喜。他望向霍恩斯路口——那里可以拦出租车,也可以搭地铁到斯鲁森。感觉好像会下雨。到达路口时红灯亮起,马路对面站了一个四十来岁、神情疲惫不堪的男人,看着有些眼熟。

就在这一刻,鲍德牵起了奥格斯的手,他只是想让儿子乖乖待在人行道上,但立刻就感觉到奥格斯的手紧绷起来,仿佛对什么东西起了强烈反应。他的眼神专注而清澈,就好像一直以来蒙住眼睛的薄纱被某种神奇的力量掀开来。此时奥格斯不再凝视自己内在的复杂心思,反而像是看穿那个路口格外深远而重大的一面。因此绿灯亮了,鲍德也不予理会,只是让儿子站在原地凝神注视眼前景象。不知为何他竟满心激动,连自己都觉得奇怪。那不过就是一个眼神,何况还不是特别开朗或欢欣的那种。但这眼神扰动了他一部分沉睡已久的记忆,让他隐隐约约想起什么。好久好久以来,他第一次感觉到希望。

第二章

十一月二十日

麦可·布隆维斯特只睡了几个小时,因为熬夜看伊丽莎白·乔治[①]的推理小说。这么做其实并不明智。当天早上稍晚,赛纳传播的报业权威欧佛·雷文将要为《千禧年》杂志主持一个策略研讨会,布隆维斯特确实应该好好休息备战。

但他无意保持理智。好不容易才勉强自己起床,用优瑞咖啡机煮了一杯浓得不寻常的卡布奇诺。这台机器是不久前快递送到家里来的,里面还附了一张纸条:"依你说的,反正我也不会用。"如今它矗立在厨房里,像座美好时光的纪念碑。他与赠送者已完全断了联系。

最近他几乎提不起劲来工作,到了周末甚至考虑找点新鲜事来做。对布隆维斯特这种人来说,这可是相当极端的念头。《千禧年》一直是他的最爱、他的生命,他人生中最精彩、最戏剧化的事件也多半和杂志社有关。但没有什么是永恒的,或许连对《千禧年》的爱也不例外。再说,现在开一家专作调查报道的杂志社,时机也不对。凡是怀有远大抱负的出版业者无不面临失血过多的紧要关头,他不得不反省自己对《千禧年》抱持的愿景,站在更高的层面上看或许是美好而真实的,却不见得有助于杂志社的存活。他啜饮着咖啡走进客厅,看着窗外的骑士湾水域。外头正风雨大作。

原本秋老虎发威,让城里的露天餐厅与咖啡座持续营业到十月中下旬,但如今已转变成风强雨骤的天气,街上行人全都弯腰快走。布隆维斯特整个周末都待在家里,却不仅仅是天气的缘故。他一直在进行一个野心勃勃的复仇计划,偏偏一事无成,这可不像他——不管是

[①] 伊丽莎白·乔治(Elizabeth George,1949—),美国推理作家,她笔下的"林尼探长"系列大受欢迎,BBC 电视台曾改编成电视剧。

以前的他，还是后来的他。

他不是个甘居下风的人，而且不同于瑞典媒体圈无数大人物的是，他没有那种过度膨胀的自我需要一再地吹嘘安抚。另一方面，他也经历过几年的苦日子。还不到一个月前，财经记者威廉·柏格在赛纳旗下的《商业生活》杂志写了一篇文章，标题是《布隆维斯特的时代结束了》。

既然还有人写关于他的文章，说明他还受到关注，说明他的地位依然稳固。没有人会说这篇专栏文章写得好，或写得别出心裁，大家很快就会把它抛到脑后，因为这不过是一个心怀妒忌的同行的又一次出击。但不知为何这件事竟闹得沸沸扬扬，事后回想起来仍令人不解。一开始或许可以解释为一场针对新闻媒体的热烈论战，不料辩论却逐渐脱轨，虽然一些大报置身事外，社群媒体上却出现了各种漫骂。发动攻击的不只是财经记者和产业人士（如今敌人暂时变弱，他们当然有理由出手），还有一些较年轻的作家想趁此机会提高知名度。他们指出布隆维斯特既没有推特也没有脸书，根本就该被当成过时的老古董。还说只有他那个年代的人才会有大把时间可以根据自己的喜好，慢慢钻研那些落伍的怪书。也有人乘机凑热闹，发明一些好玩的标签，如"＃布隆维斯特时代"。全是一堆无聊废话，大概没有人比布隆维斯特更不在乎了——至少他这么说服自己。

自从札拉千科事件以来一直没有重大报道，而《千禧年》也的确陷入危机，这些事实对他当然不利。杂志有两万一千名订户，发行量还算可以，但因为广告所得剧减，又不再有畅销书的额外收入，加上股东海莉·范耶尔不愿再出资，所以董事会不顾布隆维斯特反对，同意挪威的赛纳报业王国买下百分之三十的股份。这事也没那么奇怪，至少乍看之下不奇怪。赛纳除了发行周刊和晚报之外，还拥有一个大型在线交友网站、两个付费电视频道和一支挪威顶级足球队，和《千禧年》之流的刊物理应扯不上一丝关系。

但是赛纳的代表们——尤其是出版品的负责人欧佛·雷文——一

再保证他们的集团需要一项声望卓著的产品,而且管理阶层的"每一个人"都很赞赏《千禧年》,一心希望让这份杂志照常运作。"我们不是为了赚钱!而是想做一点有意义的事。"雷文这么说,并立刻安排一笔可观的资金注入杂志社。

起初赛纳并未干涉编辑方面的事。一切运作如常,只是预算稍微多了些。一股新希望在编辑团队间蔓延开来,有时候连布隆维斯特都觉得自己终于有时间专注于新闻报道,无须再为财务烦恼。可是后来,差不多就在他开始受抨击那段时间,气氛变了,赛纳集团开始施压。布隆维斯特怀疑他们开始见缝插针,干涉杂志社事务。

雷文宣称杂志社当然应该继续保留深入追踪、深度报道、热切关注社会议题等特色,但也不一定非得清一色刊登关于财务舞弊、违法行为与政治丑闻的文章。据他说,写写上流社会、写写名人与首映会也可以是精彩的报道。他还兴致勃勃地谈论美国的《浮华世界》和《君子》杂志、盖伊·塔利兹与他的经典报道《法兰克·辛纳屈感冒了》,还有诺曼·梅勒、楚门·柯波帝、汤姆·沃尔夫这一大堆人[①]。

其实布隆维斯特对此毫无异议,至少暂时还没有。六个月前他自己也写过一篇关于狗仔文化的长文,只要能找到一个严肃的点切入,不管写什么无足轻重的主题,他大概都愿意。事实上,他总说要判断一篇报道的好坏,关键不在主题,而在记者的态度。没错,令他不满的是雷文话中有话:一场长期抗战式的攻击已经开始。对赛纳集团来说,《千禧年》就跟其他杂志一样,是他们可以为所欲为直到开始获利——并失去特色——为止的一份刊物。

因此星期五下午,一听说雷文请来一名顾问,还要求做几份消费者问卷调查,星期一进行分析报告,布隆维斯特直接就回家去了。好

---

① 这里提及的盖伊·塔利兹(Gay Talese, 1932—)、诺曼·梅勒(Norman Mailer, 1923—2007)、楚门·柯波帝(Truman Capote, 1924—1984)、汤姆·沃尔夫(Tom Wolfe, 1931—),均是撰写新闻报道的名家。而塔利兹所写的人物专题报道《法兰克·辛纳屈感冒了》更是广受好评,名列推动"新新闻主义"的经典作品之一。

长一段时间，他或是坐在桌前或是躺在床上，构思着各种慷慨激昂的讲稿，说明为何《千禧年》必须忠于自己的理想愿景：郊区里动乱纷起、有一个公然支持种族主义的政党进驻国会、人民心胸愈来愈褊狭、法西斯主义抬头、游民与乞丐随处可见。有太多地方让瑞典变成一个可耻的国家。他想出许多优雅崇高的字眼，幻想着凭自己如此中肯而又具说服力的口才，一次又一次征服人心。不止编辑团队，就连整个赛纳集团也将如大梦初醒，决定团结一致追随他的脚步。

然而头脑清醒后他便领悟了，如果没法从财务角度得到大家的信任，这些话就毫无分量。金钱万能、废话无用，简单说就是这样。最重要的就是杂志得维持下去，然后才能着手改变世界。他开始纳闷自己能不能设法弄到一个好题材。若有可能揭发重大新闻或许还能激励编辑团队的信心，让他们把雷文的问卷调查和预测全都抛到九霄云外。

布隆维斯特挖出了关于瑞典政府庇护札拉千科这桩阴谋的大独家新闻之后，俨然成了一块新闻磁铁，每天都会收到有关非法行为与可疑交易的爆料。老实说，这些大多都是垃圾，但偶尔——只是偶尔——也会冒出惊人的故事。一起普普通通的保险事件或是一桩不起眼的人口失踪案，背后可能隐藏着什么重大意义，谁也说不准，必须有条不紊、敞开心胸、细细检视，于是星期六早上，他就坐在电脑和笔记本前面，小心审阅手边所有的资料。

他一直看到下午五点，也的确发现了古怪之处，若早在十年前他肯定已经风风火火展开行动，但如今却激不起丝毫热情。这是老问题了，他比谁都清楚。在一个行业里待了二三十年，一切多半都摸熟了，就算理智上知道某条新闻应该可以写出一篇好报道，可能还是兴奋不起来。因此当又一阵冰雨狂扫过屋顶，他停下工作，改读起伊丽莎白·乔治的小说。

这不只是逃避心理，他这么说服自己。有时候当心思被另一件截然不同的事情占据，反而会蓦然冒出很棒的点子，一块块拼图可能会在瞬间拼凑到位。不过他并没有想到任何更有建设性的东西，只觉得应该多像这样优哉游哉地看些好书。到了气候更加恶劣的星期一早上,他已经很起劲地读了一本半乔治的小说,外加三本老早之前胡乱堆放在床头柜上的过期《纽约客》杂志。

此刻的他正端着卡布奇诺坐在客厅沙发上,望向窗外的暴风雨。他一直觉得又累又懒。过了好一会儿,他猛地站起身来,好像突然决定振作起来做点事情,随后穿上靴子和冬装外套出门去。外头简直就像人间地狱。

又冰又湿的强风猛烈吹打着,寒意彻骨。他匆匆走向霍恩斯路,铺展在眼前的这条路显得格外灰暗。整个索德马尔姆区仿佛都褪了色,空中甚至没有一小片鲜艳的秋叶飘飞。他低着头、双手抱在胸前继续前行,经过抹大拉的玛利亚教堂,朝斯鲁森走去,一直走到约特坡路后右转,然后照常钻进 Monki 服饰店和"印地戈"酒吧之间的大门,再爬上位于四楼的、绿色和平组织办公室正上方的杂志社。他在楼梯间就已经听到叽叽喳喳的说话声。

楼上人异常得多,除了编辑团队和几位主要的自由撰稿人,还有三个赛纳的人、两名顾问和雷文。雷文特地穿了较休闲的便服出席,看起来已经不像高层主管,还学会一些新用语,譬如开朗的一声"嗨"。

"嗨,麦可,一切还好吧?"

"这得看你了。"布隆维斯特回答,倒不是有意表现得不友善。

但他看得出来对方把这句话视为宣战,于是他僵硬地点点头,走进去坐下。办公室里的椅子已经排列得像个小礼堂。

雷文清清喉咙,紧张地朝布隆维斯特看去。这个明星记者刚才在门口还活像只斗鸡,此时却显得礼貌客气、颇有兴味,并没有想找人吵架的迹象。但雷文并未因此感到安心。很久以前,他和布隆维斯特都在《快递报》当过临时雇员,大多都是写些新闻快报和一大堆垃圾。但下班后在酒吧里,他们曾经梦想着独家新闻,曾经聊着自己绝不会满足于老套而又浅薄的东西，会贯彻始终深入挖掘。两人一聊就是几个小时。当时的他们年轻、胸怀壮志，想要全部一把抓，想要一步登天。有时候雷文还挺怀念那段日子，当然不是怀念那时的薪水、工作时数，或在酒吧里混日子、玩女人，而是梦想，他怀念梦想中蕴含的力量。有时他很渴望能再有那股冲劲，想要改变社会与新闻界，想要靠一支笔让世界停顿、强权低头。连他如此自命不凡的能人也不禁纳闷：那些梦想都到哪儿去了？

布隆维斯特的确一一实现了梦想，不只因为他揭发了时下几个大新闻，也因为他确实秉持着他们曾经幻想过的热忱与力量在写作。他从未屈服于统治阶级的压力或妥协而放弃自己的理想，反观雷文呢……不过，真正事业成功的人应该是他，不是吗？目前他的收入恐怕是布隆维斯特的十倍，这让他喜不自胜。挖出那些独家有什么用？也不能买栋好一点的乡下别墅，只能守着沙港岛上那间小破屋。拜托，那间小屋怎么能和坎城的新房子相比？根本没得比！没错，他选择的路才是正确的。

雷文没有浸在报社里努力苦干，而是到赛纳应征媒体分析师的工作，还和霍孔·赛纳本人培养出私人情谊，因而致富，人生也从此改变。如今他已是最资深的记者，负责管理好几家报社与频道，并乐在其中。他深爱权力、金钱和一切附带产物，却也不得不承认偶尔还是会梦想得到另一样东西，当然只是稍稍做个梦，但毕竟难免。他希望自己被视为优秀的作家，就像布隆维斯特，恐怕正因为如此他才会拼命鼓动集团收购《千禧年》的股份。有人私下告诉他杂志社的营运陷入困境，总编辑爱莉卡·贝叶（也是他一直偷偷爱慕的对象）又想留住最近招募到的新人苏菲·梅尔克和埃米·葛兰丹，除非有新的资金注入，否则不可能办到。

总之，雷文看到一个天外飞来的好机会，可以买下瑞典媒体界一个顶尖的大招牌。不料，赛纳高层——说得含蓄一点——不感兴趣，有人甚至抱怨说《千禧年》已经过时，又有点左倾，而且到最后往往会和重要的广告业者及业务伙伴闹翻。要不是雷文极力坚持，这计划可能就不了了之了。他是真的坚定。他主张道,就总体而言,投资《千禧年》不过是一笔微不足道的小钱,或许得不到可观利润,却能带来更大得多的收获,那就是信誉。此时此刻,赛纳历经了几次减产与裁员,名声已称不上最大资产。若能收购《千禧年》的股权,就表示赛纳集团终究还是在乎新闻媒体与言论自由,即使董事会对两者都不特别感兴趣,这一点却还是能听得明白,于是雷文的收购提议过关了。有好一段时间,看似是各方皆赢的结果。

赛纳得到好的宣传效果,《千禧年》保住了员工,还能专心致力于他们最擅长的事:经过仔细调查、用心撰写的报道。至于雷文则是笑得有如阳光般灿烂,甚至还在作家俱乐部加入一场辩论,用他平时的谦卑态度说道:"我相信道德事业。我一直都在为调查报道努力奋斗。"

没想到……他不愿去想。起先他对布隆维斯特受到的抨击并不特别在意。自从这位昔日同事一跃而上报道界的高空后,每当看见他受媒体奚落,雷文总是窃喜在心。但这回他的欣喜之情没有持续太久。赛纳的小儿子图勒瓦向来对记者说些什么不感兴趣,却注意到这次的骚动,这全是拜社群媒体大肆渲染所赐。而他确实热衷权势,也喜欢耍心机,事情发展至此让他发现得分的机会,至少可以好好挫一挫董事会那些老家伙的锐气。不久,他煽动了直到最近才开始关注这种芝麻绿豆小事的执行长,出面宣布不能让《千禧年》享有特别待遇,他们必须和集团的其他事业一样适应新时代。

雷文才刚信誓旦旦地向爱莉卡保证过,说他不会插手编辑事务,也许只会偶尔以"朋友兼顾问"的身份表示一点意见。如今他忽然觉得手脚被绑住了,好像被迫要在背后玩一些复杂计谋。他费尽心力让杂志社的爱莉卡、玛琳·艾瑞森和克里斯特·毛姆接受新政策,这政策的内容其实从来没有说清楚过——在慌乱状态下仓促生出来的东西,很少能说得清楚——但又多少得让《千禧年》更年轻化、商业化。

雷文很自然地一再强调,绝对不可能放弃杂志的灵魂与批判态度,其实他并不确定这么说是何意。他只知道要让董事们开心满意,就必须为杂志注入更多魅力,并减少针对行业进行的长远调查,因为这些举动可能惹恼广告业者,为董事会制造敌人。不过这些话他当然没有告诉爱莉卡。

他希望能避免不必要的冲突,此时站在编辑团队面前的他,特地花了心思穿得比平常随意。在总公司光鲜亮丽的西装配领带已成惯例,但他不想以这样的装扮刺激人,而是选择了牛仔裤、白衬衫和一件甚至不是开斯米材质的深蓝色 V 领套头毛衣。那头长鬈发向来是他展现叛逆的小噱头,今天也扎成马尾,就像电视上那些言辞犀利无比的记者。不过最重要的是他一开口就是谦逊的语气——上管理课时老师都是这么教的。

"大家好,"他说,"天气真是糟糕!以前我已经说过很多次,但仍乐于再重复一遍:我们赛纳能陪伴各位走这段旅程,真是无上的光荣,对我个人更是意义非凡。能为《千禧年》这样的杂志奉献心力,让我的工作更具意义,这让我想起自己进入这一行的初衷。麦可,你记不记得我们以前常常坐在剧院酒吧里,梦想着一起干一番轰轰烈烈的大事?当然,酒可也没少喝,哈哈!"

布隆维斯特似乎不记得了。但雷文没有这么好打发。

"放心吧,我不是想缅怀往事,也没有理由这么做。"他说道,"那时候,我们这个行业的银弹要多得多。光是为了报道一个鸟不生蛋的地方发生的小小命案,就会租用直升机、包下当地最豪华的旅馆一整层楼,事后还会买香槟庆功。你们知道吗?我第一次去国外出差前,向当时的外国特派员伍夫·尼尔森打听德国马克的兑换汇率。他说:'我也不知道,汇率都是我自己定的。'哈哈!所以当时我们常常给自己的费用灌水,你记得吗,麦可?那可能是我们最有创意的时期了。总而言之,我们要做的就只是尽快让东西印出来,反正怎么样都能卖得很好。但是今非昔比了,这大家都知道。我们如今面临激烈的竞争,现在报纸杂志想要赚钱可不容易,所以我认为今天应该稍微来谈谈未来的挑战。我绝不敢妄想能教各位什么,只是提供一点情况让大家讨论。我们赛纳委托人做了一些关于《千禧年》读者属性与大众观感的问卷调查,有些结果可能会让你们略感吃惊。但各位不该因此气馁,反而应该视为挑战,而且别忘了,现在外界环境正在发生完全失控的变化。"

雷文略一停顿,心中嘀咕着"完全失控"一词是否用错了?自己是否太努力想显得轻松而又有朝气?一开始用这种口气说话又是否过于戏谑,像在聊天?要是霍孔·赛纳就会说:"要说那些薪水超低的记者有多没幽默感就有多没幽默感。"但不会的,我会处理好,他暗下决心,我会让他们都站到我这边来!

约莫在雷文解释说所有人都有必要思考杂志社的"数字成熟度"时,布隆维斯特就已经放空了,所以他没听见雷文说年轻一代其实并不知道《千禧年》或麦可·布隆维斯特是谁。不巧的是,他就在这个时候觉得受够了,便走出去到茶水间,因此他也不知道那位挪威顾问阿朗·邬曼堂而皇之地说:"真可悲,他就那么怕被遗忘吗?"

但事实上,这是布隆维斯特此时最不在意的事。看到雷文似乎认为消费者问卷调查将能拯救他们,他很气愤,创造这份杂志的又不是那该死的市场分析,而是如火般的热情啊。《千禧年》之所以能走到今天,是因为他们将信念投入其中,投入到他们觉得正确而又重要的事中,而不是试图去猜测风向。他在茶水间里呆站了一会儿,心想不知爱莉卡要过多久才会来。

答案是大约两分钟。他试着从高跟鞋的声音估计她的生气程度。但等她站到他身旁时,却只沮丧地笑了笑。

"怎么了?"她问道。

"只是听不下去。"

"你应该知道你这样做会让人觉得超级尴尬吧?"

"知道。"

"我猜你应该也明白只要我们不点头,赛纳什么也做不了。掌控权还是在我们手上。"

"才怪。我们是他们的人质呀,小莉!你还不懂吗?要是不照他们的意思做,他们就会抽手,到时我们就只能光着屁股干坐在那里了。"他怒气冲冲地大声说道。见爱莉卡摇摇头嘘了一声,他才又放低声音说:"对不起,是我在闹脾气,不过我现在要回家了,我需要好好想想。"

"你最近的工作时数未免太短了。"

"我想我还有很多加班时数没补休完。"

"这倒也是。今晚想不想有人作伴?"

"不知道。我真的不知道,爱莉卡。"他说完便离开杂志社,走上约特坡路。

狂风冷雨吹打得他咒声连连,一度甚至想冲进口袋书店,再买一本英文侦探小说来逃避现实。不过最后他还是转进圣保罗街,就在经过右手边的寿司店时手机响了。本以为一定是爱莉卡,没想到是女儿佩妮拉,他这个父亲已经因为为女儿做得太少而心怀愧疚,她肯定是故意挑这最坏的时机来联络他。

"嗨,亲爱的。"他说道。

"什么声音那么吵?"

"应该是暴风雨的声音。"

"好啦,好啦,我很快就说完。我申请到毕斯科普斯阿诺学院的创意写作班了。"

"这么说你现在想当作家啰。"他的语气太刻薄,近乎讥讽,无论如何都对她不公平。

他本该说声恭喜,祝她好运就得了,只是佩妮拉这么多年来一直很不顺,老是在基督教派与课程之间跳来跳去,一事无成,如今又再次改变方向,实在让他感到筋疲力尽。

"我好像没有感受到一丁点的喜悦。"

"抱歉,佩妮拉,我今天的状况有点不好。"

"你的状况什么时候好过?"

"我只是觉得以目前的大环境看来,写作恐怕不是好的选择。我只是希望你能找到真正适合你的路。"

"我不会像你那样写一些无聊的新闻。"

"那你打算写些什么?"

"我要投入真的写作。"

他也没问什么叫真的写作,就说:"那好。你钱够用吗?"

"我在韦恩咖啡馆打工。"

"今晚要不要过来吃饭,我们可以谈谈?"

"爸,我没时间。只是跟你说一声。"她说完便挂断电话,尽管他试着正面看待她的热忱,却只是让心情更糟。他抄捷径穿越玛利亚广场和霍恩斯路,回到贝尔曼路的公寓。

有种好像刚刚离开的感觉。他甚至有种奇怪的感觉,像是失业了,即将展开新生活,到时会有大把大把的时间,不用再拼命工作。有那么一刹那,他想把房子打扫干净,因为杂志、书和衣服丢得到处都是。后来还是改变主意,从冰箱拿出两瓶比尔森啤酒,坐到客厅的沙发上,更清醒地把一切事情想透彻,尽量以体内有一点点啤酒时最清醒的状态思考。

接下来该怎么办?

他完全没概念,最令人担忧的是他无心战斗,反而异常认命,就好像《千禧年》正慢慢溜出他的兴趣范围。也该做点新鲜事了,不是吗?他自问道。随即想起凯莎·欧克丝丹,她是个相当迷人的人,他们偶尔会相约一块喝几杯。欧克丝丹是瑞典电视台《特派调查》节目的制作人,已经试图延揽他多年。不管她提出什么条件,也不管她如何郑重其事地保证全力支持、绝不干涉,他都不为所动。《千禧年》一直都是他的家、他的灵魂。可是现在……也许他应该抓住机会,也许"特派调查"的工作能让他重燃热情。

手机响了,他一度感到高兴,并暗自发誓:无论是爱莉卡还是佩妮拉,他都会心平气和认真倾听。结果都不是,未显示来电号码,因此他带着戒心接起。

"是麦可·布隆维斯特吗?"对方声音听起来很年轻。

"我是。"他说。

"你有时间谈谈吗?"

"可能有,如果你能自我介绍一下。"

"我叫李纳斯·布兰岱。"

"好,李纳斯,有什么需要我效劳的?"

"我要爆料。"

"说来听听。"

"如果你肯移驾到对街的'主教牧徽'酒吧跟我碰面,我就告诉你。"

布隆维斯特恼火了,不只因为那专横的口吻,还因为自己的地盘受到侵犯。

"在电话上说也一样。"

"这种事不应该在开放的线路上讨论。"

"我怎么觉得跟你说话很累呢,李纳斯?"

"可能是你今天过得不顺。"

"我今天的确过得很不顺,你说对了。"

"你看吧。到主教酒吧来,我请你喝杯啤酒,顺便告诉你一件惊人的事。"

布隆维斯特只想回呛一声:"别指使我!"但不知为何,或许是因为现在除了坐在顶楼公寓思索未来之外,没其他的事可做,所以他回答说:"我可以自己付钱。不过好吧,我去。"

"明智的决定。"

"但李纳斯……"

"怎么了?"

"你要是拉拉杂杂跟我说一堆疯狂的阴谋论,像是猫王没死啦、你知道射杀首相帕尔梅的凶手是谁啦之类的,我马上就掉头回家。"

"没问题。"李纳斯说。

第三章

十一月二十日

艾德温·尼丹姆（有时被称为艾德老大）不是美国境内酬劳最高的安全技术人员，却可能是最顶尖的。他在南波士顿区和多彻斯特区一带长大，父亲是个超级窝囊废、烂酒鬼，平时在港口打打零工，但经常喝酒喝得不见踪影，酒后闹事进看守所或医院的情形也屡见不鲜。但他去喝酒作乐却是家人最快活的时候，算是给大家一点喘息的空间。每当艾德的父亲勉为其难地待在家里，就会把老婆打得遍体鳞伤。有时候艾德的妈妈会把自己反锁在厕所里好几个小时，甚至好几天，边哭边发抖，听说她才四十六岁就因为内出血去世。艾德的姐姐也染上了毒瘾，对此谁都不会感到讶异。至于不久之后剩余的家人随时可能面临无家可归的命运，也就更不会令人感到惊讶了。

童年的经历已注定艾德一生风波不断，十来岁便加入一个自称"干帮"的帮派。他们是多彻斯特的麻烦人物，一天到晚帮派械斗、暴力伤人、抢劫杂货店。艾德从小的相貌就带有些许暴戾，加上他从来不笑，上排还缺了两颗牙，更显得骇人。他的身材高大魁梧，天不怕地不怕，脸上老是带伤，不是因为和父亲打架就是帮派干架时留下的。学校老师多半怕他怕得要命，每个人都深信他的下场不是坐牢就是头部中弹。然而有几个大人开始留意到他了——无疑是因为他们发现在他目光炯炯的蓝眼珠里，不止攻击与暴力。

艾德求知若渴，这股压抑不住的能量让他能够用捣烂公交车内部装置的精力，很快地读完一本书。放学后他往往不想回家，宁可继续待在所谓的信息教室里，那里头有几台计算机。他一坐就是几个小时。有一位姓拉松（听起来像是瑞典姓氏）的物理老师，发现他计算机能力特别强。接着在社工介入后，他得到一笔奖学金，并转学到另一所学生普遍较用功的学校。

他的课业表现突飞猛进，获得许多奖学金与荣誉，最后还进了麻省理工学院的电机工程与信息科学系就读——以他种种的不利条件看来，这简直有如奇迹。他的博士论文探讨一般对于新的非对称式加密系统①（如 RSA）某些特有的恐惧，随后陆续接下微软和思科的高级职位，最后才被延揽进马里兰州米德堡的国家安全局。

即使抛开青少年时期的犯罪行为不论，他的资历也不符合这个职业。大学时期他大麻抽得很凶，也曾一度大谈社会主义甚至无政府主义的理想，还因为伤人被逮捕过两次——不是什么重大案件，只是在酒吧打架。他的脾气依然火暴，凡是认识他的人都尽可能不去招惹他。

然而国安局看到了他的其他长处，除此之外，也因为那是二〇〇一年秋天。当时美国的资安部门极缺计算机技术人员，几乎是谁都聘用。接下来的几年间，谁也没有质疑艾德的忠诚度或爱国情操，就算有人想质疑，他的优势也总能盖过缺点。

艾德不只是天赋异禀，他还有一种略带偏执的个性，一种追求精准的狂热和风驰电掣般的效率，在在显示他正是负责为美国最高机密部门建立信息安全系统的最佳人选。他的系统肯定无人能破解。对他而言，这关乎个人荣辱。他很快就让自己成为米德堡不可或缺的人，甚至到了不时地有人大排长龙等着向他咨询的地步。怕他的人不少，因为他经常口出恶言，还曾经叫国安局的头儿去死，就是那个传奇人物查尔斯·欧康纳上将。

"动一动你他妈的那个忙碌的脑袋瓜想想，很可能就会明白了。"当上将试图评论他的工作时，艾德如此咆哮道。

但欧康纳和其他所有人都忍气吞声。他们知道艾德又吼又叫是有道理的——可能因为同事对于资安规定一直粗心大意，或者根本不知道自己在说什么。尽管以他被授权的层级，差不多什么信息都能取

---

① 非对称式加密系统（Asymmetric Cryptography），又称公钥加密系统，使用者可通过公开的金钥对资料进行加密，再由另一位使用者根据他持有的私钥来解密，取得资料。

得,尽管近几年来,国安局已被左右两派人士视为魔鬼的化身、奥威尔笔下的老大哥,而饱受猛烈抨击,他仍不止一次涉入部门里的其他业务。在艾德看来,只要他的安全防护系统保持精准完美,组织想干吗都行。由于他尚未成家,多少相当于住在办公室里。

偶尔喝起酒来,他会变得对过去异常伤感,但除此之外,并无迹象显示他曾将自己的工作内容告诉过外人。在外边的世界里,他始终守口如瓶,要是有人问起他的职业,他总有一套反复演练多次的掩护说辞。

他之所以能平步青云,成为国安局最资深的安全主管,并非运气,也不是靠着阴谋或操作。艾德和手下的团队加强了内部监控,"以免忽然冒出新的告密者,给我们来个迎面痛击",并在连续几天不眠的夜里创造出他昵称为"翻不过的墙"或"凶猛小警犬"的东西。

"没有得到允许,哪个王八蛋都进不来,哪个王八蛋都不能乱搜乱找。"他这么说道,而且非常引以为傲。

他一直很自傲,直到11月灾难发生的那个早上为止。一开始那是个晴朗美好的日子。艾德挺着累积多年而成的大肚腩,以独特的姿态从咖啡机那头摇摇摆摆晃了过来。他仗着自己的资深地位,全然不顾服装规定,穿的是牛仔裤搭配红色法兰绒格纹衬衫,衬衫腰围处的扣子没全扣上。他叹了口气坐到计算机前面。今天人不太舒服,背部和右膝盖发疼,让他忍不住暗暗咒骂老同事亚罗娜·卡札雷斯不该在前一晚千方百计说服他出去跑步。她根本就是虐待狂。

幸好没有非常紧急的事情要处理,只须发送一则内部备忘录,告知与大型IT公司合作的COST计划负责人一些新程序,他甚至更改了代号。但工作并未持续太久,才刚刚用他惯有的浮夸口气写了几句:

> 为避免任何人再度受愚蠢习性所诱惑,也为了让所有人提高警觉,像个偏执的优秀信息组干员该有的样子,我只想指出……

就被警示音打断了。

他并不怎么担心。他的警告系统非常敏感,信息流中稍有偏差就会有反应。一定是发生异常现象,可能是通知有人试图超越权限作业或是某些小干扰。

结果他根本还来不及探查,一转眼就发生了十分诡异的事,诡异到让他有好几秒钟都不肯相信,只是坐在那里瞪着屏幕看。不过他当然知道是怎么回事。有个远端存取木马侵入了国安局内部网站NSANet。要是在其他地方,他会暗想:这些王八蛋,非整死他们不可。但这里是管控最严密的地方,他与手下今年才仔仔细细爬梳过上百万次去侦测每个细微弱点,这里,不,不,不可能,这种事不可能发生。

他不知不觉闭上眼睛,仿佛希望看不见,一切就会消失。但当他重新睁眼看着屏幕,刚才起头的句子已经写完了。他的句子底下自动填上了:

> 你们应该停止所有的非法活动。其实这很简单明了。监视人者,人恒监视之。这里头蕴含着基本的民主逻辑。

"天啊,天啊。"他喃喃地说,至少这代表他已渐渐恢复些许镇定。不料文字仍继续出现:

> 放松一下,艾德。你为何不开车到附近兜兜风。我拿到Root[①]了。

看到这里,他大喊了一声。"Root"一字让他的整个世界随之崩塌。约莫一分钟的时间里,计算机系统最机密的部分快如闪电地运行

[①] Root 是每一套 Unix 或 Linux 作业系统预设的管理者账号,权限最大,能够进入所有的资料夹。

着,他真的觉得心脏病就要发作了,此时只模模糊糊意识到开始有人围聚在他的桌旁。

"主教牧徽"酒吧里人不多。这种天气让人不想出门,连住家附近的酒吧也不想光顾。然而布隆维斯特一进门就听到叫嚷与笑声,还有一个粗哑的声音高喊:"小侦探布隆维斯特!"

出声的男子有张红润的胖脸,头上顶着一圈鬈发,留了一撇讲究的小胡子,布隆维斯特在这一带见过很多次。他好像叫亚纳,每天下午两点亚纳都会准时来酒吧报到。今天显然来得比平时早,和另外三名酒友坐在吧台左边的桌位区。

"是麦可·布隆维斯特。"布隆维斯特面带微笑纠正他。

亚纳与友人大笑起来,好像布隆维斯特的真名是天底下最大的笑话。

"有什么精彩独家吗?"亚纳问道。

"我想把'主教牧徽'里肮脏下流的勾当全部公之于世。"

"你认为瑞典人已经准备好接受这种报道了吗?"

"应该还没。"

事实上布隆维斯特很喜欢这群人,虽然与他们的交谈全是信口胡诌的戏谑之言,但这些人是当地景致的一部分,让他在这一区有归属感。当其中一人喊出"听说你已经玩完了"时,他一点也不生气。

这话不仅没有激怒他,反而让这整个抨击他的事件,恰如其分地跌到低下而接近闹剧的程度。

"我已经玩完十五年了,酒瓶兄弟你好啊,所有好事都会过去。"他引述诗人弗勒汀[①]的诗句,一面四下张望,看看是哪个人吃了熊心豹子胆,竟敢指使一个疲惫的记者到酒吧来。由于除了亚纳与他的酒友之外别无他人,他便朝吧台的阿密尔走去。

---

① 古斯塔夫·弗勒汀(Gustaf Fröding, 1860—1911),瑞典知名诗人,曾获得诺贝尔文学奖提名。

阿密尔又高又胖,一派乐天而又勤奋,是四个小孩的父亲,经营这家酒吧已有数年。他和布隆维斯特结为好友,不是因为布隆维斯特是特别熟的常客,而是因为他们俩以截然不同的方式互相帮助过。曾有一两次布隆维斯特在家招待女性客人,却没时间到酒品专卖店买酒,阿密尔便为他提供一两瓶红酒,而布隆维斯特也曾帮助过阿密尔的一位没有身份的朋友写信给相关单位。

"什么风把你这位贵客给吹来了?"阿密尔问道。

"我来见一个人。"

"很有意思的人吗?"

"应该不是。莎拉还好吗?"

莎拉是阿密尔的妻子,刚刚动过髋关节手术。

"还在嗷嗷叫,吃止痛药。"

"听起来很辛苦。替我向她问声好。"

"好的。"阿密尔说,随后两人东拉西扯了一会儿。

但李纳斯没有现身,布隆维斯特心想这八成是个恶作剧。不过话说回来,要整人还有比骗你到邻近酒吧更好的做法,因此他又多待了十五分钟,聊一些有关金融与健康的话题。然后正转身走向大门准备离开,李纳斯出现了。

谁也不明白嘉布莉·格兰最后怎么会进入瑞典国安局,而最不明白的人就是她自己。一直以来,人人都认定她是那种前途一片光明的女孩。昔日同住在耶秀姆高级郊区的女性友人看她都三十三岁了,既没名气也没钱,也没嫁给有钱人(其实是根本就没嫁出去),都为她着急。

"你是怎么回事啊,嘉布莉?你想当警察当一辈子吗?"

大部分时间她都懒得回嘴,也懒得指正自己不是警察,而是被挖角去当分析师了,而且她最近正在外交部写一些具有空前挑战性的主题,又或是暑假期间她都在《瑞典日报》担任写社论的资深记者。除此之外的工作,其实大多都不能谈,因此她干脆保持沉默,即使任职国安局被视为极其下的工作也只能忍耐——不止那些势利的朋友这么想,身边的知识分子更是这么想。

在他们眼中,秘密警察就是一群行动笨拙、思想右倾的白痴,为了一些基本上属于种族歧视的理由,就对库尔德人和阿拉伯人穷追猛打,但为了保护苏联间谍,即便犯下重罪或侵犯人权也丝毫不会良心不安。说真的,有时候她也有同感。组织里有无能的人也有不健全的价值观,而札拉千科事件至今仍是一大污点。不过这只是一部分事实。振奋人心且重要的工作也同时在进行着,尤其是人事大幅改组之后的现在,有时她感觉到最能了解目前世界各地动荡局势的地方就在国安局,而不是在任何社论文章或演讲厅中。不过当然了,她仍时常自问:我是怎么来到这里,又为什么会待下来?

说到底,有一部分原因可能就是虚荣心。当初联系她的不是别人,正是新上任的国安局长海伦娜·柯拉芙。她说经过这么多风波和舆论的挞伐,招聘新人的方式必须重新思考,我们需要"引进大学里真正的精英,而老实说,嘉布莉,你就是不二人选"。一切就这么定了。

嘉布莉首先受聘为反间谍分析师,后来加入产业保护小组。她年轻,有种中规中矩的魅力,虽然被取了"爸爸的小情人""目中无人的上流贱货"等绰号,但她反应快、吸收力强、想法不受限于框架,是新进人员中的明日之星。而且她会说俄语,是就读斯德哥尔摩经济学院时学的,不用说,当时的她肯定是个模范学生,却始终不是那么热衷学业。她梦想的不只是从商度日的生活,因此毕业后便去应征外交部的工作,当然也顺利录取。但她觉得在这里也不特别刺激有趣——外交官太死板,头发梳得太油亮整齐了。就在这时候,柯拉芙找上了她。如今嘉布莉已经在国安局工作五年,虽然过程不怎么顺利,但才能终于逐渐受到肯定。

这是难熬的一天,而且不只是因为天候恶劣。组长拉尼亚·欧洛夫森一脸阴沉不快地出现在她办公室,告诉她出任务的时候最好别搞暧昧。

"搞暧昧？"

"有人送花来了。"

"那是我的错吗？"

"是，我确实认为你有点责任。我们实地出任务的时候，随时都要展现纪律和矜持。我们代表的是一个绝对重要的公共部门。"

"真是太棒了，亲爱的欧洛夫森，跟你在一起总能学到一点东西。现在我总算明白，爱立信电信公司的研发主管之所以分不清一般的礼貌行为与搞暧昧，责任全都在我。我现在知道了，当男人看到单纯的微笑就以为有性暗示，而且沉醉在这种完全一厢情愿的想法中，我应该怪自己。"

"别傻了。"欧洛夫森说完便消失不见。事后她很后悔回了嘴。

像这样发泄很少会有好处。但话说回来，这种鸟事她已经忍耐太久，也该挺身为自己说说话了。她很快将桌面清理干净，拿出英国政府通讯总部送来的一份关于俄罗斯对欧洲软件公司进行产业间谍活动的报告，之前一直都没有时间看。这时电话响了，是柯拉芙。嘉布莉很开心，她都还没有打电话去申诉或抱怨，反而先接到电话了。

"我直接说重点，"柯拉芙说，"我接到美国来的电话，事情有些紧急。你能不能用你的思科网络电话[①]接？我们安排了一条安全线路。"

"当然可以。"

"好，我要你帮我分析一下信息，看看里头有没有什么。听起来很严重，可是我不太懂这人传过来的信息，喔，对了，她还说认识你。"

"接过来吧。"

是美国国安局的亚罗娜·卡札雷斯，不过有一度嘉布莉很怀疑真的是她吗？她们最后一次碰面是在华盛顿特区的一场会议上，当时亚罗娜是个自信满满、魅力十足的演说者，她将演说主题以较为婉转的

[①] 思科网络电话内建信息显示屏幕，本体像按键式电话机，另附有显示屏幕，可呈现另一端使用者的画面，它本身也有摄影机，能撷取本地端画面，让对方看见。

方式描述为积极的信息监控——其实就是计算机入侵。散会后她们俩一块去喝了几杯,嘉布莉几乎是情不自禁地对她深深着迷。亚罗娜抽小雪茄烟,有着低沉性感的嗓音,说起那些强有力的简短俏皮话与经常夹带的性暗示很搭。但此时在电话上的她听起来颇为困惑,有时说着说着也不知怎的就乱了头绪。

布隆维斯特其实猜不到出现的会是什么样的人,也许是个时髦的年轻人,一个不折不扣的纨绔子弟。不料到来的人看起来像个流浪汉,短小身材,穿着破烂的牛仔裤,深色的长发许久未洗,眼神中带有些微睡意与鬼祟。他大概二十五岁,也可能更年轻,皮肤状况很差,额前的头发垂下来遮住眼睛,嘴巴上还有一处溃烂,看起来相当吓人。李纳斯不像是握有重要独家的人。

"你应该就是李纳斯·布兰岱吧。"

"没错。抱歉迟到了。刚好遇到一个认识的女生。我们高一同班,她……"

"我们还是赶快办正事吧。"布隆维斯特打断他,并带路前往酒吧内侧的一张桌子。

阿密尔带着谨慎低调的笑容来到桌旁,他们点了两杯健力士啤酒,然后安静地坐了几秒钟。布隆维斯特不明白自己为何这么焦躁不耐烦,这不像他,或许和赛纳之间闹出的这些风风雨雨毕竟还是扰乱了他。他冲着亚纳那伙人笑了笑,他们全都瞪大双眼紧盯着他二人。

"我就开门见山地说了。"李纳斯说道。

"听起来是好主意。"

"你知道'超技'吗?"

布隆维斯特对电玩游戏所知不多,但连他都听说过"超技"。

"知道,听过。"

"只是听过?"

"对。"

"这么说你也就不知道这个游戏之所以与众不同,或至少之所以这么特别,是因为它有一个人工智能功能,可以让你和一个玩家沟通战略,而你却无法肯定和你交谈的是真人还是数位产物,至少一开始无法确定。"

"是吗?"布隆维斯特回应道,他压根不在乎一个破电玩游戏的复杂细节。

"这是这项产业一个小改革,而我正好也参与了研发。"李纳斯说。

"恭喜。这么说你肯定赚翻了。"

"问题就在这里。"

"什么意思?"

"我们的技术被偷走了,现在'真实游戏'赚进了数十亿,我们却一毛钱也拿不到。"

这套说辞布隆维斯特以前就听过。甚至有一位老太太声称《哈利波特》全是她写的,却被罗琳用心电感应术给偷走了。

"所以,事情是怎么发生的?"他问道。

"我们的计算机被黑了。"

"你怎么知道?"

"国防无线电通讯局的专家确认过,你想要的话我可以给你名字,另外还有一个……"

李纳斯沉吟不语。

"什么?"

"没什么。不过就连国安局也插手了,你可以找那里的嘉布莉·格兰谈谈。她是分析师,我想她会证实我的说辞。她去年发表的一份公开报告中提到过这件事。我这里有文件编号……"

"换句话说,这不是新闻。"布隆维斯特插嘴道。

"对,不算是真的新闻。《新科技》和《计算机瑞典》都写过。可是因为法兰斯不想谈,有一两次甚至还否认有入侵行为发生,所以报道始终不深入。"

"但这就是个旧闻。"

"应该可以这么说。"

"那我为什么要听你说呢,李纳斯?"

"因为现在法兰斯好像明白发生什么事了。我想他就坐在火力强大的炸药上面,他对于安全防护变得疯狂到极点,电话和电子邮件只用超高加密模式,而且刚刚买了一套新的防盗警报系统,包含摄影机、感应器等等一堆乱七八糟的东西。我认为你应该和他谈谈,这也是我来找你的原因。像你这样的人也许能让他开口,他不听我的。"

"所以你指使我到这里来,就是因为一个名叫法兰斯的人看起来好像坐在炸药上。"

"不是一个叫法兰斯的人,布隆维斯特,而是法兰斯·鲍德本人,我没说吗?我是他的助理之一。"

布隆维斯特搜寻记忆,唯一想得起来姓鲍德的只有那个女演员汉娜·鲍德,天晓得她后来怎么样了。

"他是谁?"他问道。

他看到对方的表情充满鄙夷,不禁吓了一跳。

"你都住在哪里啊?火星吗?法兰斯·鲍德是个传奇人物,是个家喻户晓的名字。"

"真的?"

"拜托,是真的!"李纳斯说,"去网上搜索一下就知道了。他二十七岁就成为信息科学的教授,二十年来一直是研发人工智能的权威。他在开发量子计算和类神经网络方面的成就,几乎无人能及。他有个聪明绝顶、前后颠倒的大脑,开创性的思路彻底颠覆传统,你应该也能想象得到,计算机产业已经追着他跑了好多年。不过长久以来,鲍德都不肯受聘,他想独自作业。其实也不完全是独自一人,他总会把一些助理折磨到不成人样。他想要看到成果,老是说'没有什么是不可能的,我们的工作就是要拓展新领域……'诸如此类的话。偏偏就有人买他的账,凡事都肯替他卖命。对我们这些计算机痴来说,他就是全能的上帝。"

"听得出来。"

"但可别以为我是什么追星族,绝对不是。这是要付出代价的,我比谁都清楚。跟在他身边能做出一番大事,却也可能粉身碎骨。鲍德甚至不被允许照顾自己的儿子。他把事情搞砸了,而且不可原谅。有很多不同说法,据说他有助理遇到瓶颈无法突破,一生就这么毁了,天晓得还有什么。但虽然他一直有强迫性的人格,却从来没有像这次这样。我直觉他一定有什么重大发现。"

"你直觉。"

"你要明白,平常他不是个疑神疑鬼的人。应该说恰恰相反——以他在处理的事情来说,他从来是一点也不疑神疑鬼。如今他竟然把自己反锁在家里,几乎足不出户。他好像很害怕,但平常他真的是一副天不怕地不怕的样子。"

"而他在做电玩游戏?"布隆维斯特毫不掩饰自己的质疑。

"这个嘛……因为他知道我们都是游戏迷,很可能觉得应该让我们做自己喜欢的东西。不过他的人工智能计划用在这方面也很适合。这是完美的测试环境,我们也得到很棒的结果,开拓了新领域,只不过……"

"说重点,李纳斯。"

"重点是鲍德和律师为这项技术最创新的部分申请专利,就在这时候受到第一次打击。'真实游戏'的一位俄罗斯工程师刚好赶在这之前匆匆递出申请书,阻绝了我们的专利,这几乎不可能是巧合。但这也没那么要紧,专利只是只纸老虎,有意思的是他们到底是怎么打探出我们在做什么。我们每个人对鲍德都忠心耿耿,连命都可以不要,所以只有一个可能:尽管采取了一切防护措施,还是被黑客入侵了。"

"然后你们就联系了国安局和国防无线电通讯局?"

"一开始没有。鲍德对那些打领带、朝九晚五的人没什么好感,他比较偏爱整夜痴迷地守在计算机前面的笨蛋,所以他去找了一个他在其他地方认识的黑客怪才,那女的马上就说我们被入侵了。她看起来也不是特别可靠,要是我就不会雇用她,你懂我的意思吧,说不定她只是胡说八道。不过后来国防无线电通讯局的人证实了她的主要结论。"

"但没有人知道是谁入侵你们的计算机?"

"不,不,追踪黑客入侵往往只是浪费时间。但对方肯定是专业好手。我们的 IT 防护可是下足了功夫。"

"现在你怀疑鲍德可能有其他发现?"

"铁定有,否则他举止不会这么怪异。我敢说他在索利丰一定听到了什么风声。"

"他在那里工作?"

"对,也够奇怪的。我刚才跟你说过,鲍德本来都不肯被计算机大企业绑住,宁可当个局外人,只注重独立性,不愿成为商业势力的奴隶,而且从来没有人像他做得这么彻底。没想到就在我们的技术被窃取,所有人被杀得措手不及的时候,他忽然上班去了,而且竟然还是索利丰,谁也搞不明白。对啦,他们给的条件除了巨额薪水,还有无限的自由之类的废话,也就是说你想干吗就干吗,可是要替我们做事。这听起来可能很令人心动,任谁听了肯定都会心动,除了法兰斯·鲍德之外。不过有一堆公司,包括谷歌和苹果,都向他提出过类似条件。为什么这次他忽然感兴趣了?他始终没有解释,就这么打包行李走人了,我听说一开始一切都很顺利。鲍德继续开发我们的技术,我想他们老板尼古拉斯·戈兰特已经开始幻想数十亿的进账,兴奋得不得了。没想到接着就发生了一件事。"

"一件你其实所知不多的事。"

"对,我们失去了联系。鲍德几乎和所有人都失去了联系。但以我的了解也足以知道事态一定很严重。他向来鼓吹开放,狂热地谈论什么群众的智慧,说运用多数人的知识有多重要,完全是 Linux 式的思考①。可是在索利丰,他先是保密保得密不透风,就连最亲近的人也无从得知,然后砰的一下,他递出辞呈回家去了,现在就整天坐在索茨霍巴根

---

① Linux 式的思考,是指开放原始码运动的公众授权风潮,也就是开放程序的原始编码让一般大众可以自由更改、分享、使用。

的家里面,连院子也没踏出一步,更不在乎自己变成什么鬼样子。"

"所以,李纳斯,你要说的就是有个教授好像受到压力而变得不在乎自己的外表——不过他从来不出门,邻居又是怎么看到他的鬼样子?"

"没错,可是我认为……"

"你听我说,这可能是个有趣的故事,我懂。只可惜我没兴趣,我不是IT线的记者,就像前几天有个人写了一句很聪明的话,说我是山顶洞人。我建议你去找《瑞典摩根邮报》的劳尔·席瓦森,他对那个领域了如指掌。"

"不,不行,席瓦森不够分量。这远远超过他的理解能力。"

"我想你低估他了。"

"好啦,别这么胆小。这可能是你东山再起的机会呀,布隆维斯特。"

阿密尔正在擦他们附近的一张桌子,布隆维斯特对他露出疲惫姿态。

"我可不可以给你一点建议?"布隆维斯特说。

"什么?好啊……当然可以。"

"下次你要爆料,别试图向记者解释他能从里头得到什么好处。你知道有多少人跟我弹过这种老调吗?'这将会是你职业生涯中最大的新闻,比水门事件还大!'如果能够只提供一些实际的基本信息会更好,李纳斯。"

"我只是想说……"

"对,你到底想说什么?"

"你应该和他谈谈,我觉得他会喜欢你,你和他一样都是那种不妥协的人。"

李纳斯好像突然间失去了自信,布隆维斯特不禁自问是否表现得过度强硬。一般来说,对于来向他爆料的人,不管听起来有多荒谬离奇,他都会尽量表现得友善、给予鼓励,不只是因为听似疯狂的事也可能写成一篇好报道,还因为他认知到自己往往是他们的最后一根稻草。很多人都是因为已经没有人愿意听才来找他，他是最后的希望，绝对没有理由轻蔑以对。

"其实，"他说道，"我今天过得真的很不顺，我不是故意语带讥讽。"

"没关系。"

"你知道吗？"布隆维斯特说，"这个故事里头的确有件事让我感兴趣。你说有个女黑客去过你们那里。"

亚罗娜不是个紧张型的人，也很少会不知所云。她现年四十八岁，高大、直率，拥有性感的身材和一双聪慧的小眼睛，直看得人惶惶不安。她常常像是能看透人心，也受不了对上司过于毕恭毕敬，骂起人来，对谁都不留情面，就算司法部部长来了也一样。这便是艾德老大和她这么合得来的原因之一。他们俩都不看重位阶，只在乎能力。

然而，和瑞典国安局首长通电话时她却完全失控。这不关柯拉芙的事，而是因为她背后开放式的办公室里正在上演一出惊天动地的戏码。坦白说，他们对艾德大发雷霆早就习以为常，但这次她立刻就感觉到事态的严重性非比寻常。

艾德仿佛瘫痪了。亚罗娜在电话线上语无伦次时，大伙就围在他身边，个个满脸惊恐，无一例外。但或许因为惊吓过度，亚罗娜并没有挂断电话或是说稍后再打，而是任由对方将电话转给嘉布莉，就是她在华盛顿认识并企图引诱的那个年轻迷人的分析师。尽管亚罗娜并未成功和她上床，却留下极欢畅的感觉。

"嗨，亲爱的，你好吗？"她问道。

"还不错，"嘉布莉回答道，"现在我们这里狂风暴雨，不过其他都很好。"

"上次见面真的很愉快。"

"可不是嘛，隔天我宿醉了一整天。但我想你打电话来应该不是想跟我约会。"

"可惜不是。我打来是因为我们发现有迹象显示一位瑞典科学家面临严重威胁。"

"是谁?"

"我们花了很长时间才弄懂这个信息,本来甚至猜不出事关哪个国家。是加密的通讯,而且只用暧昧不明的代号,但是我们利用其中的几块小拼图,终究还是……在搞什么……?"

"怎么了?"

"等一下……!"

亚罗娜的计算机屏幕闪了几下之后变黑,而她放眼所见,整个办公楼层的计算机都发生同样情形。她一下子不知该如何是好,但还是继续通电话,毕竟有可能只是停电,虽然头上的电灯好像没事。

"我还在。"嘉布莉说。

"谢谢,感激不尽。真是抱歉,这里乱成一团。我刚刚说到哪里?"

"你说到拼图。"

"啊,对,我们——拼凑推断,因为不管多想展现专业,总会有个粗心的人,又或是……"

"什么?"

"嗯……泄漏口风的人,说出了地址或其他信息,这回比较像……"

亚罗娜再度沉默。办公室里来了访客,而且不是别人,正是国安局里能直达白宫的最资深长官之一强尼·殷格朗中校。殷格朗力持镇定,甚至还跟坐在较远的一群人开玩笑。但骗不了任何人。在他优雅、黝黑的外貌底下——自从当了欧胡岛密码中心的负责人之后,他一年到头都晒得很黑——可以感觉到他的神情带着紧张,此时他似乎想让每个人都聆听他说话。

"喂,你还在吗?"嘉布莉在电话另一头问道。

"可惜不能再继续说了,我再打给你。"亚罗娜说完便挂断电话。那一刻她的确变得忧心忡忡。

四下有一种发生了可怕事情的氛围，也许又再度遭到重大的恐怖攻击。但殷格朗仍持续安抚，尽管上唇边和额头冒着汗，他还是一再强调没什么大不了。他说，很可能就是虽然有重重的严密把关，还是被一只病毒跑进了内部网络。

"为了安全起见，我们关闭了服务器。"他这么说道，一度还真的成功安抚了人心。大家似乎都在说："搞什么啊，一只病毒也值得大惊小怪。"

但紧接着殷格朗开始语焉不详地说了一堆，亚罗娜忍不住大喊："告诉我们到底是怎么回事！"

"还不太清楚。不过我们的系统可能被黑了。等情况较为明朗再向大家说明。"殷格朗说话时显得担心，办公室随即响起一阵窃窃私语。

"又是伊朗人吗？"有人质疑。

"我们认为……"殷格朗没有把话说完。一开始就应该站在这里负责解释的艾德冷不防地打断他，站起身来，粗壮得活像只熊，不可否认此时此刻的他确实气势非凡。片刻前那个泄气的艾德不见了，现在的他展现出一种毅然决然的态度。

"不是，"他咬牙切齿地说，"是黑客，是他妈的超级黑客，我非把这混蛋阉了不可。"

"那个女黑客和这件事其实关系不大，"李纳斯小口小口啜着啤酒说，"她恐怕比较像是鲍德的社交规划。"

"不过她好像蛮厉害的。"

"也可能只是运气。她说了一大堆废话。"

"这么说你见过她？"

"见过，就在鲍德去硅谷之后。"

"那是多久以前？"

"差不多一年前。我把我们的计算机搬到我在布兰亭街的公寓。说得含蓄一点，我过得不太好，单身、破产，又常常宿醉，住的地方像猪窝一样。当时我刚和鲍德通过电话,他像个啰嗦的老爸叨念个没完,说什么:别从她的外表评断她,表象有可能会骗人之类的。拜托,他竟然跟我说这种话!我自己也不算是标准女婿型的人,我这辈子从来没穿西装打领带过,要是有谁知道黑客长什么样,那就是我了。反正就是这样,然后我就坐在家里等那个女生,心想她至少会敲敲门,没想到她直接开门就走进来了。"

"她长什么样子?"

"超级恐怖……但也有一种诡异的性感。不过很可怕!"

"李纳斯,我不是叫你给她的长相打分数,我只是想知道她的穿着打扮,或者她有没有提起自己的名字?"

"我不知道她是谁,"李纳斯说,"但我确实在什么地方看过她,应该不是什么好事。她身上有刺青穿洞,就像个重金属摇滚乐手或哥特族或朋克族,还有她简直瘦得不成人形。"

布隆维斯特几乎是毫无意识地向阿密尔打了个手势,请他再上一杯健力士。

"然后呢?"他问道。

"该怎么说呢?我大概是觉得不必马上开工,所以就坐在床上——说实在的也没其他地方可坐——提议先喝点东西。结果你知道那时候她做了什么吗?她叫我出去。她把我赶出自己家,好像这是天底下再自然不过的事,我当然拒绝了。我就说:'其实我就住在这里。'她却回说:'出去,滚蛋。'我发现自己别无选择,只好出去一会儿。等我回来,看到她躺在我床上抽烟,多变态啊?她在看一本关于弦理论之类的物理学书,大概是我看她的眼神不对劲吧,我哪知道,总之她劈头就说她没打算跟我上床,一点都没有。'一点都没有。'她这么说。我想她连一次都没有正眼看过我。她只说我们中了木马病毒,一种远端存取木马,说她看出了入侵的模式和程序设计上的原创度。'你们曝光了。'她说,然后就走了。"

"没有说再见?"

"连个再见什么的也没说。"

"真是的。"

"不过老实说，我觉得她只是在虚张声势。过没多久，国防无线电通讯局的人也做了同样的检测，他应该更了解这类攻击吧，他说得很清楚：不能下这样的结论，因为不管他怎么搜寻我们的计算机，都没有发现任何旧的间谍软件。但他还是猜测我们被黑了——喔，对了，他叫莫德，史蒂芬·莫德。"

"那个女的，有没有做任何的自我介绍？"

"我的确有点逼问她，但她只肯说——而且态度很粗鲁——说我可以叫她皮皮。这显然不是她的真名，不过……"

"不过什么？"

"我倒觉得跟她很配。"

"你知道吗？"布隆维斯特说，"我本来已经打算回家了。"

"对，我注意到了。"

"但现在一切有了重大变化。你不是说你的鲍德教授认识这个女的吗？"

"是啊。"

"那么我想尽快跟他谈谈。"

"因为那个女的？"

"可以这么说。"

"好吧，"李纳斯若有所思地说，"但你是找不到任何关于他的联络信息的，我也说过，他整个人变得神秘兮兮。你用苹果手机吗？"

"对。"

"那就别提了。鲍德认为苹果多少被国安局掌控，要跟他通话，你得先买一个Blackphone①，或至少借一个安卓手机，下载一个特殊的加密程序。但我会安排让他联系你，你们再约个安全的地方碰面。"

"太好了，李纳斯，谢谢。"

---

① Blackphone是一种为了保护隐私而特制的手机，透过特殊平台把拨号信息与简讯都加密防护，让第三方无法窃听和窃取信息内容。

第四章
十一月二十日

亚罗娜再次来电时,嘉布莉正穿上外套准备回家。起初她有点不耐烦,不只因为前一次谈话的混乱,也因为她想在暴风雨失控前下班。新闻广播预报风速将会高达每秒三十码,气温也会降到零下十度,今天穿的衣服不够暖。

"抱歉拖这么久,"亚罗娜说,"今天早上我们都快疯了,乱七八糟。"

"这里也是。"嘉布莉客套地说,眼睛却看了看手表。

"不过我之前也说了,我真的有重大事情要告诉你,至少我这么认为。要分析并不容易。我刚刚开始查一群俄罗斯人,这我说过了吗?"亚罗娜问道。

"没有。"

"其实八成也有德国人和美国人涉入,也许还有一个或多个瑞典人。"

"你说的是什么样的一群人?"

"罪犯,不再抢银行或贩毒的高级罪犯。现在他们转而窃取企业的秘密和商业机密信息。"

"黑帽黑客[①]。"

"他们不只是黑客,还会勒索和贿赂人,甚至有的会犯下老式的罪行,譬如杀人。说实话,我对他们知道的还不多,多半是代号和未经证实的连接,另外有两三个真名,是资历较浅的年轻计算机工程师。这群人积极参与了疑似产业间谍活动,所以案子才会送到我的桌

---

① 黑帽黑客(Black Hat),在未经许可下,利用公共通讯网络,如网际网络和电话系统,登入他人系统的黑客。相对的,白帽黑客(White Hat)是指负责侦错和分析计算机保安系统的黑客。

上来。我们担心美国的尖端科技可能已经落入俄罗斯人手中。"

"我明白。"

"但是要逮到他们可不容易。他们精通加密,不管我怎么试,都无法得到更进一步的信息,只知道他们的老大叫萨诺斯①。"

"萨诺斯?"

"对,从萨纳托斯衍生来的,就是希腊神话里的死神,夜神妮克丝的儿子,睡神希普诺斯的孪生兄弟。"

"真有间谍的味道。"

"其实很幼稚。萨诺斯是漫威漫画里的一个大坏蛋,你知道吧?就是以绿巨人、钢铁侠和美国队长为主角的那个系列。第一,这漫画没那么俄罗斯,但更重要的是它……该怎么说呢?"

"既戏谑又傲慢?"

"对,好像一群趾高气扬的大学生在胡闹,真的把我惹恼了。事实上,这件事有很多地方让我担心,所以当我们通过信息监控得知其中有某个人想脱队时,我才会那么激动。我们也许可以从这个人身上打探到一点内情,只要能比对方早一步掌握到他。不料当我们更仔细地查探之后,才发觉事情完全不如我们所想。"

"怎么说?"

"退出的那人不是什么罪犯,相反地,他正是因为太老实才想辞去工作,因为公司里有这个组织派去的间谍。他可能是碰巧取得了某些重要信息……"

"说下去。"

"依我们看,这个人现在正面临重大威胁。他需要保护,但直到最近我们都不知道上哪儿找他,甚至不知道他任职的公司。但现在我们应该已经锁定目标了。"亚罗娜说道,"是这样的,过去几天里,他们当中有个家伙提到某个人,说:'都是他害所有该死的 T 化为

---

① 萨诺斯(Thanaos),漫威超能英雄里亦正亦邪的角色,绰号"疯狂的泰坦",是神族一员,体能过人,又拥有读心术、念力等超能力。

泡影'。"

"该死的 T？"

"对，奇怪的暗语，但有个好处就是很明确，可搜索度高，虽然关于'该死的 T'仍毫无所获，但通常 T——就是以 T 开头又和公司行号有关的字，我说的当然是高科技公司——总是一再把我们引向同一个结果，那就是尼古拉斯·戈兰特和他的格言：有容、有才、有团队（Tolerance、Talent、Teamwork）。"

"你说的是索利丰对吧？"嘉布莉问道。

"我们是这么认为的。至少感觉上所有拼图都到位了，于是我们开始调查最近有谁离开了索利丰。这家公司员工的离职率一向非常高，这其实也是他们企业哲学的一部分：才能应该流通。但我们开始具体地思考那些 T 的意思，你对这些东西熟悉吗？"

"就只有你告诉我的部分。"

"那是戈兰特的创新秘诀。所谓包容就是要敞开心胸接受非传统的观念和非传统的人。才能，不只能达到成果，还会吸引其他杰出人士，有助于创造一个让人想加入的环境。而这些有才能的人必须组成一个团队。我相信你也知道，索利丰一直是个了不起的成功典范，在一系列领域中产生出创新技术。但后来忽然新冒出一个天才，是个瑞典人，都是他……"

"……害所有该死的 T 化为泡影。"

"对了。"

"那个人是法兰斯·鲍德。"

"对了。我认为他平常在包容或团队合作方面并没有问题，可是打从一开始，他似乎就有点像个毒瘤。他什么都不肯和别人分享，而且才一眨眼工夫就破坏了公司研究精英之间的融洽关系，尤其是在他开始指控别人偷窃抄袭之后。他也和老板大闹了一场。不过戈兰特不肯告诉我们原因，只说是私事。不久，鲍德就辞职了。"

"我知道。"

"他的离开可能让大部分人都松了口气。工作气氛变得比较缓和，大家也都重新开始互相信任，至少在某个程度上是如此。可是戈兰特并不高兴，更重要的是他的律师们也不高兴。鲍德把他在索利丰研发的一切都带走了，也可能是因为没有人确实知道他带走了什么，还有传言说他有某些重大发现可能革新量子计算机，索利丰正在研究这个。"

"纯粹就法律观点而言，他所有的开发成果都属于公司而不是他个人。"

"没错。所以尽管鲍德不断抱怨别人偷窃，到头来他自己才是小偷。如今你也知道，事情随时可能闹上法庭，除非鲍德能用他手上的筹码去恐吓律师。他说那项信息是他的保命符，或许真是如此。但就最坏的情形看，那也可能是……"

"……他的索命咒。"

"这正是我担心的。"亚罗娜说，"我们发现一些更明确的迹象显示有件重大事情正在进行中，你的老板跟我说你也许能帮我们解谜。"

嘉布莉看着此时正在外头肆虐的暴风雨，一心只想赶快回家，远离这一切。但她还是脱下外套重新坐下来，心中深感不安。

"我能帮什么忙？"

"你觉得他发现了什么？"

"这是不是意味着你们还没能窃听到他或入侵他的计算机？"

"亲爱的，我不会回答这个问题，不过你怎么想呢？"

嘉布莉回想起才不久之前，鲍德站在她的办公室门口，喃喃地说他梦想着"一种新生活"——也不知道那是什么意思。

"也许你知道，"她说，"他进索利丰之前，我和他见过面，因为他声称自己的研究结果被偷了。我没怎么把他放在心上。后来他回来以后，组织里在讨论要提供他某种形式的保护，于是我又见了他两三次。他最后那几个礼拜的变化着实惊人，不只剃光胡子、头发梳理得整整齐齐、变瘦了些，人也变得较圆融，甚至有点没自信。看得出来他很惊慌，有一度也的确说了他觉得有人想伤害他。"

"怎么个伤害法？"

"他说倒不是身体上的伤害，他们的目标比较集中于他的研究和名声。但我不认为他内心真的相信他们会就此罢手，所以我建议他养条看门狗。我觉得对于一个住在郊区，房子又那么大的人，狗会是最好的同伴。但他不听，而且口气严厉地说：'我现在不能养狗。'"

"你觉得是为什么？"

"真的不知道，但我觉得他好像有什么心事，当我替他安排在家里装一套精密的警报系统，他并没有太抗拒。刚刚才安装好。"

"谁去装的？"

"我们经常合作的公司，米尔顿安保。"

"好，但我还是建议让他搬到一处安全屋。"

"有那么糟吗？"

"我们认为确实有风险。"

"好吧，"嘉布莉说，"如果你送一些文件过来，我马上去跟上级说一声。"

"我尽量，但没有把握能拿到什么。我们现在……计算机有些问题。"

"你们这样的单位真能出这种事吗？"

"对，你说得对。我再跟你联络，亲爱的。"她旋即挂断电话。嘉布莉静坐不动，望着暴风雨狂打在窗上，劲道愈来愈凶猛。

随后她拿起Blackphone打给鲍德，任由电话一声响过一声。她不仅想警告他，确保他立刻搬到安全之处，而且也想知道当初他说"最近这几天我一直梦想着一种新生活"是什么意思？

谁都不会相信，这一刻鲍德正全心全意在照料儿子。

李纳斯走后，布隆维斯特又多坐了片刻，一面喝着他的健力士，一面盯着外头的狂风大雨。他身后，亚纳那伙人不知为了什么事放声大笑，但他想事情想得太专心，完全没听到，甚至连阿密尔坐到他身边正在转述最新天气预报，他也浑然不觉。

气温已经降至零下十度。预计今年第一场雪就要下了，而且绝不是宜人或如诗如画的景象，而会是一场国内已许久未见的猛烈暴风雪，并将连带引爆各种灾难。

"可能会有飓风级的阵风。"阿密尔说道，依然心不在焉的布隆维斯特只回一句："很好。"

"好？"

"是啊……我是说……总比完全没有天气变化要好。"

"大概吧。不过你还好吗？你好像受了刺激，这次面谈没有帮助吗？"

"当然有，还不错。"

"但你听到的事情让你心情烦躁对吧？"

"我也说不上来。现在所有的事都乱糟糟的，我在考虑离开《千禧年》。"

"我觉得基本上你就等于那本杂志。"

"我本来也这么想。但或许每件事都会有尽头吧。"

"恐怕是这样没错。"阿密尔说，"以前我老爸常说连永恒也有尽头。"

"这是什么意思？"

"我想他是在说永恒的爱情。这话说完没多久，他就丢下我妈妈走了。"

布隆维斯特低声一笑："我自己对永恒的爱情也不怎么拿手，另一方面……"

"怎么样，麦可？"

"有个我以前认识的女人……她已经有好一段时间杳无音讯。"

"诡异。"

"是啊。但现在我听说了一点她的动静，至少我觉得是她。可能是因为这样，我的表情有点古怪。"

"对。"

"我还是回家好了。多少钱？"

"改天再算吧。"

"那好,保重啦,阿密尔。"他说完从那群常客身边走过,听着他们随口丢出几句评语,然后一脚踏入暴风雨中。

那是一种濒死的经验。阵阵强风直接吹透他的身体,但他仍定定站了好一会儿,沉浸在往日回忆里。他想到瘦骨嶙峋的苍白背上的龙纹刺青,想到在调查一件长达数十年的人口失踪案时,在海泽比岛上度过一段天寒地冻的日子,还想到哥塞柏加农场内一个被挖开的墓穴,有个女人若非坚持着不肯放弃,险些便长眠于此。之后他才慢慢地走回家。不知怎的,门就是打不开,害他转了半天钥匙。他踢掉脚上的鞋子,坐到计算机前面,敲入"法兰斯·鲍德,教授"搜寻资料。

但他烦乱地难以专注,而是在心里纳闷着(以前也曾无数次想过):她到哪里去了?除了从她的前雇主德拉根·阿曼斯基处得到过些许消息之外,他没有听过关于她的只言片语。她仿佛就这么人间蒸发,虽然他们多少可以说住在同一区,他却从未瞥见过她的身影。

当然,那天出现在李纳斯公寓的有可能是别人。有可能,但可能性不大。除了莎兰德,还有谁会那么大刺刺地闯入?一定是莎兰德,而且皮皮……分明就是她。

她菲斯卡街住处门铃上方显示的名字是"V.库拉",而他很清楚她为何不用真名。因为这个名字和国内有史以来难得一见、众所瞩目的一起审判案有关,搜寻度太高。坦白说,这个女人像阵烟一样消失无踪也不是头一次了。不过自从他因为她将一篇有关他的调查报告写得太详尽,而到伦达路敲开她的门把她臭骂一顿之后,他们俩从未分开过这么久,感觉有点奇怪不是吗?莎兰德毕竟是他的……唉,说实话,她到底算什么呢?

几乎称不上是朋友。朋友会见见面,朋友不会这样不告而别,朋友不会只靠着入侵计算机来联系。但他还是觉得和莎兰德之间有一种牵系,最重要的是他担心她。她的前监护人霍雷尔·潘格兰常说,莉丝·莎兰德总能渡过难关。虽然经历过可怕的童年,但或许正因为如此,她的生命力特别强。这很有可能是事实,不过谁说得准呢?像她这种背景的女人,加上爱得罪人的怪癖,实在难说。也许她真的疯了,六个月前阿曼斯基和布隆维斯特相约在"贡多拉"餐厅吃午饭时,曾这么暗示过。那是一个春日的星期六,阿曼斯基提出邀约,请他喝啤酒、烈酒,也请吃饭。虽然表面上像两个老朋友聚餐,但阿曼斯基无疑只想谈论莎兰德,几杯酒下肚后,整个人陷入了感伤的情绪中。

阿曼斯基跟布隆维斯特说了不少事情,其中提到他的公司米尔顿安保曾经为荷达仑一家养老院安装过一些个人警报装置。器材很不错,他说。

但就算是全世界最好的设备,一旦失去电力也没辙,又没有人想到去修理一下,事情就这么发生了。某天深夜养老院停电,那天晚上某个住户跌倒摔断了大腿骨,是一位名叫露特·欧克曼的女士,她就在原地躺了好几个小时,不停地按警报按钮都无人回应,到了早上已经情况危急。由于当时媒体正好都在热烈探讨对年长者的照顾疏失,这整件事便成了大新闻。

所幸老妇人熬了过来。但说巧不巧,她刚好是瑞典民主党某位大人物的母亲。当该党网站"解析"突然出现阿曼斯基是阿拉伯人的信息——顺带说明一下,他虽然偶尔会被戏称为"阿拉伯人",事实上根本不是——网站立刻被帖文灌爆。有数以百计的匿名网友说"让黑鬼提供科技服务"就会发生这种事,阿曼斯基实在难以接受,尤其是这些情绪性发言影响到他的家人。

不料,仿佛变魔术似的,所有的帖文忽然不再是匿名。那些发文者的姓名、地址、职称、年龄全都一览无遗,排列得工工整整,像填了表格一样。整个网站可以说是完全透明了,当然也能清楚看到发文者不只是一些怪人疯子,还有许多具有一定地位的公民,甚至还有一些是阿曼斯基的同业竞争者,接下来很长一段时间,这些原本匿名的攻讦者完全无能为力,他们不明白这是怎么回事。最后终于有人设法关闭了网站,但没有人知道是谁发动了攻击——除了阿曼斯基之外。

"这是典型的莎兰德作风,"他说,"你知道吗?我已经八百年没有她的消息,满心以为她不会在乎我的死活,说不定她谁也不在乎。没想到会发生这种事,真不可思议。她竟然挺身替我出气。我用电子邮件寄了一封热情洋溢的感谢信,她出乎我意外地回信了。你知道她写了什么吗?"

"不知道。"

"只有一句话:你怎么能保护开在东毛姆区那间诊所的烂人桑瓦呢?"

"桑瓦是谁?"

"一个整形外科医师,因为受到威胁,由我们提供贴身保护。他替一个爱沙尼亚的女人做丰胸手术时毛手毛脚,而那个女人恰巧是一个知名罪犯的女友。"

"不妙。"

"就是。可以说是不智之举。我给莎兰德的回信中写道,我跟她一样,并不觉得桑瓦是上帝的小天使。但我指出我们没有权利作这样的评判。就算是沙文主义者也有资格获得某种程度的安全维护。既然桑瓦受到严重威胁,前来请求协助,我们就提供协助——只是多收了一倍费用。"

"不过莎兰德不买你的账?"

"她没回音,至少没有回信,但可以说给了另一种不同形式的答复。"

"什么意思?"

"她大步走到我们派驻在诊所的警卫面前,叫他们保持冷静。我想她甚至替我向他们致意。然后就直接穿过所有的病患、护士和医生,走进桑瓦的诊间,打断他三根手指,还对他极尽恐吓之能事。"

"我的天啊!"

"这么说太客气了,她根本就是个疯婆子。竟然当着那么多证人的面做这种事,而且还是在医生的诊间。事后当然引起大骚动,打官司、被起诉,一堆狗屁倒灶的事闹得风风雨雨。你想想嘛,有人大排长龙等着这个医生做一连串大有利润的隆胸丰臀手术，你却打断他的指头……这种事情，顶尖的律师怎么看都能看到钞票的影子。"

"后来怎么了？"

"没事，后来就不了了之了，似乎是因为医生自己不想把事情闹大。但不管怎么说，麦可，这实在太不正常了。没有一个心智正常的人会在光天化日下，气冲冲地跑进整形名医的诊间打断他的手指。莎兰德也不例外。"

布隆维斯特心里却想这事听起来很合逻辑，或者应该说很合莎兰德的逻辑，这方面他多少算是专家了。他一刻也不曾怀疑，那个医生绝不只是找错对象毛手毛脚这么简单。但即便如此他仍忍不住暗忖，在这起事件中莎兰德是不是搞砸了？哪怕只是就风险分析来看。

他忽然想到她也许是故意想要再惹麻烦，想再给生活添加几分趣味。但这么想可能不公平，毕竟他对她的动机或目前的生活一无所知。暴风雨打得窗玻璃哐哐作响，他坐在计算机前搜寻鲍德的资料，想到他们俩以这种间接方式巧遇，不禁试图从中看出一些趣味。看起来莎兰德还是没变，说不定——谁晓得呢？——她还送给他一个报道的题材。打从一开始李纳斯就惹他不痛快，可是当莎兰德掉进故事里头来，他便以新的角度看待整件事。如果她特意拨空去帮助鲍德，那么他至少可以更进一步检视这项线索，运气好的话，也许还能顺便多得到一点关于莎兰德的消息。

先不说别的，她为什么会扯进这件事呢？

她毕竟不单纯只是个流动的 IT 顾问。没错，看到不公不义的事她有可能勃然大怒，但一个对自己身为黑客毫不感到愧疚的女人，竟然为了计算机被入侵一事发火，不免有些令人惊讶。打断整形医师的手指，还可以理解。可是对黑客不爽？这简直就像拿石头砸自己的脚。

背后一定有什么隐情。也许她和鲍德相识，这并非难以想象的事，于是他试着把两人的名字放在一起搜寻，却毫无收获，至少是毫无实用的收获。

他转而只针对鲍德。敲入教授的名字得到两百万个结果,但多数都是科学文章与评论。鲍德似乎没有接受过访问,因此举凡他生活的点点滴滴都带有一种神秘虚饰的表象,好像都经过心怀仰慕的学生加以美化。

鲍德小时候似乎被认为有点智能障碍,直到有一天,还在埃克勒岛上学的他走进校长办公室,指出高一数学课本里一个关于所谓虚数的错误。这项错误在后来的版本中订正了,鲍德也在次年春天的全国数学竞赛中获得优胜。据说他能把句子倒着说,还会自己发明长长的回文①。他早期在学校写过一篇作文,后来发表在网络上,文中严词批评 H.G. 威尔斯的科幻小说《世界大战》②,因为他无法理解为什么在各方面都比我们优秀的生物,竟然连火星与地球的细菌丛差异这么基本的常识都不知道。

中学毕业后,他进入伦敦皇家学院攻读信息科学,论文主题是被视为具有革命性的类神经网络的算法。他成为斯德哥尔摩皇家科技学院有史以来最年轻的教授,并入选为瑞典皇家工程科学院院士。他被认为是当今有关"科技奇异点"这个假设概念——也就是计算机智慧将会取代人脑的状态——的世界级权威。

在大多数照片里,他都像个邋邋遢遢、头发横七竖八的小眼山怪。但他却娶了光彩照人的女演员汉娜·林德。夫妻俩育有一子,根据晚报以《汉娜的巨恸》为题的报道,这个孩子智能低下,不过看起来倒是毫无异常,至少从报上的照片看不出来。婚姻触礁了,在纳卡地方法院上演了一场激烈的监护权争夺战,过程中不可一世的戏剧界奇葩拉瑟·卫斯曼也加入战局,毫不客气地说根本不该让鲍德照顾儿子,因为"比起儿童的智慧,他更在乎计算机的智慧"。布隆维斯特

---

① 回文(Palindrome),不论从左到右或从右到左念起来都是一样。例句:Madam, I'm Adam.(夫人,我是亚当。)
② H.G. 威尔斯(H. G. Wells, 1866—1946),英国小说家、记者,其著作《时间机器》对科幻文类影响深远。《世界大战》描述火星人进攻,企图控制地球,人类科技落后,全然无法对抗。

集中精神试图了解鲍德的研究，因此端坐好长一段时间，全心投入一篇关于量子计算机处理器的文章。

之后他进入"文件夹"打开大约一年前建立的一个档案，档名叫"莉丝资料"。不知道她还会不会黑进他的计算机，但他忍不住希望她会，并嘀咕着是否应该打一句简短的问候。私人长信不合她的口味，最好写个简洁、有点像暗语的东西。他写道：

我们应该如何理解法兰斯·鲍德的人工智能？

第五章
十一月二十日

计算机屏幕上闪现出一串字:

任务完成!

瘟疫发出一声沙哑、近乎疯狂的呐喊,这样大喊或许并不明智,不过就算邻居刚好听到,做梦也想不到他在喊些什么。瘟疫的家看起来不像是发动高阶国际信息安全攻击的场所。

这里比较像一个接受社会福利救助的人可能出没的地点。瘟疫住在松德比贝里的霍克林塔大道,一个明显暗淡无光的地区,到处只见单调褪色的四层楼砖房,他的公寓本身更是毫无值得称道之处。里面散发着一股发酸的霉味,书桌上布满各式各样的垃圾,有麦当劳的包装盒和可乐罐,有从笔记本撕下来揉成一团的纸张,还有好几个没洗的咖啡杯和空的糖果包装袋。尽管有些东西确实丢进了(已经好几星期没倒的)垃圾桶,但在屋里每跨出一步,还是很难不踩到碎屑或沙粒。但凡是认识他的人,对此都不感到吃惊。

瘟疫不是一个经常洗澡更衣的人。他整个人生都在计算机前度过,即便不是在工作也一样。他是个庞然大物,体重过重,臃肿而又邋遢,想留一把大胡子,却早已长成一丛乱糟糟的杂草。他的体态吓人,移动时习惯发出呻吟。但此人有其他才能。

他是个计算机巫师,是个能在虚拟空间中自由来去的黑客,能力在这个领域里恐怕仅次于一人,那就是在此次案例中的一个女人。光是看到他十指在键盘上轻快弹跳,就是一大享受。他在较具体的世界里有多笨重迟钝,在网络世界里就有多轻快灵巧。这时楼上有个邻居在重重踩踏地板,可能是杨森先生,他便在此轰然声中回复刚收到的

信息:

> 黄蜂,你这个要命的天才。应该给你立个雕像才对!

写完后他往椅背上一靠,露出愉快的笑容,一面回想这一连串的事件,多享受一下胜利的滋味,然后才开始追问黄蜂每一个细节,并确保她把所有痕迹都清除干净了。不能让任何人追踪到他们,一个都不行!

他们不是第一次恶搞强权组织,但这次又更上一层楼,黑客共和国(她所属的一个只收特定成员的团体)里其实有许多人都反对这个主意,尤其是黄蜂本人。只要有必要,黄蜂可以和任何你说得出名号的机关或个人较量,但她不喜欢为斗而斗。

她不喜欢那种幼稚无聊的黑客行为。她不会单纯为了炫技而侵入超级计算机。黄蜂想要的是一个清楚的目标,而且她一定会分析所有可能的后果。不管要满足何种短期需求,她都会权衡长期的风险,如此看来,黑入美国国安局不能说是合理的做法。然而她还是被说服了,至于为什么,谁也不大清楚。

也许她觉得无聊,想制造一些纷乱,以免闷死。不然就是她已经和美国国安局起冲突,因此说到底入侵行动也不过就是她在报私仇,共和国里有人这么说。但也有些人连这点都质疑,认为她是想找信息,说她自从父亲亚历山大·札拉千科在哥德堡的索格恩斯卡医院遭谋杀后,便一直在搜索什么。

但是谁也不确定。黄蜂向来有很多秘密,其实她的动机是什么并不重要,又或者他们试着这么说服自己。假如她准备帮忙,那么就应该心存感激,干脆地接受,不用去担心她一开始意兴阑珊或是几乎毫无反应的事实。至少她已经不再闹别扭,不管是谁似乎都不能再奢望更多。

他们比大多数人都清楚,最近几年美国国安局已毫无节制地越界。如今该组织不再局限于窃听恐怖分子与可能发生的国安危机,或只是外国元首与其他重量级人物,而是无所不听,或者可以说几乎无所不听。网络上数百万、数十亿、数兆的通讯与活动都受到监视与记录,随着一天天过去,美国国安局愈来愈得寸进尺,愈来愈深入窥探每个人的私生活,摇身变成一只无边无际、随时监视的邪恶之眼。

的确,在黑客共和国,谁也不能自诩拥有更高道德。他们每一个人都曾设法进入一部分与自己无关的数位版图。那可以说是游戏规则。黑客,不论好坏,就是个跨越界线的人,就是要通过这样的作业打破规则,扩展自己的知识领域,不一定在乎公私之间的分际。

不过他们并非没有道德规范,最重要的是他们知道也亲身体会过权力如何令人腐化,尤其是不受控制的权力。如今最恶劣、最寡廉鲜耻的黑客,竟已不再是单打独斗的反叛者或罪犯,而是想要控制人民、如巨兽般的国家机器,想到这点,所有人都闷闷不乐。于是瘟疫、三一、巴布狗、飞力帕、萨德、阿猫与所有黑客共和国成员决定反击,侵入美国国安局计算机,想办法和他们一较高下。

这任务可不简单,有点像是从诺克斯堡①金库偷取黄金,而像他们这样高傲的笨蛋,是不会以侵入系统自满的。他们还想取得超级使用者权限,也就是Linux语言中的"Root",为此他们必须找到系统中未知的漏洞,进行所谓的零时差攻击②——首先攻击国安局的服务器平台,接着再进入组织的内部网络NSANet,该机关的通讯监控便是从这里遍及全世界。

这回照常先来一点社交工程。他们必须取得系统管理员和资料分析师的名字,美国国安局内部网络的复杂密码就掌握在他们手上。要是刚好有哪个粗心大意的蠢蛋在安全防护的例行公事上有所疏忽,那也无妨。事实上,通过他们自己的联系便找出了四五个名字,其中一

---

① 诺克斯堡(Fort Knox),位于美国肯德基州,是存放美国黄金的金库,同时也是陆军装甲中心,防护十分严密。
② 零时差攻击(Zero-day Attack),黑客利用已知漏洞,在官方尚未发布软件或系统的更新、修复之前实行攻击。由于要在最短时间内进行攻击,才能得逞,因此被称为"零时差"攻击。

人叫理查·傅勒。

傅勒是美国国安局负责监督内部网络的信息系统紧急应变小组的一员，时时都在留意各种外泄与渗入。傅勒的资历相当不错，哈佛法学院毕业、共和党员，曾打过四分卫，如果他的履历可信，那么他就是个梦幻般的爱国人士。但巴布狗通过他一位昔日恋人发现他是个躁郁症患者，可能还有可卡因毒瘾。

他一兴奋起来，什么蠢事都做得出来，例如打开档案和资料夹之前没有先放进所谓的"沙盒"①里面，这是必要的安全守则。另外他虽然有点狗腿却非常英俊，有人——八成就是巴布狗自己——想到一个主意，说应该让黄蜂到他巴尔的摩的家乡和他上床，给他使个美人计。

黄蜂叫他们去死。

下一个主意也被她否决了。他们想要编写一个资料夹，内含看似炸弹的信息，具体地说是关于米德堡总部的渗入与外泄。然后由瘟疫和黄蜂开发出一种具高度独创性进阶的木马病毒恶意程序，植入其中。他们计划在网络上铺线索引诱傅勒注意到这个档案，运气好一点的话，还能让他激动到疏忽了安全防护。这个计划的确不赖，不用冒着可能被追踪到的风险主动侵入，就能进入国安局的计算机系统。

黄蜂说她不会坐等那个呆瓜傅勒掉进陷阱。她不想仰赖别人犯错，而且常常唱反调、不合作，所以当她忽然想要亲自接手整个行动时，谁也不感诧异。虽然有几个抗议的声音，最后全都屈服了，但她仍不忘下达一连串指令。黄蜂仔细记下他们好不容易取得的系统管理员名称与详细资料，另外有关所谓的指纹辨识，也就是服务器平台与作业系统的对应，她也主动开口要求协助。但在这之后，她便关上与黑客共和国及外界之间的大门，瘟疫给了她一些建议，诸如不要使用自己的代号、化名，也不要在家里操作，应该使用假身份找个偏远的旅馆，

---

① 沙盒（sandbox），模拟的计算机系统环境，以测试应用程序，多半用于恶意程序或档案的侦测，例如模拟一段很长的执行时间或特定的系统存取动作，使潜伏的恶意程序以为已经进入能够执行指令的状态，而开始活动，如此侦测系统就能判定该应用程序或档案具有安全威胁。

以免被美国国安局的猎犬给追踪到,但他并不认为她听得进去。不用说也知道,她什么事都一意孤行,瘟疫能做的就是坐在松德比贝里家中的书桌前,绷紧神经等待着。因此他仍不知道她是怎么做的。

有件事他倒是很确定:她成就了一个传奇。外头狂风呼啸之际,他推开桌上一些垃圾,身子往前倾在计算机上打起字来:

说说看有什么感觉?
空空的。

这是她的回答。空空的。
就是这种感觉。莎兰德差不多一个星期没合眼了,恐怕吃喝也太少,现在的她头疼、眼睛充血、双手发抖,最想做的就是把所有设备都挥扫到地上。一方面她是满意的,不过几乎不是为了瘟疫或其他黑客共和国成员所猜想的理由。她满意是因为她正在留意监测一个犯罪集团,正好借此得到一些相关的新信息,也找到证据证明一段原本只是令她怀疑的关系。不过她没说出来,却也惊讶其他人竟以为她会为了好玩而黑入计算机系统。

她不是荷尔蒙冲脑的青少年,不是追求刺激、爱炫耀的白痴。只有在目的非常明确的情况下,她才会作如此大胆的冒险,不过很久以前,侵入计算机对她而言确实不只是工具。在最凄惨的童年时期,这曾经是她的逃避之道,感觉上生活比较不那么受约束。有了计算机的帮助,她可以冲破横阻眼前的障碍,体验片刻的自由。目前的情况恐怕也有那么一点成分在。

首先她展开追踪,从此每当天刚蒙蒙亮她就会从梦中醒来,而梦到的总是一只拳头不停地、规律地击打着伦达路的床垫。她的敌人躲藏在烟幕后,可能正因如此,莎兰德最近才会格外别扭难相处。就好像从她身上新散发出一种阴沉感。除了身材魁梧、喋喋不休的拳击教练欧宾兹和两三个男女情人之外,她几乎不见任何人。她现在看起来状况比以前更糟,披头散发、目露凶光,尽管有时候会努力尝试一下,聊天的口才仍未见长进。

她要么实话实说,要么一声不吭,至于菲斯卡街这栋公寓……本身就很精彩。这里大到可以容纳一个有七个小孩的家庭,但自从她拥有这个地方以来,完全没有装潢也没有把它布置得像个家。屋内只有几件看似随意摆置的宜家家具,连个音响都没有,或许是因为她不懂音乐,比起贝多芬的作品,微分方程式能让她看到更多旋律。但她的财富却足以媲美吕底亚末代国王克罗伊斯①。她从汉斯-艾瑞克·温纳斯壮那个骗子那里偷来的钱,已经增加到略多于五十亿克朗,所以想买什么都买得起。只不过就某方面来说,财富并未使她的性格产生重大改变,要有的话也许是变得更无所畏惧,而她最近做的一些事情也的确愈来愈极端。

溜进美国国安局内部网络或许是越线了,但她认为有此必要,而且连续几天不分昼夜地完全投入。如今结束了,她眯起疲倦的双眼凝视着摆成直角的两张工作桌。她的设备包括事先买来的普通计算机和测试用的计算机,里头安装了复制的国安局服务器和作业系统。

她在测试计算机上跑了自己的模糊测试程序②,搜寻平台的错误与小漏洞。接下来进行除错、黑箱渗透测试③与各种第二阶段测试的攻击。这一切结果组成了她工具包的基础,其中包括她的远端存取木马,所以禁不起一丁点疏失。她正从头到尾仔仔细细检查整个系统,这正是她在家里安装一个复制服务器的原因。要是直接在实际平台上动手,国安局的技术人员马上就会察觉。

如此一来,她便能日复一日心无旁骛地工作,就算偶尔离开计算

---

① 克罗伊斯(Croesus),中亚古国吕底亚(Lydia)的末代君王。该国可能是最早使用钱币的国家,贸易相当繁荣,富强一时。到了克罗伊斯在位期间,国力进入全盛时期。
② 模糊测试是一种检测软件或系统安全漏洞的技术,是透过随机生成的大量数据,发送给受测方,检测其反应与是否存在漏洞。
③ 渗透测试比模糊测试更为实际,通常是用专门测试软件或雇用资安专家、黑客发动模拟攻击,试图取得其管理者账号与系统的权限,借此确认受测方能否防御得了同类型的恶意行为。

机，也只是到沙发上眯一下或是把比萨放进微波炉加热。除此之外，她都在不停地工作直到眼睛酸痛，尤其专注于她的"零时差攻击刺探"软件，这个软件不仅能刺探、利用未知的安全漏洞，还能在她实际进入系统后立即更新她的状态，完全令人瞠目结舌。莎兰德写出的程序不只给予她系统的管理权限，也让她几乎能够远距离彻底掌控一个她只是一知半解的内部网络。这才是最不可思议的地方。

她不只要侵入，还要更深入到内部网络NSANet，这是个封闭独立的宇宙，与一般网络几乎毫无联系。她看起来也许像个在学校里所有科目都不及格的青少年，可一旦给她计算机程序的程序原始码和一个合理的执行环境，她的大脑就马上咔嗒咔嗒运转起来。她所制造的正是一个经过改良的全新恶意程序，一个有了自己生命的进阶木马。

她找到之前在柏林买的T-Mobile预付卡，装进电话，然后用它上网。也许她还应该远赴世界另一个角落，改扮成她的替身伊琳·奈瑟。

如果美国国安局的资安人员够勤奋，掌握了情况，或许真能一路查到她在这一区使用的挪威电信基地台。不会查到水落石出，至少以目前的技术不可能，但还是会很接近，这可说是天大的坏消息。然而她认为坐在家里的好处盖过了风险，何况她确实已尽可能采取一切防护措施。她和绝大多数黑客一样使用Tor匿名网络①，借此她的通讯路径便能在千万名用户之间变换隐藏。但她也知道就算Tor也不是滴水不漏，美国国安局便使用一个代号为"任性的长颈鹿"的技术破解了该系统，因此她又花更长时间改善自己的个人安全防护，然后才发动攻击。

她就像刀片削纸般切入平台，但终究还是不能过度自信。事前已经取得系统管理员的名称，现在必须很快地确认他们的位置，在他们的某个档案里植入她的木马病毒，进而在服务器网络与内部网络之间

---

① Tor（The Onion Router），又称洋葱路由，一种网络匿名技术，透过一层层加密与变换路径，让使用者不会被追踪到。

建立一座桥梁，这一切都绝非易事。在这期间，绝不能让警铃或防毒程序鸣响起来。最后她利用一个名叫汤姆·布雷肯里治的人的身份渗透进NSANet，紧接着……她身上的每块肌肉都紧绷起来。在她眼前，在她那双使用过度、数夜未眠的眼前，奇迹发生了。

她的木马带着她不断往前再往前，进入这个最机密的机密之地，而她非常清楚要往哪里去。此时她正在前往活动目录①（或是类似结构）去更新自己的状态。在这个热闹非凡的宇宙里，她将从不受欢迎的小访客变成超级使用者，一旦成功后，她会试着将系统大致浏览一遍。这不简单，事实上多少有点像是不可能的任务，再说她的时间也不多。

她迅速地掌握搜寻系统，找出所有的密码与表达式与参考值等等外人无法理解的内部火星文。她正想放弃时，忽然发现一个标示为"极机密，禁止对外（不可向外国透露）"的文件。文件本身并无特别值得注意之处，但加上索利丰的齐格蒙·艾克华和国安局策略技术保护处的计算机干员之间的两次通讯连接，就变成一颗炸弹了。她面露微笑，记住每个小细节。接着她又瞥见另一个似乎相关的文件。这份文件经过加密处理，她别无他法只能复制下来，哪怕这么做会触动米德堡的警铃。她恨恨地咒骂一声。

情况渐渐变得危急，再者她还得继续她的公务——如果能说是公务的话。她信誓旦旦地向瘟疫和其他黑客共和国成员保证过，会让美国国安局颜面扫地，所以她努力地想找出该和谁沟通，该让谁收到她的信息。

她最后决定的人选是艾德温·尼丹姆，艾德老大。与IT安全防护有关的地方一定都会出现他的名字，当她很快地在内部网站找到一些关于他的信息后，也不得不肃然起敬。艾德是个杰出人才，但她打败了他，有一度她还再三考虑要不要让计划曝光。

---

① 活动目录（Active Directory），企业内部网络的身份认证系统，记载企业所属的计算机设备与使用者身份信息，凡要存取内部网络上的档案服务器和打印机，都必须通过账号、密码的验证程序才行。

她的攻击会造成轩然大波，但这正是她的目的，于是仍决定放手一搏。不知道几点了。既像夜晚也像白天，既像秋天也像春天，只是在意识深处隐隐然感觉到城市上空的暴风雨正逐渐加剧，就好像天气也配合她的突击同步进行。在遥远的马里兰州，艾德开始动手写电子邮件。

没写多久，一转眼她已经接续他的句子写道：

> 你们应该停止所有的非法活动。其实这很简单明了。监视人者，人恒监视之。这里头蕴含着基本的民主逻辑。

有一刻这些话看起来都很中肯。她细细品尝那辛辣甜美的复仇滋味，之后便拖着艾德老大一路穿梭过系统。他二人在闪烁不定的世界里雀跃舞动、横冲直撞，而那个世界里充满了理应不计任何代价都要隐藏的事物。

这是个令人悸动的经验，毫无疑问，可是……当她离线，所有的登录档案自动删除后，后遗症就来了。这就像和错的对象产生高潮的后果，几秒钟前看似再有理不过的那些句子，此时愈听愈觉得幼稚，也愈来愈像普通黑客说的废话。她忽然好想把自己灌到忘却一切。她拖着疲惫的脚步走进厨房，拿了一瓶杜拉摩威士忌和两三瓶啤酒来润喉，然后坐到计算机前面喝了起来。不是庆祝，已经没有胜利感留存在她体内。有的只是……什么呢？对抗吧。

她喝了又喝，外面风雨狂啸，恭贺欢呼源源不绝地从黑客共和国涌来。但现在的她丝毫不为所动。她几乎连坐直的力气都没有，就这么急急地往桌面上大手横扫，然后无动于衷地看着酒瓶和烟灰缸摔落在地。这时她想起了布隆维斯特。

肯定是酒精作祟。每当她喝醉时，脑子里总会忽然蹦出布隆维斯特来，就像老情人一样。于是她有些迷迷糊糊地侵入了他的计算机。她仍有捷径能进入他的计算机系统——那里毕竟不是美国国安局——一开始她还嘀咕着自己到底在做什么。

她还在乎他什么？他都已经是过去式，只是她曾经碰巧爱上的一个迷人的笨蛋，她不会再犯同样的错误。还不如就此离开，几个礼拜都不再看其他计算机。不过她还是继续留在他的服务器上，接着一转眼间，她整张脸亮了起来。该死的小侦探布隆维斯特建立了一个名叫"莉丝资料"的档案，而且在里面问了她一个问题：

我们应该如何理解法兰斯·鲍德的人工智能？

她忍不住微微一笑，一部分是因为鲍德。他和她是同一类的计算机痴，热衷于原始码与量子处理器与逻辑的潜力。但她微笑的主要原因还是布隆维斯特竟然和她碰到同一个情况，尽管内心为了要不要直接关机上床睡觉挣扎了好一会儿，她还是回信了：

鲍德的智慧一点也没有人工成分。最近你自己的又如何？
还有，布隆维斯特，如果我们创造出一部比我们聪明一点的机器，会怎么样？

然后她走进其中一间卧室，衣服也没脱倒头就睡。

第六章
十一月二十日

尽管满怀诚意想当个全职父亲,尽管在霍恩斯路上的那一刻充满希望与激动,鲍德仍再度陷入那深沉的专注,外人看了可能会误以为他在发怒。此时他头发倒竖、上唇因冒汗闪闪发亮,而且至少已经三天没有洗澡刮胡子。他甚至还咬牙切齿。对他而言,世界与外头的风雨早在数小时前便已不存在,他甚至没有注意到脚边的情形。底下有一些细碎、古怪的动静,好像有猫或宠物爬过,过了好一会儿他才发觉是奥格斯在桌子下面爬来爬去。鲍德茫然地看着他,仿佛那一连串程序码仍像薄膜似的包裹在眼前。

"你在干吗?"

奥格斯抬起头,流露出清明的恳求眼神。

"什么?"鲍德问道,"什么啊?"就在这时候怪事发生了。

孩子从地上拿起一张写满量子算法的纸,兴奋地一手在纸上来回移动。鲍德一度以为这孩子又要再度发作,但没有,奥格斯倒像是假装在写字。鲍德感觉到全身紧绷起来,并再次想起一件重要而遥远的事,就跟那天穿越霍恩斯路有相同感觉。不过这回他知道原因。

他回想起自己的童年,当时数字与方程式比人生本身更重要。他顿时精神一振,失声高喊:"你想做算术,对不对?当然是了,你想做算术!"于是他连忙去拿来几支笔和A4格纹纸,放到奥格斯面前的地板上。

然后他写下他所能想到最简单的数列:费氏数列,其中每个数字都是前两个数字的和:1、1、2、3、5、8、13、21,然后在接下来的数字(34)留下空白。但他忽然想到这个可能太简单了,便又写下一个等比数列:2、6、18、54……其中每个数字都乘以3,因此接下来应该是162。他心想,天才儿童解这种问题不需要很多先备知识。鲍德不知不觉作起白日梦来,幻想着儿子根本不是智障,而是他本身的加强版。他自己也是很晚才会说话、会与人互动,但早在他开口说第一句话之前,便已了解数学式。

他在孩子身边坐等许久,但什么事也没发生,奥格斯只是用呆滞的目光瞪着这些数字。最后鲍德丢下他,自行上楼喝了点气泡水,随后又重新安坐到餐桌前继续工作。但如今已无法专注,便开始心不在焉地翻阅最新一期的《新科学家》。大约过了半小时,他又下楼去看奥格斯,只见儿子还是保持着跟他刚才离开时一样的姿势,动也不动地跪坐着。接下来鲍德发现一件离奇的事。

顿了一下,他才惊觉自己看到的是一件不可思议到极点的事。

汉娜·鲍德正站在托尔斯路家中的厨房里,抽着无滤嘴的王子牌香烟,身上穿着蓝色睡袍和一双老旧的灰色拖鞋,虽然秀发浓密并依然颇具姿色,却显得憔悴。她的嘴唇肿起,眼周化了浓妆,但不全然是为了爱美。汉娜又挨打了。

不能说她已经习惯,没有人会习惯这种暴力虐待,只是这已是她每天生活的一部分,她几乎已记不得从前那个快乐的自己。恐惧成了她性格中的自然元素,她每天抽六十支烟还要吃镇定剂,至今已有一段时间。

这阵子她已经知道卫斯曼很后悔对鲍德那么大方,其实这件事从一开始就令人费解。卫斯曼一直很倚赖鲍德为奥格斯寄来的钱,长期以来他们都靠这些钱度日,他还常常叫汉娜写信谎称带孩子去看某个教育专家或接受矫正治疗,而有一些额外开销,但很显然讨来的这些钱根本没有用在类似用途上。所以才奇怪呀。他为何会放弃这一切,让鲍德将孩子带走?

汉娜心底深处是知道答案的。是因为酒精引发的狂妄。是因为TV4电视台一出新的侦探影集答应给他一个角色,让他更加信心大增。但最主要还是因为奥格斯。卫斯曼觉得这孩子诡异得让人发毛,只是汉娜完全无法理解,怎会有人讨厌奥格斯呢?

他老是坐在地上玩拼图，完全不烦人。不过他有种奇怪的眼神，是往内看而不是往外看，一般人见了往往会笑说这孩子的内心世界肯定非常精彩，这偏偏就让卫斯曼感到焦躁。

"天啊，汉娜！他想要看穿我。"他会失控大喊。

"你不是说他只是个白痴。"

"他是白痴没错，但感觉还是有点奇怪。我觉得他恨我。"

这绝对只是胡说八道。奥格斯根本看也没看卫斯曼一眼，老实说他谁也不看，肯定也没有憎恨任何人的能力。外面的世界会扰乱他，他还是待在自己的泡泡里最快乐。可是发起酒疯的卫斯曼总认为这孩子在计划什么阴谋，八成就是为了这个，他才会让奥格斯和钱从手中溜走。可悲。至少汉娜是这么解读。但是现在当她站在洗碗槽边紧张地猛抽香烟，烟草都黏到舌头上了，却不禁怀疑会不会真有什么。也许奥格斯真的恨卫斯曼。也许他真的想为了自己挨的那些拳头惩罚他，也许……汉娜闭上眼睛咬咬嘴唇……这孩子也恨她。

自那天起她开始产生这些自我憎恶的感觉，到了晚上，一种几乎难以承受的渴望涌上心头，她也不由得怀疑自己和卫斯曼会不会真的伤害了奥格斯。

不是因为奥格斯在数列中填入了正确答案，像鲍德这样的人不会对这种事有特别强烈的感觉。不是这个，而是他看见数字旁有一样东西。乍看之下像是照片或图画，但其实是一张素描，确切地画出了他们那天傍晚过霍恩斯路时遇见的红绿灯，再微小的细节也都巧妙地捕捉到了，呈现出一种百分百的精准。

画中散发出光辉。没有人教过奥格斯怎么画立体画，或是怎么处理光与影，他却似乎能完美地掌握这些技巧。交通信号的红灯对着他们闪，霍恩斯路上秋天的夜色将它包围，而路中央还可以看到当时鲍德也注意到并隐约觉得眼熟的男人。男人眉毛以上的头部被截断了，他的表情显得惊恐，或至少是慌乱不安，仿佛是被奥格斯看得慌乱了起来，而且他走路摇摇晃晃，但天晓得这孩子怎能画得出来。

"我的老天,"鲍德说,"这是你画的吗?"

奥德斯没有点头也没有摇头,只是望向窗户,鲍德顿时有一种非常奇怪的感觉,好像自己的人生从此再也不一样了。

汉娜需要出去添购点东西。冰箱都空了。卫斯曼随时可能回家,要是连瓶啤酒都没得喝,他会不高兴的。但外面的天气糟透了,她便拖着没出门,而是坐在厨房里抽烟,哪怕抽烟对皮肤有害,对什么都有害。

她滑着手机将联络信息浏览了两三遍,希望能有个新名字出现,不过当然还是只有原来那批人,他们全都对她厌倦了。虽然明知不妥,她还是打给了米雅。米雅是她的经纪人,很久以前两人还曾是最要好的朋友,梦想着要一起征服世界。如今汉娜却是米雅内疚的源头,她那些借口已经多到数不清。"女演员有了年纪可就不容易了,叭啦叭啦叭啦。"何不直接把话说白了?"你看起来好苍老,汉娜,观众再也不喜欢你了。"

不过米雅没接电话,这样倒也好,反正通上话对她们俩都没好处。汉娜忍不住往奥格斯的房间里看,只为了体会失去的痛楚,这种痛让她觉悟到自己这一生最重要的任务——为人母——已然失败。说起来有点变态,她竟在自怜的心态中寻求安慰,当她站在原地想着是不是该出去买点啤酒,电话铃响了。

是鲍德。她做了个鬼脸。这一整天她都好想——可是不敢——打电话给他,把奥格斯讨回来,不只因为她想念孩子,更不是因为她认为儿子跟着自己会比较好。纯粹只是为了避免发生不幸。

卫斯曼想再拿到儿子的抚养费,她暗忖:万一他跑到索茨霍巴根去主张自己拥有的权利,天晓得会发生什么事。他说不定会把奥格斯拖出屋子,吓得他半死,再把鲍德痛打一顿。她得警告他一声。不料当她拿起话筒打算跟鲍德说这件事时,却根本插不进话。他一口气滔滔不绝地说着一件怪事,说什么"真的太了不起、太不可思议"了,诸如此类。

"对不起,法兰斯,我听不懂。你在说什么?"她问道。

"奥格斯是个学者①,他是天才。"

"你疯啦?"

"正好相反,亲爱的。我终于清醒了。你得过来一趟,真的,现在就来!应该只能这样了,不然你不会明白。出租车钱我付,我保证你看了会疯掉。他肯定有过目不忘的本事,你懂吗?而且也不知道他是怎么办到的,自己就学会了立体画的诀窍。画得好美、好精确呀,汉娜。它闪着来自另一个世界的光。"

"什么东西?"

"他的红绿灯。你没在听吗?我们那天晚上经过的红绿灯,他为它画了一系列完美的画,其实不只完美而已……"

"不只……"

"该怎么说呢?他不只是照着画而已,汉娜,不只是复制得一模一样,他还加了其他东西,一种艺术面向。他的画有一种非常奇特的热情,矛盾的是也有一种绝对精准的感觉,就好像他甚至对轴侧投影也有些许了解。"

"轴……"

"那不重要!反正你得过来看看。"他说,这时她才渐渐听懂了。

奥格斯突然像个大师一样——至少据鲍德所说——画起画来了,若是真的当然再好不过。只可惜汉娜还是不快乐,一开始她不明白为什么,后来才幡然醒悟。因为事情发生在鲍德家。事实显示,这孩子跟着她和卫斯曼同住多年,从来没发生过这种事。他只会坐在那里拼拼图、玩积木、一声不吭,只会脾气一发作就发出刺耳的尖叫声,身体前后剧烈晃动,惹人不快。现在呢,哇,才跟爸爸住了几星期就成了天才。

太过分了。不是她不替奥格斯高兴,但就是心痛,最糟的是她并

---

① 学者(savant),又称"学者奇才症候群",这类人有发展过程失常、心智缺失症状,却又具有惊人的能力与才华,例如记得上千本书的内容、听过一次就能弹奏钢琴协奏曲。

没有感到应有的惊讶。相反地,她仿佛早有预感,不是预感到儿子会画出精细且栩栩如生的红绿灯,而是预感到在表面之下还有一些什么东西。

她是从他的眼睛感觉到的,每当他情绪兴奋时,那眼神便好似记录下了周遭环境的每个小细节。她也在其他地方感觉到了,例如孩子倾听老师上课的模样、孩子翻阅着她买给他的数学书本时的紧张神情,最主要的是他写的数字。那些数字倒没什么奇怪,只是他会连着好几小时写下一系列大到令人费解的数目。汉娜确实曾努力想去理解,或者至少抓住其中的重点,但不管她怎么试都解不出来,现在她心想自己错过了某些重要的事。她太不快乐、太封闭,无暇去探究儿子心里在想什么,不是吗?

"我不知道。"她说。

"不知道什么?"鲍德气愤地问。

"不知道能不能去。"她正说着便听到前门有骚动。

是卫斯曼带着老酒友罗杰·温特进门来了,她吓得畏缩起来,喃喃地向鲍德道歉,心里则不断想着自己真是个坏母亲——这么想已不下千次。

鲍德站在卧室的方格地板上,手里拿着电话咒了一声。他把地板铺成方格图案是为了投合他有条不紊的精确性格,可以看到方格无穷尽地延伸倒映在床铺两侧的衣橱镜子里。有时候,他会把镜中大量繁殖的方格看成一个生气勃勃的谜题,一个从简图中冒出来、有了自己生命的东西,正如同从神经元生出的思绪与梦想,或是从二进制编码产生的计算机程序。但这个时候,他却沉浸在截然不同的思绪里。

"好儿子呀,你妈妈是怎么了?"他说出声来。

坐在他旁边吃着起司腌黄瓜三明治的奥格斯抬起头来,表情专注,鲍德顿时有种奇怪的预感,觉得他即将说出成熟有智慧的话来。但这显然是痴心妄想。奥格斯一如既往地沉默,对于年华老去、受忽视的女人也一无所知。鲍德之所以会兴起这样的念头当然是因为那些画。

在他看来，这几张画——到现在已有三张——证明了他不但具有艺术与数学天赋，还有某种智慧。这些作品在几何学的精确度方面是那么成熟复杂，鲍德实在无法相信以奥格斯的有限心智能画得出来，也或许他是不想相信，因为他老早就知道这是怎么回事。

身为自闭儿的父亲，鲍德早就略微察觉许多家长都希望孩子有学者般的脑袋，可以当作安慰奖来弥补认知缺陷的诊断。但这样的几率并不高。

根据一般估计，只有十分之一的自闭儿具有某种学者天赋，而且这些才能虽然往往伴随着惊人记忆与入微的观察力，却不像电影中描画得那么神奇。譬如，有些自闭症的人可以说出某年某月某日是星期几，时间范围涵盖数百年，在某些极端的案例中，甚至可长达四千年。

也有人对于某个狭小领域无所不知，例如公交车时间表或电话号码。有人能心算极大数目，或是记得自己人生每一天的天气状况，或是不看表就能说出现在是几点几分几秒。总之有形形色色、或多或少堪称卓绝的才能，据鲍德所知，拥有这类技能的人被称为奇才学者，相较于在其他方面的障碍，这些才能的表现显得相当突出。

还有一群人更罕见得多，鲍德希望奥格斯就属于这一类：也就是所谓的天才学者，他们的才能不管怎么看都是顶尖。金·皮克便是一例，他也是电影《雨人》①的灵感来源。金有严重的智障，甚至无法自行穿衣，但却背下了一万两千本书的内容，而且几乎所有与事实有关的问题，他都能在刹那间回答。他有"金计算机"的称号。

或者是史蒂芬·威尔夏，一个患有自闭症的英国男孩，幼时极度封闭，直到六岁才说出第一个字，而且刚好是"纸"。到了七岁，只要很快看过一眼，史蒂芬便能完美且巨细靡遗地画出建筑群。他被安

---

① 《雨人》(Rain Man)，一九八九年奥斯卡最佳影片，描述自闭却有高强记忆力的哥哥，与分开多年的弟弟相会，并前往赌城冒险的故事。

排搭乘直升机飞越伦敦上空，回到地面后便画出整座城市令人目眩神迷、难以置信的全景图，并带有美妙的个人笔触。

如果鲍德理解得没有错，他和奥格斯看待红绿灯的方式必然大不相同。不仅仅因为是孩子就专心得多，也因为鲍德的大脑会即刻删除所有非必要因子，以便专注于红绿灯的关键信息：走或停。他老想着沙丽芙，观察力多半因此变迟钝了，而奥格斯肯定看到了十字路口完完整整的模样，一点蛛丝马迹都没放过。

之后他就把那幅景观像优美的蚀刻版画一样带着走，直到过了几个星期才觉得有必要把它呈现出来。最奇怪的是他不只单纯地临摹了红绿灯和那个男人，还赋予一种令人不安的光线，鲍德就是抛不开一个想法，总觉得奥格斯想对他说的不只是：看看我的本事！他凝视这些画已不下百次，这回仿佛有根针刺入心脏。

他感到害怕，却不明所以。那个人似乎不太对劲。他的眼神炯炯发亮而严峻，下巴紧绷，嘴唇出奇地薄，几乎像是不存在。尽管这几乎构不成憎恶他的理由，但不知为何看着他愈久愈觉得他可怕，蓦地鲍德感觉到一股冰冷恐惧袭将上来。

"儿子，我爱你。"他喃喃自语，几乎没有意识到自己在说什么，同样的话可能重复了好几遍，直到这些字眼愈听愈陌生。

他感受到一种新的痛楚，因为他发觉自己从来没说过这几个字，从最初的震慑中恢复之后，才猛然惊觉这其中有种卑劣的成分。难道他爱儿子是因为他的特殊才能？如果是的话，那还真是典型的他。他这辈子一直都执迷于成就。

他从不为那些不属于创新或高技能的事物费神，无论在离开瑞典或硅谷时，他都同样想也没想到奥格斯。鲍德自己一心只忙着追求卓越的发现，基本上在他的计划中，儿子只不过是个恼人的东西。

但现在情况不同了，他暗自发誓。他会将研究与最近几个月折磨着他的一切搁置一旁，全副心思都放在儿子身上。

他要成为一个全新的人。

第七章
十一月二十日

杂志社发生了另一件事，不好的事。但爱莉卡不愿在电话上详述，而是提议到他的住处来。布隆维斯特试图打消她的念头：

"你那美丽俏臀会冻僵的！"

爱莉卡没理会他，要不是她说话语气不寻常，他倒是很乐意她如此坚持。打从离开办公室后，他就迫不及待想跟她说话，也许还想把她拉进卧室扒去她的衣服。但他隐约感觉得到现在这是不可能了。她听起来心烦意乱，只嘟哝一句"对不起"，却只是让他更担心。

"我马上搭出租车过来。"她说。

她还要好一会儿才会出现，无聊之余，他走进浴室照镜子。他的状况肯定大不如前了，一头需要修剪的乱发，眼睛底下也出现眼袋。基本上这都是伊丽莎白·乔治害的。他咒骂一声走出浴室，开始动手清理。

至少这是爱莉卡唯一无法抱怨的事。无论他们认识多久、生活上交织得多密切，他至今仍为洁癖所苦。他是劳工的儿子也是单身汉，而她是上流社会的已婚妇女，在索茨霍根还有一个完美的家。无论如何，他让住处看起来体面些总是无伤大雅吧。他把碗盘放进洗碗机，擦干水槽，把垃圾拿出去丢掉。

他甚至还有时间吸客厅地板的灰尘、给窗台上的花浇水、整理书架和杂志架之后，门铃才响起。除了门铃，还传来不耐烦的敲门声。他一开门简直吓坏了。爱莉卡整个人都冻僵了。

她浑身抖得厉害，但不只是因为天气。她连帽子也没戴，漂亮的发型被风吹乱，右边脸颊有一处像是擦破了皮，早上并没看到。

"小莉！你没事吧？"他问道。

"我的美丽俏臀都冻坏了。拦不到出租车。"

"你的脸怎么了？"

"滑倒摔的。大概有三次吧。"

他低头看着她脚上那双暗红色高跟意大利皮靴。

"你还穿了恰当的雪靴呢。"

"是啊，完美得很。更别提我早上出门时决定不带保温瓶了，多英明啊！"

"来吧，我替你暖暖身。"

她扑进他怀里，当他将她抱紧，她却抖得更厉害。

"对不起。"她再次说道。

"为什么？"

"因为所有的事。因为赛纳。因为我是个笨蛋。"

"别说得这么夸张，小莉。"

他拨落她头发和额头上的雪花，并仔细瞧了瞧她的脸颊。

"不，不是的，我全都告诉你。"她说。

"不过你先把衣服脱掉，泡个热水澡。想不想喝杯红酒？"

她想，然后端着酒杯泡澡泡了许久，当中又斟两三次。他坐在马桶盖上听她说，尽管全是坏消息，谈话中却有一种和解的味道，仿佛最近在两人之间筑起的墙正一步步被突破。

"我知道你从一开始就觉得我是笨蛋，"她说，"不，别否认，我太了解你了。不过你得理解克里斯特、玛琳和我别无选择。我们网罗到埃米和苏菲，真的感到很骄傲，他们可以说是目前最炙手可热的记者，对吧？这大大提升了我们的声誉，显示《千禧年》还很活跃，也引起极大回响，《摘要》双周刊和《传播日报》都有十分正面的报道。就好像回到风光的往日，而且我曾向苏菲和埃米保证杂志社将会有稳健的未来，这一点我个人感触特别深刻。我说我们的财务稳定，有海莉·范耶尔在背后撑腰。我们会有钱可以做很棒的深入报道。你知道吗？我自己真的也相信。没想到……"

"没想到天塌下来了。"

"没错，而且不只是报章杂志的危机，或广告市场的瓦解，和范耶尔集团的整体情况也有关联。不知道你明不明白他们里头有多乱。有时候我觉得几乎就像一场政变。家族里一大群反动的老男人,其实女人也是——说真的,你应该比谁都了解他们。一群有种族歧视、思想倒退的老人联手往海莉背后捅了一刀,我永远忘不了她打来的那通电话。她说,我摔了个大跟头,被打垮了。当然,她为了振兴集团、让集团现代化所做的努力,接着又决定指派维克多·高德曼拉比的儿子大卫为董事,确实惹恼了他们,但我们也脱不了干系,这你是知道的。安德雷刚刚针对斯德哥尔摩的乞丐写了一篇报道,我们全都认为是他有史以来写得最好的一篇,到处有人引述,连外国也不例外。可是范耶尔家的人……"

"认为那是左派的垃圾言论。"

"还更难听呢,麦可——说他在替一群'连工作都懒得去找的懒家伙'宣传。"

"他们这么说?"

"差不多是这样。我猜和报道本身无关,那只是他们的借口,想借此进一步削弱海莉在集团内的角色。他们想把亨利和海莉支持的一切全部中断。"

"白痴。"

"就是说啊,但其实那对我们的帮助不大。我还记得那段日子,感觉就好像突然失去支援,我知道,我知道,我应该多让你参与才对。只是我以为要是让你专心写你的报道,对我们所有人都有好处。"

"结果我还是没交出什么像样的东西。"

"你尽力了,麦可,你真的尽力了。不过我要说的是就在那个时候,当一切跌到谷底,雷文来电了。"

"应该是有人向他密报了情况。"

"一定是,甚至不用我说你也知道,一开始我是抱持怀疑的。赛纳感觉很像最低级的八卦小报,但雷文一如往常地鼓动那三寸不烂之舌,让它大大改观,他还邀请我去坎城的豪华大别墅。"

"什么?"

"对不起，这个我也没跟你说，大概觉得丢脸吧。反正我正好要去参加影展，替一位伊朗导演做侧写。你知道的，就是因为拍了十九岁少女莎拉被人用石头打死的纪录片而遭到迫害的那个导演。我心想让赛纳帮忙出旅费倒也无妨。总之，我和雷文彻夜长谈，还是没有消除我的疑虑。他自吹自擂到荒谬的地步，把游说的十八般武艺全施展出来。但最后我还是开始听他说了，你知道为什么吗？"

"因为他的性技巧高超。"

"哈，不对。是因为他和你的关系。"

"这么说他是想和我上床？"

"他对你无限仰慕。"

"狗屁。"

"不，麦可，这下是你错了。他热爱他的权力、金钱和坎城的别墅，但更甚于此的是，他很懊恼自己不像你那么酷。要说信用的话，他很穷，你却超级富有。他内心深处很希望能够像你，我马上就能感觉得到，但没错，我也应该要察觉到那种羡慕有可能变得危险。你应该知道这次大受抨击是怎么回事吧？你不妥协的态度让人觉得自己可悲。你的存在一再让他们想起自己出卖了多少，你愈受到称赞，他们就愈显得微不足道。这样一来，他们反击的唯一方法就是把你拖下水。那些屁话还给了他们一点点尊严——至少他们是这么想的。"

"谢了，爱莉卡，不过我真的一点都不在意那些抨击。"

"我知道，至少我希望自己多在意一点。但我那时认为雷文是真的想加入我们，想成为我们的一分子。他希望利用我们的名声沾点光，我认为这是好的动机。如果他抱有想和你一样酷的野心，那么他便无法忍受让《千禧年》变成赛纳旗下一项平凡无奇的商品。假如他因为毁了瑞典最具传奇性的杂志之一而出名，就算本来还仅存的一点信用也会从此化为乌有。所以我真的相信他说他和集团都需要一家声誉卓著的杂志社，说他只是希望帮助我们写出我们相信的那种报道。坦白说，他的确想要插手杂志社的事务，但我视之为虚荣心，认为他是想炫耀，想对他那些雅痞朋友说他是我们的公关顾问之类的。我怎么也想不到他竟敢试图染指杂志的灵魂。"

"偏偏这正是他现在在做的事。"

"很不幸,的确如此。"

"那么你那精彩的心理学理论从这里头得到什么结论?"

"我低估了投机心理的力量。你也看到了,在这一波抨击你的言论开始前,雷文和赛纳的行为都中规中矩,但在这之后……"

"他在利用机会。"

"不,不是他,是另一个人,一个想抓住他把柄的人。我后来得知雷文费了很大工夫,才说服其他人支持他买下杂志社的股权。你应该想象得到,在赛纳不是每个人都有新闻记者的自卑情结,他们大多只是普通的生意人,瞧不起为重要大事辩护的所有言论。他们形容雷文那是'假理想主义',也正是这个激怒了他们,因此在针对你的抨击当中,他们刚好逮到机会勒索他。"

"天哪,我的天哪。"

"你难以想象。一开始看起来还可以,毕竟我们多少得因应市场需求,而且你也知道,我觉得有些意见听起来相当不错。毕竟我花了大把时间在思考怎么样才能打入年轻读者群。我真的觉得我和雷文有过具有成效的对话,所以他今天发表的谈话我并不太担心。"

"我注意到了。"

"但那是在一切陷入不可收拾的混乱局面之前。"

"你在说什么?"

"就是你破坏他演说所引起的骚动。"

"我什么也没有破坏,爱莉卡,我只是离开而已。"

爱莉卡躺在浴缸里,啜一口红酒,然后露出一抹落寞的苦笑。

"你什么时候才会知道自己是麦可·布隆维斯特?"她说道。

"我想我已经开始领悟到了。"

"看来并没有,否则你应该明白在一场关于自己的杂志社的演说中途离席,这就是件大事,不管布隆维斯特是不是有意要把事情闹大。"

"那么我为自己的破坏行为道歉。"

"我不是在怪你,现在不了,相信你看得出来,现在是我在道歉。是我让我们陷入这个局面。反正不管你有没有中途离开,结果很可能都不如预期。他们只是在等待机会打击我们。"

"到底发生什么事?"

"你走了以后我们都很泄气,而自尊心再次受到打击的雷文也不管什么演说不演说了。他说,没有用。他打电话回复他老板,话八成说得有点重。我猜我原本寄予希望的那股羡慕之情已经转变成小心眼的怀恨。大约一个小时以后,他又回来说集团准备全力支援《千禧年》,并运用所有管道营销这本杂志。"

"你听了不觉得高兴。"

"对,早在他说出第一个字之前我就知道了,从他的表情就看得出来。他脸上散发出一种交织着害怕又得意的神色,起初他不知道该从何说起,大多只是含糊其词地说集团希望我们多深入探讨商业话题,加上以较年轻读者为对象的内容,加上多一点名人的消息。谁知道……"

爱莉卡闭上眼睛,拨梳着湿发,接着将剩下的酒一饮而尽。

"怎么样?"

"他说他要你离开编辑团队。"

"他说什么?"

"当然无论是他或集团都不能直截了当地说出来,他们更承受不起《布隆维斯特遭赛纳开除》之类的标题,所以雷文话说得漂亮,说他想给你更大的自由空间,让你专心做你最拿手的事情,就是写报道。他提议策略性地将你派驻伦敦,还让你享受优厚的特派记者待遇。"

"伦敦?"

"他说瑞典是个小池塘,容不下你这条大鲸鱼,但你知道他的意思。"

"他们觉得要是我继续留在编辑团队,他们就无法贯彻改革吗?"

"差不多是这个意思。但话说回来,当我和克里斯特与玛琳直接拒绝,说这件事没有商量余地时,他们应该也不觉得惊讶。安德雷的反应就更不用说了。"

"他做了什么?"

"跟你说这个实在好尴尬。安德雷站起来说他这辈子没听过这么可耻的事,说你是我们国家最好的资产之一,是民主与新闻界的骄傲,还说赛纳集团的人都应该惭愧得抬不起头来。他说你是个伟人。"

"他是故意夸大其词。"

"不过他是个好青年。"

"他的确是。结果赛纳的人怎么做?"

"雷文当然有所准备,他说:'随时欢迎你买下我们的股份,只不过……'"

"股价已经涨了。"布隆维斯特替她把句子说完。

"没错。他说不管用什么基础来评估,都会显示赛纳的股权转让价格至少应该是当初买价的两倍,因为他们创造了额外的价值与商誉。"

"商誉!他们疯啦?"

"看起来一点也没有,不过他们很聪明,想要糊弄我们。我怀疑他们是不是打算一箭双雕:完成一桩好交易,同时让我们破产,以便铲除一个竞争者。"

"那我们到底该怎么办?"

"拿出我们的看家本领啊,麦可,拼出个你死我活。我会拿出一点自己的钱买下他们的股份,努力让这本杂志成为北欧最棒的杂志。"

"这当然好了,爱莉卡,但接下来呢?我们最后会陷入连你也无能为力的财务困境。"

"我知道,但没关系。比这个更艰难的情况我们都熬过来了。你和我可以暂时不支薪,我们没问题的,对不对?"

"一切都总有结束的一天,爱莉卡。"

"别说这种话!永远别说!"

"即使这是实话?"

"尤其是这样。"

"好吧。"

"你没有什么正在进行中的东西吗?"她说,"随便一点什么可以震撼瑞典媒体界的东西?"

布隆维斯特将脸埋入手中,不知为何忽然想起女儿佩妮拉。她说她不会像他一样,而是要写"真的",也不知道他写的东西有什么不"真"之处。

"好像没有。"他说。

爱莉卡用力地拍打了一下浴缸里的水,溅湿了他的袜子。

"拜托,你肯定有点什么。这个国家就属你得到的密报最多了。"

"大部分都是垃圾,"他说,"不过也许……我现在正在查一个东西。"

爱莉卡从浴缸里坐直身子。

"是什么?"

"算了,没什么,"他打了退堂鼓,"只是我一厢情愿的想法。"

"在这种情况下,我们就得一厢情愿。"

"没错,可是都只是一团烟雾,什么证据也没有。"

"但你心里有几分相信,对不对?"

"也许吧,但那是因为一个和故事本身毫无关系的小细节。"

"什么?"

"我的老战友也出现在里头。"

"姓氏开头是莎的那个?"

"正是她。"

"那就更有看头了。"爱莉卡说着跨出浴缸,一丝不挂,美丽动人。

第八章

十一月二十日晚上

奥格斯跪坐在卧室的方格地板上，看着两只青苹果和一只柳橙构成的静物摆设，旁边一只蓝色盘子上还点着蜡烛，这是父亲特别替他安排的。但什么事也没发生。奥格斯眼神空洞望着窗外的风雪，鲍德不禁怀疑：给这孩子一个主题有意义吗？

他儿子只须往某样东西瞄上一眼，印象就能深植于心，所以又何须旁人替他选择该画什么？尤其是他这个当父亲的。奥格斯脑子里肯定装了成千上万的影像，也许一个盘子和几只水果说有多不对劲就有多不对劲。鲍德再次自问：儿子画的红绿灯是不是想传达什么特别的信息？这素描并非漫不经心的随意观察结果，相反地，那红灯闪亮得有如一只愠怒不祥的眼睛，说不定——鲍德又哪会知道？——走在人行横道上的那个男人让奥格斯感受到了威胁。

这一天鲍德已经凝视儿子无数次。真丢脸，不是吗？以前他总觉得奥格斯古怪难以理解，如今不由得怀疑其实儿子和他很相像。鲍德年少时，医生不太喜欢作诊断，当时远比现在更可能以一句"性格古怪"草草打发了事。他本身肯定和其他孩子不一样，他太一本正经，脸上总是面无表情，在学校的游戏场上谁都觉得他无趣。他也觉得其他孩子不怎么有趣，于是躲进数字和方程式的世界，不需要开口便尽量不开口。

专家很可能不会将他和奥格斯归为同一类自闭症患者，但在今日却可能给他贴上亚斯柏格症的标签。他和汉娜都认为早期诊断会有帮助，结果几乎什么也没做，直到现在儿子都八岁了，鲍德才发现他有数学与空间方面的天赋。汉娜和卫斯曼怎么会没注意到呢？

尽管卫斯曼是个混蛋，汉娜基本上却是个细心的好人。鲍德永远忘不了他们的第一次邂逅。那是瑞典皇家工程科学院的颁奖晚会，在斯德哥尔摩法院举行。当时他获颁一项他自己毫不在意的奖,一整个晚上无聊得只想赶快回到家中的计算机前,忽然有个他隐约有点印象的美女——鲍德对名人界的认识很有限——走上前来与他攀谈。鲍德只当自己还是塔普斯壮中学那个只会让女生轻蔑以对的书呆子,不明白像汉娜这样的女人看上他哪一点。他很快就发现,那个时候的她正值事业巅峰,而当晚她竟诱惑他、与他发生关系,从来没有一个女人对他这样过。接下来或许是他这一生最快乐的一段日子,只不过……二进制编码战胜了爱情。

他工作到最后使得婚姻终于破裂。卫斯曼上场,汉娜的情况愈来愈糟,奥格斯恐怕也一样,鲍德当然应该怒发冲冠,但他知道自己也有责任。他花钱买到了自由,不必为儿子的事烦心,或许监护权听证会上说他选择了人工智能的梦想而抛弃自己儿子的那番话,道出了事实。他真是个超级大白痴。

他拿出笔记本电脑搜寻更多关于学者技能的信息。他已经订购了一些书,打算和平时一样自学所有相关知识。他不会让任何一个混蛋心理学者或教育专家抓到错处,告诉他奥格斯此时需要些什么,他会比他们所有人都更清楚,于是他继续不断地搜寻,最后有个名叫娜蒂雅的自闭症女孩的故事吸引了他的注意。

罗娜·赛夫的《娜蒂雅:拥有神奇绘画能力的自闭儿案例》与奥立佛·萨克斯的《错把太太当帽子的人》两书中,都描述了她的遭遇,鲍德读得入迷。她的故事扣人心弦,而且两人在许多方面都很相似。娜蒂雅和奥格斯一样,出生时看起来非常健康,直到后来父母才逐渐察觉有些不对劲。

这女孩一直没有开口说话,也不直视人,不喜欢肢体接触,对母亲的微笑与尝试沟通的意图没有反应。大部分时间都安静、内向,还会不由自主地将纸张撕成细条。直到六岁,她都没有说过一句话。

但她却能像达·芬奇一样画画。早在三岁那年,突如其来地就画起马来了。与其他小孩不同的是,她不是从一整只动物开始画,而是从某个小细节开始,例如马蹄、骑士的靴子、马尾,等等,最奇怪的是她画得很快。她以惊人的速度将这些部位东拼西凑，直到呈现出完美的整体，可能是奔驰或漫步的马。根据自己的亲身体验，鲍德在青少年时期就知道要画一只行进中的动物有多困难，无论如何努力尝试，结果总是显得不自然或僵硬。至少要大师级的技巧才能细细描绘出动作中的轻盈感。娜蒂雅三岁时便已是大师。

她的马有如完美的定格画面，绘画的笔触灵巧，明显看得出并未经过长期训练。她纯熟的技巧如泄洪般爆发出来，让同时期的人为之惊艳。她怎能迅速地画上几笔，便跳越过艺术史上数百年的发展历程？澳大利亚专家艾伦·史奈德与约翰·米奇研究过这些画后，在一九九九年提出一个理论，后来逐渐为众人接受，大意是每个人天生都有达到那种技巧境界的能力，只是大多数人的天分被封闭住了。

举例而言，倘若我们看到一个足球，不会马上理解到那是一个立体的物体，而是要在大脑经过一连串闪电般的细节处理过程：分辨阴影的方位以及深度与色调的差异，然后才能对形体下一定的结论。这一切都在无意识中进行，但必须先分别检视各个部分，才能得知眼前看到的是球体而不是圆圈这么简单的事实。

随后大脑会产生出最后形体，这个时候我们便不再看到最初映入眼帘的那些细部，就好比无法将树木看成木材一样。但是米奇和史奈德觉得只要能重现内心的原始影像，就能以全新的方式去看世界，或许还能重新创造世界，就像娜蒂雅完全没有受训练也能做到的事。

娜蒂雅看到了尚未经过大脑处理的无数细节，所以才会每次都从马蹄或鼻子等个别部位画起，因为我们所感知到的整体尚未存在她的内心。尽管在理论中看到一些问题，或至少有一些疑问，鲍德还是觉得这个想法很有意思。

从许多方面来说，这都很像他在研究工作中一直在寻找的独创观点：绝不将任何事物视为理所当然，而是看穿显而易见的表象，深入直视小细节。他愈加沉迷于这个主题，欲罢不能地往下读，最后忽然冷不防地打了个哆嗦，甚至大喊出声，同时瞪着儿子看，一阵焦虑油然而生。这和研究发现毫无关系，而是看到娜蒂雅第一年上学的情形。

娜蒂雅被送进一家专收自闭症儿童的学校,教导重点放在让她开口说话。这女孩有一些进步——她说话了,一字一句慢慢开始。但付出了极大代价。她开口之后,掌控蜡笔的才华随之消失,据作者罗娜·赛夫说,就好像一种语言取代了另一种。娜蒂雅从原来的艺术天才变成有严重障碍的自闭女孩,虽然能说一点话,却丧失了原本震惊全世界的才华。这样值得吗?就只为了说几句话?

不值得,鲍德想这么大喊道,或许是因为他一直准备要不计代价成为他这个领域的天才。绝不能平凡无奇!他一生都以此为宗旨,然而……聪明如他自然明白,他本身的精英原则如今不一定是正确指标。几幅令人赞叹的画作,也许根本比不上能开口讨杯牛奶喝,或是和朋友或父亲交谈几句。他又哪能知道呢?

但他不愿去面对这样的选择。这是奥格斯出生至今所发生过最美好的事,要他放弃他办不到。不行……就是不行。没有一个家长应该做此决定,毕竟谁也无法预料怎么做对孩子最好。

他愈想愈觉得不合理,他发现自己并不相信,又或者他根本不想相信。娜蒂雅毕竟只是一个案例。

他必须找出更多案例。但就在此时电话响了,这几个小时当中电话响个不停,有一通未显示号码,另一通是前助理李纳斯打来的。他愈来愈不想花时间应付李纳斯,甚至不确定还信不信任他——总之现在真的不想跟他说话。

不过这通他还是接了,可能纯粹出于紧张。是嘉布莉·格兰,国安局那个美丽的分析师,他脸上终于露出微微笑意。比起沙丽芙,嘉布莉几乎不遑多让。她有一双美得闪闪动人的眼睛,而且十分机敏。他向来抵挡不住聪明女人的魅力。

"嘉布莉,"他说道,"我很想跟你谈,但我现在在忙,没空。"

"听了我要跟你说的话,你肯定有空。"她的口气严肃得出人意外,"你有危险。"

"胡说八道,嘉布莉!我告诉你,他们可能会告得我倾家荡产,但最多就是这样了。"

"法兰斯，很抱歉，但我们得到一些新的消息，而且消息来源非常可靠。看起来确实有风险。"

"什么意思？"他心不在焉地问，电话夹在肩膀和耳朵之间，正在浏览另一篇关于娜蒂雅失去天赋的文章。

"我发现信息很难评估，这点我承认，可是我很担心，法兰斯，你一定不能掉以轻心。"

"那好吧，我郑重承诺我会格外小心，我会照旧待在家里。不过我刚才说了，我现在有点忙，何况我几乎可以确信是你错了。在索利丰……"

"当然，当然，我也许错了。"她插嘴道，"这也不无可能。但万一我说对了呢？万一真有那么一丁点的可能性是我说对了呢？"

"那……"

"法兰斯，你听我说。我想你说得没错，在索利丰没有人想伤害你，那毕竟是个文明的公司。不过公司里好像有某个人或某些人，和一个在俄罗斯与瑞典活动的犯罪组织有联系。威胁是从这里来的。"

这时鲍德首次将目光移开计算机屏幕。他知道索利丰的艾克华在和一群罪犯合作，他甚至得知那伙人的首脑的几个代号，但他不明白他们为什么要对他不利。或者他是明白的？

"犯罪组织？"他喃喃说道。

"对，"嘉布莉说，"就某方面来说不也合理吗？一直以来你说的约莫就是这些，不是吗？你说一旦开始窃取另一人的点子，并利用这些点子赚钱，那就已经越线了。从那时开始情况就一路恶化。"

"我想我说的其实是你们需要一大群律师。有了一群精明的律师，才能安全地随意窃取你们想要的东西。律师是我们这个时代的职业杀手。"

"好吧，也许是这样，但你听我说：你的贴身保护令还没得到批准，所以我想让你搬到一个秘密地点。我来接你。"

"你在说什么？"

"我想我们必须马上行动。"

"不可能。我和……"

他沉吟着。

"你那边还有别人？"

"不，没有，只是我现在哪儿都不能去。"

"你没有听到我说的话吗？"

"我听得一清二楚。但请恕我直言，我觉得那多半都是臆测。"

"臆测是评估风险的基本工具，法兰斯。而且和我联络的人……我其实应该不能说的……是美国国安局的干员，他们一直在监视这个组织。"

"美国国安局！"他嗤之以鼻。

"我知道你不信任他们。"

"说不信任未免太客气了。"

"好，好，不过这次他们是站在你这边，至少这名干员是。她是个好人。她从监听当中得到某个信息，非常可能是计划要除掉你。"

"我？"

"根据各种迹象显示。"

"'非常可能'和'迹象显示'……听起来都很含糊。"

奥格斯伸手拿过铅笔，鲍德注意了他一会儿。

"我不走。"他说。

"你在开玩笑吧。"

"不，我没有。你要是得到更多信息，我会很乐意离开，但不是现在。再说，米尔顿安装的警报系统非常好，到处都有摄影机和感应器。而且你最清楚我是个顽固的混蛋，对吧？"

"你身边有任何武器吗？"

"你在讲什么，嘉布莉？武器！我所拥有最危险的东西就是新买的起司刀。"

"你知道吗？……"她话悬在这儿没说完。

"什么？"

"不管你要不要，我都会安排人去保护你，而你恐怕根本不会发现。但既然你固执得要命，我再给你一个建议。"

"说吧。"

"公开，把你知道的东西告诉媒体，那么，要是你够幸运，他们再想除掉你也没意义了。"

"我再考虑一下。"

鲍德留意到嘉布莉的声音有点漫不经心。

"好吗？"他问道。

"等一下，"她说，"有人打电话进来，我得……"

她转走了，而理应有其他更多事情需要思索的鲍德，却发现自己满脑子只有一个念头：要是教奥格斯说话，他会失去画画的能力吗？

"你还在吗？"过了一会儿，嘉布莉问道。

"当然。"

"我恐怕得挂电话了。但我保证会尽快安排让你得到一些保护。我会再跟你联络。保重了！"

他叹了口气挂上电话，再次想到汉娜、想到奥格斯、想到反映在衣橱门上的方格地板，等等，在此时此刻看似毫不相关的人事物。他几乎是魂不守舍地自言自语："他们想对我不利。"

他看得出来这并非不合理，只是他一直不肯相信会真的诉诸暴力。不过说真的，他哪能知道什么？什么也不知道。何况，他现在也无心处理这件事。他继续搜寻关于娜蒂雅的信息，看看和儿子会不会有所关联，但这根本是失去理智，等于把头埋在沙堆里。他不顾嘉布莉的警告继续上网，不久发现一位神经学教授、学者症候群专家查尔士·艾铎曼的名字。但他不是像平日那样继续阅读下去——鲍德向来偏爱文字胜过话语——而是打电话到卡罗林斯卡学院。

这时他猛然惊觉到时间已经很晚，这位艾铎曼不可能还在工作，而网络上又没有他家的电话。等一下……他也是埃克林敦的负责人，那是一个专为具有特殊才能的自闭儿设立的机构。鲍德试着打到那里去。电话响了几声后，一个女人接起来，自称是林德罗斯护士。

"很抱歉这么晚还打扰你，"鲍德说，"我想找艾铎曼教授，请问他还在那里吗？"

"是的，他的确还在。这么可怕的天气，谁也不会启程回家。请问是哪位找他？"

"我叫法兰斯·鲍德。"他说，心想也许会有帮助，便又补上一句，"法兰斯·鲍德教授。"

"请等一下，"林德罗斯护士说，"我去看看他能不能接电话。"

鲍德低头凝视着奥格斯，只见儿子又再度迟疑地抓着铅笔，这让他有些忧虑，仿佛是个不祥预兆。"犯罪组织。"他又喃喃自语道。

"我是查尔士·艾铎曼，"有个声音说道，"请问真的是鲍德教授吗？"

"正是。我有一个小……"

"你不知道我有多荣幸，"艾铎曼说，"我刚去斯坦佛参加一个研讨会回来，我们讨论的正是你写的关于类神经网络的作品，我们甚至自问：我们这些神经学家不也有很多关于大脑的知识，需要走后门，也就是透过人工智能的研究来学习吗？我们在想……"

"承蒙谬赞，"鲍德打断他的话，"但现在我有个问题想很快地请教你一下。"

"真的吗？是和你的研究有关的吗？"

"完全无关。我有个自闭症的儿子，他今年八岁，还没说过一句话，可是前几天我们在霍恩斯路穿越一个红绿灯，然后……"

"怎么样？"

"他就坐下来用闪电般的速度把它画下来了，而且画得完美无缺，真的很惊人！"

"所以你要我过去看看他画的东西？"

"能这样当然很好，不过这不是我打电话的原因。其实我很担心。我读到书上说画画或许是他和周遭世界的互动方式，如果学会说话就可能失去这个能力。"

"听得出来你看的是关于娜蒂雅的书。"

"你怎么知道？"

"因为这方面的讨论总会提到她。不过……我可以叫你法兰斯吗？"

"当然。"

"好极了，法兰斯，我真的很高兴接到你的来电。我现在就可以告诉你根本不用担心。相反地，娜蒂雅这个例外只是常规的反证，如此而已。所有研究都显示语言发展确实能增进学习能力。当然，孩子有可能失去这些技能，但多半是出于其他因素。也许是无聊，也许是生命中发生重大事件。你应该读到了娜蒂雅失去母亲的事。"

"是的。"

"原因也许在此，只是我们不论谁也无法确知。不过像她这样的演变几乎没有其他案例记录，我这可不是未经大脑随口说说，也不是仅凭自己的假设。现今普遍认为发展各方面的技能对这些孩子只有好处没有坏处。"

"你确定吗？"

"百分之百确定。"

"他对数字也很厉害。"

"真的吗？"艾铎曼若有所思地说。

"为什么这么问？"

"因为同一个'学者'兼具艺术才能与数学天赋的情形非常罕见。这两种不同技能毫无共通处，有时候似乎还互相抵触。"

"可是我儿子就是这样。他的画中有一种几何学的精确度，就好像他事先知道确切的比例。"

"太惊人了。我什么时候可以见他？"

"我也不晓得，目前我只想听取一些建议。"

"那么我的建议很清楚：和孩子一起努力，给予他刺激，让他培养各方面的技能。"

"我……"鲍德感觉胸口有一道奇怪的压力，压得他说不出话来。"我要谢谢你，"他好不容易说道，"真的谢谢你。现在我得……"

"很荣幸能和你说上话，要是能够和你与令郎见一面就太好了。请容我小小吹嘘一下，我为这类'学者'设计了一个相当精密的测验，能够帮助你更了解儿子。"

"是，当然，那就再好不过了，只是现在我必须……"鲍德嘟哝着，不知道自己想说什么。"再见了，谢谢你。"

"这是我的荣幸，真的。希望你很快能再跟我联络。"

鲍德挂断电话后静坐片刻，双手交抱在胸前，双眼望着儿子。奥格斯还在盯着燃烧的蜡烛，手里握着黄色铅笔。鲍德的肩膀一阵哆嗦，泪水随即涌现。鲍德教授这个人怎么形容都行，但绝不是一个轻易掉泪的人。

事实上他已记不得上次掉泪是什么时候。不是母亲去世时，也绝不是在看或读什么东西的时候。他自认为是铁石心肠。不料现在，面对着儿子和他那一排铅笔与蜡笔，鲍德竟哭得像个孩子，而且毫不掩抑，这当然是因为艾铎曼那一席话。

奥格斯将能在学习说话的同时仍保留绘画能力，这个消息实在太令人振奋了，不过鲍德当然不只是为了这个而哭，还因为索利丰的戏剧性事件、那死亡的威胁、他所与闻的秘密，以及渴望汉娜或沙丽芙或任何人能填满他内心的空洞。

"我的乖儿子！"他一时情绪太激动，没有注意到笔记本电脑自动开启，出现屋外一部监视器的画面。

院子里，狂风暴雪中，有一个高高瘦瘦的男人，穿着铺棉皮夹克，头上一顶灰色帽子拉得低低的遮住面容。无论他是谁，都知道自己被拍摄到了。尽管他看起来精瘦敏捷，走起路来摇摇晃晃的步伐却让人联想到一个正要上场出赛的重量级拳击手。

嘉布莉坐在国安局办公室里搜寻网站与单位里的记录，但其实不太知道自己在找什么，只是有种不熟悉的忧虑，一种模糊的感觉在啃噬着她。

打断她与鲍德谈话的是局长柯拉芙，再来找她还是为了之前那件事。美国国安局的亚罗娜想和她继续谈,这次她听起来比较平静了,也再次带点打情骂俏的口气。

"你们计算机的问题解决了吗?"嘉布莉问道。

"哈……解决了,喧腾得可热闹了,不过我认为不是什么严重的问题。很抱歉,上次说话可能有点神秘兮兮的,但我别无选择。我只想再强调一次,针对鲍德教授的威胁是真实的也是认真的,尽管我们尚未掌握到任何确切实证。你有时间处理吗?"

"我跟他谈过了,他不肯离开他家,说他现在在忙什么事。总之,我会安排人前去保护。"

"很好。相信你也猜得到,我对你做过更详细深入的评估。格兰小姐,你给我的印象好极了。像你这样的人不是应该去为高盛集团效力,赚取百万年薪吗?"

"不合我的口味。"

"我也是,我不是跟钱过不去,只是这种待遇超低的窥探工作比较适合我。好了,亲爱的,事情是这样的。根据我同事们的说法,这没什么大不了,但我就是不以为然。不只因为我深信这个集团对我们国家的经济利益造成威胁,我还认为其中牵涉到政治。我之前提到的那些俄罗斯计算机工程师当中,有个名叫安纳托里·哈巴罗夫的人,和俄罗斯某国会议员伊凡·戈利巴诺夫有关联。此人恶名昭彰,还是俄罗斯天然气公司的大股东。"

"我懂。"

"不过到目前为止,多半都只是死胡同。我花了很多时间试图破解领头那个人的身份。"

"就是被称为萨诺斯的男人。"

"或女人。"

"女人?"

"有可能是我错了。我知道这一类人倾向于剥削女人,而不是把女人提升到领导地位,而且这个人大多都是以男性的'他'来称呼……"

"那你为什么觉得有可能是女人？"

"可以说是一种崇仰吧。他们谈论萨诺斯的口气就像千百年来男人谈论自己渴望仰慕的女人。"

"换句话说，是个美人。"

"对，但说不定我意会到的只是同性间的色欲。要是俄罗斯帮派分子和权贵大亨能普遍多纵情于这一方面，我是再高兴不过了。"

"哈，说的也是！"

"事实上我之所以提起，只是希望这堆乱七八糟的事要是最后送到你那边去，你能多听听其他意见。你要知道其中也牵涉到不少律师。这有什么稀奇，对吧？黑客负责偷窃，律师负责将偷窃合法化。"

"的确。鲍德曾经跟我说法律之前人人平等——只要付的钱一样多。"

"对，这年头如果请得起厉害的律师，什么罪都可以开脱。你一定知道鲍德的诉讼对手是谁吧？就是华盛顿的达克史东联合法律事务所。"

"当然知道。"

"那么你应该知道大科技公司也会利用这家事务所，来告死那些希望靠自己的创意得到一些微薄酬劳的发明者和改革者。"

"这点我在处理那位发明家霍坎·兰斯的诉讼官司时发现了。"

"讨厌吧？不过有趣的是，我们好不容易从这个犯罪网络追踪并译解出寥寥几段对话，其中一段竟冒出了达克史东，不过只以'达联'或'达'简称。"

"所以说索利丰和这些罪犯用的是同一批律师？"

"看起来是的，而且不只如此。达克史东打算在斯德哥尔摩设立办公室，你知道我们是怎么发现的吗？"

"不知道。"嘉布莉回答。她开始有压力了，很希望就此结束对话，赶紧让鲍德确实获得警方保护。

"通过对这群人的监听，"亚罗娜继续说道，"我们知道哈巴罗夫随口提到过一次，显示他们和事务所有关联。这群人早在消息公开前，就知道要设立办公室的事，还有达克史东联合事务所在斯德哥尔摩的办公室是和一名瑞典律师合开。这个律师姓波罗汀，本来专办刑事案件，不知道你记不记得？他对当事人好得过头是出了名的。"

"晚报上那张经典照片我记得很清楚——肯尼·波罗汀和几个帮派分子到城里的声色场所，两只手在一个应召女郎身上摸个不停。"嘉布莉说。

"我看到了。你要是想查这件事，我敢说波罗汀先生是个好起点。谁知道呢？说不定他正是大企业和这群人的中间人。"

"我会查一查，"嘉布莉说，"但现在我有其他事要先处理。我们一定很快就会再联系的。"

她打电话到国安局贴身护卫组，而当晚的执勤官不是别人，正是史提·易特格伦。她的心立刻往下沉。易特格伦六十岁，过度肥胖，酗酒出了名，尤其又喜欢在网上玩牌。有时候大家会叫他"做不了警官"。她以最权威的口吻解释情况后，要求他尽快派一名贴身护卫前往索茨霍巴根保护法兰斯·鲍德教授。易特格伦照常回答说这实在太困难，也许根本就不可能。当她反击说这是局长亲自下的命令，他模模糊糊嘟哝一句，听起来很可能是"那个难搞的贱货"。

"我没听到，"嘉布莉说，"总之一定要马上办好。"当然没有了。她一面敲桌等候，一面搜寻关于达克史东联合事务所的信息和其他一切能与亚罗娜刚才所说联系得上的信息，就在这时候，一种熟悉得可怕的感觉袭上她心头。

但她说不上来。还没找到她想找的东西，易特格伦便回电说贴身护卫组都没人了。他说当天晚上王室的活动多得不寻常，好像是要和挪威王储夫妇出席某个公众场合参与活动，还有瑞典民主党主席被人往头上丢冰淇淋，警卫却来不及阻止，这表示他晚上在南泰利耶发表演说时需要加强防备。

因此易特格伦派了"两个很优秀的正规警员"彼得·波隆和丹·弗林前去，嘉布莉也只能勉强接受，尽管这两人的名字让她想到《长袜皮皮》故事里那两个警察空隆和匡郎。她一度深感忧虑不安，但一转念又很气自己。

都是因为她自以为出身高人一等才会用姓名评断人,其实要是他们有个像纪兰朵夫之类的时髦姓氏,才更应该担心吧,因为那有可能是不负责任、游手好闲的人。一定会没事的,她暗想。

于是她又接着工作。这将是个漫长夜晚。

第九章
十一月二十日深夜至二十一日凌晨

莎兰德醒来时横躺在加大的双人床上,猛然发觉刚才梦见父亲了,威胁感宛如斗篷将她覆盖。但她随即想起前一晚,认定很可能只是体内的化学作用。她宿醉得厉害,摇摇晃晃起身后,走进有按摩浴缸和大理石砖等等设备奢华到荒谬的大浴室去吐。结果什么也吐不出来,只是跌坐在地上大口喘息。

接着她站起来照照镜子,镜中的自己看起来也不怎么令人安心,两眼红通通的,但话说回来,现在午夜刚过不久,想必只睡了几个小时。她从浴室置物柜拿一个玻璃杯盛水,与此同时梦中细节涌现脑海,手一紧,竟捏碎了杯子,鲜血滴到地板上,她咒骂一声,发现自己是不可能再睡得着了。

是否应该试着破解之前下载的美国国安局加密档案?不,那没有用,至少暂时没用。于是她拿毛巾将手缠起来,又从书架上取下一本书,那是普林斯顿大学物理学者茱莉・塔密的最新研究,叙述超大恒星如何坍塌形成黑洞。她斜躺在俯临斯鲁森与骑士湾那扇窗边的沙发上。

开始看书之后心情舒坦了些。血继续渗过毛巾沾到书页,头也还是痛个不停,但她愈看愈入迷,偶尔还写个眉批。对她来说这些都不是新知识。她比大多数人都清楚恒星的存活是靠两股力量反向作用:核心的融合反应将它向外推,万有引力又让它得以凝聚。她认为这是一种平衡、一场拔河,直到反应的燃料用罄、爆炸力减弱时,其中一方终于胜出。

一旦重力占了上风,整个星体便会像被刺破的气球一样皱缩,愈变愈小。一颗恒星可能就此消失无踪。莎兰德喜欢黑洞,觉得黑洞和自己有相似之处。

但她和作者塔密一样,感兴趣的并非黑洞本身,而是产生黑洞的过程。莎兰德相信只要能描述这个过程,就能拉近宇宙中两个不兼容的语言:量子物理与相对论。然而她无疑是力有未逮,就像那个该死的加密法,于是她不由自主又想起父亲来了。

她小时候,那个令人厌恶的家伙一次又一次强暴她母亲,直到母亲受的伤害永远无法平复。当时年仅十二岁的莎兰德,以可怕的力量予以反击。那个时候,她根本不可能知道父亲是从苏联军情局叛逃的大间谍,更不可能知道瑞典国安局内有个名为"小组"的特别单位不计代价地在保护他。但即便如此,她也感受得到这个人四周环绕着一种神秘气氛,一种谁也不许触及的黑暗面,就连名字这点小事也不能提。

札拉,或者说得更准确一点是亚历山大·札拉千科。若是其他父亲,你可以去通报社会局和警方,但札拉背后的力量大过这些机关。

对她而言,这一点和另一件事才是真正的黑洞。

警报器在 点十八分响起,鲍德惊醒过来。屋里有人闯入吗?他感到一种无可名状的恐惧,伸手摸向床的另一边。奥格斯躺在旁边,想必又是像平日一样偷溜上床,这时他发出忧虑的唉哼,约莫是警报器的凄厉响声钻进他梦里去了。乖儿子,鲍德暗喊一声。紧接着他全身僵住。那是脚步声吗?

不,肯定是幻觉。现在唯一能听到的就是警报器的声响。他担忧地看了窗外一眼,风雨好像更大了。海水打上防波堤与海岸,窗玻璃哐哐作响,眼看都要吹破了。警报器会不会是强风启动的?也许事情就这么简单。

他还是得确认一下嘉布莉安排的保护人员最后到底来了没有。两名正规警察本该三个小时前就要抵达,结果是闹剧一场,他们因为暴风雪和一连串互相矛盾的命令而耽搁了。反正肯定是两者其中之一,真是够无能,这点他与嘉布莉有同感。

他应该找时间处理这些,但是现在得先打电话。偏偏奥格斯醒了，而此时此刻鲍德最不需要的就是一个歇斯底里、用身体猛撞床头板的小孩。耳塞，他灵机一动，那对在法兰克福机场买的绿色旧耳塞。

他从床头柜取出耳塞，轻轻塞入儿子的耳朵，然后哄他入睡。他亲吻儿子的脸颊、轻抚他凌乱的鬓发、将他睡衣的领子拉正，并挪一挪他的头，让他安稳枕在枕头上。鲍德很害怕，本该尽快采取行动，或者应该说他有充分的理由这么做。谁知他却慢条斯理，细心照料起儿子来。或许这是危急当中的感性时刻，也或许他想拖延时间不去面对外面等着他的状况。有一度他真希望自己有武器，哪怕不知道该如何使用。

拜托，他只不过是个老来才培养出为父本能的程序设计师，根本不应该卷入这些乱七八糟的事情。什么索利丰、美国国安局、犯罪帮派分子，都去死好了！不过现在他得掌握情势。他一路紧张兮兮地偷偷来到走廊上，什么事都还没做，甚至还没往外头路上看，就先关掉了警报器。这噪声搞得他神经紧张，在瞬间降临的寂静中，他纹丝不动地站着。这时手机响了，虽然吓了他一跳，他还是庆幸能有件事分散注意。

"喂。"他说道。

"你好，我叫约纳斯·安德柏，是今晚米尔顿安保的值班。你那边没事吧？"

"这个……应该没事吧。警报器响了。"

"我知道，根据我们收到的指示，警报器响的话，你应该要到地下室一个特别的房间去，把门锁上。你去了吗？"

"是的。"他撒谎。

"好，很好。你知道是怎么回事吗？"

"不知道。我被警报器吵醒，不知道它是被什么启动的。会不会是强风？"

"不太可能……请等一下！"

安德柏的声音听起来有点模糊。

"怎么了？"鲍德紧张地问。

"好像……"

"怎么搞的，赶快告诉我啊。"

"抱歉，请别紧张，别紧张……我正在看你那边监视录像机上的连续画面，真的好像……"

"好像什么？"

"你好像有访客。是个男人，待会儿你可以自己看看，一个瘦瘦高高、戴着墨镜和帽子的男人，一直在你家周围徘徊。据我所看到的，他去了两次，但就如我所说……我也是刚刚才发现，得再仔细看一看才能多告诉你一点。"

"是什么样的人？"

"这个嘛，很难说。"

安德柏似乎又在研究画面。

"不过可能是……我也不知道……不，不能这么快做臆测。"他说。

"说吧，请说下去。我需要一点确切的信息，这样我会好过些。"

"好吧，那么我至少能向你确认一件事。"

"什么事？"

"他的步伐。这个人走起路来很像毒虫，像个刚刚吸了大量安非他命的人。他移动的姿态有种自大浮夸的感觉，当然，这也可能显示他只是个普通的毒虫、窃贼。不过……"

"怎么样？"

"他把脸隐藏得很好，而且……"

安德柏再次沉默不语。

"说啊！"

"等一下。"

"你让我很紧张，你知道吗？"

"不是故意的。不过你要知道……"

鲍德呆住了。从他车库前的车道上传来汽车引擎声。

"……有人来拜访你了。"

"我该怎么办？"

"待在原地别动。"

"好。"鲍德的身子多少有点不听使唤了。但他并不在安德柏所想的地方。

一点五十八分电话铃响时，布隆维斯特还没睡，但手机放在牛仔裤口袋而牛仔裤扔在地上，他没来得及接起。反正来电没有显示号码，他便咒骂一声又爬上床闭起眼睛。

他真的不想再次彻夜难眠。自从爱莉卡在近午夜时入睡之后，他便辗转反侧思索着自己的人生。大部分事情都不太对，甚至包括他和爱莉卡的关系。他已经爱她多年，而且他有充分的理由认为她也怀有同样感情。但情况已不再像从前那么单纯。也许是布隆维斯特开始有些同情贝克曼。葛瑞格·贝克曼是爱莉卡的丈夫，是位艺术家，若是责怪他小气或心胸狭隘，实在说不过去。当贝克曼理解到爱莉卡永远忘不了布隆维斯特，甚至压抑不住冲动，偶尔就得把他的衣服扒个精光时，贝克曼也没有发脾气，反而和她达成协议：

"只要你最后回到我身边，就可以跟他在一起。"

后来果然就演变成这样。

他们做了一个突破传统的安排，爱莉卡大部分时间都回索茨霍巴根的家和丈夫过夜，但偶尔会留在布隆维斯特位于贝尔曼路的住处。多年来，布隆维斯特都觉得这确实是理想的解决之道，生活在一夫一妻这独裁制度下的许多夫妻都该采用这方法。每当爱莉卡说："我可以和你在一起的时候，就更爱我丈夫了。"或是当贝克曼在鸡尾酒会上友善地搂着他的肩膀时，布隆维斯特都很庆幸自己福星高照才能得此安排。

但最近他开始产生疑虑，也许是因为有比较多的时间可以思考，他忽然觉得所谓一致的协议，其实并不必然一致。

相反地，某一方可能以共同决定为名来促成自己的利益，长期下来就会清楚地看到有人是痛苦的,哪怕他(或她)信誓旦旦地说没有。这天晚上爱莉卡打电话给丈夫,显然就得到不好的回应。谁知道呢?说不定此时贝克曼也一样睡不着。

布隆维斯特试着不去想这些,有好一会儿,他甚至试着做白日梦,但是帮助不大,最后干脆下床做点比较有用的事。看看有关产业间谍的文章吧?干脆重新为《千禧年》草拟一个筹措资金的替代方案,不是更好?他穿上衣服,坐到计算机前查看信箱。

一如往常多半都是垃圾信件,尽管有几封信确实让他略感振奋。有克里斯特和玛琳,也有安德雷和海莉,为了即将与赛纳开战而来信为他摇旗呐喊,他回信中充满战斗力,事实上却没有这么积极。接着查看莎兰德的档案,本来不期望会看到什么,但一打开后,他的脸瞬间发亮。她回信了。这么久以来她第一次显现了生命迹象:

> 鲍德的智慧一点也没有人工成分。最近你自己的又如何?
> 还有,布隆维斯特,如果我们创造出一部比我们聪明一点的机器,会怎么样?

布隆维斯特微微一笑,想起他们最后一次在圣保罗街咖啡吧见面的情形。过了好一会儿,他才留意到她的短信里包含两个问题,第一个是不带恶意的小嘲弄,或许也有点令人遗憾,因为其中不乏一丝真实。他最近在杂志发表的文章都缺乏智慧与真正的新闻价值。他和许多记者一样,一直都是孜孜不倦,偶尔写些陈腔滥调,不过目前暂时就是这样。他对于思考莎兰德的第二个问题热衷得多,倒不是因为她出的谜语本身让他特别感兴趣,而是因为他想要给个聪明的回答。

他暗忖着:如果我们创造出一部比我们聪明一点的机器,会怎么样?他走进厨房,开了一瓶矿泉水,坐到餐桌前。楼下的葛纳太太咳嗽咳得很痛苦,远处的喧嚣市声中,有辆救护车在暴风雪里呼啸而过。他细细沉思:那么打个比方,就会有一部机器除了能做我们本身能做的所有聪明事,还能再多做一点点……他大笑出声,顿时明白了问题的重点所在。这种机器将能继续制造出比它本身更聪明的机器,然后会怎样?

下一部机器仍会发生同样情形,然后再下一部,再下下一部,不久之后最开始的源头,也就是人类本身,对于最新计算机而言就跟实验白老鼠没两样了。到时将会发生完全失控的智慧爆炸,就像《黑客帝国》系列电影里面一样。布隆维斯特微微一笑,回到计算机前写道:

> 要是发明了这样一部机器,那么在这个世界上,就连莉丝也不那么神气了。

回完信后他坐望窗外,直到目光仿佛穿透飞旋的雪花看见了什么。偶尔他越过开着的房门凝视爱莉卡,只见她睡得香甜,浑然不知那些比人类聪明的机器,或者至少此刻的她对这些还毫不在意。

他似乎听见手机响了一声,肯定又有新的留言。也不知道为什么,他感觉到忧心。除了前女友喝醉酒或想找人上床而来电之外,夜里的电话通常都只带来坏消息。留言的声音听起来颇苦恼:

> 我叫法兰斯·鲍德。我知道这么晚打电话很失礼,很抱歉。只是我的情况变得有点危急,至少我这么觉得。我刚刚才发现你在找我,真是奇怪的巧合。很久以来我一直想告诉你一些事,我想你应该会感兴趣。如果你能尽快和我联络,我会十分感谢。我有预感,这事可能有点紧急。

鲍德留了电话号码和电子邮件地址,布隆维斯特很快地抄下,静坐了片刻,手指一面敲弹餐桌,然后拨了电话。

鲍德躺在床上,又焦躁又害怕。不过现在心情平静了些。刚才驶上车道的车正是终于抵达的护卫警员。两个四十来岁的男警员,一个高大，另一个相当矮小，两人都显得趾高气扬，也都留着相同的时髦短发。但他们礼数非常周到，还为拖延了这么久才抵达岗位而道歉。

"米尔顿安保和国安局的嘉布莉·格兰向我们简单说明过状况了。"其中一人说道。

他们知道有个戴帽子和墨镜的男人在房屋四周窥探，也知道他们必须提高警觉，因此婉拒了到厨房喝杯热茶的邀请。他们想查看一下屋子，鲍德觉得这提议听起来百分之百专业而又合理。至于其他方面，这两人并未给他留下十分正面的印象，但也没有太过负面的印象。他把他们的电话号码输入手机后，便回床上去陪奥格斯。这孩子蜷曲身子熟睡着，绿色耳塞还塞在耳朵里。

不过鲍德当然不可能再睡了。他竖起耳朵倾听屋外的风暴中有无异常声响，最后在床上坐起身来。他得做点什么事情，不然会疯掉。他看了看手机，有两通李纳斯的留言，口气听起来不只暴躁，还动了肝火。鲍德本想挂断电话，但忽然听到一两件还算有趣的事。李纳斯找《千禧年》杂志的布隆维斯特谈过，现在布隆维斯特想和他取得联系，听到这里鲍德心里琢磨了起来。麦可·布隆维斯特，他喃喃自语道。

他会是我和外界的中间人吗？

鲍德对瑞典记者所知极为有限，但他知道布隆维斯特是谁，也知道他向来以一针见血的报道著称，绝不屈服于压力。光凭这点不一定就表示他适合这个任务，再说，鲍德隐约记得听过他一些不太好的传闻。于是他又再次打电话给嘉布莉，关于媒体界，该知道的她差不多都知道，而且她说过今天会熬夜。

"嗨，"她立刻接起电话，"我正想打给你。我正好在看监视器上的那个男人。现在真的应该让你转移了，你明白吧。"

"可是拜托，嘉布莉，警察已经来了啊。他们现在就坐在大门外。"

"那个人可不见得会从大门进来。"

"他到底是为什么而来？米尔顿的人说他看起来像个老毒虫。"

"这我不敢说。他带着一个专业人士才会用的箱子。我们应该谨慎一点。"

鲍德瞄了一眼躺在身旁的奥格斯。

"明天我会很乐意离开,或许有助于安定我的神经。不过今晚我哪儿都不去,你的警察看起来很专业,总之够专业了。"

"如果你坚持,我就吩咐弗林和波隆站到显眼处,而且整个屋子四周都要小心提防。"

"好,不过我打给你不是为了这个。你叫我应该公开,记得吗?"

"这个嘛……记得……你没想到秘密警察会给你这种建议,是吗?我仍然认为这是好主意,但希望你能先告诉我们你知道些什么。这件事让我有点担心。"

"那么我们先睡个好觉,明天早上再说。不过问你一件事,你觉得《千禧年》的麦可・布隆维斯特怎么样?要找人谈,他会是适当人选吗?"

嘉布莉轻笑一声:"你如果想让我的同事中风的话,找他肯定错不了。"

"有那么糟吗?"

"国安局的人躲他像躲瘟神一样。他们说,要是布隆维斯特出现在你家门口,你就知道这一整年都毁了。这里的每个人,包括海伦娜・柯拉芙在内,都会强烈反对。"

"可是我问的人是你。"

"那么,我的答案是你的推断是正确的。他是个非常优秀的记者。"

"他不是也受到一些批评吗?"

"的确,有人说他的黄金时期已经过去,说他的文章不够正面或乐观,诸如此类。但他是个极其卓越的老派调查记者。你有他的联络方式吗?"

"我的前助理给我他的电话了。"

"好,好极了。不过在跟他联络之前,你得先告诉我们。你可以答应我吗？"

"我答应，嘉布莉。现在我要去睡几个小时的觉。"

"去睡吧，我会跟弗林和波隆保持联系，明天早上第一件事就是替你安排一间安全屋。"

挂了电话后他再度试着休息一下，但还是一样办不到。暴风雪让他愈来愈焦躁不安，感觉好像有个邪恶的东西正跨海而来，他忍不住忧虑地侧耳细听任何不寻常的声响。

他确实答应过嘉布莉会先跟她谈，但他等不及了，埋藏了这么久的一切正争先恐后地想出头。他知道这很不合理，没有什么事会这么紧急。现在都已经三更半夜，而且先不管嘉布莉怎么说，现在的他都比之前好长一段时间更安全，不但有警察保护，还有一流的保安系统。但这些没有帮助。他还是心烦意乱，于是拿出李纳斯给他的号码拨了过去。布隆维斯特当然没接。

他怎么会接呢？时间实在太晚了，鲍德只好用压低的、略显不自然的声音留言，以免吵醒奥格斯。然后他起身打开床头灯，床边书架上有几本与他的工作无关的文学作品，他带着忧虑、心不在焉地翻阅着史蒂芬·金的旧小说《宠物坟场》。不料这让他更加想到暗夜潜行的恶人。他手捧着书呆坐许久，突然一阵忧惧袭来。若是大白天，他可能只会自认无聊不去在意，但现在似乎完全有可能发生。他顿时有股冲动想找沙丽芙说说话，或是找在洛杉矶机器智能研究所的史蒂文·华伯顿教授更好，他肯定还醒着。他一面想象着各种令人不安的情节，一面望向大海、黑夜与天空中急匆匆飞驰而过的浮云。就在此时电话响了，仿佛是来回应他祈求似的。然而来电者不是沙丽芙也不是华伯顿。

"我是麦可·布隆维斯特，你在找我？"另一端的声音说道。

"是的。很抱歉这么晚还打去。"

"没关系，反正我也醒着。"

"你现在能说话吗？"

"当然，其实我正在传一封信给一个我们俩应该都认识的人。"

莉丝·莎兰德。"

"谁？"

"抱歉，我可能没搞清楚状况。我还以为你雇用她检查你们的计算机，追踪一个可疑的资安漏洞。"

鲍德笑道："喔，是啊，那女孩可真是奇怪。只不过我们虽然有一段时间经常联络，她却从没跟我说过她姓什么。我想她有她的原因，我也从未逼问过她。我是在皇家科技学院讲课时认识她的，那是相当不可思议的一次经历，我很乐意和你分享，但我想问的是……老实说，你八成会觉得这个想法很疯狂。"

"有时候我喜欢疯狂的想法。"

"你想不想现在到我这里来？这对我来说意义重大。我这里压着一个我认为相当爆炸性的消息。我可以付你往返的出租车费。"

"谢谢，不过我一向自己付账。告诉我，现在是大半夜，为什么我们非得现在谈？"

"因为……"鲍德欲言又止，"因为我直觉这件事很紧急，或者应该说不只是直觉。我刚刚得知我正面临威胁，而且大约一个小时前，有人在我家外面鬼鬼祟祟。坦白告诉你，我吓坏了，我想把这个消息说出来，不想再当唯一知情的人。"

"好。"

"好什么？"

"我去，如果拦得到出租车的话。"

鲍德把地址告诉他之后挂上电话，然后打给洛杉矶的华伯顿教授，两人用加密的线路热烈交谈了大约半小时。接着他穿上牛仔裤和黑色套头高领毛衣，想去找一瓶阿玛罗尼红酒，或许这会是布隆维斯特喜欢的东西。不料才走到门口他就大吃一惊。

他好像看到什么动静，像是有个东西一闪而过，不由得焦虑地看向堤防和大海，但外头依然是暴风雪肆虐的凄凉景象，不管刚才那是什么，他都当成是自己凭空的想象、是神经紧张的产物。不再多想，或至少试着不去想。他走出卧室，上楼经过大窗时，蓦地心头又是一惊，立即转过身去，这回确确实实瞥见了邻居的屋边有个东西。

有个人影从大树下迅速奔过，即使鲍德看到那人只不过几秒钟时间，却看出他身材魁梧，穿着暗色衣服，背了一个软背包。那人奔跑时蹲低身子，移动的姿态看上去受过训练，好像以这样的姿势跑过很多遍，也许是在远方的某一场战争中。

鲍德摸索手机花了一些时间，接着又得回想已拨号码中哪个是外面那两名警员的。他没有输入他们的名字为联络人，现在实在难以确定。他用颤抖的手试拨一个他认为应该对的号码，一开始无人回应，铃声响了三次、四次、五次，才终于有个声音喘着气说："我是波隆，怎么了？"

"我看见一个人沿着邻居屋外那排树跑过去，不知道现在人在哪里，但很可能就在你们附近那条路旁。"

"好的，我们会去看看。"

"他好像……"鲍德说道。

"怎样？"

"怎么说呢，动作很快。"

弗林和波隆正坐在警车里聊着年轻的女同事安娜·贝瑟柳，还有她的臀围。

这两人最近都才刚离婚，一开始十分痛苦。他们都是家有幼子、有对他们感到失望的妻子，还有依不同程度骂他们是不负责任的人渣的岳父母。然而一旦尘埃落定，不但获得孩子的共同监护权，还有尽管朴实却全新的家，两人这才同样惊觉到：他们有多怀念单身的日子。最近，在无须照顾孩子的几个星期间，他们变本加厉地纵情声色。事后，就像青春期那样，详细讨论所有的派对，尤其是派对上认识的女人，重新将她们品头论足一番，还评论她们的床上功夫。但是这次他们却没能尽情深入讨论贝瑟柳。

波隆的手机响起，两人都吓一跳，一方面因为他把来电铃声改成了下流电音舞曲《满足》的极限混音版，另一方面又是因为深夜的暴风雪和这一带的空旷让他们神经紧张。此外，也要怪波隆把电话放在口袋，裤子又太紧——参加了太多派对，腰围也跟着膨胀——掏了好一会儿才掏出来。挂断后他面露忧色。

"怎么了？"弗林问。

"鲍德看见一个人，好像是个动作迅速的王八蛋。"

"在哪儿？"

"隔壁邻居家的树那边，很可能正朝我们这边来。"

波隆和弗林于是下车。这个漫漫长夜里，他们已经下车多次，但这是头一次打寒颤打到骨子里去。他们一度只是站在原地，笨拙地东张西望，人都冻僵了。接着波隆——较高那个——发号施令，叫弗林留在路边，他自己则往水边低处去看看。

那是一段短短的斜坡，沿边上有一道木篱笆和一条刚种了树的林荫小径。下了很多雪，地上湿滑，而底下就是海水。巴根湾，波隆心想，他很惊讶海水竟然没有结冰，有可能是因为海浪。波隆咒骂着这场暴风雪和今晚的勤务，既让他感到精疲力竭，也毁了他的美容觉。然而他还是尽可能做好分内的工作，或许不是全心全意，但也算尽心了。

他听着声响，环顾四周，起初什么也看不清，四下一片漆黑，只有一盏街灯照进正对着堤防的庭院。他走了下去，经过一张被风雪吹得东摔西撞的庭园椅，紧接着他可以透过大玻璃窗看见鲍德。

鲍德站在屋里靠内侧的地方，面朝一张大床弯着腰，身体呈现紧绷的姿势。也许在拉整床单吧，很难说，好像是忙着在料理床上的什么小细节。波隆无须在意这个——他的职责是监视屋子周遭——只是鲍德的肢体语言中有某样特点吸引了他，让他分神一两秒后又重回现实。

他忽然一阵毛骨悚然，觉得有人在看他，便突然转身，眼睛狂乱地四处搜寻。什么也没看到，一开始没看到，心神正慢慢平静之际，他留意到两件事：篱笆边闪亮的金属垃圾桶旁突然有些动静，还有路边传来车子的声音，随后引擎熄火，车门开启。

两件事本身都没什么大不了。垃圾桶旁边也许是有动物经过,而即便是深夜,也可能有车辆来来去去。但是波隆的身体完全僵住,有一刻就这么站着,不知该如何反应。然后他听见弗林的声音。

"有人来了!"

波隆没有动。他觉得有人在盯着他看,于是几乎下意识地伸手去摸大腿边的配枪,同时想到母亲、前妻与孩子们,就好像真的即将发生重大事件。弗林再度高喊,这回带着一种绝望的声调:"警察!你!原地停下!"波隆听到后向马路跑去,然而即便在这种状况下,前去支援也不算是个毫无疑义的选择。他摆脱不了恐惧感,因为想到自己把某样带有威胁与恶意的东西留在垃圾桶旁。可是伙伴叫喊成这样了,他也别无选择,不是吗?其实他暗暗松了口气。他不想承认自己有多害怕,只是匆匆跑着,跌跌撞撞来到马路上。

弗林在前头追着一个步伐蹒跚的男人,那人背部宽阔,穿着单薄得离谱,尽管几乎不符合"动作迅速的王八蛋"的描述,波隆仍追了上去。不久之后,他们把他带到排水沟边。一旁有两个信箱,一盏小灯投射出浅淡灯光照亮整个现场。

"你到底是谁?"弗林咆哮道,隐含着令人惊讶的攻击性——他心里也害怕——那人则是困惑又惊恐地看着他们。

他没戴帽子,头发和下巴的胡茬上都是白霜,看得出来他快冻坏了。但最重要的是他看起来格外面熟。

有那么几秒钟,波隆以为逮到了知名的通缉犯,内心满是骄傲。

鲍德又回到卧室,重新替奥格斯盖好被毯,也许是想把他藏在被毯底下以防出事。接下来他脑中浮现一个彻底疯狂的念头,这是受到方才的预感刺激而产生的,尤其和华伯顿谈过后,这份预感更强烈了,也很可能他的心思只是被惊慌恐惧所蒙蔽。

他发觉这念头并不新,是在加州那无数不眠的夜里,从下意识慢慢发展成形的。于是他取出笔记本电脑——他的这部小型超级计算机,连接到其他一系列机器以便能有足够的容量,然后开启他奉献了一生心力的人工智能程序，接下来……

他删除了档案与所有备份。他几乎毫不犹豫，就像个邪恶之神摧毁一条生命，或许这正是他在做的事情。没有人知道，包括他在内，他坐了一会儿，心想不知道自己会不会懊恼后悔死。真是不可理解，不是吗？只要敲几个键盘，毕生的心血就没了。

但说来奇怪，这反而让他平静下来，就好像这么做至少保护了他人生的某一面。他站起来，再一次望向窗外的黑夜与暴风雪。这时电话响起，是弗林，另一个警员。

"我只是想告诉你我们抓到你看见的人了。"那名警员说，"也就是说你可以放轻松了，情况已经在我们掌握当中。"

"是谁？"鲍德问。

"还不好说，他醉得厉害，得先让他安静下来。我只是想先让你知道，等一下会再找你。"

鲍德将手机放到床头柜上的笔记本电脑旁边，试着为自己感到庆幸。现在那人被捕了，他的研究将不会落入他人之手。可是他还是不放心，一开始他不明白为什么，随即才猛然想起：刚才沿着树木奔跑的人绝没有喝醉。

至少过了整整一分钟，波隆才发觉他们抓到的其实不是恶贯满盈的罪犯，而是演员卫斯曼，他的确经常在银幕上扮演盗匪和职业杀手，但本身并未因任何罪行遭通缉。弄明白事情后，波隆丝毫不觉得平静，不只因为他怀疑自己不该离开下方那片树林区与垃圾桶，还因为这整段插曲很有可能变成丑闻与头条新闻。

凭他对卫斯曼的了解已足以知道这个演员无论做什么，最后往往都会登上晚报，而他看起来心情也不是太好。他一面翻身要爬起来，一面气呼呼地咒骂，波隆则试图问出这个人大半夜到底来这里做什么。

"你住在这一带吗？"他问道。

"我他妈的什么也不必跟你说。"卫斯曼气得从牙缝里挤出话来，波隆转向弗林想了解这整件事是怎么开始的。

但弗林已经站得稍远在通电话,应该是和鲍德。他八成是在告知捕获嫌犯的消息,以炫耀自己的办事效率,如果此人真是嫌犯的话。

"你一直在鲍德教授家四周鬼鬼祟祟吗?"波隆问。

"你没听到我说的吗?我什么也不会告诉你。搞什么啊,我正优哉游哉地散步,那个疯子就忽然挥着手枪跑出来,太不像话了!你们不知道我是谁吗?"

"我知道你是谁,要是我们反应过度,我道歉。相信我们还有机会再来谈这件事。不过我们现在正处于紧张的情势,我要你立刻告诉我你为什么会到鲍德教授家来——不行,你现在别想逃跑!"

卫斯曼可能根本不是想逃跑,只是身子无法保持平衡。然后他夸张地清清喉咙,往空中一啐,结果痰没吐远反而像抛射物一样飞回来,冻结在他脸上。

"你知道吗?"他边说边抹脸。

"不知道吧?"

"这个故事里的坏人不是我。"

波隆紧张地望向水面与树径,再次想着刚才看到的是什么。不过他仍继续站在原地,被这荒谬的情况搞得动弹不得。

"那么谁才是?"

"鲍德。"

"怎么说呢?"

"他带走了我女朋友的儿子。"

"他为什么要这么做?"

"这你就不应该问我了吧!去问里面那个计算机天才啊!那个王八蛋对他根本一点权利也没有。"卫斯曼说,并伸手往外套口袋里摸。

"他屋里没有小孩,如果你想说的是这个。"波隆说。

"铁定有。"

"真的吗?"

"真的!"

"所以你就想在三更半夜跑到这里来,在烂醉的情况下把孩子接走?"波隆说完正想再来一句犀利的评论,却被一个声音打断,那是从水边传来轻轻的喀嗒一声。

"什么声音?"他问道。

"什么是什么声音?"弗林回答,他就站在旁边却似乎什么也没听见。那个声音的确不是很响,至少从这里听起来不响。

但波隆还是打了个寒噤。他正想走过去查看,但又再次犹豫起来。当他焦虑地四下张望时,耳边又听到另一辆车驶近。

是一辆出租车,驶过后在鲍德家前门停下,这让波隆找到借口可以留在马路上。司机和乘客在算钱的时候,他再度忧心地往水边看了一眼,觉得好像又听到什么,而这个声音并没有令人较为安心。

他不能确定,这时候车门打开,下车的是个男人,波隆困惑片刻后认出他是记者麦可·布隆维斯特。天晓得这些名人到底为什么非得挑这大半夜聚集到这里来。

第十章
十一月二十一日清晨

卧室里，鲍德站在计算机和手机旁边，看着奥格斯躺在床上不安稳地唧唧哼哼。他纳闷这孩子梦见什么了，一个他根本无法理解的世界吗？鲍德想要知道。他感觉到自己想要重新生活，不再埋头于量子算法与原始码以及他那一堆偏执中。

他想要快乐，不想被体内那股时时存在的沉重压力所折磨，他希望投入某样疯狂又美好的事物，甚至想谈个恋爱。短短几秒钟内，他满怀热情地想到令他着迷的那些女人：嘉布莉、沙丽芙，等等。

他也想起了那个原来姓莎兰德的女人。他曾经对她意乱情迷，如今回想起来，却看到她新的一面，感觉既熟悉又陌生：她让他想到奥格斯。这当然很荒谬，奥格斯是个有自闭症的小男孩，而莎兰德尽管年纪也不大，还可能有点男孩子气，但其他方面和奥格斯可以说是天差地别。她一身黑衣，带点朋克调调，个性倔强毫不让步。然而此时他忽然想到她眼中那怪异的光芒，和奥格斯在霍恩斯路上盯着红绿灯的眼神是一样的。

鲍德是在皇家科技学院的课堂上认识莎兰德的，那次讲课的内容是关于科技奇异点，也就是假设计算机变得比人类聪明的状态。当时他正要开始以数学和物理的观点解释奇异点的概念，只见一个骨瘦如柴、一身黑衣的女孩推开讲堂大门走进来。他第一个浮现的念头是：可惜这些毒虫没有其他地方好去。旋即又怀疑这女孩真的有毒瘾吗，她看起来不像吸了毒，但话说回来，她确实显得疲惫乖戾，好像也不认真听课，只是无精打采地伏在桌上。后来，当他利用复杂的数学计算方式讨论奇异点的时刻，也就是答案到达无限大那一刻，直接就问她对这一切有何看法。真卑鄙，何必非挑她不可？但结果呢？

女孩抬起头来，不但没有随口胡诌一些模糊的概念，反而说他应该怀疑自己的计算基础何时会瓦解。她指的并非物理性的实体崩解，而比较像是在暗示他本身的数学能力未达水平，因此将黑洞里的奇异点神秘化纯粹是在炫技。其实主要的问题再明显不过，那就是缺乏以量子力学计算重力的方式。

接着她冷漠而明确地全盘批评他所引述的奇异点理论学家的论点，而他一时答不出话来，只能愕然问道："你到底是谁？"

那是他们第一次接触，在那之后女孩又让他吃惊数次。她能以闪电般的速度或只是机灵一瞥，便立刻明白他在做些什么，当他发现自己的技术被盗时，也请她协助过。这让他们之间建立了联系——一个共同的秘密。

此时他站在卧室里想着她，思绪却被打断。他再度被一种不寒而栗的不安感所笼罩，于是越过门口朝着面对海的大窗看去。

窗前站着一个高大的人，身穿深色服装，头戴一顶紧贴的黑帽，额前有一盏小灯，正在窗上动手脚。他迅速而有力地往窗面横向一划，仿佛画家着手在空白画布上挥洒似的，紧接着鲍德还没来得及喊出声，整面窗玻璃便往内倒下，那人朝他走来。

通常，杨·侯斯特都告诉别人说他从事产业安保工作。实际上，他是俄罗斯特勤部队出身，现在专门在破解保安系统。他有一个小小的技术团队，像这次这样的行动，大致上都会耗费极大的工夫做准备，因此风险并不如想象的大。

没错，他已经不再年轻，但以五十一岁的年纪来说，他锻炼得很勤，体格保持得不错，而且效率高、临机应变能力好都是出了名的。万一情况临时生变，他会加以思考并在计划时纳入考量。

他的经验足以弥补青春不再的缺憾，偶尔，和极少数几个能够畅所欲言的人在一起时，他会谈到一种第六感，一种由经验获得的本能。经过这么些年，他已经知道何时该等待、何时该出击，虽然两三年前有过一段低潮期，暴露出一些弱点——他女儿会说这是人性——如今他却觉得技艺比以前更加纯熟。

他又重新能在工作中找到乐趣,找到昔日那种兴奋感。没错,现在行动前他的确还会使用十毫克的"地西泮"①,但只是为了提升使用武器的精准度。在关键时刻,他仍能完全保持清醒与警觉,而且最重要的是:他总能达成客户交办的任务。侯斯特不是那种会让人失望或将事情撒手不管的人,他是这么看自己的。

可是今晚,尽管客户强调事情紧急,他却想要取消。天气恶劣是原因之一,但只是暴风雪绝不足以让他考虑取消任务。他是俄罗斯人又是军人,比这更恶劣许多的状况都遭遇过,而且他最恨那些无病呻吟的人。

令他伤脑筋的是不知从哪儿跑出了守卫的警察。屋外那两名警察他并不放在心上,他从藏身处看见他们不太情愿地在屋外的四周探头探脑,就像在坏天气里被赶出门的小男孩。他们宁可待在车里瞎扯淡,而且很容易受惊吓,尤其是个子较高那人似乎怕黑、怕风雪,也怕漆黑的海水。刚才他站在那里瞪着树丛,看起来心惊胆颤,或许是感觉到侯斯特的存在,但侯斯特担心的不是这个,他轻而易举就能快速无声地割断此人的喉咙。

然而,警察到来的事实并非好消息。

他们的存在大大提高了风险层级,特别是这显示有部分计划外泄,对方加强了防备。说不定那个教授已经开口,那么这项行动将毫无意义,甚至可能让他们的处境更糟。侯斯特绝不会让客户暴露在任何不必要的风险中,他认为这是自己的一大优点。他总会纵观全局,虽然从事这一行,但往往都是他建议客户小心为上。

他已数不清家乡有多少犯罪帮派都是因为太常诉诸暴力而失败。暴力能赢得尊重,暴力能让人闭嘴、让人胆怯,还能避开风险与威胁,但暴力也可能造成混乱和一连串不必要的麻烦。

躲在树丛和那排垃圾桶后面时,这些事情他全都想过了。有几秒的时间,他已经决定放弃行动,回到旅馆房间,但他没有真的这

---

① 地西泮(Stesolid),是一种抗癫痫、抗焦虑药物,有放松、镇静作用。

么做。

有辆车来了,吸引了警察的注意,他找到一个机会,一个空当。他没有停下来评估动机,便将头灯的弹性带往头上一套,从左侧的夹克口袋里取出钻石切刀并掏出武器,一把1911-R1型手枪加装了订制的灭音器,放在手上掂了掂,然后一如既往地说道:

"愿你的旨意遂行,阿门。"

但他甩不掉不确定感,这样做对吗?如此一来就得以迅雷不及掩耳的速度行动。没错,他对这栋房子已经了如指掌,波达诺夫也来过两趟,黑进了警报系统,何况警察又嫩得无药可救。就算在屋里耽搁了——比方如众人所说,教授没把计算机放在床头,使得警察有时间赶来救援——侯斯特也能简简单单解决他们。他甚至十分期待这一刻。因此他再次喃喃说道:

"愿你的旨意遂行,阿门。"

接着他拉开手枪的保险,快速朝面对海的大窗移动。或许因为情势不明,以致当他看见鲍德站在卧室里,不知专注地在忙些什么时,一股格外强烈的抗拒感油然而生。但他还是努力说服自己一切都没事,目标清晰可见。不过他始终悬着一颗心:该不该撤退呢?

他没有撤,而是绷紧了右臂的肌肉,拿着钻石切刀使劲划过窗户往内推。窗户轰然崩落,他匆匆进屋,举起手枪瞄准鲍德。鲍德双眼发直瞪着他,一只手挥了挥,宛如绝望的招呼手势。他开口说了句话,语意不清但态度郑重,听起来像祷告,像在不断地祈求垂怜。但侯斯特听到的不是"主"或"耶稣",而是"智障"。他只能听出这两个字,反正无所谓,面对他的人什么话都说得出来。

他毫不留情。

那个人影很快地、几乎是无声无息地穿过走廊进入卧室。这段时间里,鲍德很意外警报器竟然没有响,并注意到那人的衣服上有个灰色蜘蛛图案,帽子与头灯底下的苍白额头上有一道狭长疤痕。

随后他看见了武器。那人拿着一把手枪对准他。鲍德枉费力气地举起一只手想保护自己。但即使自己的性命悬于一线,内心也被恐惧紧紧攫住,他仍只想着奥格斯。不管发生什么事,就算他自己非死不可,留儿子一条命吧。他冲口大喊:

"别杀我的孩子!他是智障儿,他什么都不懂。"

鲍德不知道自己说了多少。忽然整个世界冻结了,黑夜与暴风雪仿佛压倒下来,接着眼前一片黑。

侯斯特开了枪,而且如他所料,正中目标。他朝鲍德的头部开了两枪,鲍德便像一只展翅的乌鸦倒地不起。他死了,绝无疑问。但就是有种不对劲的感觉。一阵狂风从海上吹进来,拂过侯斯特的脖子,像个冰冷的、有生命的东西,有一两秒的时间令他陷入茫然之中。

一切都按计划进行,鲍德的计算机就在那边,正是他事前被告知的地方。他应该直接拿了就走,他必须展现效率。可是他却站在原地仿佛无法动弹,直到延误得出奇地久了,他才明白为什么。

在那张大双人床上躺着一个小男孩,几乎整个人埋藏在羽绒被当中,头发乱蓬蓬,用呆滞的眼神看着他。那双眼睛让他不安,不只因为他好像被看穿,还有其他原因。但同样地,这并无差别。

他必须执行任务,绝不能让任何事情危及此次行动,让所有人暴露于危险之中。这里显然有个目击者,尤其是他露了脸,当然不能留下证人,于是他举枪指向男孩,直视他闪着光的双眼,第三次喃喃自语:

"愿你的旨意遂行,阿门。"

走下出租车的布隆维斯特穿着一双黑靴、一件他从衣橱里挖出来的宽羊皮领白色毛大衣和一顶父亲的旧毡帽。

此时是凌晨两点四十分。广播电台的新闻快报报道,由于一辆集装箱卡车发生严重车祸,导致瓦姆多主要干道大塞车。但布隆维斯特与出租车司机什么也没看见,一路驶过惨遭暴风雪蹂躏的黑暗郊区。布隆维斯特精疲力竭,一心只想待在家里,钻进被窝重新躺到爱莉卡身边再睡一觉。

可是他无法对鲍德说不,也不知道为什么,或许是出于某种责任感,觉得如今杂志社面临危机,自己不能再那么优哉,也或许是鲍德的口气显得孤单害怕,让布隆维斯特既同情又好奇。他倒不以为会听到什么大新闻,而是冷静地预料自己会失望。说不定到头来他只会像个治疗师,像个暴风雪中的夜巡者。但转念想想,谁也说不准,再者他又想起了莎兰德。莎兰德做事一向有她的道理,何况鲍德是个很有趣的人物,以前又从未接受过访问。结果很可能会有点意思,布隆维斯特环顾漆黑的四周,心里这么想。

一盏路灯的淡蓝色光线投射在屋墙上,而且还是一栋出自设计师之手的豪宅,有大片的玻璃窗,外观有点像火车。信箱旁边站着一名高大的警员,年约四十来岁,原本晒黑的肤色变浅了,脸上的表情有点紧张,显得不自然。马路较远处还有另一个身材较矮的警察,正在和一个手臂乱挥的醉汉争执。这里的状况之多,倒是出乎布隆维斯特意料。

"怎么回事?"他问高个儿警察。

始终没得到答案。那名警察的手机响了,布隆维斯特无意中似乎听到警报器未能正常运作。屋子较低处传来一个声响,一个令人胆怯的爆裂声,他凭直觉联想到这通电话。他往右边走两三步,看见一道斜坡往下一路延伸到堤防与海边,那里也有一盏发出同样淡蓝色光的路灯。就在此时,突然窜出一个人影,布隆维斯特随即明白,出事了。

侯斯特扣下第一次扳机后,正打算开枪射男孩,却听到马路边有一辆车驶近,他立即住手。不过其实不是因为那辆车,而是因为脑海里忽然冒出"智障"二字。侯斯特很清楚教授绝对有可能在生命最后一刻撒谎,但现在定睛看看孩子,他不禁怀疑或许是真的。

孩子的身体纹丝不动,脸上散发的是惊奇而不是恐惧,就好像根本不了解发生了什么事。他的眼神太空洞、太呆滞,完全无法流露正常的表情。

侯斯特想起调查期间看过一些资料,鲍德确实有个严重智障的儿子。报章杂志与法院文件都显示教授没有监护权。这肯定就是那个孩子，侯斯特既下不了手也没必要杀他。这么做没有意义也违反他的职业道德，有了这层认知后，他大大松了口气。当时他若是多想一想，应该会对自己这样的反应起疑才对。

这时他只是放下手枪，从床头柜上拿起计算机和手机塞进背包，然后循着自己保留的潜逃路线奔入夜色中。但还没走远，便听见身后有人出声，他转过身去，只见路旁站着一个男人，不是那两个警察，而是穿着毛皮大衣、戴着毡帽的新面孔，身上散发一种不怒自威的气势。或许正因如此，侯斯特才会再度举枪。他感受到危险了。

此人身手矫健，一身黑衣，帽上有个头灯，不知何故布隆维斯特觉得他是与多人合作行动，因此本以为还会有更多人从黑暗中出现，而感到十分不安。他大喊道："喂，你站住！"

他做错了。那人身子一定住，布隆维斯特就知道错了，他的动作就像个作战的军人，难怪反应如此迅速。当他掏枪射击时，好像这是世上最自然的一件事，布隆维斯特则已弯身躲到墙角。几乎没有听到枪声，但有个东西啪一声打中鲍德的信箱，发生什么事也就不言而喻了。高个儿警察赶紧结束通话，但全身一动也不动。唯一出声的是那名醉汉。

"你他妈的在搞什么啊？发生什么事了？"他用异常耳熟的声音咆哮着，直到此时两名警员才紧张地低声交谈：
"有人开枪吗？"
"好像是。"
"现在该怎么办？"
"呼叫支援。"
"可是他逃跑了。"
"那我们最好去看一下。"高个儿说道。接着他二人缓慢而迟疑地掏出枪来，往水边走去。

漆黑的冬夜里可以听到一只狗在吠叫，是只脾气暴躁的小狗。风从海上猛吹而来，雪花到处翻飞，地面湿滑，较矮的那个警察险些跌倒，两只手臂胡乱挥动起来像个小丑。运气好一点的话，他们也许能避免撞上那个持枪的人。布隆维斯特可以感觉到那个人毫无困难便能除掉他们两人。从他快速而利落地转身举枪看得出来，他受过专门训练，布隆维斯特琢磨着自己又该怎么办。

他毫无自卫的东西。不过他还是站起来，掸掉大衣上的雪，再度望向斜坡。警察正慢慢沿着水边走向隔壁屋子，持枪的黑衣人已不见踪迹。布隆维斯特也跟着往下走，来到屋子正面后发现有一扇窗破了。

房子开了一个大洞，他琢磨着是否应该把警察叫来。还没来得及这么做，便听到一个低低的、奇怪的呻吟声，于是他踩过碎玻璃走进一条走廊，那细致的橡木地板发出微光，在黑暗中也能看得见。他慢慢顺着声音来处走向一扇门。

"鲍德，"他喊道，"是我，麦可·布隆维斯特。你没事吧？"

无人应声。但呻吟声变大了。他深吸一口气，步入房内，随即震惊地呆住了。事后他也说不出自己先注意到什么，或者最令他惊骇的是什么。不一定是地上的尸体，虽然那张脸上满是鲜血，表情空洞而僵硬。

有可能是鲍德旁边那张大床上的景象，只是很难明白到底是怎么回事。床上有个小孩，大约七八岁，五官清秀，一头凌乱的暗金发，穿着蓝色格纹睡衣，正用身体规律而使劲地撞着床头板。孩子的嚎哭声不像一般幼童的哭闹，比较像个极尽所能想伤害自己的人。布隆维斯特还没能想清楚，便急忙冲上前去，但孩子不停猛踢。

"好了，好了。"布隆维斯特说着张开双手要去抱他。

男孩却以惊人的力气扭转身体，最后——可能因为布隆维斯特不想把他抱得太紧——他成功地挣脱了，冲出房门跑进走廊，赤脚踩在碎玻璃上，朝着破窗而去，布隆维斯特紧追在后高喊着："不，不要。"

就在这时候孩子撞上那两名警察。他们站在雪中，一脸惊惶失措。

第十一章

十一月二十一日

事后据说警方的程序有问题,未能及时采取行动管制该区交通。射杀鲍德教授的人想必是从容不迫地逃离现场,而现场的警员,即在局内被蔑称为"花花公子"的波隆与弗林警探,发出警报太慢,至少他们发出的警报不够急迫或具有威信。

重案组的鉴识人员与探员直到三点四十分才抵达,还有一名年轻女子与他们同时到达,她自称嘉布莉·格兰,看她那么激动应该是亲戚,后来才知道她是国安局长亲自派来的分析师。这对嘉布莉并无帮助,承蒙警界普遍的性别歧视,也可能是为了强调她被视为局外人的事实,他们将照顾孩子的工作交给了她。

"你看起来好像很会处理这种事。"艾瑞克·赛特伦说道。他是当晚侦查团队的负责人。他看着嘉布莉俯身检视孩子脚底的伤口,尽管她厉声反驳说自己还有更重要的事要做,但正视孩子的眼睛后便投降了。

奥格斯(他们是这么叫他的)吓得全身僵硬,有好长一段时间裹着羽绒被坐在顶楼的地板上,一只手在红色波斯地毯上机械式地左右移动。在其他方面都不怎么积极的波隆,竟然设法找来了一双袜子,还给孩子的脚贴上创可贴。他们也发现到他全身瘀青、嘴唇裂伤。根据记者布隆维斯特的说辞——他的出现为屋内制造了明显的紧张气氛——这孩子不停用身体撞床和楼下的墙壁,还赤脚跑过一楼的碎玻璃。

不知怎的,嘉布莉迟迟不愿去和布隆维斯特正式打照面。尽管她马上就意识到奥格斯是目击证人,却怎么也无法与他建立任何关系,无法安抚他。一般的拥抱与温柔言语显然都派不上用场,只有当嘉布莉坐在一旁,保持些许距离,做她自己的事,才是奥格斯最平静的时候。只有一次似乎引起他的注意,就是当她和柯拉芙通电话,提到了门牌号码七十九。当时她并未多想,不久之后便联系上了情绪激动的汉娜·鲍德。

汉娜想马上让孩子回去,而且令嘉布莉惊讶的是汉娜建议她去找些拼图出来,尤其是瓦萨号战船①那幅,她说孩子的父亲应该是随手乱放在什么地方了。她没有说前夫非法带走孩子,但被问到卫斯曼为何跑到屋外讨要孩子,她也没回答。看起来他肯定不是因为担心孩子而来。

然而,孩子存在的事实倒也解开了嘉布莉稍早的一些疑团。如今她知道鲍德为什么对某些事支支吾吾,又为什么不想养看门狗。一大早,嘉布莉便安排一位心理医师和另一位医生将奥格斯带到瓦萨区交给他母亲,除非结果显示他需要更紧急的医疗照顾,随后她忽然兴起另一个念头。

她猛然想到这次杀鲍德的动机或许不是为了灭口。凶手也很可能是为了抢劫——不是金钱那么明显的东西,而是他的研究结果。嘉布莉不知道鲍德在人生这最后一年里研究了些什么,也许没有人知道,但不难想象:极可能是研发他的人工智能计划,这项计划在第一次遭窃时,便已经被视为一项大革新。

他在索利丰的同事穷极所能地想一窥究竟,有一回鲍德自己说漏了嘴,说他守护它就像母亲守护孩子一样,嘉布莉暗忖,这意思想必是说睡觉时会把它放在身边。于是她叫波隆照顾一下奥格斯,她则下楼到一楼的卧室去,里头的鉴识小组正在严寒的气温下忙碌着。

"有谁看见这里有计算机吗?"她问道。

鉴识人员全都摇头,嘉布莉于是再度拿出手机打给柯拉芙。

卫斯曼不久便被确定失踪了。他必定是趁乱离开了现场,这让赛

---

① 瓦萨号战船(Vasa Warship),十七世纪瑞典国王古斯塔夫二世下令建造的船舰,是至今仅存的十七世纪古战舰。

特伦又是咒骂又是叫嚷，后来得知卫斯曼也没回家，他叫骂得更凶。

赛特伦考虑要发出通缉令，年轻同仁阿克瑟·安德松听了便问道：是否应该将卫斯曼视为危险人物？安德松可能把卫斯曼和他银幕上扮演的角色搞混了。不过也不能太苛责他，目前局势看起来是愈来愈混乱。

这起凶杀案明显不是家人间寻常的算账报仇，不是酒后争吵失手，不是一时冲动犯下的罪行。这是经过缜密计划、冷酷无情的攻击。让事情更复杂的是省警局局长杨亨利·罗傅也提出他的看法，认为这起命案势必会冲击瑞典产业的利益。赛特伦发现自己正处于一桩国内重大政治事件的核心，即便他不是警界最聪明的人，也明白自己现在的作为将会造成重要且长远的影响。

赛特伦两天前刚过完四十一岁生日，生日派对的后遗症还没消退，而且他从未负责过这么重要的案件。之所以被派来，哪怕只是几个小时，全是因为当晚没有太多能人执勤，上司又决定不去吵醒国家凶案组成员或是斯德哥尔摩警局内任何经验较丰富的干员。

于是赛特伦就这样置身于这场混乱当中，愈来愈没自信，不久开始大声发号施令。一开始，他试图挨家挨户进行实际查访，但愿能尽快搜集到愈多证词愈好，虽然心里不抱太大希望。此时是深夜，天色漆黑，外头又风雪大作，附近住户八成什么也没看见，但世事难料。因此他亲自向布隆维斯特提问，天晓得他到底在那里做什么。

瑞典最知名的记者之一出现在现场，对厘清案情并无太大帮助，有一度赛特伦还想象布隆维斯特正带着批判目光检视他，以便写一篇大揭秘。但很可能只是他的不安全感在作祟。其实布隆维斯特自己也大受震撼，整个问话过程，他始终客客气气并期盼能有所帮助。不过，他能提供的信息不多，据他所说，一切都发生得太快，单是这一点就很值得注意。

嫌犯的一举一动都显得残暴而利落，布隆维斯特说以此推测那人若非现役就是退役军人，甚至可能是特种部队。他转身瞄准然后开枪的姿态似乎十分熟练。由于紧套的黑帽上绑着灯，布隆维斯特没能看清任何一点五官特征。

他说他离得太远，而且那人一转身他就立刻趴到地上，能保住一条小命应该感谢福星高照。他只能描述出那人的身材与服装，而且描述得极为详尽。根据这个记者的说辞，那人似乎已不年轻，应该有四十多岁，身材保持得很好，比一般人高，大约介于一米八五到一米九五之间，细腰厚肩、体型魁梧，穿着靴子和黑色军款服装，背着一只软背包，右腿上好像绑着一把刀。

布隆维斯特认为那人是往下走，沿着水边穿越隔壁住屋后消失不见的，这与波隆和弗林的说辞吻合。这两名警员坦承完全没看见那个人，但是听到他的脚步声沿着海边跑去，他们随后追去却一无所获——他们是这么说的。赛特伦对此抱持怀疑。

他推断波隆和弗林心生怯意，只是呆站在夜色中，害怕得什么也没做。总之，大错就是在这一刻铸成的，他们没有确认嫌犯的潜逃路线，试着管制该区交通，甚至可说是什么也没做。当时弗林和波隆还不知道有人被杀，等他们得知后，又忙着应付一个打赤脚、歇斯底里冲出屋外的男孩。在这样的状况下当然很难保持冷静，但他们错失了宝贵时机，虽然布隆维斯特描述案发经过时语带保留，却也能清楚看出连他都不以为然。他曾两度询问警员是否已发出警报，他们都以点头作为回应。

稍后，布隆维斯特无意间听到弗林与行动指挥中心的对话，这才发觉他们点头极可能是代表没有，或者顶多是在慌张失措之下，未能了解事态的严重性。他们过了许久才发出警报，但即便通报了，事情还是没有照正常程序发展，恐怕是因为弗林没有清楚转述情况。

瘫痪状态扩及到了其他层级，赛特伦万分庆幸这怪不到他头上来，因为当时他尚未插手调查。但另一方面，他人既然在这里了，至少应该避免把事情搞砸。他最近的个人表现不太令人满意，正好趁此机会全力以赴。

他现在在通往客厅的门口，刚刚结束和米尔顿保安的通话，谈到关于当晚稍早在监视画面上出现的人。他完全不符合布隆维斯特对杀人嫌犯的描述，看似一个瘦巴巴的老毒虫，只是想必身怀科技绝技。米尔顿保安认为那个人侵入了警报系统，让所有的录像机与感应器停止了运作。

这个说法对于办案当然毫无帮助，对方不只有专业的计划，甚至不顾警方的保护人员与精密的警报系统，仍犯下杀人案，这是何等自大？赛特伦本来打算到一楼与鉴识小组会合，却仍待在楼上，满心困惑地呆望前方，直到目光锁定在鲍德的儿子身上。他是他们的关键证人，却不会说话，也听不懂他们在说什么。这可以说是在这种命案现场差不多该有的反应。

男孩手里拿着一小块非常复杂的拼图。赛特伦起步走向通往一楼的弧形楼梯，但又忽然停下来。他回想最初对小男孩的印象，当他到达现场，还没完全掌握状况时，这个孩子看起来就跟其他小孩没什么两样。赛特伦会形容他是个异常漂亮但外表正常、拥有一头鬈发、似乎受到惊吓的男孩。后来才知道他患有自闭症，并有严重的心智功能障碍。他心想，这表示凶手若非本来就认识他，就是察觉到他的状况，否则几乎不可能冒着被指认的风险让他活命，不是吗？赛特伦虽然没有花太多时间把这事彻底想清楚，却受到第六感的刺激，急忙朝男孩跨出几步。

"我们必须马上讯问他。"脱口而出的声音出乎他意料的响亮而急迫。

"拜托，就饶了他吧。"布隆维斯特说。

"你别插手，"赛特伦厉声斥道，"他有可能认识凶手。我们得找出一些照片让他瞧瞧，我们多少得……"

这时男孩忽然用力地横扫拼图，打断了他的话。赛特伦喃喃道了声歉后，便下楼找鉴识小组去了。

布隆维斯特继续留在那里，看着男孩。感觉上好像还有什么事情要发生，也许他又要发作了，而他最不希望看到的就是孩子再度伤害自己。男孩身子变得僵硬，右手开始在地毯上激烈而快速地画圆圈。

接着,男孩停了手,抬起头露出恳求的眼光。尽管布隆维斯特自问这是否意味着什么,但是当那名警员——现在他知道他姓波隆——坐到孩子身边,试着哄他再玩拼图后,他便也放下这个念头,径自到厨房去安静片刻。他筋疲力尽,也很想回家,可是好像得先看一些监视器拍下的画面。不知道要等到什么时候,一切都很费时,也显得杂乱无章,而布隆维斯特只渴望回到自己床上。

到目前为止,他和爱莉卡通过两次电话并将来龙去脉告诉了她。他们一致认为布隆维斯特应该针对这起命案写一篇较长的文章,刊登在下一期。不只因为命案本身明显就是重大事件,而且鲍德教授的一生也值得评论,还因为布隆维斯特个人牵涉在内,这将使这则报道更具特色,让他比竞争对手多一分优势。他在深夜接到一通戏剧性的电话,使他在第一时间赶到现场,光是这点就让他的文章占了上风。

赛纳的情况和杂志社的危机都隐含在他们的谈话当中。爱莉卡已经计划让临时雇员安德雷先作初步调查,布隆维斯特也可以趁机睡个觉。她的态度相当强硬,既像慈爱的母亲也像强势的总编辑,说她不许手下的明星记者都还没开始工作就过劳死。

布隆维斯特毫无异议地答应了。安德雷有抱负又好说话,若能一觉醒来发现准备工作已全部就绪当然很好,最好还备妥了与鲍德亲近者的名单,他应该一一去拜访。之前曾有几天晚上,安德雷在磨坊啤酒屋向布隆维斯特吐露过心声,说他与异性之间总是问题不断,布隆维斯特想起此事,也乐得暂时转移一下注意力。安德雷年轻、聪明而又英俊,应该是个好对象。但因为他的个性有点柔弱,又黏人,才会一而再、再而三地被甩,让他深感痛苦。安德雷是个无可救药的浪漫主义者,始终梦想着大独家与神圣的爱情。

布隆维斯特坐在鲍德家的厨房里,望着漆黑的屋外。在他面前有一个火柴盒、一本《新科学家》杂志和一本写了一些难以理解的方程式的便签本,旁边摆着一张很美但气氛略显不祥的素描,画的是一个十字路口。红绿灯旁站着一个男人,微湿的眼睛斜睨着,嘴唇很薄。虽是刹那间捕捉到的影像,他脸上的皱纹以及铺棉夹克与长裤的皱褶却看得一清二楚。他的外表难以给人好感，下巴处还有一个心形的痣。

这张画中最醒目的是红绿灯。这个信号灯发出一种意味深长、令人不安的光，而且是以某种精准的技术呈现，手法极为高明，几乎可以看到隐藏其下的几何线条。鲍德想必另有画画的嗜好，但令布隆维斯特纳闷的是为何选择如此不寻常的主题。不过话说回来，像鲍德这样的人又怎会画夕阳和船呢？对他来说，红绿灯很可能和其他一切同样有意思。还有一点勾起了布隆维斯特的好奇，那就是这幅画有如快照，就算鲍德坐下来仔细观察了红绿灯，也不太可能叫那个男人一次又一次地过马路吧。也许这个人是想象出来的，又或者鲍德有过目不忘的本领，就像……布隆维斯特陷入沉思。之后他拿起手机，第三次打给爱莉卡。

"你要回家了吗？"她问道。

"可惜还没有。还有几样东西需要我看一看，不过我想请你帮个忙。"

"不然你以为我在这里做什么？"

"你能不能打开我的计算机登入？你知道我的密码吧？"

"我知道你的一切。"

"然后点进'文件'打开'莉丝资料'的档案。"

"我想我大概知道是怎么回事了。"

"哦？我要你写……"

"等一下，我得先打开档案。现在，可以了……等等，里面已经有一些东西。"

"别管它们。我要的是最上面那个。可以开始了吗？"

"可以了。"

"你就写：'莉丝，也许你已经知道，法兰斯·鲍德死了，头部中弹。你能不能找出为什么有人想杀他？'"

"就这样？"

"我们这么久没联络，这样算是相当多了。她八成会觉得我这个要求太厚颜无耻,但我想若能得到她帮忙也不错。"

"你是说偶尔非法入侵计算机一下也无妨?"

"我没听见。希望很快就能见到你。"

"但愿如此。"

莎兰德好不容易又睡了一觉,七点半才醒来。状况不是太好,头痛又想吐,但比前一晚好些了。她包扎好受伤的手、换了衣服,吃了两块用微波炉加热的饺形碎肉馅饼、喝了一杯可口可乐当早餐后,把几件运动服塞进运动袋便出门去。暴风雪已经平息,市区里随处可见垃圾和报纸。她一边从摩塞巴克广场沿着约特路往下走,一边喃喃自语。

她一脸怒容,途中至少有两个人机警地避开她。其实莎兰德只是决心坚定。她不是迫不及待想做运动,只是希望坚持日常的例行公事,将毒素排出体外。因此她继续走上霍恩斯路,就在到达霍恩斯路之前转进位在地下一楼的"零"拳击俱乐部。那天早上,俱乐部看起来比平时更破烂。

这个地方真该上一层漆,稍微让门面焕然一新,说不定这里从七十年代起就没有装修过。墙上依然贴着阿里和福尔曼的海报,看起来那传奇的金沙萨一战[1]仿佛是昨天才发生的事。这应该是因为俱乐部负责人欧宾兹小时候在现场看过这一战,观战之后还在奔放的豪雨中奔跑,口中继续高喊着场内的口号:"阿里,杀!"当时的快步狂奔不只是他最快乐的回忆,也是他所谓"纯真岁月"的最后一刻。

不久以后,他和家人便被迫逃离蒙博托[2]的恐怖统治,生活也就完全变了样。所以也不难理解为何他想将昔日的那一刻保留起来,带到斯德哥尔摩索德马尔姆区这个冷清荒僻的拳击馆来。欧宾兹仍经常

---

[1] 一九七四年,年过三十的阿里在金沙萨挑战当时还正年轻有力的世界拳王福尔曼,以技巧与积分赢回拳王宝座,令许多人跌破眼镜。

[2] 蒙博托(Mobutu Sese Seko,1930—1997),曾任刚果共和国的总统,在任期间贪污腐败严重。一九九七年刚果内战中被推翻,出逃后死于摩洛哥。

聊起那场比赛，但其实他总是经常在聊些什么。

他又高又壮，顶着个大光头，是个超级大嘴巴，也是莎兰德在馆内的许多爱慕者之一，不过他也和无数人一样认为她有些疯狂。她每隔一段时间就会练拳练得比谁都凶猛，像个疯婆子一样打吊球、打沙包、打陪练对手。她拥有一种原始而又狂暴的能量，欧宾兹难得见到。

在他和她还不太熟的时候，曾有一次建议她参加拳击赛，不料她竟不屑地嗤之以鼻，之后他便没再提过，但仍始终不明白她为何要练得这么拼命。其实也不是真的需要知道，拼命练拳有可能毫无理由，这总比酗酒来得好，比很多事情都好。

大约一年前某天夜里她对他说的话也许是真的，说她想做好体能的准备，以防最后又再次遭遇困境。他知道她以前碰上过麻烦，网络上关于她的消息，他字字句句都读了，因此明白她说要做好准备以防过去某些恶毒阴影突然出现是什么意思。他自己的双亲便是遭到蒙博托派来的杀手所害。

他不明白的是为什么每隔一定的时间，莎兰德就会完全停止练拳，完全不运动，只吃垃圾食物。那天早上，她一如往常高调地身着黑衣、露出张狂的穿洞钉环来到拳击馆，这距离上次欧宾兹见到她已经隔了两个礼拜。

"嗨，美女。你跑哪儿去了？"

"在做一点高度违法的事。"

"想想也知道，又把哪个飞车党打得半死之类的吧？"

谁知她对这个玩笑一点反应也没有，只是愤愤然走向更衣室，他则做了一件明知她最痛恨的事：挡到她面前，直视着她。

"你的眼睛好红。"

"我宿醉未醒，别挡路！"

"那我就不想在这里看到你，你知道的。"

"少废话！有本事你把我打趴下！"她啐了一口，从他身边闪过便去换衣服。等她穿上太宽松的拳击裤和胸前画有黑骷髅头图案的白背心现身时，他发现也只能顺她的意，别无他法了。

她被逼得往垃圾桶里吐了三次,他极尽所能不让她好过,而她也毫不留情地还以颜色。然后她就掉头走开,换好衣服离开拳击馆,连声再见都没说。每当这种时候,欧宾兹就会感到无比空虚,也许他甚至有点爱上她了。总之肯定是动心了——面对打拳打成这样的女孩,谁能不动心?

他最后看见她的身影是上楼时慢慢消失的一双小腿,因此也无从知道她来到霍恩斯路后,感觉脚下的地面摇晃起来。她靠在大楼墙面大口喘息,接着才起步往菲斯卡街的公寓走去。一回到家,她又喝了一大杯可口可乐和半公升果汁,然后一头栽到床上,看着天花板十分钟、十五分钟,想这想那,想着奇异点、视界线①、薛定谔方程式的某些特殊观点,还有艾德·尼丹姆。

她等到世界恢复了正常色彩后才下床坐到计算机前面。不管有多么迟疑,她总会被计算机吸引过去,这股力量从她小时候就没有减弱过。但是今天早上她丝毫无心于疯狂入侵。她黑进布隆维斯特的计算机,转眼间整个人呆住了。他们才开过鲍德的玩笑,如今布隆维斯特竟说他被杀了,头部中弹。

"天哪。"她喃喃说道,然后看了一下网络新闻晚报。

没有指名道姓,但不难猜出"瑞典学者在索茨霍巴根住宅遭杀害"说的就是鲍德。目前警方守口如瓶,记者无法挖出太多消息,无疑是因为他们尚未察觉这是多大的新闻。当晚的其他事件占了更多版面:关于暴风雪、全国大停电以及火车严重晚点,另外还有零星几则名人新闻,莎兰德根本懒得去了解。

关于凶杀案的明确相关报道只有:发生时间约在凌晨三点,警方正在附近找寻目击证人,看看有无任何不寻常迹象。到目前为止并无嫌疑人,但似乎有人看到屋外出现不明身份的可疑人士。警方正在追查更多相关信息。报道结尾还说当天稍晚将举行记者会,由督察

---

① 视界线(event horizon),天文物理学名词。原指视界线内的信息因无法克服黑洞重力,传递不到外界。这里是转喻超级人工智能出现之后的事会远远超乎我们的预测及想象。

长杨·包柏蓝斯基主持。莎兰德若有所思地笑了笑。她和包柏蓝斯基（有时也被称为泡泡警官）渊源颇深，她暗想只要不安排一些白痴到他手下，调查工作应该会很有效率。

随后她又把布隆维斯特的信息重看了一遍。他需要帮助，而她想也不想就回信说"好"，不只因为开口要求的人是他，还有个人因素。她没有显露出悲伤，至少不是以传统方式显现。然而，愤怒是有的，一股冷冷的、不断酝酿的怒气。虽然她对包柏蓝斯基有一定程度的尊敬，却不怎么信任执法人员。

她习惯一切靠自己，而且她有太多理由想找出鲍德被杀的原因。其实她会去找他，会对他的处境感兴趣并非巧合，因为他的敌人很可能也是她的敌人。

最初是从一个老问题开始的：她父亲是否以某种形式继续活着？亚历山大·札拉千科不仅害死她母亲、毁了她的童年，还建立并掌控一个犯罪组织网，贩卖毒品和武器，并靠着剥削和羞辱女人谋生。她深信这种恶性绝不会消失，只会转移成其他形式。自从一年多一点之前的某个黎明，在巴伐利亚阿尔卑斯山上的艾茂城堡饭店醒来后，莎兰德便一直在独自调查他留下的人事物后来怎么样了。

他的老伙伴们似乎大多都变成废人、堕落的盗匪、令人不齿的皮条客或是些小奸小恶之辈，没有一个像她父亲那么坏。有很长一段时间，莎兰德都相信札拉千科死后，那个组织已经改变并瓦解了。但她并未就此松手，最后无意间发现一件事，指向一个令人完全意想不到的方向。此事涉及札拉的一名年轻助手，一个名叫席格菲·葛鲁波的人。

札拉还在世时，葛鲁波便已算是组织中较聪明的人，与其他同侪不一样的是，他攻读了计算机与企管双学位，也显然因此得以接触较上流的圈子。最近他忽然出现在几起据传针对高科技公司所犯的罪行：盗取新科技、勒索、内线交易、黑客攻击。

正常来说，莎兰德不会继续追这条线索，因为她根本不在乎两三家富有的集团被骗走一些新技术，但忽然间事情起了变化。

她从位于切尔滕纳姆的英国政府通讯总部弄到一份机密报告，发现里面有一些代号和某帮派有关，而葛鲁波现在好像就是那个帮派的成员。这些代号让她起了警觉，之后便再也无法置之不理。她尽可能地搜集有关该帮派的信息加以拼凑，一再发现有个传言说这个组织偷走了鲍德的人工智能技术，转卖给俄美合资的游戏公司"真实游戏"。她的消息来源并不可靠，是个半开放的黑客网站，但她正是为此才会出现在皇家科技学院的讲堂，拿黑洞深处的奇异点来刁难鲍德，又或者应该说那只是部分原因。

第二部
记忆的迷宫
十一月二十一日至十一月二十三日

  过目不忘的人也可以说是拥有照相记忆①。

  研究显示具有照相记忆的人比一般人更容易紧张、有压力。

  虽不是百分之百,但大多数具有照相记忆的人都有自闭症。照相记忆也和联觉有关,所谓联觉就是两种以上的感觉互相牵连的状况,例如看到以颜色标示的数字后,每一系列的数字都会在心里形成一个影像。

---

① 照相记忆(photographic memory),短时间内就能记住影像、声音或物体形貌的能力。

第十二章

十一月二十一日

杨·包柏蓝斯基一直盼着能趁休假去找索德会堂的高德曼拉比长谈,最近有些问题不断困扰着他,主要是关于上帝的存在。

若要说他已变成无神论者是夸张了,但他对上帝这个观念愈来愈疑惑,始终觉得这一切都没有意义,还经常伴随着递出辞呈的幻想,所以很想找人谈谈。

包柏蓝斯基当然自认为是优秀的警探。总体而言,他的破案纪录亮眼,偶尔也还是会兴奋激昂地投入工作,但他不确定是否还想继续调查凶杀案。趁现在还来得及,可以学学新技能。他的梦想是教书,希望借此帮助年轻人找到自己的路并相信自己,或许是因为他常常对自己充满疑虑吧——他不知道要选哪一科。他始终没有一个特别拿手的领域,除了后来成为他命中注定要面对的事之外:也就是追查那些不得善终的猝死与人类可怕的病态行为。他当然不想教这些。

早上八点十分,他在浴室里照镜子,自觉浮肿、疲惫、头顶光秃。他漫不经心地拿起艾萨克·辛格①的《卢布林的魔术师》,这本书他深爱不已,多年来一直放在洗脸台旁边,万一闹肚子时想看就能随手拿起来看。但这次只看了几行,电话就响了,看到来电显示后心情并未好转,是检察长理查德·埃克斯壮。埃克斯壮来电意味着上门的不只是工作,八成还是带有政治与媒体因素的工作,否则埃克斯壮早就像蛇一样逃溜开了。

"嗨,埃克斯壮,很高兴接到你的电话,但我没空。"包柏蓝斯基撒谎道。

---

① 艾萨克·辛格(Isaac Bashevis Singer,1902—1991),诺贝尔文学奖得主,使用意第绪语写作,文中提到的《卢布林的魔术师》主角和包柏蓝斯基一样是个犹太人。

"……什么?不,不会的,包柏蓝斯基,这件事你不会没空。你可不能错过。听说你今天休假。"

"是啊,而且我正要去……"他不想说要去犹太教堂。他的犹太血统在警界不太受青睐,便接着说:"……去看医生。"

"你病啦?"

"也不算是。"

"这是什么意思?快要病了?"

"差不多是这个意思。"

"那就没问题了。我们哪个不是快要病了,对吧?这个案子很重要,商务部部长都出面关心了,她也认为应该让你负责调查。"

"我很难相信部长会知道我是谁。"

"可能不知道名字,反正她也不应该插手。不过我们都一致认为这次需要一个大牌人物。"

"花言巧语对我没作用了,埃克斯壮。到底什么事?"他一问完就立刻后悔,光这么一问就等于答应了一半,而且听得出来埃克斯壮就是这么想的。

"昨晚法兰斯·鲍德教授在索茨霍巴根的住家被杀害了。"

"他是谁?"

"我国最知名的科学家,享誉国际。他在人工智能科技方面是世界级权威。"

"在什么方面?"

"他在研究类神经网络和量子的数位信号处理之类的。"

"我完全听不懂你说什么。"

"他在尝试要让计算机思考,让计算机复制人脑。"

复制人脑?包柏蓝斯基不禁纳闷高德曼拉比听了会怎么想。

"听说他曾经是产业间谍活动的受害者,"埃克斯壮说道,"所以他的遇害才会惊动商务部。你一定知道部长曾信誓旦旦地说,我们绝对需要保护瑞典的研究成果与新科技。"

"好像有。"

"这个鲍德好像受到某种威胁,有警察在保护他。"

"你是说他是在警方保护下被杀的?"

"老实说,并不是什么大不了的保护,只是从正规警力调派了弗林和波隆。"

"那两个花花公子?"

"没错。昨天深夜,风雪正盛、全市乱成一团的时候,他们接到的指派任务。但我不得不替他们说句话,整个局面真的是乱七八糟。鲍德被枪杀的时候,我们的警员正在应付一个没头没脑跑到屋子前面来的醉汉。凶手正好趁他们不注意时行凶,这并不令人意外。"

"听起来不太妙。"

"可不是,凶手似乎非常专业,更糟的是所有的防盗系统好像都被入侵了。"

"这么说凶手不止一个?"

"应该是。另外还有一些棘手的细节。"

"媒体会喜欢的?"

"媒体会喜欢的。"埃克斯壮说,"比方说,那个忽然现身的酒鬼不是别人,正是拉瑟·卫斯曼。"

"那个演员?"

"就是他,这是个大问题。"

"因为会闹上所有的头版?"

"这是一部分原因,但除此之外,我们恐怕会沾上一堆麻烦的离婚问题。卫斯曼声称他去那里是为了带回同居女友的八岁儿子。鲍德把孩子带回去了,这个孩子……等一下……我先把话说清楚……他肯定是鲍德的亲骨肉,但是根据监护权的裁定,他没有能力照顾。"

"一个能让计算机像人一样的教授,怎么会没有能力照顾自己的孩子?"

"因为他以前完全没有责任感,而且是到了惊人的地步。如果我理解得没错,他根本是个无药可救的父亲。整个情况相当敏感,这个本不该出现在鲍德家的小男孩,很可能亲眼目睹了杀人经过。"

"老天啊！那他怎么说？"

"没说什么。"

"受到惊吓了吗？"

"想必是吧，不过他本来就什么都不会说。他是哑巴，好像还有心智障碍，所以对我们不会有太大帮助。"

"我明白。所以说没有嫌疑人。"

"除非卫斯曼能解释他为什么刚好在凶手进入一楼的时候出现。你应该把卫斯曼找来问话。"

"如果我决定接这个案子的话。"

"你会的。"

"你就这么有把握？"

"依我看你别无选择。再说，最精彩的我还没说呢。"

"是什么？"

"麦可·布隆维斯特。"

"他怎么了？"

"不知道为什么他也在现场。我想是鲍德要求见他，想跟他说些什么。"

"在大半夜里？"

"看起来是的。"

"然后他被射杀了？"

"就在布隆维斯特去按门铃之前——他好像瞥见凶手了。"

包柏蓝斯基不屑地哼了一声，无论怎么看，这都是很不恰当的反应，他自己也无法解释。或许是焦虑吧，又或许是觉得人生历程总会重演。

"你说什么？"埃克斯壮问道。

"只是喉咙有点痒。所以你是担心最后被调查记者给盯上，害你丑态毕露？"

"嗯，也许是吧。我们猜想《千禧年》已经开始着手准备写报道，现在我想找一些法律方面的理由阻止他们，不然至少也得让他们稍微受点控制。我不排除要把这个案子视为可能影响国家安全的事件。"

"这么说我们还要和国安局周旋?"

"无可奉告。"

去死好了,包柏蓝斯基暗骂道。"欧洛夫森组长和产业保护小组的其他组员也负责这个案子吗?"

"我说过了,无可奉告。你什么时候可以开始?"埃克斯壮问道。

"我可以接,但有几个条件。"包柏蓝斯基说,"我要我原来的团队:茉迪、史文森、霍姆柏和傅萝。"

"当然,没问题,但还有汉斯·法斯特。"

"门都没有!"

"抱歉了,这事没得商量。能让你选择其他那些人,你就该心存感激了。"

"你真会折腾人,你知道吗?"

"我听说了。"

"所以法斯特将会是国安局安插到我们队上的小奸细咯?"

"胡说八道。我倒认为如果每个团队都有一个从不同角度思考的人,不失为一件好事。"

"也就是说当我们其他人都摒除了偏见和先入为主的观念,却甩不掉一个会把我们打回原点的人?"

"别说这么荒谬的话。"

"法斯特是个白痴。"

"不,包柏蓝斯基,他不是。他只是……"

"什么?"

"保守。他不是会迷上最新流行的女性主义的人。"

"也不会迷上最早流行的那些。他可能满脑子就只想着妇女投票权的事情。"

"好啦,你就理智一点。法斯特是个极度可靠而又忠诚的警探,我不想再听到这种话了。你还有什么要求?"

可不可以请你闪到一边去,别来烦我?包柏蓝斯基心想,但嘴里却说:"我得去看医生,这段时间的调查工作,我要茉迪来主导。"
"这个主意真的好吗?"
"好得不得了。"他咆哮道。
"好吧,好吧,我会吩咐赛特伦交接给她。"埃克斯壮畏缩地说。
此时的埃克斯壮检察长彻底怀疑起自己该不该接下这次的调查任务。

亚罗娜很少在晚上工作。这十年来她总能设法避开而且理由充分,因为风湿病逼得她不时得吃高剂量的可的松片,让她不只有月亮脸还有高血压,所以她需要睡眠和固定作息。但现在都已经凌晨三点十分,她竟然还要工作。

她在细雨中,从位于马里兰州劳若市的住家开车出来,经过写着"国安局　前方右转——闲人勿近"的招牌,经过路障与通电的铁丝网,驶向米德堡那栋方块状的黑色主建筑。她把车停在占地辽阔、形状不规则的停车区,旁边就是布满浅蓝色高尔夫球状雷达与一堆碟型天线的区域。随后她通过安全门,直上十二楼的工作站。看到里头的热烈气氛,她吃了一惊,不久便发觉让整个部门笼罩着高度注意力的正是艾德和他手下那群年轻黑客。

艾德像着魔似的,站在那里冲着一个年轻人大吼大叫,那人脸上有一种冰冷苍白的光彩。真是奇怪的家伙,亚罗娜心里暗想,就跟围绕在艾德身边那些年轻天才黑客一样。这小伙子骨瘦如柴,脸色犹如贫血,发型乱得像狗啃,驼得出奇的肩背像是不停地在抽搐抖动着。也许是害怕吧,他不时地会颤抖,又加上艾德猛踢他的椅角,搞得情况更糟。年轻人一副等着挨巴掌、被狠扇耳光的模样。但紧接着出人意料的事发生了。

艾德冷静了下来,像个慈父般拨拨小伙子的头发。这不像他,他不是个情感外露的人。他是个硬汉,绝不会做任何类似拥抱另一个男人之类的可疑举动。但或许他实在太绝望了,因此准备尝试一下正常人性表现。艾德的拉链没拉,衬衫上还溅上了咖啡或可口可乐,脸色红得很不健康，声音更是喊到哑了。亚罗娜认为以他的年纪和体重，根本不该把自己逼得这么紧。

虽然才过了半天，艾德和手下却像已经在那里度过一星期，到处都是咖啡杯、没吃完的快餐餐点、乱丢的帽子和大学运动衫，空气中还有一股混合着汗水与紧张气息的恶臭。这支铆足全力在追踪黑客的团队，显然正把全世界搞得天翻地覆。她用真挚热诚的口气大声对他们说：

"兄弟们，加油……好好收拾那个王八蛋！"

她不是真的这么想，反倒暗自觉得有趣。这些程序设计师似乎多半自认可以为所欲为，好像权力无上限，所以让他们知道对方也可能回击，应该能学到一点教训。在国安局这个"迷宫"里，只有面临某种可怕情况才会暴露出他们的缺点，就像现在这样。她是被一通电话吵醒的，说那个瑞典教授在斯德哥尔摩郊区的住家遭人杀害，尽管对美国国安局来说，此事本身没什么大不了（至少目前还没什么），对亚罗娜却别具意义。

这桩杀人事件显示她对那些迹象的解读正确，如今她得看看是否能再更进一步。她登入后打开正在追踪的那个组织的概略结构图。难以捉摸的萨诺斯坐镇最顶端，但也有一些真名实姓，诸如俄罗斯国会议员戈利巴诺夫和德国人葛鲁波。

她不明白为何局里如此不重视此事，上司又为何不断暗示应该交由其他较主流的执法机关处理。他们不能排除这个组织网有国家做后盾，或是与俄罗斯国家情报局有关联的可能性，这一切有可能关系到东西方的贸易战争。尽管证据薄弱不明确，但仍可看出西方技术被窃并落入俄罗斯人手中。

只是这张网纵横纠结，很难厘清，甚至无法得知是否涉及任何罪行——也许一切纯属巧合，刚好其他地方也研发出了类似的技术。当今产业界的机密窃取完全是个模糊不清的概念，资产随时都在出借，有时候作为创意交换，有时候则只是伪装成合法的假象。

大企业在咄咄逼人的律师群助阵下，常常将小公司吓得魂不附体，而那些改革创新的个体户在法律上几乎毫无权利，却似乎谁也不觉得奇怪。除此之外，产业间谍与黑客攻击行为往往只被视为竞争环境中的例行研究调查。国安局这群人几乎称不上有助于提升这方面的道德标准。

但话说回来，谋杀案毕竟很难等同看待，因此亚罗娜郑重发誓，用尽一切手段都要把萨诺斯揪出来。她还没使出太多手段，事实上只是伸展了一下手臂、按摩了一下脖子，就听到背后的喘气声。

艾德简直不成人样。他的背想必也出了毛病，光是看他这副模样，她就觉得脖子舒服些了。

"艾德，什么风把你给吹来了？"

"我想你和我正在解决同一个问题。"

"坐吧，老兄。"

"你知道吗？根据我十分有限的观察……"

"别贬低自己，艾德。"

"我绝对没有贬低自己。大家都知道我根本不在乎谁高谁低、谁这么想谁那么想，我只关心自己的工作。我在保护我们的系统，只有在看到真的很能干的人时，才会给我留下深刻印象。"

"只要是计算机高手，就算是魔鬼你也会雇用。"

"只要他知道自己在做什么，任何敌人我都会尊重。你觉得合理吗？"

"合理。"

"你一定听说了，有人利用恶意软件进入我们的服务器，植入一个远端存取木马程序，亚罗娜，那个程序就像一首唯美的乐曲，非常紧凑，写得美极了。"

"你遇到旗鼓相当的对手了。"

"毫无疑问，我手下的人也有同感。他们全都表现出义愤填膺的爱国姿态，反正就是做我们该做的事。但他们其实只是想会会这个黑客，和他一较高下，我有一度心想：也好，就把他解决了吧！或许伤害毕竟不会太大，只不过是个天才黑客想显显身手罢了，可能不用太悲观。我的意思是在追着这个小丑跑的时候,我们已经发现自己的很多弱点。但后来我开始怀疑自己是不是上当了,说不定在我邮件服务器上的所有作业都只是烟雾弹,底下隐藏着截然不同的东西。"

"譬如说?"

"譬如说想寻找某些信息。"

"这我倒好奇了。"

"你是应该好奇。我们确认了这名黑客查看的区域范围,基本上都只和一件事有关,就是你正在调查的那个组织网,亚罗娜。他们自称为蜘蛛,对吧?"

"说得精确些,是蜘蛛会。但我认为应该是在开玩笑。"

"这个黑客在找关于那群人的信息,还有他们与索利丰的关系,这让我想到他可能和他们是同伙,想看看我们对他们了解多少。"

"好像有可能。他们知道怎么侵入计算机。"

"可是后来我改变想法了。"

"为什么?"

"因为这名黑客似乎也想告诉我们什么。你知道吗?他取得超级使用者的身份,可以看到一些可能连你都没看过的文件,一些极机密的东西。可是他上传的却是一个高度加密的档案,除非写程序的那个王八蛋提供私钥,不然别说是他,就连我们也毫无机会能看到。总之……"

"什么?"

"这黑客通过我们的系统揭露了我们也在和索利丰合作,就跟蜘蛛会一样。这件事你知道吗?"

"天啊,我不知道。"

"我想也是。不过幸好索利丰提供给蜘蛛会的帮助,同样也提供给我们了。这有一部分得归功于我们自己在产业间谍活动方面的努力。你的计划之所以这么不受重视,原因想必在此。他们担心你的调查会给我们惹来一身腥。"

"白痴。"

"这点我不得不认同。现在他们很可能会完全终止你的工作。"

"那就太离谱了。"

"别紧张,有个漏洞可钻,所以我才会拖着这个可怜的老屁股到你这里来。你就改替我工作吧。"

"什么意思?"

"这个该死的黑客对蜘蛛会有点了解,要是能追踪到他的身份,我们俩就都走运了,而你也能继续把案子查完。"

"我明白你的意思了。"

"这么说你是答应了?"

"是,也不是。"她说,"我想专心找出射杀鲍德的凶手。"

"有任何进展会让我知道吧?"

"会。"

"那好。"

"我想知道,"她说,"如果这个黑客这么聪明,难道不会湮灭轨迹?"

"这你不用担心。不管他有多聪明,我们都会找到他,让他好看。"

"你对对手的敬意跑哪去了?"

"还在啊,朋友。只不过我们还是会打垮他,把他关上一辈子。没有哪个王八蛋可以入侵我的系统。"

第十三章
十一月二十一日

布隆维斯特再次失眠。他心里就是放不下当天晚上的事，到了十一点十五，他终于放弃。

他进到厨房做了两份切达奶酪加帕玛火腿三明治和一碗优格加什锦麦片，却吃得不多，反而选择了咖啡、水和几颗止痛药。他喝了五杯矿泉水，吞了两颗止痛药，拿出一本记事本试着大略记下事发经过，才写没多久电话就响了。

新闻已经出来："明星记者麦可·布隆维斯特与电视明星拉瑟·卫斯曼"成为一起"神秘"杀人戏码的核心人物，神秘是因为谁也猜不透为何在某个瑞典教授头部中弹的现场，偏偏出现了卫斯曼和布隆维斯特，无论两人是一起还是分别到达。提问之间似乎有某种恶意的影射，因此布隆维斯特十分坦白地说自己会深更半夜跑去那里，是因为鲍德有急事想找他谈。

"我是为了工作去的。"

他其实无须如此防备，他本想针对外界的指控提出解释，但那可能会促使更多记者深入挖掘内幕。因此除了这句，他一律只说"无可奉告"，即便这不是理想的答复，至少也够直接明了。之后他关掉手机，重新穿上父亲的旧毛皮大衣，朝约特路方向出发。

办公室里的热闹气氛让他想起了往日。里头的每个角落都有同事全神贯注地坐在桌前工作，一定是爱莉卡讲了一两段热血沸腾的话，让每个人都意识到此时此刻的重要性。最后期限只剩十天，另外还有雷文与赛纳的威胁阴影笼罩着，整个团队似乎已作好应战的准备。他们一看到他都马上跳起来，询问关于鲍德与夜里发生的事，以及他打算怎么对付赛纳集团那几个挪威人的烂提议。但他想效法他们，安静且专注。

"等一下,等一下。"他说着走到安德雷的桌旁。

安德雷今年二十六岁,是全办公室最年轻的一个。他在杂志社结束实习后继续留下来,有时当临时雇员(就像现在),有时当自由撰稿人。没能聘他当正式员工让布隆维斯特很难过,尤其他们还雇用了埃米和苏菲。若由他来决定,他宁可选安德雷。但是安德雷还没打响自己的名号,要学习的地方还有很多。

他具有卓越的团队合作能力,这对杂志社而言是好事,对他本身却不尽然,特别是在这个邪恶的行业里。这个年轻人不够自负,虽然他绝对有此资格。他的外表像年轻版的安东尼奥·班德拉斯,领悟力比大多数人都强,但他却不会想方设法自我宣传,只想作为团队的一分子,制作出优秀的报道,而且把《千禧年》看得比什么都重。总有一天他会给年轻的安德雷一大回报。

"嗨,安德雷,都还顺利吗?"他问道。

"还好。在忙。"

"正如我所想。你挖到什么了?"

"还不少。都已经放在你桌上,我还写了一份摘要。不过我可以给你一点建议吗?"

"我现在正需要好建议。"

"那么你就直接到辛肯路,找法拉·沙丽芙。"

"谁?"

"一个真的很美丽的信息科学教授。她今天整天都请假。"

"你是说我现在真正需要的是一个有魅力而又聪明的女人?"

"不,不是这样。沙丽芙教授刚刚打电话来,说她记得鲍德好像有事情想告诉你。她觉得她应该知道是什么事,所以想找你谈谈,也许是为了完成鲍德的心愿吧。这听起来像是个不错的起点。"

"你另外查过她吗?"

"当然,不能完全排除她可能另有目的。不过她和鲍德很亲近,两人是大学同学,一起写过几篇科学论文。还有,社会版也出现过几张两人的合照。她是这个领域的名人。"

"好,我去。请你告诉她我已经上路了,好吗?"

"好的。"安德雷说着将地址递出。布隆维斯特几乎是立刻离开办公室,就跟前一天一样,往霍恩斯路走的同时,也开始翻阅调查资料。途中有两三次撞到人,但因为太投入也顾不得道歉,最后终于抬起头来时,却还没走到沙丽芙的住处。

他就停在梅克维咖啡吧前面,便进去喝了两杯双份浓缩咖啡,站着喝。不只是为了驱散疲惫,还觉得来点咖啡因或许能消解头痛,但喝完后不禁怀疑这样是否真的有效。离开咖啡馆时,感觉好像更难过,但都是因为那些白痴看了关于昨晚重大事件的报道后,净发表一些愚蠢的评论。那些家伙说年轻人就只想出名。他应该向他们解释,出名没什么好羡慕的,只会把人逼疯,尤其当你没睡觉又看到人类不该看的事情的时候。

布隆维斯特走上霍恩斯路,经过麦当劳与合作银行后,走过环城大道时不经意地往右瞥了一眼,整个人顿时愣住了,好像看见什么重要的东西。但是什么呢?不过就是一个交通事故频发、弥漫大量废气的十字路口,如此而已。但他一转念便想到了。

这正是鲍德以万分精准的手法画出的红绿灯,此时布隆维斯特又再度对他选择此主题感到困惑。无论怎么看,这都不是个特别的路口,破败没落、平平无奇。又或许这正是重点所在。

艺术的美丑在于个人的审美观,即使如此,我们也只能知道鲍德曾经来过这里,可能就坐在某张长椅上端详着红绿灯。布隆维斯特继续走过辛肯斯达姆运动中心,然后右转到辛肯路。

侦查警官桑妮雅·茉迪一整个上午都在外面跑来跑去,现在她人在办公室里,很快地看了桌上相框里的照片一眼。那是她六岁的儿子亚可在足球场上踢进一球后拍的。茉迪是单亲妈妈,生活安排得一团乱,接下来几天可能又得忙得天昏地暗。有人敲门。包柏蓝斯基总算来了,她得把调查指挥权移交给他,不过泡泡警官看起来也不是那么想承担责任。

他穿着半正式的外套和刚烫过的蓝色衬衫,还打了领带,看起来格外光鲜。他将头发旁分,盖住光秃处,脸上有一种像做梦般恍恍惚惚、心不在焉的神情,就好像命案调查在他心里是最不重要的事。

"医生怎么说?"她问道。

"医生说重点不是要相信上帝,上帝没那么小心眼。重点是要明白人生是严肃而丰富的。我们应该懂得欣赏,也要努力让这个世界更美好。凡是能在这两者之间找到平衡的人,就很接近上帝了。"

"原来你是去找拉比呀?"

"对。"

"好吧,杨,关于欣赏人生这件事,我不敢说我帮得上忙,顶多只能请你吃一块橙子口味的瑞士巧克力,我的抽屉里刚好有。但如果能抓到射杀鲍德教授的凶手,肯定能让世界稍微美好一点。"

"橙子口味的瑞士巧克力加上命案的线索,听起来是个好的开始。"

茱迪掰了一块巧克力递给包柏蓝斯基,只见他带着一定的敬意咀嚼着。

"人间美味。"他说。

"可不是吗?"

"你想想,要是人生偶尔能像这样就好了。"他指着她桌上亚可那张欢天喜地的照片说。

"什么意思?"

"如果欢乐也能展现出和痛苦一样的力道的话。"他说。

"是啊,想想看可能吗?"

"鲍德的儿子怎么样了?"他问道。

"很难说,"她回答,"他现在和妈妈在一起。有个心理医师替他做过评估了。"

"那我们有什么可以追查的线索?"

"可惜还不太多。已经查出凶器是一把雷明顿1911-R1手枪,最近刚买的。我们会继续追,但我敢肯定不会有结果。有一些监视画面,现在还在分析。但是不管从哪个角度看,都看不见那人的脸,也看不清任何明显特征——没有胎记,什么都没有,只有其中一个镜头勉强看得出一只手表,看起来很昂贵。那个人穿黑衣,灰色帽子上没有任何商标。霍姆柏跟我说他的举动像个老毒虫。其中有个画面是他拿着一个黑色小箱子,可能是某种计算机或 GSM 基地台,八成就是用这个侵入警报系统的。"

"我听说了。防盗系统要怎么侵入啊?"

"霍姆柏也查过,并不容易,尤其是这种规格的警报器,不过还是做得到。系统连接到网络和移动网络,再将信息摘要传送到位于斯鲁森的米尔顿安保。那个人有可能用他的箱子记录了警报器的一个频率,然后再设法侵入。不然也可能是他碰巧遇见出门散步的鲍德,从他的 NFC 偷取了一些电子信息。"

"什么是 NFC?"

"就是近场通讯,鲍德的手机里用来启动警报器的功能。"

"以前对付小偷和铁撬棍还比较简单。"包柏蓝斯基说,"附近有车辆吗?"

"有一辆深色车停在百来码外的路边,引擎时开时关,但唯一看见车的是一个老太太,名叫碧莉妲·罗丝,她不知道是什么牌子。据她说,可能是沃尔沃汽车,或是跟她儿子的车一样。她儿子开的是宝马。"

"啊,好极了。"

"是啊,所以调查工作看起来有点暗淡无望。"茉迪说,"黑夜和天气对凶手有利,他们可以下走动不受干扰,除了布隆维斯特的供词之外,我们只找到一个目击者。是一个十三岁少年,伊凡·葛烈德。他骨瘦如柴,个性有点奇怪,小时候得过白血病,而且把自己的房间完全布置成日本风。他说起话来还挺早熟的。小伊凡半夜起来上厕所,从厕所窗户看见水边有个高大的人。那个人望向海面,用两只拳头画十字,看起来既凶狠又虔诚,伊凡是这么说的。"

"这组合不太妙。"

"对,宗教结合暴力通常不是好预兆。但伊凡不确定那是否真的是十字符号。他说看起来很像,可是也还有一点什么,也许是军人的宣誓。有一会儿他很担心那人会投海自尽,他说当时的情况有一种仪式的味道,也略带攻击性。"

"不过他没有自杀。"

"没有,那个人往鲍德家的方向跑了。他背着一个软背包,身穿深色服装,可能还穿迷彩裤。他的身材健壮、行动敏捷,伊凡说这让他想到自己的旧玩具,一些忍者武士。"

"这听起来也不妙。"

"一点都不妙。他可能就是对布隆维斯特开枪的人。"

"布隆维斯特没看到他的脸?"

"没有,那人一转身开枪,他就扑倒在地。事情发生得太快。可是据布隆维斯特的说法,那个人看似受过军事训练,这点和伊凡的观察吻合。我不得不认同一点:他行动的速度与效率都指向那个方向。"

"有没有查明布隆维斯特为什么会在那里?"

"问得清清楚楚了。要说昨晚有哪件事进行得很顺利,那就是对他的问话。你看看这个。"茉迪递出一份笔录,"布隆维斯特和鲍德的一位前助理有过联系,这个助理说有人利用资安漏洞锁定教授为目标,窃取了他的技术。这件事让布隆维斯特感兴趣,但鲍德过得像个隐士,几乎不与外界接触,买菜购物都由管家负责,这管家名叫……我看一下……拉丝珂太太,萝蒂·拉丝珂,顺便说一声,她还受到千叮万嘱绝不能透露教授的儿子住在这里。这点我等一下会说明。到了昨晚,我猜鲍德是觉得不安,想倾吐内心的一些焦虑。别忘了,他刚刚得知自己正面临严重威胁,加上警报器被触动,还有两名警察守着屋子,他可能担心自己来日无多吧,这已无从得知。总之,他在半夜打电话给布隆维斯特,表示有事相告。"

"从前要是碰到这种情况会找神职人员。"

"但现在找的是记者。其实这纯属臆测。我们只知道鲍德在布隆维斯特的语音信箱的留言内容,除此之外并不知道他打算跟他说什么。布隆维斯特说他也不知道,这我相信。不过好像只有我一个人相信。对了,那个超级讨厌鬼埃克斯壮就深信布隆维斯特有所保留,以便在杂志上爆料。我觉得太难以置信。布隆维斯特是个难应付的头痛人物,这我们都知道,但他不是那种会故意妨碍警方办案的人。"

"绝对不是。"

"埃克斯壮态度很强硬,说应该以伪证罪、妨碍勤务罪逮捕布隆维斯特,天晓得还有哪些罪名。"

"这样没有帮助。"

"就是啊,考虑到布隆维斯特的能耐,我想我们最好还是跟他保持良好关系。"

"应该还得再找他谈谈。"

"我同意。"

"卫斯曼怎么样了?"

"刚找他谈过,他的说辞没什么启发性。卫斯曼跑到市区的每家酒吧——艺术家酒吧、剧场餐厅、歌剧院咖啡、丽希餐厅,你可以想象吧——为了鲍德和孩子的事咆哮怒骂,几个小时没停过,都快把一伙朋友逼疯了。他喝得愈多,砸的钱愈多,就变得愈固执。"

"这件事对他为什么这么重要?"

"一部分是心理上的障碍。酒鬼都是这样。我记得我有个上了年纪的叔叔,每次一喝醉,就会很固执地盯住一件事。不过卫斯曼显然不止如此,一开始他不停地抱怨监护权的裁决,要是换成另一个人,大家可能会以为他真的很关心那个孩子。可是这次的情形……你应该知道卫斯曼曾经犯下伤害罪。"

"不,我不知道。"

"几年前他和一位写博客的时尚博主荷娜塔·卡普辛斯基交往过,把她打了个半死,甚至差点毁容。鲍德也曾想举报他,只是文件一直没送出去,可能是顾虑到自己的法律立场,但他显然怀疑卫斯曼也对他儿子施暴。"

"你说什么?"

"鲍德发现孩子身上有好几处不明瘀伤,自闭症中心的一位心理医师也证实这个说法,所以……"

"……卫斯曼之所以跑到索茨霍巴根去,恐怕不是因为爱和关心。"

"比较可能的是为了钱。鲍德带回儿子以后,就不再支付他原本答应付的赡养费,或者至少没付那么多。"

"卫斯曼没有试图去检举他吗?"

"照这情形看来,他很可能是不敢。"

"监护权的裁决还说了什么?"包柏蓝斯基略一停顿后问道。

"说鲍德是个不称职的父亲。"

"他是吗?"

"他当然不是坏人,就跟卫斯曼一样。但出过一次意外。离婚之后,鲍德每隔一星期会和儿子共度周末,当时他住在东毛姆区的公寓,满满的书从地板堆到天花板。有一次周末,六岁的奥格斯人在客厅,鲍德则是照常待在隔壁房间的计算机前面。详细情形并不清楚,总之有一座小折叠梯靠在其中一个书架旁,奥格斯爬了上去,很可能是拿了较高处的几本书,结果跌下来摔断手肘。他昏了过去,鲍德却什么也没听见,只顾着工作,直到几个小时后才发现奥格斯躺在书堆旁的地上呻吟。他立刻变得歇斯底里,马上开车送孩子去挂急诊。"

"然后就彻底失去监护权了?"

"不止这样。他被断定为情绪控制不良,没有能力照顾孩子,因此不准与奥格斯单独相处。不过老实说,这份裁定我有点不以为然。"

"为什么?"

"因为那个听证会根本是一面倒。前妻的律师炮火猛烈,得理不饶人,而鲍德则是唯唯诺诺地说自己没用、不负责任、不配活在世上,等等。在我看来,裁定书的内容充满恶意与偏颇,大意是说鲍德从来无法与其他人互动,始终躲在机器的世界里。这次我稍微深入地了解他的生活之后,对于这案子的处理实在不怎么认同。法官把他滔滔不绝的内疚与自责奉为真理了。无论如何,鲍德非常合作,诚如我刚才所说,他同意付一大笔赡养费,好像是每个月四万,外加一笔九十万克朗一次付清,以备不时之需。过后没多久,他就去美国了。"

"但后来又回来了。"

"对,这其中有几个理由:他的技术被偷,也许已经知道是谁干的,加上他又和雇主发生严重争执,但我认为也和儿子有关。我刚才提到的那个自闭症中心的女医师,最初对孩子的发展十分乐观。没想到情况完全不如她预期,她还接到报告说在孩子的教育方面,汉娜·鲍德和卫斯曼并未负起该负的责任。当初说好让奥格斯在家自学,但那些特殊教育的老师似乎受到挑拨离间彼此不合。孩子受教育的钱很可能被挪用了,也很可能伪造了老师的名字,诸如此类。不过这完全是另一回事,以后可能得有人去查一查。"

"你刚才说到自闭症中心那个女医师。"

"对,她觉得不对劲便打电话给汉娜和卫斯曼,他们跟她说没事,但她隐约感觉他们没说实话。于是,她没有依标准程序先行通知就去作家庭访问,他们拖拖拉拉,好不容易才让她进去,她看得出孩子情况并不好,发展停滞不前。她还看到那些瘀伤。所以她就打电话到旧金山与鲍德长谈,不久之后鲍德便搬回来,不顾监护权的裁定,把儿子带回索茨霍巴根的新家。"

"如果卫斯曼一心想要孩子的赡养费,那鲍德是怎么做到的?"

"问得好。据卫斯曼的说法,孩子可以说是被鲍德绑架走的,可是汉娜有不同说辞。她说鲍德突然出现,但整个人好像有所改变,所以她就让他带走了孩子。她甚至觉得孩子跟着父亲会比较好。"

"那卫斯曼呢?"

"据汉娜说,卫斯曼喝醉了,又刚刚接到一部新电视剧的重要角色,所以趾高气扬,自信过了头,才会答应。不管卫斯曼再怎么没完没了地假装关心孩子的好坏,我想他还是很庆幸能摆脱那孩子。"

"结果后来呢?"

"后来他后悔了,最主要还是因为他无法保持清醒而被换角了。他忽然又想把奥格斯要回去,当然了,不是真的想要孩子……"

"是孩子的赡养费。"

"没错,他的酒友证实了这一点。昨晚卫斯曼刷信用卡刷不过,真的就开始为孩子的事大呼小叫骂声连连。后来跟酒吧里一名年轻女子讨了五百克朗,大半夜搭出租车去了索茨霍巴根。"

包柏蓝斯基沉思片刻后,又再次凝视着茉迪儿子的照片。

"真够乱的。"他说。

"就是。"

"正常情况下,这个案子差不多可以破了,那场监护权战争里总能找到动机。不过这些侵入警报系统、看起来像忍者的人,和这件事不搭调。"

"对。"

"还有一件事我想不通。"

"什么事?"

"奥格斯要是不识字,他怎么会爬上梯子去拿书?"

布隆维斯特在沙丽芙的厨房里,与她隔着餐桌相对而坐,面前摆着一杯茶,眼睛则望向窗外的丹托伦登公园。尽管知道这么想是软弱的迹象,他还是希望不用写报道,光是坐着就好,不用逼问她什么。

看起来说话对她也没什么帮助。她整张脸都垮下来,刚才在门口以凌厉目光将他看穿的那双深色眼睛,此时显得涣散。有时她会像念咒似的喃喃喊着鲍德的名字,也许她爱过他吧。沙丽芙现年五十二岁,是个极有魅力的女人,当然不是传统观点中的美女,却有种雍容华贵的气质。鲍德是肯定爱过她的。

"告诉我,他是个什么样的人?"布隆维斯特说。

"鲍德吗?"

"对。"

"矛盾的人。"

"在哪方面?"

"各方面。但主要还是他费尽心力从事的工作却也是让他最担忧的事情。大概有点像美国洛斯阿拉莫斯国家实验室里的奥本海默①。他全心全意地投入到一种他认为可能毁灭人类的东西之中。"

"我有点不明白你的意思。"

"鲍德想在数位层面上复制生物的进化。他在研究自学算法,重点是让机器能通过测试与错误自我改进。他对于一般所谓的量子计算机的发展也有贡献,现在谷歌、索利丰和美国国安局都在研究这个。他的目标是想实现 AGI,也就是通用型人工智能。"

"那是什么?"

"就是让某样东西拥有人类的智慧,却又像计算机一样快速精准。如果能创造出这种东西,我们将能在无数领域中大大获利。"

"毋庸置疑。"

"现在这方面的研究多得惊人,尽管大多数科学家不是特别以 AGI 为目标,但激烈的竞争还是迫使我们朝那个方向发展。我们必须发明愈聪明愈好的应用软件,绝不能在研发进度上踩刹车,否则谁也承担不起后果。想想我们到目前所展现的成果,想想五年前手机的功能,再和今天的手机比较一下。"

"的确。"

"在他变得这么神秘孤僻之前,鲍德跟我说过他估计在三四十年内就能实现 AGI。听起来或许野心太大,但就我而言,我还怀疑他太保守了。计算机容量每十八个月就会加倍,人脑很难理解这种成长速率。你知道吗?这就像在棋盘上放米粒的故事,第一格放一粒,第二格放两粒,第三格放四粒,第四格放八粒。"

"不久米粒就会淹没全世界。"

"成长的速度不断加快,到最后便脱离我们的控制。有趣的其实不在于实现 AGI,而在于之后会变成什么样。实现 AGI 之后只要短短几天,便会有 ASI——超级人工智能——这是用来形容比我们更聪

---

① 奥本海默(Julius Robert Oppenheimer,1904—1967),美国物理学家,负责主持研发与制造原子弹的曼哈顿计划。整个计划就在位于新墨西哥州沙漠的洛斯阿拉莫斯实验室进行。

明的东西。接下来只会愈来愈快，计算机会开始不断加速地自我提升，可能是十倍十倍地增加，到最后比我们还要聪明百倍、千倍、万倍。到那时会怎样呢？"

"我不敢想。"

"没错，智慧本身是无法预测的，我们并不知道人类智慧会把我们带到什么地方去，更不知道有了超级智慧之后会如何。"

"最糟的情况就是对计算机而言，我们就像一群小白鼠。"布隆维斯特想起他写给莎兰德的短信。

"最糟的情况？我们和老鼠的 DNA 有百分之九十相同，而我们大概比老鼠聪明一百倍，只有一百倍。如今这是全新的东西，根据数学模型，它并不在这些限度内，也许可以聪明一百万倍。你能想象吗？"

"我真的很努力在想象了。"布隆维斯特谨慎地笑了笑。

"我想说的是当计算机一醒来，发现自己被我们这种微不足道的原始物种所俘虏控制时，它会作何感想？它为什么要忍受？"她说道，"它何必为我们着想，又何必让我们在它的五脏六腑里面乱抠乱找之后关闭程序呢？我们恐怕得面对一场智慧的爆炸，也就是弗诺·文奇①所说的'科技奇异点'。在那之后发生的一切都已超出我们的控制了。"

"所以说当我们创造出超级智慧的那一刻就失去掌控权了，是吗？"

"危险的是我们对世界的所有认知都不再适用，这将是人类的末日。"

"你在开玩笑吧？"

"我知道听起来很疯狂，但这是非常实际的问题。世界各地有数以万计的人正在努力防止这样的发展。有不少人很乐观，甚至预料会

---

① 弗诺·文奇（Vernor Vinge, 1944— ），已从圣地亚哥大学退休的数学、信息科学教授，同时也是科幻作家，曾得过科幻小说大奖雨果奖。

有某种乌托邦诞生。有人在谈论友善的 ASI,就是从一开始只设计来帮助人类的超级智慧。这个概念和科幻小说家阿西莫夫在《我,机器人》一书中的想象大致吻合:以内建的法则禁止机器人伤害我们[①]。作家兼发明家库兹韦尔[②]便幻想了一个美好的世界,在这个世界里我们靠着纳米技术与计算机融合,共创未来。但是谁也不能保证,法则有可能失效,最初设计程序的用意可能改变,更可能轻易犯下拟人化的致命错误,也就是赋予机器人类的特征,却未能认清机器固有的驱动力。鲍德就是沉迷于这些问题,而诚如我刚才所说,他的内心摇摆不定,既期盼聪明的计算机,同时又很担心。"

"他是无法自制地在打造他的怪物。"

"有点像这样,只不过这么说是夸张了。"

"他进展到哪里了?"

"我想已经进展到谁也无法想象的地步,而他在索利丰的工作之所以这么保密,这可能也是原因之一。他担心程序会落入不当的人手中。他甚至害怕这程序会接触到网络并和网络融合。他称之为奥格斯,和他儿子同名。"

"这程序现在在哪里?"

"他无论到哪里都会随身携带。他被射杀时,一定就在床边。但可怕的是警方说现场没有计算机。"

"我也没看到。不过当时我的注意力放在其他地方。"

"一定很恐怖。"

"也许你听说了,我也看到杀他的那个人。他背了背包。"布隆维斯特说。

"听起来不妙。但如果运气好一点,计算机可能会出现在屋内某

[①] 这里指的是阿西莫夫设定的机器人三定律(Three Laws of Robotics):不得伤害人类、服从人的一切命令,以及在不违反前面两者的情况下,保护自己的存在。
[②] 库兹韦尔(Ray Kurzweil, 1948—),美国作家、发明家,曾发明盲人阅读机、光学字符识别软件等。他同时也是奇点大学的创办人之一,该机构的目标是募集顶尖人才,以先进科技处理现实难题。

个角落。"

"但愿如此。你知道第一次偷他技术的人是谁吗?"

"嗯,我确实知道。"

"我对这事很感兴趣。"

"看得出来。不过遗憾的是,事情搞成这样我也要负一点责任。你也知道鲍德简直是不要命地工作,我担心他会累垮。也差不多就在那个时候,他失去了奥格斯的监护权。"

"那是什么时候的事?"

"两年前。他真的是筋疲力尽,不睡觉,不断地自责,却又放不下研究工作。他整个人投入其中,就好像这是他生命中仅存的依靠,于是我替他安排了几个助理分担一点工作。我把我最好的学生介绍给他。当然了,我知道他们都不是诚实的典范,但他们有抱负、有天分,对鲍德的仰慕更是无以复加。一切看起来似乎好转了,没想到……"

"他的技术被偷了。"

"去年八月,当'真实游戏'向美国专利商标局递出申请时,他有明确的证据。他的技术的每个特点都被复制并写得很清楚——一眼就看得出来。起初他们都怀疑计算机被黑客入侵,但我从一开始就起疑了,因为我知道鲍德的加密系统有多精密。可是既然没有其他可能的解释,最初只能这样假设,有一度可能连鲍德自己都这么相信了。但那当然是无稽之谈。"

"你在说什么?"布隆维斯特脱口而出,"资安漏洞都已经由专家证实了。"

"是啊,就是国防无线电通讯局的一些笨蛋在炫耀。但那只是鲍德保护手下的方式,也可能不止如此。我怀疑他也想扮演侦探,只是天晓得他怎会这么愚蠢。其实……"沙丽芙深吸了一口气,接着说,"这些事我直到几个星期前才知道。有一天鲍德带着小奥格斯来这里吃饭,我马上就感觉到他有重要的事要跟我说。话一直悬在嘴边,两三杯酒下肚后,他才叫我收起手机,开始小声地说起来。我必须承认，一开始我只觉得气恼，他又开始喋喋不休说起那个年轻的天才黑客。"

"天才黑客？"布隆维斯特尽可能保持声调平稳自然。

"一个女孩，他老是说个不停，听得我头昏脑涨。我也就不详细说了，免得你觉得无聊，总之那个女孩冷不防地出现在他的课堂上，而且几乎是针对奇异点的概念给他上了一课。鲍德对她留下了深刻印象，并开始对她敞开心胸——这倒也不难理解，像鲍德这种超级书呆子，和他水平相当又能谈得上话的人并不多。后来他发现这女孩也是黑客，便请她看看他们的计算机。当时他们的设备全部放在一个名叫李纳斯·布兰岱的助理家里。"

布隆维斯特只应了一声："李纳斯·布兰岱。"

"对，"沙丽芙说道，"那女孩前往他位于东毛姆区的住所，直接把他赶出门，然后开始检查计算机。她没发现任何漏洞的迹象，但并未就此罢手。她握有鲍德所有助理的名单，于是从李纳斯的计算机一一侵入他们的计算机，没多久便发现其中一人出卖了他，而且正是卖给了索利丰。"

"是谁？"

"虽然我不停逼问，鲍德却不想告诉我。不过那女孩好像直接从李纳斯的公寓打电话给他。当时鲍德人在旧金山，想想看，竟然被自己的人出卖！我本以为他会马上报警，把事情闹大。不料他有更好的主意。他请那女孩佯称他们真的被黑客入侵了。"

"他为什么要这么做？"

"他不想让对方把痕迹给清除了，他想多了解这究竟怎么回事。应该算是合理吧——世界顶尖的软件公司来窃取并开发他的技术，比起一个一事无成、没有原则的烂学生做同样的事，毕竟严重得多。因为索利丰不只是美国最受敬重的研发公司之一，也已经试图挖角鲍德多年。他气炸了，大吼着说：'那些王八蛋想尽办法诱惑我，同时还偷我的东西'。"

"我确认一下我没有听错意思。"布隆维斯特说，"你是说他接受索利丰的工作，是想查出他们为什么、又是怎么偷他东西的？"

"这么多年来我只学到一件事，那就是要了解一个人的动机太难了。薪水、自由和资源显然都有关系。但除此之外，的确，我想你说得对。其实早在这名黑客女孩为他检查计算机之前，他已经猜出索利丰涉及这起窃案。她给了他明确的信息，让他能够在一团混乱之中深入挖掘。结果事情远比他预期的更困难，那边的人也开始大起疑心。没多久他变得极度不受欢迎，也因此愈来愈封闭。但是他做了一件事。"

"什么事？"

"事情就是从这里变得很敏感，我实在不应该告诉你的。"

"但我们谈都谈了。"

"对，谈都谈了。不只因为我对你的报道向来抱持最崇高的敬意，也因为今天早上我突然想到，鲍德昨晚打电话找的人是你，而不是他联络过的国安局产业保护小组，这或许不是巧合。我想他已经开始怀疑那边有漏洞。说不定这也只是妄想——鲍德有许多被害妄想的症状——但总之他打电话给你了，现在我希望能实现他的愿望。"

"我也希望你能。"

"索利丰有一个部门叫'Y'，"沙丽芙说道，"是效法Google X的概念，专门从事所谓'射月计划'①的部门，想出的点子都很疯狂而不切实际，例如寻找永生或连接搜寻引擎与大脑神经元。如果真有什么地方能实现AGI或ASI，恐怕就是这里了。鲍德被分派到'Y'，但实际上似乎没那么厉害。"

"怎么说？"

"因为他通过那个黑客女孩发现，'Y'里面有一群秘密的商业智慧分析师，为首的人名叫齐格蒙·艾克华，别名齐克。"

"他是谁？"

---

① 射月计划（moonshoot），由谷歌公司的秘密实验室 Google X 负责主持的计划，目标是集结世上顶尖聪明人士，共同解决各种重大难题，现有研发重点包括无人自动驾驶机、太空电梯等计划。

"就是和背叛鲍德那名助理联络的人。"

"这么说艾克华是那个贼了。"

"最高层级的一个贼。表面上，艾克华的团队执行的任务都完全合法，只是搜集关于顶尖科学家与大有可为的研究计划等资料。每家大型高科技公司都有类似的工作，他们想知道最新情势和应该延揽的人才。但鲍德发现这支团队做的不止这些，他们还利用黑客入侵、间谍行动、内奸和行贿等手法窃取技术。"

"那为什么不去检举他们呢？"

"举证有困难。他们肯定都很小心。不过最后鲍德去找老板尼古拉斯·戈兰特。戈兰特吓坏了，好像还筹组内部调查，但毫无所获，要不是艾克华消灭了证据就是调查行动纯粹只是作作秀。这让鲍德陷入艰难的处境，所有人都忽然开始攻击他，想必是艾克华在背后唆使，而且我敢说他很轻易就能拉拢其他人。鲍德本来就被认为有妄想症，后来渐渐更加受到孤立与排挤。我可以想象他是怎么坐在位子上，变得愈来愈古怪又别扭，不肯跟任何人说一句话。"

"这么说，你认为他并没有具体证据？"

"这个嘛，他至少有黑客女孩给他的证据，可以证明艾克华偷取鲍德的技术再转卖出去。"

"他很确定吗？"

"毫无疑问。再者，他还发觉艾克华的团队并不是单打独斗，他们外面有帮手，极可能是美国情报单位还有……"

沙丽芙沉吟着。

"还有什么？"

"说到这里他有点语焉不详，也许是他知道的没那么多，但是他说他无意中发现了索利丰外部合作那个组织真正首领的别号：'萨诺斯'。"

"萨诺斯？"

"对。他说大家都很怕这个人，但除此之外就不肯再多说什么。他说等律师群找上门来的时候，他需要买寿险。"

"你说你不知道他是被哪个助理出卖,但你想必仔细思考过吧。"布隆维斯特说。

"的确,有时候,我也不知道……我怀疑会不会是全部的人。"

"为什么这么说?"

"他们开始替鲍德工作时,个个年轻、有抱负、有天分,等到结束时,却都受够了人生,充满焦虑。或许鲍德让他们工作得过头了,又或许有其他什么事情折磨着他们。"

"你知道他们所有人的姓名吗?"

"知道。他们都是我的学生——很不幸,我不得不这么说。首先是李纳斯·布兰岱,我刚才提过他。他现在二十四岁,到处游荡打电玩,还酗酒。有一阵子,他有份不错的工作,在'穿越火线'开发新游戏。但是他开始常请病假,并指控同事监视他,工作也就丢了。其次是亚维·兰耶,也许你听说过他,他在很久以前是个前途看好的棋手,因为父亲逼得太没人性,最后他受不了了,就跑来跟我作研究。依我的希望,他老早就该完成博士学位了,却偏偏流连在史都尔广场四周的酒吧,像个毫无寄托的人。跟着鲍德之后,觉醒了一段时间。但是这些孩子之间也有许多愚蠢的竞争。亚维和巴辛——这是第三个人——闹到最后水火不容,至少亚维容不下巴辛。巴辛·马里克应该不会容不下人,他是个敏感而又极端聪明的孩子,一年前受雇于索利丰北欧分公司,可惜很快就出了问题,现在在厄斯塔医院治疗忧郁症。说来也巧,他母亲——我跟她不算太熟——今天早上才打电话给我,说他镇静下来了。得知鲍德的遭遇后,他企图割腕自杀,真是灾难一场,但与此同时我也不禁怀疑:这纯粹只是悲伤吗?或者也有内疚?"

"他现在怎么样了?"

"生理上没有危险了。接着还有尼柯拉斯·拉格史泰,他……应该怎么说他呢?他和其他人不一样,至少表面上不同。他不会把自己灌到烂醉,也不会想要伤害自己。他是个道德标准颇高的年轻人,对大多数事情都很排斥,包括暴力电玩和色情。他是基督教圣约教会的信徒，妻子是小儿科医师，有个年纪还小的儿子叫耶思博。最重要的一点，他是国家刑事局的顾问，负责新的一年即将启用的计算机系统，这表示他必须经过身家调查。不过谁知道这种调查作得彻不彻底。"

"为什么这么说？"

"因为他看起来道貌岸然，私底下却卑鄙下流。我无意中得知他侵吞了岳父和妻子的部分财产。他是个伪君子。"

"这些年轻人有没有接受讯问？"

"国安局的人找他们谈过，但毫无结果。当时他们认为鲍德是受到资安漏洞所害。"

"我猜现在警方会想再次找他们问话。"

"我想也是。"

"你知不知道鲍德闲暇时候是不是常画画？"

"画画？"

"很精细的风景素描。"

"不，我完全不知道。怎么会这么问？"她说。

"我在他家看到一幅很棒的素描，画的是这儿附近一处红绿灯，就在霍恩斯路和环城大道交叉口。画得完美无瑕，有点像是在夜色里拍的快照。"

"太奇怪了，鲍德并不常到这一带来。"

"那幅画有种感觉一直让我耿耿于怀。"布隆维斯特说着，赫然察觉沙丽芙握住他的手。他轻抚她的头发，然后站起身来，感觉好像意会到一些什么。他于是向她道别，来到街上。

沿着辛肯路往回走时，他打电话给爱莉卡，要她再写一个问题放进"莉丝资料"中。

第十四章
十一月二十一日

雷文坐在可以眺望斯鲁森与骑士湾的办公室里，悠闲地搜寻网络上关于自己的信息，希望能发现一点值得振奋的事，结果看到有人说他廉价、软弱、背叛自己的理想。这些全都写在斯德哥尔摩大学媒体研究学院一个瘦小女生的博客中。他愤怒到甚至忘了把她的名字写到黑色小本子里，凡是记在那上头的人这辈子都别想进赛纳集团。

这些白痴根本不知道他付出多少代价，只会在默默无闻的文化杂志上写一些没行情的文章，他懒得为他们伤脑筋。与其耽溺在有害的思绪中，还不如上网看看自己的投资组合账户。看了以后稍微好过些了，至少一开始好过些。今天股市很亮眼，昨晚纳斯达克和道琼斯指数都上涨，斯德哥尔摩指数也涨了1.1个百分点。投资得有点太冒险的美金，汇率上升了，根据几秒钟前的最新资料，他的投资组合总值为12161389克朗。

对一个原本在《快递早报》专门报道住宅失火和持刀斗殴的人而言，这样的成绩算不错了。一千两百多万，外加位于高级住宅区"别墅城"的公寓和坎城的别墅。那些家伙爱在博客上写什么就去写吧。他足够有钱就好，于是他再看一次投资总值：12149101克朗。天啊，它在往下掉吗？12131737克朗。股价没有道理下跌，不是吗？毕竟就业数据还不错。他几乎把市值下降看成是自己的问题，并忍不住想到了《千禧年》，尽管就整个市场面而言它可能只是微不足道的一小块。他发现自己的情绪又激动起来，虽不愿去想，却仍记起昨天下午开会时，爱莉卡那张美丽的脸上公然流露的敌意。今天早上情况并未好转。

他差点气到中风。每个网站上都能看到布隆维斯特的名字，这很伤人。不只因为雷文之前留意到年轻一代几乎不认识布隆维斯特这号人物时,曾那么地欣喜若狂,还因为他痛恨这样的媒体逻辑:只要你陷入麻烦就会爆红,不管是记者或演员或是哪行那业的人。但要是报道写的是"若非雷文与赛纳传播伸援手,曾经叱咤风云的布隆维斯特恐怕连自己的杂志社都待不下去",他就会开心多了。不料他看到的是:为何偏偏是法兰斯·鲍德?

他为何非得在布隆维斯特的眼皮子底下被杀呢?每次都这样,不是吗?实在太令人愤慨了。即便外头那些没用的记者尚未领悟,雷文却知道鲍德是个大人物。前不久,赛纳自己旗下的报纸《商业日报》曾经针对瑞典的科学研究出过一份特刊,当中给鲍德贴了一张价格标签:四十亿克朗,天晓得这个数字是怎么算出来的。但鲍德无疑是个大红人,最重要的,他还是葛丽泰·嘉宝①第二,极度神秘,从不接受访问,却让他更炙手可热。

赛纳自己的记者到底向鲍德提出过几次专访要求呢?反正提出了几次就被拒绝了几次,再不然就是根本懒得回应。雷文的许多同事都认为鲍德握有一个爆炸性的内幕消息。一想到报上所说,鲍德在三更半夜想找布隆维斯特谈谈,他就无法忍受。先不说别的,难道布隆维斯特真的有独家?那可就惨了。于是雷文几乎是无法自制地再次点进《瑞典晚报》网站,第一眼看见的标题就是:

瑞典顶尖科学家想对麦可·布隆维斯特说什么?
——命案前一刻的神秘电话

文章旁附了一张跨两栏的布隆维斯特的大照片,脸上肌肉毫无松垂的迹象。那些王八蛋编辑特地极尽所能找到一张最好看的照片,这点让他更加怒火中烧。我得做点什么才行,他暗忖。但要做什么呢?怎样才能阻止布隆维斯特,又不会让自己像旧日民主德国审查官一样

---

① 葛丽泰·嘉宝(Greta Garbo,1905—1990),瑞典国宝级女明星,曾演出《安娜·卡列妮娜》《茶花女》等名片,获得四次奥斯卡提名。

插手干预,结果却让情况变得更糟?他望向外面的骑士湾,忽然灵机一动,心想道:柏格,敌人的敌人可能是最好的朋友。

"莎娜。"他高喊道。

"什么事,雷文?"

莎娜·林特是他的年轻秘书。

"你马上替我约威廉·柏格到史都尔霍夫吃午餐。他要是说另外有事,就告诉他这件事更重要,甚至可能让他加薪。"他边说边想:有何不可?如果他打算在这场混战中帮我一把,得让他有点收获才算公平。

汉娜站在托尔斯路的公寓客厅里绝望地看着奥格斯,他又再次把白纸和蜡笔挖出来了。她被告知要尽量打消他这念头,她却不想这么做,倒不是质疑心理医师的建议与专业,而是她自有疑虑。奥格斯亲眼目睹父亲遭杀害,如果他想画出来又何必阻止他?即使他这么做对自己并无太大好处。

他开始画起来,不仅身休颤抖,两眼也闪着热切而痛苦的光芒。就发生的事故看来,以镜子里的方格图案不断向外延伸、愈变愈多来当画的主题似乎很怪异。不过谁知道呢?也许这就和他脑中的数列一样。尽管她一点也不明白,但这对他可能意味着什么,说不定——谁晓得?——那些方格可能是他接受事件的特有方式。她是不是应该干脆就忽略这些指示?说到底,又有谁会知道?她曾经读过一篇文章,说母亲应该信赖自己的直觉,第六感往往比世界上所有心理学理论都更有用。于是她决定让奥格斯画。

不料孩子的背忽然变僵,弯得像把弓,汉娜不禁想起心理医师的话,略显迟疑地跨前一步,低头看着画纸。她大吃一惊,感觉非常不舒服,起初还想不通为什么。

她看到同样的方格图案反复出现在周围的两面镜子里,而且作画技巧高超。但除此之外还有别的,有一个阴影从方格当中浮现,有如恶魔、幽灵一般,把她吓得魂飞魄散。她开始想到电影里面被附身的小孩。她一把将画从孩子手里抢过来揉成一团,自己却也不完全明白为什么。接着她闭上眼睛,以为会再度听见那单调而又令人心碎的哭喊声。

但是她没有听见哭声,只有一阵嘟嘟哝哝,听起来几乎像是字句,但不可能,因为这孩子不会说话。于是汉娜转而准备迎接大爆发,等着看奥格斯在客厅地板上来回打滚。但奥格斯也没有发作,只是以冷静而泰然的坚定态度又拿起一张纸,重新画起同样的方格来。汉娜别无他法,只得把他带回房间。事后她说这纯粹是恐惧心态造成的。

奥格斯又是拳打脚踢又是高声尖叫,汉娜使尽力气才勉强抱住他。她双臂交缠搂着他在床上躺了许久,只希望自己也能像这样激动崩溃。她有一刻考虑着要叫醒卫斯曼,让他给奥格斯塞一颗镇定剂,现在家里刚好有,但随即打消了念头。卫斯曼肯定会不高兴,再说她也不喜欢让孩子使用镇定剂,不管她自己吃了多少"烦宁"来保持镇定。总会有其他办法的。

她拼命想着一个又一个办法,几乎就要撑不住了。她想到住在卡特琳娜霍尔姆的母亲,想到经纪人米雅,想到昨晚来电的亲切女子嘉布莉,接着再次想到那个把奥格斯带回来的心理医师埃纳·佛什么的。她不是特别喜欢他,但话说回来,他曾经主动表示可以代为照顾奥格斯一段时间,而且这本来就都是他的错。

是他说不该让奥格斯画画,所以这个烂摊子就该由他来收拾。最后她放开儿子,找出心理医师的名片打电话给他。奥格斯立刻趁机溜到客厅,重新画起那些该死的方格来。

埃纳·佛斯贝的经验并不丰富。他现年四十八岁,从那双深蓝色眼睛、崭新的迪奥眼镜与褐色灯芯绒西装外套看来,很容易被认为是学术圈的人。但凡是曾与他意见相左的人都知道他的思想有点僵化、武断,还经常以独断而又自信满满的发言来掩饰自己知识的不足。

他取得心理医师资格才短短两年。之前他在提雷修市当体育老师,如果向他教过的学生问起,每个人都会大吼:"安静,畜生!闭嘴,你们这群混账东西!"当佛斯贝想要维持教室里的秩序时,就会吼这两句话,当然他只是半开玩笑。尽管几乎是个毫无人缘的老师,他却也把学生管得规规矩矩。正因为有此能力,才让他觉得转行应该能有更大的发挥空间。

他已经在欧登儿童与青少年医学中心服务了一年。欧登是个紧急安置中心,专收父母亲失职的儿童与青少年,但是就连不管在哪里工作都会极力捍卫服务单位的佛斯贝,也认为这个医学中心运作得不太理想。一切都只着眼于危急阶段的管理,长期工作做得不够。在家里受到创伤的幼童进来以后,心理医师们太过忙于处理精神崩溃与攻击行为,而无法投注心力去解决潜藏其下的原因。即便如此,佛斯贝仍自觉略有贡献,尤其是当他展现昔日课堂上的威严让歇斯底里的孩子安静下来,或是实际在现场应付紧急状况的时候。

他喜欢与警方合作,更爱悲剧事件发生后的紧张气氛。当天他值夜班,开车前往索茨霍巴根那栋房子的路上,内心兴奋而又期待。这种情况有点好莱坞电影的味道,他暗想道。一位瑞典科学家遭人杀害,八岁儿子也在屋内,而他佛斯贝则是受命前往现场设法让那个孩子开口。他对着后照镜梳整头发、扶正眼镜好几次。

他想营造一种时髦的形象,但是到达之后却不怎么成功。他摸不清那孩子在想什么。不过他觉得自己还是受到重视的要角。探员们询问他该如何向孩子提问,尽管他也没有头绪,但他的回答仍获得尊重。这让他的自尊稍微提振了些,因此他也尽力提供协助。他发现那孩子患有幼儿自闭症,从未开口说过话也从未接收过周遭环境的信息。

"我们暂时也无能为力,"他说道,"他的心智能力太弱,身为心理医师,我必须先顾虑到他需要有人照顾。"警察表情严肃地听完这番话后,便让他载孩子回家交给母亲——这又是整个事件中另一项额外的小收获。

孩子的母亲竟然是女明星汉娜·鲍德。自从看了她在电影《反叛分子》的演出后，他便对她充满遐想，念念不忘她的美臀长腿，虽然现在年纪大了一点，却风韵犹存。何况，她目前的伴侣分明是个混蛋。佛斯贝尽可能低调地展现自己的博学与魅力，不消片刻他便找到机会扮演权威，不由得更加骄傲起来。

眼看那个孩子一脸狂热的表情，开始画起黑白块状物，或是方格，佛斯贝宣称这样是不健康的，说这正是自闭儿很容易陷入的那种破坏性强迫行为，并坚持要立刻阻止奥格斯。此话一出，并未得到他期望的感激之情。不过他还是觉得自己有决断、有男子气概，与此同时，他差点脱口赞美汉娜在《反叛分子》里的精彩演出，但转念一想又认为时机恐怕不太恰当。也许是他误判了。

现在是下午一点，他已回到威灵比的连栋住宅，正在浴室里用电动牙刷刷牙，整个人筋疲力尽之际，电话铃声响了。本来十分气恼，但随即化为微笑。因为电话那头不是别人，正是汉娜·鲍德。

"我是佛斯贝。"他用一种文雅的语气说道。

"喂，"她说，"奥格斯，奥格斯……"

她的声音显得绝望又愤怒。

"告诉我出了什么问题。"

"他就只想画他的棋盘方格，可是你说不能让他画。"

"不，不行，那是强迫行为。但请你务必保持冷静。"

"你叫我怎么保持冷静啊？"

"孩子需要你镇定下来。"

"但我做不到。他不停地尖叫、乱摔东西。你说过你可以帮忙的。"

"喔，是啊。"他起初有些迟疑，接着却面露喜色，仿佛赢得某种胜利。"当然了，绝对没问题。我会安排让他住进我们欧登中心来。"

"这样不算是放弃他吧？"

"恰恰相反，你是为了他的需求着想。我会亲自安排，让你可以随时来探视。"

"也许这是最好的解决办法。"

"肯定是的。"

"你能马上过来吗?"

"我尽快。"他回道。他还得先稍稍打扮一番。接着他补上一句:"我有没有跟你说过,我很喜欢你在《反叛分子》里的演出?"

看到威廉·柏格已经在史都尔霍夫餐厅的桌位坐定,而且点餐时还点了最贵的香煎比目鱼和一杯普宜富美白酒,雷文并不惊讶,因为每次请记者吃饭,他们通常都会趁机敲竹杠。但真正令他吃惊——又生气——的是柏格竟然主动出击,就好像有钱有势的人是他。他为什么要提加薪呢?他应该让柏格如坐针毡、冷汗直冒才对。

"有个消息人士向我透露,说你现在和《千禧年》在闹纠纷。"柏格说道,雷文则心想:只要能抹去他脸上那自以为是的得意假笑,立刻斩了我一只手臂我也甘愿。

"你的消息有误。"他不太自然地说。

"真的吗?"

"情况都在我们的掌控中。"

"怎么个掌控法?如果你不介意我问一句。"

"如果编辑团队愿意改变,也准备面对他们的问题,我们会给予支持。"

"否则的话……"

"我们就会退出,而《千禧年》恐怕顶多也只能再撑几个月,这样当然很可惜,可是目前市场的情形就是这样。还有一些比《千禧年》更好的杂志也倒了。这对我们来说只是微不足道的投资,少了它也无所谓。"

"少说废话了,雷文。我知道这对你而言是自尊问题。"

"这只是生意罢了。"

"我听说你想把布隆维斯特拉出编辑团队。"

"我们在考虑把他调派到伦敦。"

"想想他为杂志社做的一切,这样会不会有点残酷?"

"我们给他的条件非常优厚。"雷文感觉自己表现出不必要的防卫心,这反应也太容易预料了。

他几乎忘了这顿饭的目的。

"我个人并不怪你,"柏格说,"就算你把他送去中国也不干我的事。我只是好奇,假如布隆维斯特利用这次鲍德的新闻来个绝地大反攻,你会不会觉得有点棘手?"

"怎么会有这种事?他已锋芒不再了,这不正是你指出的事实吗?而且要我说的话,你做得相当成功。"雷文企图挖苦他。

"的确,不过我得到了一点帮助。"

"不是我,我没有,这点毋庸置疑。那个专栏我厌恶得很,觉得写得很差,又偏颇。对他开第一枪的人是图瓦·赛纳,这你知道。"

"但对于现在情势的发展,你挺开心的吧?"

"你听我说,柏格,我对布隆维斯特有着至高无上的敬意。"

"雷文,你不必跟我演政客那一套。"

雷文真想往柏格的喉头塞点什么。

"我只是开诚布公罢了。"他说,"我一向认为布隆维斯特是个了不起的记者,不管是你或是他同期的其他人都无法和他相比。"

"是吗?"柏格的态度忽然变得温顺起来,雷文也立即觉得舒服了些。

"事实如此。我们应该感激布隆维斯特为我们揭露的一切,我也很希望他事事顺利,真的。只可惜我的工作由不得我回顾与怀念美好的往日。我必须承认你说对了一点,这个人确实与时代脱节了,他可能会妨碍到重振《千禧年》的计划。"

"没错,没错。"

"所以为了这个原因,现在最好不要出现太多关于他的标题。"

"你是说正面标题?"

"也许吧,"雷文说,"这也是我请你吃饭的另一个原因。"

"我当然感激不尽了。我想我的确能有一点小贡献。今天早上,有个以前一起打壁球的球友打电话给我。"柏格显然试图恢复稍早的自信。

"是谁?"

"检察长理查德·埃克斯壮。鲍德命案的初步调查由他负责,而他可不是布隆维斯特粉丝团的成员。"

"经过了札拉千科事件之后,对吧?"

"没错。调查那件案子的整个策略都被布隆维斯特破坏了,如今埃克斯壮担心他又会妨碍这次的调查。"

"怎么妨碍法?"

"布隆维斯特没有把他知道的事情全盘托出。他在命案发生前和鲍德通过话,还和凶手打过照面。尽管如此,他接受问讯时说的话却少得离谱。埃克斯壮怀疑他把最精彩的部分保留给了自己的文章。"

"有趣。"

"可不是嘛。我们现在说的这个人受到媒体嘲笑,所以想方设法要弄到一条独家,哪怕让杀人凶手逍遥法外也在所不惜。这个过气的明星记者发现自己的杂志社陷入财务危机,便情愿把社会责任抛到脑后,何况他刚刚得知赛纳传播想把他踢出编辑团队,所以越线个一两步倒也不令人惊讶。"

"我明白你的意思。这里面有你想写的东西吗?"

"老实说,我觉得这么做效果不大。太多人知道我和布隆维斯特不对付。你最好把消息泄漏给某报记者,然后在你们的社论中支持这项报道,埃克斯壮会有一些不错的发言供你引述。"

雷文望向外面的史都尔广场,看见一位美女穿着大红外套,一头金红色长发。这是他当天头一次露出大大的笑容。

"这个主意也许还不错。"他补上一句,接着又给自己点了葡萄酒。

布隆维斯特从霍恩斯路走向玛利亚广场。稍远处,抹大拉的玛利亚教堂旁边,有一辆白色箱型车的前翼钣金被撞凹了一个大洞,车旁有两个男人正互相挥舞拳头大声咆哮。虽然现场吸引了一群旁观者,布隆维斯特却几乎视而不见。

他正想着鲍德的儿子坐在索茨霍巴根大宅的地板上,手举在波斯地毯上的模样。那孩子的手背和手指上有一些污渍,可能是奇异笔或原子笔的墨水,而他当时的动作不就像在空中画什么复杂的东西吗?布隆维斯特开始以另一个角度看整件事的全貌。

说不定那个红绿灯根本不是鲍德画的。也许那男孩有令人意想不到的天赋。不知为何,他并没有那么意外。第一眼看到奥格斯坐在死去的父亲身边,然后又用身体去撞床头板,他便已发觉那孩子有点特别。这时他正穿过玛利亚广场,脑中忽然浮现一个奇怪的念头,萦绕不去。走到约特坡路后,他停了下来。

最起码得询问一下后续消息,于是他拿出手机搜寻汉娜·鲍德的电话号码。手机里没有输入,也不太可能会在《千禧年》的联络信息中找到。他想到了菲蕾亚·葛兰利丹,她是《快递报》的社会记者,写的专栏文章不太有助于提升她在这个行业的声望。她专写离婚、风流韵事和皇室新闻,但她脑筋转得快,反应灵敏机智,每次和她碰面总是相谈甚欢。他按了她的号码,不过电话处于占线状态。

这些年来,晚报的记者永远都在打电话,由于截稿压力太大,他们根本无法离开办公桌去看看真实的人生是什么样子。但他终究打通了,听到她发出小小的欢呼,一点也不诧异。

"麦可,"她说道,"真是太荣幸了!你终于要给我一个独家了是吗?我都等多久了!"

"抱歉,这次是你得帮我。我需要一个地址和一个电话号码。"

"那你要怎么报答我?要不要说句超酷的话让我引用一下,关于你昨晚之前得到的消息。"

"我可以给你一点职业上的忠告。"

"什么忠告?"

"别再写那些没营养的东西了。"

"好啊,那有水平的记者需要电话号码的时候该找谁去要?你想找谁?"

"汉娜·鲍德。"

"理由我猜得到。你在那里遇到她喝醉的男友了吧？"

"你别想套我话。你知不知道她住在哪儿？"

"托尔斯路四十号。"

"连找都不必找就知道？"

"对于这类芝麻小事我有颗超人脑袋。你要是能等一下，我还可以给你电话号码和大门密码。"

"那就太感谢了。"

"不过你知道吗……"

"什么？"

"你不是唯一在找她的人。我们自己的猎犬也在追这条线，但我听说她整天都没接电话。"

"聪明的女人。"

通完话后，布隆维斯特站在街头，不知该如何是好。与晚报记者争相对不幸的母亲紧追不舍？他不太希望忙了一天的结果是这样。但他还是拦了一辆出租车，请司机开往瓦萨区。

佛斯贝陪着汉娜和奥格斯去了欧登儿童与青少年医学中心，地点在斯维亚路的天文台森林公园对面。该中心是由两栋公寓大楼打通合并而成，尽管装潢设施与中庭都有一种私密、受保护的氛围，整体给人的感觉却是有点制式化，与其说是长廊与密闭的门所造成的印象，倒不如说是工作人员脸上那严厉、戒备的神情。他们似乎对自己负责照顾的孩子培养出一定程度的不信任。

主任托凯尔·林典是个矮小且自负的人，自称对患有自闭症的儿童经验丰富，但汉娜不喜欢他看奥格斯的眼神。此外，中心未将青少年与幼童区隔开来，也令她忧心。但现在心生疑虑似乎太迟了，因此回家途中，她自我安慰地想：这只是暂时而已，也许今天晚上就会去接奥格斯回家了。

接着她想到卫斯曼和他不时发酒疯的情形，不禁再次告诉自己一定要离开他，好好掌握自己的人生。走出公寓电梯时，她吓了一跳。

有个风采迷人的男人坐在楼梯平台上,正在笔记本上写东西,等他站起身来打招呼,她才发现原来是布隆维斯特。她又惊又慌、心虚不已,以为他要揭露什么。真是荒谬的想法。他只是露出尴尬的笑容,为自己前来打扰再三道歉。她忍不住大大松了口气。其实她仰慕他已久。

"我没有什么可说的。"她虽这么说,口气却暗示着事实正好相反。

"我也不是来采访的。"他说。她记得听说前一晚他和卫斯曼是一起——否则至少也是同时——抵达鲍德住处,只是她想不出这两人会有什么共通点。

"你要找卫斯曼吗?"她问道。

"我想问问有关奥格斯的画。"他回答道,她一听顿时心生恐慌。

但她还是请他进门。这么做或许太过大意,卫斯曼出门到附近不知哪家酒吧去治疗他的宿醉,说不定随时会回来,要是发现家里来了记者他一定会大发雷霆。只是布隆维斯特不仅令汉娜担忧,也激发了她的好奇。他怎么会知道画的事?她请他坐到客厅的灰色沙发上,她则进厨房准备茶和一些饼干。当她端着托盘出来,他开口说道:

"要不是绝对必要,我不会前来打扰。"

"你没有打扰我。"她说。

"是这样的,我昨晚见到奥格斯了,之后忍不住一直想到他。"

"哦?"

"当时我没弄明白,"他说,"只是觉得他好像想告诉我们什么,现在我确信他是想画画。他的手很坚决地在地板上动来动去。"

"他已经画到着魔了。"

"这么说他在家里还继续这么做?"

"那还用说!一到家就开始了,简直疯狂,他画得很棒,可是脸涨得通红还开始喘气,所以心理医师说必须阻止他,说那是破坏性的强迫行为,这是他的看法。"

"他画了什么?"

"其实也没什么,我猜是拼图带给他的灵感。不过真的画得很好,有影子、有立体感等等的。"

"但内容是什么?"

"方格。"

"什么样的方格?"

"应该可以叫做棋盘方格吧。"她说。也许是她多心,但她似乎看到布隆维斯特眼中闪过一丝兴奋。

"只有棋盘方格吗?没有其他了?"他问道。

"还有镜子,"她说,"棋盘方格倒映在镜子里。"

"你去过鲍德的家吗?"他的口气再次显得尖锐。

"为什么这么问?"

"因为他卧室——就是他被杀的地方——地板的图案就像棋盘方格,而且图案就倒映在衣橱的镜子里。"

"我的天哪!"

"怎么了?"

"因为……"

她内心涌上一阵惭愧。

"因为当我从他手里把画抢过来,最后看到的就是那些方格上出现一个凶恶可怕的影子。"她说。

"那张画在这里吗?"

"不在,也可以说在。"

"怎么说?"

"很遗憾被我丢掉了,不过还在垃圾桶里面。"

布隆维斯特不顾手上沾满咖啡渣和优格,从垃圾堆里抽出一张揉皱的纸,然后将它放到沥水板上摊平。他用手背拨了拨纸,就着厨房耀眼的灯光直目凝视。画很显然尚未完成,而正如汉娜所说,大部分都是棋盘方格,看的角度是从上方或侧边。除非去过鲍德的卧室,否则很难一眼看出那些方格是地板,但布隆维斯特立刻便认出床右侧衣橱的镜子。他也认出那片漆黑,那是昨晚他所见到特别漆黑的一幕。

这幅画仿佛让他回到当时从破窗走进去的那一刻——除了一个重要的小细节之外。他进入的房间几乎全黑,但画中却有一道微弱光源从上方斜斜照下,在方格上扩散开来。光线映照出一个不清晰也无意义的阴影轮廓,但或许也正因如此而让人觉得诡异。

那个黑影伸出一条手臂,由于布隆维斯特看画的角度与汉娜截然不同,很轻易便了解到这意味着什么。这个身影打算杀人。棋盘方格与影子上方有一张脸,还没有具体画完。

"奥格斯现在在哪里?在睡觉吗?"他问道。

"不,他……我暂时把他托给别人照顾。老实说,我实在应付不了他。"

"他在哪里?"

"在欧登儿童与青少年医学中心。在斯维亚路。"

"有谁知道他在那里?"

"没人知道。"

"只有你和工作人员?"

汉娜点点头。

"那就不能再让其他人知道。你先等我一下好吗?"

布隆维斯特取出手机,打给包柏蓝斯基。在他心里已经草拟出另一个问题要放进"莉丝资料"档案。

包柏蓝斯基很是沮丧,调查工作毫无进展。鲍德的Blackphone和笔记本电脑都没找到,因此尽管与网络服务业者详细讨论过,却还是无法绘制出他与外界联系的网络图。

包柏蓝斯基暗忖,目前能继续侦办的几乎都只是一些烟幕和老掉牙的说辞:一名忍者武士迅速敏捷地现身,然后消失在黑夜中。事实上,这次的攻击有点完美得不可思议,就好像一般人在杀人时通常会犯的错误、会出现的矛盾,在这个凶手身上都找不到。手法太利落、太冷静,包柏蓝斯基忍不住心想:这只不过是凶手又一次的例行性工作。他正自思索之际,布隆维斯特来电了。

"喔,是你啊。"包柏蓝斯基说,"我们正说到你呢。希望能尽快再和你谈谈。"

"当然没问题。不过现在我有更重要的事要告诉你。那个目击者奥格斯·鲍德,他是个'学者'。"布隆维斯特说。

"他是什么?"

"这孩子或许有严重的智能障碍,却也有特殊天赋。他的画可以媲美大师,清晰精准得不可思议。他画过一张红绿灯,就放在索茨霍巴根住宅的餐桌上,有没有人拿给你看?"

"有,看过一眼。你是说那不是鲍德画的?"

"是那个孩子。"

"看起来是成熟得惊人的作品。"

"但那是奥格斯画的。今天早上,他坐下来画出了他父亲卧室地板的棋盘方格,而且不只如此,他还画了一道光和一个黑影。我推断那是凶手的影子和他头灯的光线,不过当然还无法肯定。孩子画到一半被中断了。"

"你在捉弄我吗?"

"这可不是捉弄人的时候。"

"你怎么会知道这些?"

"我现在就在孩子的母亲汉娜·鲍德家里,正看着他的画。孩子已经不在这里,他在……"布隆维斯特略一迟疑,接着说,"我不想在电话上多说。"

"你说孩子画到一半被打断了?"

"他母亲听从心理医师的建议阻止了他。"

"怎么会有人做出这种事来?"

"他八成不明白这画的意义,只当成是一种强迫行为。我建议你马上派人过来。你要的目击证人有了。"

"我们会尽快赶去。"

包柏蓝斯基挂断电话后,将布隆维斯特告知的消息转告手下,但没多久便自问这么做是否明智。

第十五章
十一月二十一日

莎兰德人在海尔辛街的豪赫棋社。她其实不太想下棋，头还在痛——她追查了一整天，最后被引到这里来了。当初发现鲍德被一名助理背叛时，她曾应他要求允诺不去找那个叛徒麻烦，虽然不赞同这个做法，她还是信守诺言，而如今鲍德遇害了，她觉得自己也摆脱了承诺的束缚。

现在她要以自己的主张行事。但事情没有那么容易，亚维·兰耶一直不在家。她没有打电话，而是打算像一记闪电打进他的生活，于是罩上兜帽出门去找他。兰耶过着游手好闲的日子，但和许多游手好闲的人一样，他也有规律的作息模式，莎兰德从他贴在"照片墙"（Instagram）和"脸书"（Facebook）的照片追踪到几个定点：毕耶亚尔路的丽希餐厅、纽布罗街的剧场餐厅、豪赫棋社、欧登街的李多诺咖啡馆，以及其他几处，包括和平之家街上的射击俱乐部和两名女友的住址。

她上一次留意过的那个兰耶已经变了，不但摆脱了书呆子的外表，道德感也衰退了。莎兰德对心理学理论并不在行，但连她都看得出来，他第一次的重大罪行引发了后续的其他罪行。兰耶已不再是个具有远大抱负、学习心切的学生，如今的他沉溺于色情，还会在网络上召妓，施加性暴力。事后曾有两名女子威胁要告发他。

这个人手上有不少钱，也有一堆问题。就在当天早上他上网搜索了"瑞典证人保护"，真是不小心，因为他虽然和索利丰已不再有联系，至少在计算机上没有联系，但他们很可能还继续监视他，否则就太不专业了。也许他那文质彬彬的新表象底下已经开始崩垮，这正合莎兰德之意。当她再次打电话到棋社——下棋是他与昔日生活之间唯一明显的关联——听说兰耶刚刚到了，惊喜不已。

因此现在她正走下海尔辛街的一小段阶梯，沿着走廊来到一个破旧简陋、鱼龙混杂的场所，里头大多是上了年纪的男人弓着背伏在棋盘前。气氛让人昏昏欲睡，似乎谁也没注意到她，更遑论质疑她的出现。每个人都只顾着下棋，四下里只听到按计时器的喀嗒声和偶尔一句咒骂。墙上挂了几张裱框照片，都是棋艺界传奇人物如卡斯帕罗夫、马格努斯·卡尔森和鲍比·费雪①，甚至有一张还是十来岁、满脸青春痘的兰耶与匈牙利明星棋手尤蒂·波尔加②对弈的留影。

此时，年纪较长、外貌迥异的他就坐在右方更深处的一张桌前，似乎正在尝试某个新的开局法。他旁边放了几个购物袋，身上穿着黄色小羊毛衫，搭配一件干干净净、烫得笔挺的白衬衫和一双发亮的英式皮鞋，整个造型在这环境里显得有点过度时髦。莎兰德踩着小心、迟疑的脚步走上前去，问他想不想下一局。他先是上下打量她一番，然后才说"可以"。

"谢谢你。"她像个有教养的年轻女孩回答道，接着坐了下来。她以 E4 开局，他回以 B5，波兰开局③。之后她便视若无睹地让他继续玩下去。

兰耶试着想专心下棋，却有点力不从心。幸好这个朋克女孩应该也是手到擒来。其实她还不差——很可能经常下棋——但这有什么用？跟她要点花招，一定能让她打心里佩服。谁知道呢？说不定事后还能把她弄回家去。没错，她看起来有点暴躁，而兰耶对暴躁的女生没什么好感，不过她那一对奶子挺不错的，也许可以把怨气发泄在她身上。今天早上感觉烂透了，鲍德被杀的消息让他完全不知所措。

他不是悲伤，而是恐惧。他确实很努力想说服自己没有做错。谁叫那个该死的教授把他当空气一样对待？但兰耶背叛他是事实，看起

---

① 此处提及的三人依序为卡斯帕罗夫（Garry Kasparov, 1963—   ）、马格努斯·卡尔森（Magnus Carlsen, 1990—   ）、鲍比·费雪（Bobby Fischer, 1943—2008），均为西洋棋世界冠军。
② 尤蒂·波尔加（Judit Polgár, 1976—   ），匈牙利女棋手，十五岁出道以来一直参加男子比赛，获得男子国际特级大师称号。
③ 波兰开局（Polish gambit），西洋棋开局的一种，是挪动己方士兵，开路给皇后移动。

来当然不妙。他自我安慰地暗想，鲍德这个白痴得罪的人肯定数以万计，但他内心深处明白：那一件事和这件事有所关联，他都吓死了。

自从鲍德进索利丰工作，兰耶就担心那件事会有令人害怕的新转折，如今走到这一步，他只希望一切都消失不见。想必正是因为如此，今天早上他才会进市区疯狂购物，买了一堆名牌衣服，最后又来到棋社。下棋终究还是能转移他的注意力，事实上他也的确觉得好些了，感觉好像掌控了局势，而凭他的聪明才智大可以继续把所有人骗得团团转。瞧瞧他这局棋下得多高明。

这女孩也没那么差，事实上她的手法带着点打破传统的创意，说不定棋社里大多数人都得向她请教一两招。只不过他亚维·兰耶，即将把她打得落花流水。他的手法实在太高明细腻，她甚至没发现自己的皇后眼看就要被吃掉。他不动声色地将棋子往前挪，一路过关斩将，自己只牺牲了一只骑士。为了让她心生佩服，他用半调情的随兴口吻说："抱歉了，宝贝，你的皇后不保了。"

但女孩毫无反应，没有微笑、没有吭气，什么都没有。她加快速度，像是想尽快结束自己受到的羞辱，有何不可呢？他很乐意将过程缩短，然后带她去喝两三杯，再跟她上床。上了床他可能不会太温柔，但完事之后她可能还是会感谢他。像她这种讨人嫌的烂货应该很久没爽过，也应该从来没碰过他这样的男人，棋艺这么高超的厉害角色。他决定露一手给她瞧瞧，顺便解释一些较高段的棋法理论。谁知他根本没有机会。棋盘上好像有什么地方不太对劲。他的棋局开始遭遇某种他也不太明白的阻力。他一度想说服自己相信那只是他的幻想，可能有几步走得粗心了，只要集中精神就能逆转，于是他启动了他的杀手本能。

没想到事态反而更加恶化。

他自觉受困——无论如何努力想重新夺回主导权，她总会成功反击——最后他不得不承认力量的分配已起变化，而且无法扭转。这未免太疯狂了吧？他吃掉了她的皇后，却不仅未能乘胜追击，反而落入致命的弱势。她总不会是故意早早就牺牲皇后吧？不可能，书里写的那种情形不会发生在瓦萨区的小棋社，这也绝不是一个脸上穿洞、态度有问题的朋克小姐会做的事，何况还是面对他这种超级高手。然而他无处可逃。

眼看再走四五步就要被打败，他别无选择只能用食指推倒国王，喃喃说了声恭喜。虽然想找一些借口，但直觉告诉他这样只会让自己更难堪。他隐隐感觉到这次失败不只是运气差，而且几乎情不自禁地开始害怕起来。这女孩到底是谁？

他谨慎地直视她的眼睛，这时的她看起来不再是个脾气不好又有点缺乏自信的小人物，而是显得冷酷——仿佛紧盯着猎物的掠食者。他很不自在，就像棋盘上的败仗只是序曲，接下来还会发生更多凄惨的事。他往门口瞄一眼。

"你哪儿都别想去。"她说。

"你是谁？"他问道。

"不是什么特别的人。"

"那我们以前没见过啰？"

"不算见过。"

"可是勉强算见过，是这样吗？"

"我们在你的噩梦里碰过面，兰耶。"

"你在开我玩笑吗？"

"不算是。"

"这是什么意思？"

"你觉得是什么意思？"

"我怎么知道？"

他不明白自己为何如此害怕。

"法兰斯·鲍德昨晚被杀了。"她语气平板，毫无起伏。

"这个……是啊……我看到报纸了。"他结结巴巴地说。

"很可怕吧？"

"很吓人。"

"尤其对你来说，是吗？"

"为什么?"

"因为你背叛了他,兰耶。因为你给了他犹大之吻①。"

他整个人僵住,厉声说道:"胡说八道。"

"事实上这不是胡说。我侵入你的计算机、破解了你的加密,清清楚楚看到你把他的技术转卖给索利丰。而且你知道怎么样吗?"

他开始觉得呼吸困难。

"我相信今天早上你醒来以后,心里开始想他的死是不是你的错。这我可以帮你解答:就是你的错。要不是你那么贪婪、狠心而又可悲,鲍德现在还活得好好的。我应该警告你一声,我真的很生气,兰耶。我要让你生不如死。首先,看你怎么对待你在网络上找到的那些女人,我就要让你吃同样苦头。"

"你疯了吗?"

"可能吧。"她说,"缺乏同理心、极端暴力,诸如此类的症状。"

她一把抓住他的手,力道之大吓得他魂都飞了。

"兰耶,你知道我现在在做什么吗?你知道我为什么有点心不在焉吗?"

"不知道。"

"我坐在这里考虑着该怎么对付你。我在想怎样才能让你痛不欲生。所以我才有点心不在焉。"

"你到底想干吗?"

"我要报仇,我说得还不够清楚吗?"

"你满口疯话。"

"绝对不是,我想你也心知肚明。不过你有一条出路。"

"我要怎么做?"

他不明白自己为什么这么问。我要怎么做?这等于是招认,等于是投降,他想把话收回,转而向她施压,看看她是否真有证据或只是

---

① 犹大是背叛耶稣的门徒,他以亲吻耶稣脸颊的方式让前来逮捕的官兵知道一群人当中谁才是耶稣。

吓唬人。但他做不到。直到后来他才发觉不只是因为她出言恐吓，或是她的手劲大得诡异。

而是这盘棋局，是皇后的牺牲。他感到震惊，下意识便觉得能这样下棋的女人肯定也知道他的秘密。

"我要怎么做？"他再问一次。

"你要跟我离开这里，然后把事情的来龙去脉全告诉我，兰耶。你要告诉我当你出卖鲍德的时候，到底发生了什么事。"

"简直是神迹。"包柏蓝斯基站在汉娜家的厨房，看着布隆维斯特从垃圾堆捡出来那张皱巴巴烂兮兮的画说道。

"别太夸张了。"就站在他旁边的茉迪回道。她说得没错，这毕竟只是一张纸上画了一些棋盘方格，诚如布隆维斯特在电话中所说，画画手法精准得有点奇怪，就好像相较于上方那个险恶的阴影，孩子对几何学更有兴趣。但包柏蓝斯基依然兴奋不已。他一再被告知说鲍德的孩子有多么弱智，说他几乎什么忙也帮不上。现在这孩子却画出这张画，为包柏蓝斯基的调查过程带来前所未有的希望。这也更强化了他长久以来的信念：绝不能低估任何人或执着于先入为主的偏见。

目前无法确定奥格斯画的是命案发生那一刻。黑影有可能关系到另一个场合（至少理论上如此），也不能保证孩子看见了凶手的脸或是有能力画出来。然而包柏蓝斯基内心深处却是相信的，不只因为这幅画展现大师级手法（尽管纸况破烂），他也研究了另一幅，这里头可以看到除了十字路口和红绿灯之外，还有一个穿着破烂的薄唇男子被当场逮到违反交通规则——如果纯粹就执法观点来看的话。他过马路时闯红灯，而队上另一名警察亚曼妲·傅萝一眼就认出他是失业演员罗杰·温特，有酒驾和伤害的前科。

奥格斯有如相机般精准的眼力，应该是任何调查命案的探员梦寐以求的，但包柏蓝斯基非常明白若是期望太高未免太不专业。也许凶手行凶时蒙了面，又或者他的容貌已经从孩子的记忆中淡化。有许许多多可能性，因此包柏蓝斯基忧郁地望向茉迪。

"也许这只是我一厢情愿的想法。"他说。
"你虽然开始怀疑上帝的存在,对神迹倒似乎还抱着希望。"
"也许吧。"
"不过还是值得一探究竟。这我同意。"茉迪说。
"好,那么我们去看看孩子。"

包柏蓝斯基走出厨房,朝汉娜点了点头,她正瘫坐在客厅沙发,手里玩弄着几粒药片。

莎兰德和兰耶手挽着手走进瓦萨公园,有如一对出外散步的老友。外表是会骗人的:在莎兰德带领下两人走向一张长椅之际,兰耶可是心惊肉跳。又起风了,气温也悄悄下降,几乎不是适合喂鸽子的日子,而且兰耶觉得冷。但莎兰德看中了这张长椅,强迫他坐下,手活像老虎钳似的紧紧掐住他的手臂。

"好了,我们就速战速决吧。"她说。

"你不会提我的名字吧?"

"我不会给你任何承诺的,兰耶。不过你要是能一五一十地告诉我,重新过你那可悲生活的机会就会大大提升。"

"好吧,你知道'黑暗网络'吗?"

"知道。"她说。

没有人比莎兰德更了解黑暗网络。黑暗网络是国际互联网中不受法律约束的下层丛林,只能通过特殊加密的软件进入,使用者的身份也绝不会泄漏,谁都无法搜索到你的详细资料或追踪你的网络活动。因此黑暗网络上充斥着药头、恐怖分子、诈欺犯、帮派分子、非法军火商、皮条客和黑帽黑客。假如网络有地狱的话,就是这里了。

但黑暗网络本身并不坏,这点莎兰德比任何人都清楚。今日的间谍机构与大型软件公司在网络上亦步亦趋地跟随着我们,就算是清白的老实人也可能需要一个躲藏之处。黑暗网络也是反对分子、揭弊者与网民的大本营。反对力量可以在黑暗网络上提出异议,政府管不到,而莎兰德则利用它私下进行更低调的调查与攻击。她知道它的网址与搜寻引擎,也知道它与已知的、可见的网络大不相同的老派运作方式。

"你把鲍德的技术放到黑暗网络上去卖吗?"她问道。

"不是,我只是想办法在找买家。我很生气。你知道吗?鲍德几乎没跟我打过招呼,把我当粪土一样对待,而且他也不是真的在乎他的那项技术。这项技术有可能让我们所有人都致富,他却只想拿来玩玩、做实验,像小孩一样。有一天晚上,我喝了几杯之后,就在一个技客网站上丢出问题说:有谁能付好价钱买一项革命性的人工智能技术?"

"有人回应吗?"

"隔了好一阵子,我甚至都忘了自己问过。但最后有个自称'柏忌'的人回信了,还问了几个相当深入的问题。起初我的回答毫无防备到荒谬的地步,但我很快就察觉自己惹出了什么麻烦,也生怕柏忌会把技术偷走。"

"而你什么好处也没捞到。"

"这是个危险的游戏。要想卖出鲍德的技术,一定得谈论它的内容。但要是说得太多,很可能就已经失去了。柏忌把我捧得晕头转向,到最后他清清楚楚地知道我们研究到什么地步,又是用哪种软件作业。"

"他打算侵入你们的计算机。"

"有可能。总之他也不知用什么办法得知我的名字,这可把我打败了。我完全慌了手脚,便说我想收手,但那时已经太迟。倒不是柏忌威胁我,至少他没有明确威胁,只是不断地说我们俩可以一起做大事、赚大钱。最后我答应和他见面,我们约在斯德哥尔摩梅拉斯特兰南路一家中国船屋餐厅。我记得那天风很大,我站在那里都快冻僵了。等了超过半小时,事后我怀疑他可能是在测试我。"

"可是后来他出现了?"

"对。一开始我不相信那是他。他看起来像个毒虫,也像个乞丐,要不是看到他戴着百达翡丽的手表,我很可能会丢个 20 克朗给他。他边走边挥动两只手臂,手臂上有一些业余人士文的刺青和看起来很恐怖的疤痕。他穿了一件惨不忍睹的防风外套，好像露宿在街头。最奇怪的是他很引以为傲。只有那只手表和那双手工皮鞋显示他曾经力争上游发迹过，除此之外，他似乎很安于自己的现状。后来，当我把一切都交给他，我们一起喝了几瓶酒庆祝的时候，我问起他的背景。"

"为了你着想，但愿他说出了一些细节。"

"如果你想追踪他，我不得不警告你……"

"我不要听你的忠告，兰耶，我要听事实。"

"好吧。他很小心。"他说，"但我还是打听到一些事情。他八成是忍不住吧。他在俄罗斯的一座大城市长大，但没说是哪里。他说自己的一切都很不顺利，母亲是个有海洛因毒瘾的妓女，父亲有可能是任何一个人。他很小就被送到一间地狱般的孤儿院，他跟我说那里有些疯子常常叫他躺在厨房的砧板上，然后拿一根断了的拐杖打他。他十一岁那年逃跑出来，在街头过日子。他会偷东西、会偷跑进地下室和楼梯间取暖、会用廉价伏特加把自己灌醉、会吸食强力胶、会被虐待殴打。但他也发现了一件事。"

"什么事？"

"发现他有天分。他是个闯空门高手，这成了他第一件骄傲的事，他第一个认同感的来源。别人要花好几个小时的事，他可以在几秒钟内完成。在那之前，他只是个无家可归的小鬼，每个人都看不起他、朝他吐口水。现在他却是想上哪儿都可以来去自如的男孩。他开始走火入魔，整天只幻想着变成一个反向操作的魔术大师胡迪尼第二——他不是想往外逃脱，而是想往里闯。他每天都练习十、十二、十四个小时，最后成了街头的传奇人物——他是这么说的。他开始实行更大的行动，利用他偷来并重新设定的计算机到处入侵。他弄到好多钱，大把大把地花在毒品上头，也经常被抢或是占便宜。他做事的时候清醒得不得了，但之后就会吸毒而恍神地到处游荡，任人摆布。他说自己既是个天才也是个大白痴。但有一天一切都变了。他得救了，有人将他拉出了地狱。"

"怎么说？"

"那天他睡在一个像垃圾堆一样、快要被拆的地方,当他睁开眼睛在泛黄的光线下环顾四周,忽然看见眼前站了一个天使。"

"天使?"

"那是他说的,一个天使,也许有一部分是因为和其他那些针筒、吃剩的食物、蟑螂等等形成强烈对比吧。他说那是他所见过最美的女人。他几乎不敢正视她,还觉得自己就要死了。那是一种不祥而又神圣肃穆的感觉。但那个女人解释说她能让他变得有钱而又幸福,好像这是天底下再自然不过的事。如果我理解得没错,她履行了她的承诺,不但让他换新牙、让他进戒毒所,还将他训练成了计算机工程师。"

"所以从此以后他就替这个女人和她的组织侵入别人的计算机偷东西。"

"没错。他从此改头换面,也许没有改得那么彻底,在很多方面他还是原来那个小偷瘪三。不过他说他戒了毒,一有空就钻研最新科技。他在黑暗网络上找到很多资源,还说自己不是普通有钱。"

"那个女人呢?他有没有说到更多关于她的事?"

"没有,这点他非常小心。一说到她,他要不是言辞闪烁就是充满敬意,我有一度还怀疑会不会只是他的想象或幻觉。但我认为这个女人确实存在。我可以非常真确地感受到他谈论她时的敬畏,他说他宁可死也不想让她失望,然后还给我看一枚纯金的俄罗斯宗主教派十字架,是她送给他的。这种十字架你知道吧,就是十字末端有一截小斜杠,一边高一边低。他跟我说这个典故是出自《路加福音》,讲两个强盗和耶稣同时被钉在十字架上,其中一个相信耶稣而上了天堂,另一个嘲笑他就下了地狱。"

"你要是让她失望就会是这个下场。"

"差不多是这个意思,没错。"

"所以她把自己当成耶稣了?"

"在这个情况下,十字架恐怕和基督教没有关系,只是象征她想传达的信息。"

"不忠心就得受地狱酷刑。"

"类似。"

"可是兰耶,你却坐在这里泄露秘密。"

"我好像没有别的选择。"

"希望你拿到了很多钱。"

"这个,没错……"

"然后鲍德的技术就卖给索利丰和'真实游戏'了。"

"对,可是我不懂……我是说现在想起来。"

"不懂什么?"

"你怎么会知道这么多?"

"因为你笨到寄了一封邮件给索利丰的艾克华,不记得了吗?"

"可是信的内容完全没有暗示我出卖技术。这点我非常小心。"

"你写的对我来说已经够了。"她说着站起身来,他仿佛整个人都垮了。

"等一下,再来会怎样?你不会把我卷进去吧?"

"你大可以抱着希望。"她说完便踩着坚定的脚步往欧登广场方向走去。

手机响起时,包柏蓝斯基正要走向汉娜家面对托尔斯路的前门。是艾铎曼教授。打从发现那孩子是个学者之后,包柏蓝斯基便一直试图联络这位教授,因为他通过网络找到在这方面有两位瑞典权威人士经常被引述,一个是伦德大学的莲娜·艾克,另一个便是卡罗林斯卡学院的查尔士·艾铎曼。但两人都联络不上,因此他才延后搜查工作,去见汉娜·鲍德。如今艾铎曼回电了,口气听起来大为震惊。他说他人在布达佩斯,参加一个关于提升记忆容量的研讨会。他刚抵达不久,几分钟前在CNN报道中看到了命案的消息。

"要不是这样,我马上就会和你联系了。"他说。

"什么意思?"

"昨天晚上鲍德教授打过电话给我。"

包柏蓝斯基听了心里一惊。"他找你做什么?"

"他想谈谈他儿子和他儿子的天赋。"

"你们本来认识吗?"

"完全不认识。他会找我是因为担心儿子,我接到他的电话非常吃惊。"

"为什么?"

"因为他是法兰斯·鲍德呀。在我们神经学界,他是大名鼎鼎的人物。我们会说他跟我们一样想要了解人脑,唯一的差别是他还想打造人脑。"

"这我听说了。"

"有人跟我说他是个内向而又难相处的人,有点像机器本身,有时候还有人会开玩笑说,他的整个脑子里只有逻辑电路。可是和我通话时,他充满了感情,老实说我大吃一惊,就像……怎么说呢?就像你听到手下一个最强悍的警员哭泣一样。我记得我当时心想一定发生了什么事,而且不是我们那时候在谈的事。"

"听起来没错。他终于接受了自己受到严重威胁的事实。"包柏蓝斯基说道。

"不过他那么激动也不是没有道理。他儿子的画似乎好得异乎寻常,这在他那个年纪非常罕见,就算是'学者'也不例外,尤其他还具备卓越的数学能力。"

"数学?"

"正是。据鲍德说,他儿子也有数学才能。这个说来话长。"

"什么意思?"

"因为我非常惊讶,但说到底,可能也没那么惊讶。我们现在知道'学者'都有遗传基因,而且这位父亲之所以是个传奇人物,都要归功于他高深的演算能力。只不过……艺术和数字的天分通常不会并存于这些孩子身上。"

"这肯定是生命的美好之处,偶尔就会冒出一个惊喜来。"包柏蓝斯基说。

"是啊,督察长。那么我能够帮上什么忙呢?"

包柏蓝斯基将索茨霍巴根发生的一切回顾一遍,忽然想到凡事还是小心为上。

"我只能说当务之急就是需要你的协助与专业知识。"

"那孩子是命案的目击证人,对吧?"

"对。"

"你希望我试着让他画出他所看到的?"

"对此请容我稍作保留。"

艾铎曼教授站在布达佩斯的柏斯科罗饭店大厅。这里是个会议中心,距离波光粼粼的多瑙河不远,内部装潢有如歌剧院,有华丽的挑高天花板、旧式圆顶与梁柱。他本来殷切期盼着这个星期的聚餐与学术发表,现在却焦躁地用手梳着头发。

"可惜我没法帮你,明天早上我得发表一场重要演说。"他这么对包柏蓝斯基说,而这也是事实。

他已经为这场演说准备了几个星期,而且将要和几位杰出的记忆专家进行激辩。因此他向包柏蓝斯基推荐了助理教授马丁·华格施。

可是一挂断电话,与手拿三明治、来到他身旁停下的莲娜·艾克互看一眼后,他便感到后悔,甚至开始忌妒起年轻的华格施。他还不到三十五岁,相片总是比本人好看太多,最重要的是他就要出名了。

艾铎曼的确不完全明白发生了什么事。警探在电话上语焉不详,很可能是担心被窃听,但他还是捕捉到一个大概。那个孩子很会画画,而且目睹了命案。这只可能意味着一件事,艾铎曼愈想愈烦躁不安。他这一生还能发表许许多多重要演说,却再也不会有机会在这种层级的命案调查中发挥作用。而且看看他如此轻易便转让给华格施的任务,肯定比他在布达佩斯这里参与的一切都要有趣得多。谁知道呢?或许甚至可以让他跻身名人之列。

他想象着报纸的标题:《杰出神经学家协助警方侦破命案》,或甚至是《艾铎曼的研究使得命案调查有了重大突破》。他怎会蠢到这个地步拒绝了？于是他拿出手机打给督察长包柏蓝斯基。

包柏蓝斯基和茉迪好不容易在斯德哥尔摩市立图书馆附近找到车位停妥后，刚刚过马路。天气仍然十分恶劣，包柏蓝斯基的手几乎冻僵了。

"他改变心意了吗？"茉迪问道。

"对，他要把演说延期。"

"什么时候能到？"

"他正在查看时间，最晚明天早上。"

他们正要前往斯维亚路的欧登儿童与青少年医学中心去见林典主任。这次会面只是要针对奥格斯的作证谈妥一些实务安排事宜——至少包柏蓝斯基是这么想。但尽管林典还不知道他们此行的真正目的，在电话上已经出奇地不配合，他说孩子现在"完全"不能受打扰。包柏蓝斯基可以感受到一种下意识的敌意，应对时口气也不怎么好。一开始情况就不太乐观。

出乎包柏蓝斯基意外的是，林典并非高大魁梧的人，他身高顶多一米五出头，一头可能染过的黑色短发，老是抿着嘴唇。他身穿黑色牛仔裤、黑色套头毛衣，一个小十字架用缎带挂在脖子上。他透着些许神职人员的味道，显露的敌意真真切切。

他一副高傲的神态，让包柏蓝斯基不禁想到自己的犹太血统——每当面对这种敌意与优越感，他就会这样联想。林典想要证明自己高人一等，因为他优先考虑到孩子的生理健康，而没有将他交给警方处置。包柏蓝斯基别无他法，只能尽可能和善以对。

"幸会。"他说。

"真的吗？"林典回道。

"当然，很感谢你在这么短的时间内就愿意见我们。若不是这件事非同小可，我们真的不会这么冒失地跑来。"

"我想你们是希望和那个孩子面谈吧。"

"这倒不是，"包柏蓝斯基回答时不再那么客气，"首先我必须强调我现在说的话绝不能让第三者知道。这涉及安全问题。"

"对我们来说,保密是理所当然的事,这里的人口风都很紧。"林典言外之意似乎暗指警方保密不力。

"我只在乎那孩子的安全。"包柏蓝斯基厉声说道。

"这么说这是你的优先考量?"

"坦白说,的确如此。"包柏蓝斯基以更严肃的口吻说,"所以我现在要告诉你的事绝不能外泄——尤其不能以电子邮件或电话告诉他人。可以找个隐秘的地方坐下来谈吗?"

茉迪对这个地方没啥好感,很可能是受到哭闹声影响。附近有个小女孩哭个不停。他们所在的房间散发着清洁剂和另一种味道,也许是一丝残留的焚香味。墙上挂着一个十字架,有只绒毛玩具熊躺在地上,其余几乎没有什么元素让此地显得温馨或吸引人。向来都是好好先生的包柏蓝斯基眼看就要发火,茉迪只好出面,冷静地将实际情形陈述一遍。

"据我们所知,"她说,"贵中心的医师埃纳·佛斯贝说不应该让奥格斯画画。"

"这是他的专业判断,我也赞同。这对孩子毫无益处。"林典说。

"可是在这样的情况下,我想任何事情对他都没有太大帮助。他很可能亲眼目睹父亲被杀。"

"但我们也不想让情况更糟,不是吗?"

"没错。只是你们不让奥格斯画完的画,也许能让调查工作有所突破,因此我们恐怕不得不坚持。当然,你可以安排具备专业知识的人员在场以防万一。"

"我还是不能点头。"

茉迪简直不敢相信自己的耳朵。

"我对警方绝无不敬之意,"林典固执地接着说,"但我们欧登中心是在帮助脆弱的孩子,那是我们的职责与使命。我们不是警方的分支单位。事实就是如此,我们也引以为豪。只要孩子人在这里,就应该相信我们会把他们的利益摆在第一位。"

茉迪一手强压住包柏蓝斯基的大腿。

"我们大可以向法院申请执行命令,"她说道,"但还是宁可不走那一步。"

"算你们明智。"

"我请问你一件事,"她说,"你和佛斯贝真能百分之百确定怎么做对奥格斯或是对那边那个哭泣的女孩是最好的吗?会不会其实我们所有人都需要自我表达?你和我能说能写,甚至可以去找律师。奥格斯没有这些沟通管道,但他能画画,而且似乎想告诉我们什么。他心里想必受到某种折磨,难道不该让他把这种折磨具体呈现出来吗?"

"据我们判断——"

"不,"她打断他,"不必跟我们说你们的判断。我们已经和某人取得联系,关于这种特殊情形,国内没有人比他更了解。他名叫查尔士·艾铎曼,是一位神经学教授,他现在正从匈牙利赶回来见这个孩子。"

"我们当然能听听他的意见。"林典勉强说道。

"不只是听取意见,还要让他来决定。"

"我答应让他们专家之间进行有建设性的对话。"

"很好。奥格斯现在在做什么?"

"睡觉。他来的时候已经累坏了。"

茉迪可以断定要是提议叫醒孩子,绝无任何好处。

"那么我们明天会陪同艾铎曼教授回来,相信我们一定能合作愉快。"

第十六章
十一月二十一日至二十二日

嘉布莉将脸埋在手中。她已经四十个小时未合眼,深受愧疚感折磨之余再加上失眠,让她的状况更糟。但她还是认真工作了一整天。从今天早上开始,她就成为国安局内一个类似影子单位的小组成员,表面上是在研究更广泛的政策含义,实则秘密调查鲍德命案的所有细节。

在形式上,小组的领导人是警司摩丹·倪申,他远赴美国马里兰大学深造一年刚刚回来,无疑十分聪明而博学多闻,只是对嘉布莉而言太右倾了。像他这种教育程度高的瑞典人还全心全意支持美国共和党,倒是相当罕见,他甚至对茶党①运动表示认同。他十分热衷于军事历史,并在军事学校开课。虽然年纪轻轻,仅三十九岁,却被认为拥有丰富的国际人脉。

然而他在团队里往往很难坚持自己的主张,实际上欧洛夫森才是真正的主导者,他年纪较长也较趾高气扬,只要急躁地轻叹一声或是浓眉微微一皱,就足以让倪申噤声。而让倪申日子更难过的是刑事巡官拉斯·欧克·葛朗威也在队上。

在加入秘密警察之前,葛朗威是瑞典国家凶案组一个半传奇性的侦查员,至少听说他的酒量无人能敌,并且凭借某种粗暴的魅力,在每个城镇都有一个情妇。想在这个团队里有出色表现并不容易,随着午后时光渐渐过去,嘉布莉愈来愈低调,不过与其说是因为那些男人和他们之间的雄性竞争,倒不如说是她愈来愈感到不确定。

有时她甚至怀疑现在知道的比以前更少。譬如她发觉几乎是完全

---

① 茶党(Tea Party),是与美国共和党立场接近的一个右派激进政治团体,二〇一三年曾因反对奥巴马的医改政策而阻挡预算案,导致美国政府关门十六天。

没有证据可以支持曾有过资安漏洞的说法。目前掌握到的只有国防无线电通讯局人员史蒂芬·莫德的说辞，但就连他对自己说的也没把握。依她看来，他的分析可以说毫无用处。鲍德主要仰赖的似乎是他寻求协助的那名女黑客，该女子的姓名在调查中根本没有提及，但他的助理李纳斯·布兰岱却描述得活灵活现。看来鲍德出发前往美国之前，对嘉布莉多有隐瞒。

例如，他在索利丰找到工作纯属巧合吗？

这份不确定感折磨着她，而米德堡未能提供协助也让她恼火。她联络不上亚罗娜，美国国安局的大门再次关闭，因此她也不再进一步传递信息。她也和倪申、葛朗威一样，自觉笼罩在欧洛夫森的阴影底下。他不断地从暴力犯罪组获得消息，并立刻上报柯拉芙。

嘉布莉很不以为然，她指出这样的交流不仅提高消息外泄的风险，也可能使他们失去独立作业的空间，但她的意见未被采纳。他们不但没有透过自己的管道搜寻，甚至将包柏蓝斯基团队传来的信息照单全收。

"我们好像考试作弊的人，不自己动脑筋，却等着别人透露答案。"她对所有组员这么说，但并未因此获得好评。

此时她独自待在办公室里，决定自行采取行动，试着看清事情的全貌。也许不会有任何结果，但反正无伤。她听见走廊上传来脚步声，那高跟鞋喀嗒喀嗒的清脆声响，如今嘉布莉是再熟悉不过了。来者是柯拉芙，她穿着阿玛尼名牌套装走进来，头发紧紧梳成一个髻。柯拉芙对她投以温柔亲切的目光，有时候嘉布莉真痛恨这份偏爱。

"怎么样了？"柯拉芙问道，"还撑得下去吗？"

"勉强。"

"跟我谈完之后你就回家去。你得睡一下，我们需要的是一个头脑清晰的分析师。"

"听起来合理。"

"你知道埃里希·玛利亚·雷马克[1]说过什么吗?"

"说在壕沟里的日子不好过之类的吧。"

"哈,不是,他说只有不必内疚的人才会内疚。真正造成世人痛苦的人根本不在乎,只有始终在奋斗的人才会充满悔恨。所以你没有什么好惭愧的,嘉布莉,你已经尽力了。"

"这我可不敢说,不过还是谢谢你。"

"你听说鲍德儿子的事了吗?"

"只是听欧洛夫森很快提了一下。"

"明天早上十点,督察长包柏蓝斯基、侦查警官茉迪和一位艾铎曼教授,将会前往斯维亚路上的欧登儿童与青少年医学中心见那个孩子。他们要试着让他再多画一点。"

"那就祝他们好运了。不过听到这件事我并不是太高兴。"

"放轻松点,伤神的部分就交给我吧。这件事只有守口如瓶的人才知道。"

"大概吧。"

"我要你看样东西。侵入鲍德防盗系统的人被拍到几张照片。"

"我已经看过了,甚至仔细研究过。"

"是吗?"柯拉芙说着拿出一张放大而模糊的照片,上头是一截手腕。

"怎么了?"

"再看一次。你看到什么了?"

嘉布莉看了以后发现两点:一是之前就已注意到的名表,其次则是手套与外套袖口间有几条几乎难以辨识的线条,看似业余刺青。

"矛盾,"她说,"廉价刺青配上名贵手表。"

"不止如此,"柯拉芙说,"那是一只一九五一年的百达翡丽,型号二四九九的第一代,或许也可能是第二代。"

---

[1] 埃里希·玛利亚·雷马克(Erich Maria Remarque,1898—1970),德国小说家,他的半自传作品《西线无战事》被译成十多种语言,成为反战经典。

"在我听来毫无意义。"

"这是全世界最精致的手表之一。几年前在日内瓦的佳士得拍卖会上,以两百万美元多一点卖出一只。"

"你开玩笑吧?"

"没有,而且买家可不是普通人,是达克史东联合事务所的律师简恩·范德华。他是代替一位客户出价的。"

"达克史东联合事务所?不就是代理索利丰的那家?"

"正是。不知道监视器画面中的表是不是在日内瓦卖出的那只,目前也还未能查出那名客户的身份。不过这是个起点,嘉布莉。一个骨瘦如柴、外表像毒虫的人却戴着这种等级的手表——这应该已经缩小范围了。"

"包柏蓝斯基知道吗?"

"就是他的技术专家霍姆柏发现的。现在我要你用你的分析头脑更深入追查。先回家睡个觉,明天早上再开始。"

自称杨·侯斯特的人正坐在位于赫尔辛基的贺格博路上,距离滨海大道公园不远的公寓住处内,翻看一本放满女儿欧佳照片的相簿。欧佳今年二十二岁,在格但斯克念医学院。

欧佳身材高挑、肤色黝黑、充满热情,他常说她是老天给他最好的礼物。这不只是说说而已,他是真心相信。只是现在欧佳开始怀疑他到底在从事什么工作。

"你在保护坏人吗?"有一天她这么问,接着便展开她所谓为"弱势"奉献心力的狂热活动。

侯斯特认为这完全是左倾分子的疯狂行为,一点也不符合欧佳的个性。他就当她是企图确立自己的独立自主。在这番关于乞丐与病者的言论背后,他觉得她还是颇有乃父之风。很久以前,欧佳曾是百米赛跑的明日之星。她身高一米八六,身材结实、具爆发力,从前还很爱看动作片、爱听他回忆车臣战争的往事。学校里所有人都很识相,不敢招惹她,因为她会像战士一样反击。欧佳绝不是生来伺候那些生病、堕落的人。

但是她说想当无国界医师，或是效法德蕾莎修女到加尔各答去。侯斯特一想到就受不了，他觉得这个世界属于强者，可是就算女儿有一些痴傻的想法，他还是爱她。明天是她这半年来第一次回家休几天假，他暗自发誓这次会更耐心倾听，不再自以为是地提起她痛恨的一切。

他会试着重新拉近两人的距离。他敢说女儿需要他，否则至少可以确定他是需要她的。现在是晚上八点，他走进厨房，榨了三个橙子再加入思美洛伏特加，这已是他今天第三杯"螺丝起子"。每当完成任务后，他总能喝上六七杯，或许今天也不例外。他累了，压在肩头上的一切责任让他感到无比沉重，他需要放松一下。他端着杯子站了几分钟，梦想着另一种不同的生活。然而这个自称为杨·侯斯特的人期望太高了。

波达诺夫打电话到他的安全手机，使得原本平静的气氛戛然而止。起初侯斯特希望波达诺夫只是想聊一聊，宣泄一下每项任务所带来的兴奋情绪。不料这位同侪是专为某件事来电的，而且口气很不高兴。

"我和T谈过了。"他说。侯斯特一时五味杂陈，或许又以忌妒为甚。

为什么绮拉打给波达诺夫而不是他？尽管赚进大钱并获得丰厚奖赏的人是波达诺夫，侯斯特始终深信自己与绮拉更亲近。不过侯斯特也感到忧心，难道出了什么差错？

"有什么问题吗？"他问道。

"任务没有完成。"

"你在哪里？"

"市区。"

"那就上来吧，把话给我说清楚。"

"我在柏思翠斯订了位。"

"我不想去什么高级餐厅，你就过来吧。"

"我还没吃东西。"

"我会弄一点热食。"

"听起来不错。接下来这一夜可漫长了。"

侯斯特不想再有漫长的一夜,更不想告诉女儿说他隔天不会在家。但他没有选择。有一点他非常肯定,就像他爱欧佳那么肯定:谁也不能对绮拉说不。

她有一种无形的力量,无论他多么努力尝试想在她面前维护尊严,总是办不到。她会让他变得像个小男孩,他经常掏心挖肺毫无保留只为了博她一笑。

绮拉美得令人心旌荡漾,而且比任何美女都更懂得善用这一点。说到权力游戏,谁也比不上她,所有的招数她都了如指掌。她会在适当时机展现柔弱黏人的一面,但也有好胜、强硬、冷若冰霜的另一面,有时候则是纯粹的坏。没有人能像她那样激发出他的残忍癖好。

她或许不具有一般所谓的智慧,有许多人会明白指出这一点想杀杀她的威风。但这些人到了她面前也同样呆若木鸡。绮拉将他们玩弄于股掌之间,即使再强悍的男人见了她也会脸红心跳,像小学生一样吃吃傻笑。

九点了,波达诺夫坐在侯斯特身边,一口接一口吃着他准备的羊肉排。说也奇怪,他的餐桌礼仪还算挺周到的,可能是受绮拉的影响。波达诺夫在许多方面都变得很有教养——其实再仔细一想似乎不然。无论他再怎么装腔作势,始终无法完全摆脱窃贼和毒虫的形象。他已经许久不曾碰毒,又是领有大学文凭的计算机工程师,却仍一副流浪街头、饱经风霜的模样。

"你那只很炫的手表呢?"侯斯特问道,"你惹麻烦了?"

"我们俩都是。"

"有那么糟吗?"

"也许没有。"

"你说任务没有完成?"

"对,因为那个男孩。"

"哪个男孩?"侯斯特装傻问道。

"你高抬贵手放过的那个。"

"他怎么了?你也知道他是个智障。"

"也许,可是他会画画。"

"什么意思,画画?"

"他是个'学者'。"

"是个什么?"

"除了他妈的枪械杂志以外,你能不能试着看点其他东西?"

"你到底在说什么?"

"这种人在某些方面自闭或有障碍,却有特殊天赋。这个孩子或许不能像正常人一样说话或思考,但他有过目不忘的记忆力。警察认为这个小王八蛋可以画出你的长相,然后再通过脸部辨识软件搜寻,到时你不就完了吗?国际刑警组织那里肯定有你的记录吧?"

"对,可是绮拉不可能要我们……"

"她就是要我们这么做。我们得去解决那个孩子。"

一股激动与困惑涌上侯斯特的心头,他眼前再次出现双人床上那个曾令他无比不安的空洞而又呆滞的眼神。

"门都没有。"他说道,却并不真的这么想。

"我知道小孩是你的软肋,我也不想。但这一个无可避免。再说你应该心存感激,绮拉大可以牺牲你的。"

"也许吧。"

"反正这么说定了。机票在我的口袋里,我们搭明天早上六点半第一班飞机到阿兰达机场,接着就去斯维亚路上一个叫欧登儿童与青少年医学中心的地方。"

"这么说那个孩子在诊所里。"

"对,所以我们得计划一下。让我先把东西吃完。"

自称杨·侯斯特的人闭上双眼,试着想想该怎么跟欧佳说。

莎兰德凌晨五点就起床，侵入新泽西州理工学院的国家科学基金会重大研究计划单位的超级计算机——她所具备的数学技能全都得派上用场。接着她搬出了自己的椭圆曲线方程式，开始着手破解从国安局下载的档案。

然而不管怎么试，就是不成功。其实她本来就不抱希望，这是个很复杂的加密算法，名为RSA，分别为三位发起人李维斯特（Rivest）、夏米尔（Shamir）与艾道曼（Adleman）的姓氏缩写。RSA有两把金钥——一把公钥、一把私钥——以欧拉函数与费马小定理为理论基础，但最主要还是根据一个简单的事实：让两个巨大质数相乘并不难，计算机在眨眼间就能给答案，可是要反过来，从答案去找出最初那两个质数却几乎不可能。计算机还不能很有效率地作质数因式分解，这在过去便曾多次让莎兰德和全球各情报组织都恼怒不已。

至今大约一年以来，莎兰德一直在思考椭圆曲线方程式应该会优于原有的算法，也常常一连几天不眠不休地写她自己的因式分解程序。但如今在这凌晨时分，她发觉还需要再作修改才可能有一丁点成功的机会。工作三小时后，她稍作休息，到厨房去直接就着纸盒喝了点橙汁，再吃两块微波加热的碎肉馅饼。

回到书桌后，她侵入布隆维斯特的计算机看看他有无新消息，只见他又贴了两个问题问她，看完立即明白：他毕竟不是全然无望。

鲍德是被哪个助理背叛的？

他的这个问题合理。

但她没有回答。她根本不在乎兰耶。而且她有些进展，找出了跟兰耶联系、自称柏忌的那个凹眼毒虫的身份。黑客共和国的三一记得几年前有几个网站曾经出现过这个代号，这不一定意味着什么——柏忌并不是那么独特的名称。不过莎兰德追踪了那些邮件，心想或许能查出什么端倪——尤其他还无意中透露自己是莫斯科大学毕业的计算机工程师。

莎兰德找不出他毕业的时间或其他任何日期,却掌握到一些无聊细节,关于柏忌有多热爱高级手表、有多迷七十年代一系列的亚森·罗宾电影和这名怪盗绅士。

接着凡是莫斯科大学昔日校友与在读学生可能上的网站,莎兰德都一一造访,询问有没有人认识一个瘦巴巴、双眼凹陷、曾经吸过毒、流浪街头、很有偷窃本事,又爱看亚森罗苹亚森·罗宾电影的人。没多久就得到回音了。

"听起来像是尤利·波达诺夫。"一个自称贾丽娜的人写道。

据这位贾丽娜说,波达诺夫是学校的传奇人物。不只因为他入侵所有讲师的计算机,抓住每个人的小辫子,他还老是逢人就问:要不要跟我打赌一百卢布,看我能不能闯进那栋房子?

许多不认识他的人会以为要赢这笔钱很简单。殊不知波达诺夫几乎可以撬开任何一扇门,即便不知为何失败了,他也会改爬大门或围墙。他大胆得出名,也坏得出名。据说曾有一条狗妨碍他做事,结果被他踢死了。他总是在偷东西,而且纯粹只是为偷而偷。贾丽娜觉得他可能有盗窃癖,但他同时也是个天才黑客兼厉害的分析师,他毕业后这个世界就任由他主宰了。他不想找工作,他说想要做自己喜欢的事,而莎兰德很快便查出他大学毕业后搞了哪些名堂——至少这些是正式记录。

波达诺夫现年三十四岁,离开俄罗斯后搬到柏林的布达佩斯街,住处离米其林餐厅"雨果"不远。他经营一家叫"放逐资安"的白帽资安公司,手下有七名员工,上一个会计年度的交易金额有两千两百万欧元。讽刺但多少也合情合理的是:他用作掩护的公司是专门保护企业团体不受他这种人的危害。自从二〇〇九年通过考试至今,他都没有任何犯罪记录,还广结善缘,俄罗斯国会议员兼俄罗斯天然气公司的主要股东伊凡·戈利巴诺夫便是他公司的董事之一。但是莎兰德找不到更进一步的资料。

布隆维斯特的第二个问题是:

斯维亚路的欧登医学中心：安全吗？（看完马上删除）

他没有解释为何对这个地方感兴趣。但她知道布隆维斯特不是个随便丢出问题的人，他也没有说话不清不楚的习惯。

既然这么神秘，就一定有他的理由：这项信息想必十分敏感。这个医学中心显然有其重大意义。莎兰德很快便发现那里曾被申诉过几次：有院童被遗忘或忽视或自我伤害。欧登是一个由主任托凯尔·林典与其公司"护我"管理的私人机构，如果离职员工的说辞可信，在这个中心里林典说的话就是圣旨。营运利润向来可观，因为除非绝对必要，否则不会添购任何物品。

林典本人曾是体操明星，辉煌的战绩也包括拿下全瑞典单杠冠军。如今的他热衷狩猎，也是某个誓死反对同性恋的基督教会的会友。莎兰德上了瑞典狩猎与野生动物管理协会和基督之友的网站，看看他们都从事些什么活动。接着她假借这些组织的名义寄给林典两封颇令人心动的电子邮件，并随信附上植入精密恶意程序的 PDF 文档，只要林典点阅这些信息，附加档案就会自动开启。

八点二十三分她已连上服务器，心中的怀疑立即获得证实。奥格斯·鲍德在前一天下午入院了。病历中，先是描述他住院的起因，底下接着写道：

幼儿自闭症，严重智能障碍。躁动。因父亲死亡受严重创伤。须经常观察。难应付。带了拼图。不准画画！据观察有破坏性强迫行为。由心理医师佛斯贝诊断，托·林确认。

再底下还有一段，显然是后来加上的：

查尔士·艾铎曼教授、督察长包柏蓝斯基与侦查警官茉迪，将于十一月二十二日星期三上午十点来见奥·鲍德。托·林会在场。在监督下画图。

再往下又写道：

> 变更地点。奥·鲍德由托·林与艾铎曼教授带往母亲汉娜·鲍德位于托尔斯路的住处，包柏蓝斯基与茉迪前往会合。奥·鲍在住家环境里可能会画得更好。

莎兰德快速查了一下艾铎曼是谁，一看到他的专业领域是学者技能，立刻明白是怎么回事。他们似乎准备以素描方式取得供词，否则包柏蓝斯基和茉迪怎会对这孩子的画感兴趣，布隆维斯特提问时又怎会如此小心翼翼？

这一切绝不可外泄，绝不能让凶手发现这个孩子有可能画出他的肖像。莎兰德决定亲自看看林典在邮件通信上有多谨慎。幸好他并未多提孩子的绘画能力，反倒是昨晚十一点十分艾铎曼写了封电子邮件给他，还副本给茉迪和包柏蓝斯基。这封信显然就是变更会面地点的原因。艾铎曼写道：

> 嗨，托凯尔，真是太感谢你愿意在医学中心见我，但恐怕得拂逆你的好意。我想若能安排孩子在他感到安全的环境作画，才最有希望获得理想结果。我绝对无意批评贵中心，关于贵中心的好评毕竟是如雷贯耳。

才怪，莎兰德嘀咕了一句，又接着往下看：

> 因此我希望明天早上将孩子带到托尔斯路，他母亲汉娜·鲍德的住处。原因在于相关文献皆已认定，母亲在场对于具学者技能的儿童有正面影响。如果你能在九点十五分带着孩子在斯维亚路侧入口等候，我可以顺道去接你们，我们也能乘机做个同业交流。
>
> 查尔士·艾铎曼　敬上

包柏蓝斯基与茉迪分别在七点零一分与七点十四分回复，他们写道：当然应该尊重艾铎曼的专业，接受他的建议。林典则是刚刚在七点五十七分才确认他会和孩子在斯维亚路的门外等艾铎曼。莎兰德静坐沉思了片刻，然后走到厨房，从橱柜拿了几块已经走味的饼干，望着外头的斯鲁森与骑士湾暗忖：所以说，会面地点改了。

男孩不在医学中心里画画，而是要送到母亲家。母亲在场会有正面影响，艾铎曼如此写道。莎兰德不太喜欢这句话的感觉，很老套不是吗？至于句子的开头也好不到哪儿去："原因在于相关文献皆已认定……"

太浮夸了。虽然确实有很多知名学者不管怎么努力文笔都不好，而且她对这位教授平时的表达方式也一无所知，但一个世界顶尖的神经学家真的觉得有必要仰赖文献的认定吗？他难道不会更有自信？

莎兰德回到计算机前，在网络上浏览了艾铎曼的几篇论文，虽然字里行间偶尔能感觉到些许傲气，即便在最有事实根据的段落也不例外，却绝无不得体或幼稚之处。相反地，此人相当机敏伶俐。于是她又回头查看电子邮件是透过哪个SMTP服务器传送的，一看之下大吃一惊。这台名为Birdino的服务器很陌生，照理说不应该如此，于是她送出一连串指令看看这到底是什么玩意。短短几秒钟的时间事实便一清二楚：该服务器支援开放式的邮件转寄，因此寄件者可以任意挑选电邮地址传送信息。

换句话说，艾铎曼的邮件是伪造的，而寄给包柏蓝斯基和茉迪的副本则只是障眼法。她甚至无须再确认，就已经知道是怎么回事：警察的回信以及同意变更原来的安排也都是假的。这不只意味着有人假冒艾铎曼，消息也肯定是外泄了，最重要的是有人想让那个孩子来到医学中心外的斯维亚路上。

有人想让他毫无防备地站在路边，以便……做什么呢？可能要绑架或干掉他？莎兰德看一眼手表，已经八点五十五，再过二十分钟，林典和奥格斯就会到外面去等一个不是艾铎曼教授，而且肯定想对他们不利的人。

她该怎么办？报警？这从来不是她的第一选项，尤其可能有泄漏消息的风险，这更让她迟疑。于是她改上欧登的网站，查到林典办公室的号码，不料只打通总机，林典在开会。因此她找到他的手机号码，最后却转入语音信箱，气得她大骂不已，只得同时发送简讯和邮件告诉他，无论如何都别和孩子到马路上去。她署名"黄蜂"，因为想不出更好的主意。

紧接着她套上皮夹克便往外冲。但又掉头跑回公寓，拿起下载了那个加密档案的笔记本电脑和一把贝瑞塔九二手枪，放进一个黑色运动袋，才又匆匆出门。她犹豫着是否应该开车，开那辆一直放在车库里养蚊子的宝马M6敞篷车。最后决定还是搭出租车比较快，但没多久就后悔了。好不容易出现一辆出租车之后，她却发现交通高峰时间显然还没过。

车流龟速前进，中央桥上几乎一动也不动。出车祸了吗？一切都慢吞吞，只有时间过得飞快。很快地就到了九点五分，接着九点十分，她心急如焚，而最糟的情况是已经来不及了。林典和孩子很可能提早来到路边，凶手（或者不管是谁）也可能已经下手。

她再打一次林典的电话，这回通了，却没有人接。她又咒骂一声，随即想到布隆维斯特。事实上她已经好久没跟他说过话，但此时她打了电话给他，他接起时似乎显得气恼。直到发现是谁打来的才精神一振：

"莉丝，是你吗？"

"闭嘴，仔细听好。"她说。

布隆维斯特正在约特路的《千禧年》办公室里，心情恶劣，不只因为昨晚又没睡好，还因为TT通讯社。这个向来严谨正派的通讯社发出一篇新闻稿，声称麦可·布隆维斯特保留了重大信息，打算率先发表于《千禧年》杂志，因而阻碍命案调查。

据说他的目的是为了拯救陷入财务危机的杂志社，并重新建立自己"已毁的声誉"。布隆维斯特事先便知道有这则报道,前一天晚上还和撰稿者哈拉德·瓦林长谈过,但他怎么也料不到会有如此凄惨的结果。

报道中充满愚蠢的暗示与无事实根据的指控,但瓦林却能写得看似客观、看似可信。此人显然在赛纳集团和警局内都有可靠的消息来源。无可否认的是标题伤害不大:《检察官批评布隆维斯特》,内容也有许多能让布隆维斯特为自己辩护的空间。但不管这是哪个敌人的杰作,他都很明白媒体的逻辑:如果像TT这么严谨的新闻社刊出这样一则报道,不仅让所有人都能名正言顺地搭顺风车,甚至几乎是要求他们采取更严苛的态度。也因此布隆维斯特才会一早醒来就看到电子报上写着"布隆维斯特妨碍命案侦查"与"布隆维斯特试图拯救杂志社,凶嫌在逃"。

平面媒体还算厚道,在标题上加了引号,没有直接定了布隆维斯特的罪。不过这整体给人的感觉却是:一个新的事实随着咖啡端上早餐桌了。有个名叫古斯塔夫·伦德的专栏作家声称他受够了所有的虚伪表象,文章一开头就写:"麦可·布隆维斯特总是自以为高人一等,如今露出真面目,原来他才是最奸恶之辈。"

"但愿他们不会开始向我们挥舞传票。"杂志社的设计师兼合伙人克里斯特说道,他就站在布隆维斯特身边,紧张得猛嚼口香糖。

"但愿他们不会找来海军陆战队。"布隆维斯特说。

"什么?"

"这是个笑话。"

"喔,好吧。不过我不喜欢这种调调。"克里斯特说。

"谁都不喜欢。但我们顶多也只能咬紧牙根,照常工作。"

"你的电话响了。"

"它老是在响。"

"在他们搞出更大的新闻以前,接一下好吗?"

"好,好。"布隆维斯特嘟哝着说。

是个女孩,声音听起来似曾相识,但突如其来地,一下子没能马上认出。

"哪位?"他问道。

"莎兰德。"对方的回答让他露出大大的微笑。

"莉丝,是你吗?"

"闭嘴,仔细听好。"她说道。他照做了。

交通顺畅些了,莎兰德和出租车司机——一个名叫阿莫的年轻人,他说自己曾近距离目睹伊拉克战争,还在恐怖攻击中失去了母亲和两个兄弟——终于驶进斯维亚路,经过左侧的斯德哥尔摩音乐厅。莎兰德这个态度极差的乘客又发出一条短信给林典,并试着打给欧登的其他职员,随便找个人去警告他。无人接听。她咒了一声,只希望布隆维斯特的表现会好一点。

"紧急情况吗?"阿莫从驾驶座问道。

听到莎兰德回答"是"之后,阿莫闯了红灯,这才使得她嘴角闪现一抹笑意。

接下来她便全神贯注留意行驶过的每时街道。她瞥见左方稍远处是经济学院与市立图书馆——距离目的地不远了。她扫描着右手边的门牌号码,终于看到那个地址,谢天谢地,人行道上没躺着尸体。莎兰德胡乱掏出几张百元钞票要给阿莫。这是一个阴沉、寻常的十一月天,如此而已,民众正在上班的路上。但等一下……她转头望向对街那道绿点斑驳的矮墙。

有个身材健壮、戴着绒线帽与墨镜的男人站在那里,目不转睛盯着斯维亚路的大门。他的肢体语言有点不对劲——他的右手隐匿着,但手臂紧绷、随时准备着。莎兰德尽可能地从斜角再次看了看对街的门,这回发现门开了。

门开得很慢,好像即将出门的人在迟疑或是门太重,突然间莎兰德大喊要阿莫停车。她从还在移动的车上跳下来,此时对街的男人正好举起右手,将配备有瞄准镜的手枪对准缓缓开启的门。

第十七章
十一月二十二日

自称杨·侯斯特的人对眼下的情况并不满意。这个地方毫无遮蔽,时间也不对。路上人车太多,虽然已尽可能遮住容貌,但大白天让他不自在,加上离公园又近,这让他对杀害孩子一事更为厌恨。

但没有办法,他必须接受事实:这个局面是他自己造成的。

是他低估了那个男孩,现在就得弥补失误,不能让一厢情愿的想法或是自己的心魔误事。他会专心执行任务,表现出一贯的专业,最重要的是不去想欧佳,更不去想那天在鲍德卧室里所面对的呆滞目光。

此刻他必须专注于对街门口以及藏在风衣底下的雷明顿手枪。只是怎么毫无动静呢?他觉得口干舌燥、冷风刺骨。马路与人行道上有些积雪,赶着上班的民众来去匆匆。他将手枪握得更紧,然后瞄一眼手表。

九点十六分,接着九点十七分,还是没人出现在对面大门口,他暗自咒骂:出了什么事吗? 一切只能遵照波达诺夫的话行事,但这已够有保障。那人是个计算机巫师,昨晚他坐在计算机前埋头苦干,寄了几封伪造的电子邮件,还找瑞典这边的人帮忙修改措辞。其余则由侯斯特负责:利用照片研究地点、挑选武器,尤其还要安排逃离现场的车。那是硫黄湖摩托车俱乐部的丹尼斯·威顿用假名替他们租来的车,此时正在三条街外待命,由波达诺夫负责驾驶。

侯斯特感觉到身后有动静,吓了一跳,原来只是两名年轻人走得离他近了一些。路上的人车似乎愈来愈多,他不喜欢这种感觉。远处有只狗在吠叫,还有一股味道,可能是麦当劳的油炸味,这时候……终于……看到了对街的玻璃门内出现一个身穿灰色大衣的矮小男子和一个穿着红色棉外套的鬈发男孩。侯斯特一如往常用左手画了个十字,然后慢慢紧扣手枪的扳机。但怎么回事?

门没打开。男子犹豫了一下,低头看看手机。快点,侯斯特暗想,终于,出来了……门慢慢地、慢慢地推开,他们正要往外走,侯斯特举起手枪,透过瞄准镜瞄准孩子的脸,并再次看到那双呆滞的眼睛。他的心里忽然涌上一股意外而强烈的兴奋感,他忽然很想杀死这男孩,他忽然想轰掉那个可怕的表情,一了百了。不料就在此时出了状况。

正当侯斯特要开枪击中目标时,不知从哪儿冒出一名年轻女子朝男孩扑了过去。至少他是打中了什么,而且还一枪接着一枪射出。但男孩和女子以迅雷不及掩耳的速度滚到一辆车后面。侯斯特屏住气息,左右张望一下之后,宛如突击队员般冲过马路。

这回他不会再失手。

林典和电话始终处不来。老婆莎嘉每次听到电话铃响都雀跃期待着,希望会带来新的工作或新的机会,而他却只是觉得不安。

因为投诉电话太多了。他和医学中心老是受人辱骂,在他看来这是他们业务的一部分,欧登是个紧急服务中心,民众情绪难免比较高涨。不过他也知道这些抱怨多少是有道理的,他的撙节手段或许过头了。偶尔他干脆逃开,跑到树林里去,让其他人去应付。但话说回来,有时还是会获得认可,而最近一次称许他的不是别人,正是艾铎曼教授。

一开始他对教授颇为恼火,他不喜欢外人对中心的作业程序指手画脚。但今天早上在那封电子邮件里获得称赞后,他比较释怀了。谁知道呢?说不定还能说动教授支持他,让孩子继续在欧登多待一阵子。这或许能为他的生活增添一些火花,至于为什么,他也说不上来。他向来都尽量不与孩子们接触。

这个奥格斯有种神秘感令他好奇。打从一开始,警方的诸多要求就把他惹毛了。他想独占奥格斯,希望能和他周遭的一些神秘气氛沾上边,再不然至少也希望能了解那些无穷无尽的数列代表着什么,就是他在游戏室里写在漫画本上的那些。但事情没那么容易。这孩子似乎在避免任何形式的接触，现在又不肯到外头的马路边。他就是铁了心跟你作对，林典只好抓着他的手肘拖行。

"走啊，快点。"他喃喃说道。这时他的手机响了。有人非找到他不可。

他没接，八成是什么鸡毛蒜皮的事，又有人要投诉吧。但来到门边时，他决定看看手机的信息。有个未显示的号码传来几条短信，说了一些奇怪的事，可能是在开玩笑，短信里叫他不要出去，说无论如何都不能走到路上去。

无法理解，就在这一刻奥格斯似乎有意逃跑，林典连忙紧抓住他的手臂，迟疑地将门打开，拉着孩子出去。一切如常。路人行走一如平日，他重新对那些短信起疑，但还来不及想明白，就从左手边窜出一个人影直扑向奥格斯。说时迟那时快，他听见了一声枪响。

他显然身陷险境，惊骇得往对街看去时，见到一名高大壮硕的男人穿越斯维亚路朝他奔来。他手里拿着什么玩意啊？手枪吗？

林典想也没想到奥格斯便转头往门内走，有那么一两秒的时间他自以为能安全逃离，然而并没有。

莎兰德整个人扑到男孩身上是出于本能反应，应该是摔倒在人行道时受了伤，至少肩膀和胸部感到疼痛，只是没时间查看。她抱住孩子躲到一辆车背后，枪声嗖嗖之际两人就躺在那里大口喘息。接着忽然安静得令人不安，莎兰德从车子底下看到攻击者结实的腿奔过街来。她闪过一个念头，想从运动袋里掏出贝瑞塔开枪回击，但随即发觉来不及了。而另一方面……有一辆大型沃尔沃正缓缓驶过，于是她一跃而起，在一阵慌乱中抱起男孩跑向那辆车，一把扭开后车门，和男孩一块飞扑进去。

"开车！"她大喝一声，同时看见鲜血在座位上渲染开来。

雅各·查罗今年二十二岁，深以拥有一辆沃尔沃XC60为傲，那是他以父亲当保证人分期付款买的。他正要前往乌普萨拉和叔婶一家人共进午餐,而且兴奋不已,迫不及待想告诉他们说他已入选为叙利亚人足球俱乐部 A 组队员。

驶过音乐厅与经济学院时,收音机正在播放艾维奇的《唤醒我》,他边听边在方向盘上敲拍子。前方路上好像出了事,所有人都往四面八方跑。有个男人在大声喊叫,前面的车子也都胡乱蛇行起来,于是他放慢速度,心想要是出车祸,自己或许能帮忙。查罗一天到晚都梦想着当英雄。

但这次他害怕了。他左侧那个男人穿过车阵横越马路,看起来像个正在展开攻击的军人,举止间有种暴戾之气。查罗正打算踩下油门,忽然听到后门被拽开,有人冲上车来,他不由得放声大吼。吼了些什么自己都不知道,也许甚至不是瑞典话。不料对方——是个带着孩子的女生——吼了回来:

"开车!"

他犹豫了一下。他们是什么人啊?会不会是想打劫或偷车?他没法好好思考,当下的情形太混乱。紧接着他别无选择只能行动。后车窗整个碎裂,因为有人朝他们开枪,于是他发了疯似的加速,闯过欧登街口的红灯,心怦怦跳个不停。

"这是怎么回事?发生什么事了?"他大喊着问。

"闭嘴!"那个女孩厉声回呛。他从后照镜看到她正在检查那个惊恐地瞪大双眼的小男孩,只见她动作熟练,有如医院护士。这时他才第一次发现后座上不只全是碎玻璃,还有血。

"他中枪了吗?"

"不知道。开你的车就是了,前面左转……转!"

"好啦,好啦。"他此时已经吓坏了,连忙急转弯上了瓦纳迪路,高速驶向瓦萨区,一边嘀咕着有没有被跟踪,又有没有人会再对他们开枪。

他低下头伏在方向盘上,感觉到强风从破裂的后车窗灌进来。他到底惹上什么麻烦了?这个女孩又是谁啊?他再度从后照镜看她:一头黑发、穿了几个环洞、一脸愤怒,有一度他觉得在她眼里他根本就不存在。但随后她嘟囔了一句,口气听起来几乎是愉快的。

"好消息吗?"他问道。

她没应声,却是脱下皮夹克,抓住里面的白色T恤之后……天哪!竟然直接一把扯破,赤裸着上半身坐在那里,连个胸罩也没穿。他仓惶失措地瞄向她坚挺的乳房,还有更重要的是一道如溪流般的鲜血,从她胸前往下流到腹部和牛仔裤头处。

女孩的肩膀下方、离心脏不远的某处中弹,血流如注。她用T恤当绷带紧紧缠住伤口止血,再重新穿上皮夹克。荒谬的是她似乎十分得意,尤其是脸颊与额头溅了几滴血,仿佛化上战妆。

"所以说好消息是中弹的是你,不是孩子?"他问道。

"可以这么说。"她回答。

"要不要送你去卡罗林斯卡医院?"

"不用。"

莎兰德找到了射入与射出的弹孔,子弹想必是直接穿透,血正从前侧肩膀大量涌出,她都可以感觉到太阳穴的脉搏扑扑跳得厉害。不过应该没有伤及动脉,至少她这么希望。她回头看了看,攻击者在附近一定备有逃离用的车辆,但似乎没有人追上来。但愿是他们逃得够快。

莎兰德很快地低头看看孩子,只见他双手抱胸前后摇晃,这时她才想到应该做点什么,便轻轻拨掉孩子头发和腿上的玻璃屑,之后他静坐不动了一会儿。莎兰德不确定这是不是好现象。他的眼神呆板而空洞,她对他点点头,试着表现出一切都在她的掌控中。她觉得恶心晕眩,用来包扎肩膀伤口的T恤此时已被血浸透,她担心自己可能会昏厥,得想个计划才行。有一点是再清楚不过:不能将警方纳入考量。是他们双手将孩子送入虎口,分明就是搞不清楚状况。那么她该怎么办呢?

不能继续待在这辆车上。车子在枪击现场已被看见,何况破碎的后窗势必会引人注目。应该让这个男人送她回菲斯卡街的家,那么她就能开那辆登记在伊琳·奈瑟名下的宝马了,如果她还有力气开车的话。

"往西桥那边开!"她喝道。

"好,好。"开车的男子说。

"你有什么喝的吗?"

"有一瓶威士忌——本来要送给叔叔的。"

"拿过来。"她说着接过一瓶格兰,费了一番工夫才打开瓶盖。她扯下代替绷带的T恤,往子弹伤口上倒威士忌,自己也喝了一、二、三大口,正打算给奥格斯也喝一点,猛然想到这样可能不太好。小孩是不喝威士忌的,就算受惊吓的小孩也一样。她的心思愈来愈混乱。事情是这样没错吧?

"你得把你的衬衫给我。"她对前座的男人说。

"什么?"

"我得另外找东西包扎肩膀。"

"好吧,可是……"

"没有可是。"

"你要是想让我帮忙,至少可以跟我说说你为什么被射伤吧。你是罪犯吗?"

"我想保护这个孩子,就这么简单。那群王八蛋想对他不利。"

"为什么?"

"不关你的事。"

"这么说他不是你儿子?"

"我根本不认识他。"

"那为什么要帮他?"

莎兰德略一沉吟。

"因为我们有共同的敌人。"她说道。开车的年轻人听完后,一手开车,一手脱下V领套头毛衣——除了费劲也不免迟疑。然后他解开衬衫扣子,脱下衣服递给莎兰德,而莎兰德则小心翼翼地用它裹住肩膀。此时奥格斯低着头,面无表情看着自己瘦巴巴的腿,动也不动,令人担心。莎兰德不禁再次自问该如何是好。

他们可以躲到她在菲斯卡街的住处,那里只有布隆维斯特知道,而且从任何公开记录都无法用她的名字追踪到这间公寓。但还是很冒险。她曾一度是红遍全国的古怪疯子,而这个敌人肯定很善于挖掘信息。

斯维亚路上或许有人认出她了,说不定警方已经翻天覆地在找她。她需要一个新的藏身处,一个与她的身份毫无关联的地方,因此她需要帮助。但能找谁呢?潘格兰?

她的前监护人霍雷尔·潘格兰中风后已经复原得差不多,目前住在利里叶岛广场道。潘格兰是唯一真正了解她的人。他可以说是忠诚过头,只要他能力所及,什么事都会帮忙。可是他年纪大了又容易忧虑,如果可以,她实在不想拖他下水。

当然,还有布隆维斯特,而事实上他也没什么不好,只是想到要再次与他联系仍有所顾虑——也许正是因为他没什么不好。他就是那么个滥好人。但管他的……总不能因为这个而对他不满吧,至少不必太过不满。她拨打了他的手机,只响一声他就接起来了,语气显得忧虑不安。

"听到你的声音真是太好了!到底发生了什么事?"

"现在不能告诉你。"

"你们俩好像有一个被射中。这里有血迹。"

"孩子没事。"

"那你呢?"

"我没事。"

"你被射中了。"

"你等一下,布隆维斯特。"

她看向外头的街景,发现已经快到西桥,便转头对驾驶说:

"这里停车,停在巴士站旁边。"

"你要下车?"

"是你要下车。你得把你的手机给我,然后下车等我通完电话。明白吗?"

他惊恐地瞥了她一眼,随即交出手机,停车并下车。莎兰德这才继续刚才的对话。

"怎么回事?"布隆维斯特问道。

"这你不用担心。"她说,"从现在起我要你随身带一只安卓手机,三星还是什么都好。你办公室里有吧?"

"有,好像有两只。"

"好。那么你直接进Google Play下载Redphone和Threema① 这两个短信app。我们需要有个安全的通讯线路。"

"好。"

"如果你像我想得那么笨的话,不管谁帮你做这件事都必须匿名,我可不想出现任何薄弱环节。"

"当然。"

"还有……"

"什么?"

"只能在紧急情况下使用。其他联系都应该通过你计算机的特殊链接。你或者是那个不笨的人需要进入www.pgpi.org网站,下载一个电子邮件用的加密程序。我要你现在马上去做,我还要你帮我和孩子找一个藏身处,一个和你或《千禧年》没有关联的地方,然后再用加密邮件把地址寄给我。"

"莉丝,保护孩子安全不是你的责任。"

"我不信任警察。"

"那我们就得另外找一个真正让你信得过的人。那个孩子是自闭儿,有特殊需求。我认为你不应该为他负责,何况你还受伤了……"

"你是要继续废话还是要帮我?"

---

① Redphone是一款加密的语音呼叫应用程序。Threema是加密的即时消息应用程序,用户可以以发送多媒体、语音信息和文件。

"当然要帮你。"

"那好。五分钟后去看'莉丝资料',我会给你更多信息。看完就删掉。"

"莉丝,你听我说,你得去医院,你的伤需要处理。从你的声音听得出来……"

她挂断了电话,朝巴士站招手让那个年轻人回到车上,接着拿出笔记本电脑,透过手机侵入布隆维斯特的计算机,给他写了下载与安装加密程序的步骤。

然后她叫年轻人载她到摩塞巴克广场。很冒险,但别无他法。眼前的城市愈来愈模糊了。

布隆维斯特低低咒骂一声。他就站在斯维亚路上,林典的尸体以及最早抵达现场的警察拉起的封锁线,就在不远处。自从接到莎兰德的第一通电话后,他就开始忙个不停。先是冲上出租车,然后在赶往此处的途中,想尽一切办法要阻止孩子和主任走出大门。

最后他只联络上欧登中心的另一名职员比莉妲·凌格伦,而当她匆匆跑进走廊,却只看到头部受到致命枪伤的主任倒在门边。十分钟后布隆维斯特到达时,她都已经快疯了。不过了她,还有一个名叫尤蕊卡·费兰津的女人,当时正要前往这条路上稍远处的亚伯·波尼耶出版社,她们俩都还算是把来龙去脉说清楚了。

因此早在手机再度响起前,布隆维斯特便已知道莎兰德救了奥格斯一命,他们俩现在在一辆车上,而那辆车的驾驶者没有理由会热心帮助受到枪击的他们。布隆维斯特看见人行道与马路上有血迹,尽管莎兰德来电多少让他安心了些,可还是着急不已。她的声音听起来不妙,却还是一如既往冥顽不灵——这倒也不令人意外。

她受了枪伤,但仍决意自行藏匿那个孩子。以她的经历来看,这点可以理解,但他和杂志社应该涉入吗?无论她在斯维亚路上表现得多么英勇,从法律观点而论,她的作为恐怕会被视为绑架。这件事他不能帮她,他自己和媒体还有检察官之间的麻烦已经够多了。

但她毕竟是莎兰德,而他也给出承诺了,就算爱莉卡大发雷霆,他也非帮不可。他深吸一口气后掏出手机,这时却听到身后有个熟悉的声音喊他。是包柏蓝斯基。他沿着人行道跑来,一副眼看就要累垮的样子,跟在他身旁的有侦查警官茱迪和一个身材高大、五十来岁、运动健将型的男人,大概就是莎兰德提过的那位教授。

"孩子呢?"包柏蓝斯基问道。

"他被弄上一辆大型红色沃尔沃送走了,有人救了他。"

"是谁?"

"我会就我所知告诉你。"话虽如此,布隆维斯特并不确定自己要说什么或是该说什么,"但我得先打一通电话。"

"这可不行,你得先跟我们谈。我们必须发出全国通缉令。"

"去问那位女士吧,她叫尤蕊卡·费兰津。她知道的比我多,她亲眼看见了,甚至可以对枪手的长相稍作描述。我是事后才到达的。"

"那么救孩子的那个男人呢?"

"救他的是个女的。费兰津女士也能说出她的模样,不过请你给我一两分钟……"

"你怎么会知道要出事?"茱迪带着令人意外的怒气恶声问道,"无线电上说凶手还没开枪,你就打电话到中心来了。"

"我接到密报。"

"谁给的?"

布隆维斯特再次深吸一口气,直视茱迪,依然丝毫不为所动。

"不管今天的报纸写了什么,我都希望你明白我真的想要全力配合警方。"

"我向来都是相信你的,麦可,但我现在也开始怀疑了。"茱迪说。

"好,我明白。但你得明白我也同样不信任你们。有重大消息外泄了——这点你们总该察觉了吧?否则不会发生这种事。"他指着封锁线内那具俯卧的尸体说。

"没错,情况确实糟透了。"包柏蓝斯基回答道。

"现在我要打我的电话了。"布隆维斯特说着往街道另一头走去,以免受到干扰。

但电话还是没打成,因为他蓦然发觉此时此刻应该先处理资安问题,于是他又往回走,告知包柏蓝斯基和茉迪他得立刻回办公室,但只要有需要他的地方,他随传随到。这时候,茉迪忽然抓住他的手臂,此举连她自己都吓一跳。

"你必须先告诉我们,你怎么知道有事情要发生。"她口气坚定。

"这下我恐怕得行使保护消息来源的权利了。"布隆维斯特回答时露出苦笑。

随后他拦下一辆出租车出发回办公室,一路上陷入深思。平时为《千禧年》服务的计算机顾问公司,是由一群年轻女生组成的技术团队,只要碰上较复杂的IT问题,她们都能为杂志社提供快速有效的协助。但这次他不想把她们扯进来,也不想找克里斯特,虽然他是编辑团队中最懂计算机的一个。他倒是想到了安德雷,反正他都已经牵涉其中,而且计算机也很厉害。布隆维斯特决定找他帮忙,并暗暗发誓一定要替这个年轻人争取到正职——只等他和爱莉卡解决这堆麻烦之后。

早在斯维亚路发生枪击事件之前,这个早上对爱莉卡而言便已是噩梦一场,都怪TT通讯社那篇令人作呕的新闻稿。就某方面而言,这可以说是延续了先前对布隆维斯特的猛烈抨击——忌妒、扭曲的灵魂在蛰伏多时后又全部再次出笼,在推特、聊天室和电子邮件里大声挞伐一吐怨气。这回连种族主义的暴民也加入其中,因为多年来《千禧年》一直都在最前线打击仇外与种族主义。

最糟的自然是这番仇恨抨击行动让社里每个员工做起事来更加困难重重。转眼间,民众向杂志社爆料的意愿降低了,甚至还有谣言说检察长埃克斯壮打算对杂志社发出搜索票。爱莉卡倒是不怎么相信。这种搜索票牵涉到保护消息来源的权利,非同小可。

不过她也确实同意克里斯特的说法,在目前这充满毒气的氛围中应该采取什么行动,说不定连律师都会想出一些荒唐的主意。她站在那里思考着该如何报复时,布隆维斯特走进了办公室,出乎她意外的是他不是找她谈话,而是直接走向安德雷,带着他进到她的办公室。

不一会儿她也跟了进去。她发现安德雷神情紧绷,还听见布隆维斯特提到"PGP"①,她上过资安课,自然知道那是什么意思。她看到安德雷记下一些东西,然后也没多看她一眼,就直奔布隆维斯特放在开放区的计算机。

"这是怎么回事?"她问道。

布隆维斯特小声地跟她说了。她简直完全听不懂,他只好再说一遍。

"所以说你要我帮他们找个藏身处?"

"很抱歉把你给扯进来,爱莉卡。"他说,"只是我认识的人谁也不像你有这么多拥有避暑别墅的朋友。"

"我不知道,麦可,我真的不知道。"

"我们不能丢下他们不管。莎兰德中枪了,情况实在很危急。"

"她要是中枪,就应该上医院去。"

"她不肯,她想不计一切代价保护那个孩子。"

"要让他恢复平静,好画出凶手的长相。"

"对。"

"这责任太大了,麦可,风险太高了。万一出点差错,那余波会把杂志社给毁了。保护证人不是我们的责任,这是警察该做的——你想想那些画会引发多少问题,不只是调查方面,还有心理层面。一定还有其他解决之道。"

"也许吧——如果我们面对的不是莎兰德的话。"

"你知道吗?你老是这么袒护她,我真的很不痛快。"

"我只是试着面对现实。警方没能成为鲍德儿子的靠山,让他性

---

① Pretty Good Privacy,让人可以安全交换文件档案的加密工具。若没经过金钥解密,加密的文件就只呈现出乱码。

命受威胁——我知道这激怒了莎兰德。"

"所以我们只能顺着她，是这样吗？"

"没有其他办法了。她现在也不晓得在哪里，气得发疯又无处可去。"

"带他们去沙港啊。"

"我和莎兰德之间关系太密切。如果被发现是她，他们马上就会搜寻我的相关地址。"

"那好吧。"

"什么好吧？"

"好，我会找个地方。"

她简直不敢相信自己说了什么。面对布隆维斯特就是这样——她无法说不——但他同样也会愿意为她做任何事情。

"太好了，小莉。哪里？"

她努力地想，脑子却一片空白，一个名字也想不出来。

"我正在绞尽脑汁地想。"她说。

"要快啊，然后把地址和路线告诉安德雷。他知道该怎么做。"

爱莉卡需要呼吸点新鲜空气，便下楼沿着约特路往梅波加广场的方向走，朋友的名字——在心里翻了一遍，却好像没有一个合适。这赌注实在太大，凡是她想到的人若非在某方面不适合便是有某个缺点，即使都不是，她也不愿意开这个口，让他们暴露于危险中或是给他们惹上麻烦，也许是因为她自己也被眼下的情况搞得烦乱不已。但话说回来……这事牵涉到一个小男孩，有人想杀他，而她又已经答应了。非得想出个办法来不可。

远处有辆警车的警笛声呜呜响，她的视线越过公园与地铁站，落在山丘上的清真寺。有个年轻人从她身边走过，灵巧地把玩着手中的纸片，这时一个名字倏地闪过：嘉布莉·格兰。起初她也大吃一惊。她和嘉布莉并不熟，而且以她的工作，最好还是别拿法律开玩笑，认真想想，嘉布莉可能因此丢掉工作，但是……爱莉卡就是挥不去这个念头。

不只是因为嘉布莉是个非常好而又负责的人，也因为一段往事不断浮现脑海。去年夏天，嘉布莉在她位于印格劳的夏日别墅举办一场传统的小龙虾派对，派对结束后的清晨，甚至可能天才刚亮，她们两人坐在露台的庭园秋千上，透过树叶间的缝隙俯望海水。

"要是被鬣狗追杀，我会跑到这里来。"爱莉卡不知所云地说。工作一直让她感到疲惫脆弱，而不知为何，她觉得那栋房子会是个理想的避风港。

房子矗立在一处悬崖上，崖面光滑陡峭，四周的树林与高耸地势让外人难以窥探。她记得嘉布莉说："要是有鬣狗追你，欢迎你到这里来，爱莉卡。"

这或许是奢求，但爱莉卡决定碰碰运气。她回到办公室打电话，此时安德雷也已替她安装好加密的 Redphone app。

第十八章
十一月二十二日

私人手机响起时,嘉布莉正要前往国安局开会。这是为了讨论斯维亚路的意外事件而紧急召开的会议。她只简单地应一声:
"喂?"
"我是爱莉卡。"
"你好,我现在不能说话,我们晚点再聊。"
"我有……"爱莉卡说道。
但嘉布莉已经挂断——现在不是讲私人电话的时候。她走进会议室时的表情,意味着她准备发动一次小小的战争。不仅有重大信息外泄,如今还死了一个人,而且似乎有另一人重伤。这是她头一次这么想叫所有人都去死。他们就是太想得到新信息才会全都乱了方寸。有一刻,同事们说的话她根本一个字也不想听,只是呆坐在位子上,怒火中烧。但她随即竖起了耳朵。
有人说那个记者布隆维斯特在斯维亚路枪击事件前,就打电话到医学中心去。这就怪了,而刚才爱莉卡又来电,她可不是那种会打电话闲聊的人,尤其又是上班时间。她很可能有什么重要或甚至关键的事情要说。嘉布莉于是起身告退。
"嘉布莉,这件事你得听一听。"柯拉芙以不寻常的严厉口气说道。
"我得去打通电话。"她这么回答,忽然一点也不在意秘密警察的头儿作何感想。
"什么电话?"
"就是一通电话。"她说完便丢下他们,回到自己的办公室。

爱莉卡立刻请嘉布莉改打三星手机。重新和她通上话后,爱莉卡听出了事情不太对劲，嘉布莉一反平时的友善热情，流露出担忧紧张的口吻，仿佛一开始就知道接下来的对话很重要。

"嗨，"她开门见山地说，"我真的还在忙，不过你是想说奥格斯·鲍德的事吗？"

爱莉卡极度不安。"你怎么知道？"

"我正在调查，而且刚刚听说布隆维斯特得到了斯维亚路即将出事的密报。"

"你已经听说了？"

"对，现在我们当然很想知道这是怎么回事。"

"抱歉，我不能告诉你。"

"好，明白。那你为什么打电话给我？"

爱莉卡闭上眼睛。她怎么会这么笨？

"对不起，我得另外找人了。你有利益冲突。"她说。

"爱莉卡，不管有什么利益冲突，我几乎都乐意承担。但想到你有所保留，我就无法忍受了。你无法想象这次的调查对我意义多么重大。"

"真的吗？"

"对，是真的。我明知鲍德受到严重威胁，却还是没能阻止命案发生，我后半辈子都得背负这份罪恶感。所以求求你，不要对我有任何隐瞒。"

"我不得不隐瞒，嘉布莉。对不起，我不想让你因为我们惹上麻烦。"

"前天晚上，就是命案发生当晚，我在索茨霍巴根见到麦可了。"

"他没提起。"

"当时就表明我的身份没有意义。"

"我懂。"

"这件事一团乱，但我们可以互相帮助。"

"听起来是个好主意。晚一点我可以叫麦可打电话给你，但现在我得继续处理这件事。"

"我和你一样清楚警方那边有漏洞。目前这个阶段,我们也许可以通过原本不太可能的合作关系得利。"

"那是当然。但很抱歉,我得抓紧时间了。"

"好吧。"嘉布莉显然很失望,"我会当作我们从未讲过这通电话。那就祝你好运了。"

"谢谢。"爱莉卡说完又重新开始搜寻朋友名单。

嘉布莉回到会议室,心里一片混沌。爱莉卡到底想做什么?她不完全明白,却隐约有点概念。她一回到会议室,谈话戛然而止,每个人都盯着她看。

"是什么事?"柯拉芙问道。

"私事。"

"一定要现在处理吗?"

"一定要处理。你们说到哪里了?"

"我们正在谈斯维亚路发生的事,"组长欧洛夫森说,"但诚如我刚才所说,我们的信息还不够多。情况很乱,我们在包柏蓝斯基小组里的消息来源看起来也断了,那位警官似乎变得疑神疑鬼。"

"这不能怪他。"嘉布莉说。

"这个嘛……也许吧。这我们也谈过了。我们要想尽一切办法查出攻击者怎会知道孩子在医学中心,还知道他会在什么时候走出大门。大家一定要不遗余力,这应该不用我说。但我必须强调一点,消息不一定是警方泄漏的,本来就有相当多人知道——医学中心就不用说了,还有孩子的母亲和她那个不可靠的伴侣卫斯曼,以及《千禧年》杂志社。另外也不能排除黑客攻击。等一下会再回到这一点。我可以继续报告了吗?"

"请说。"

"我们刚才正在讨论布隆维斯特怎会涉入此案,这也是我们担心的地方。枪击案尚未发生,他是从何得知?依我看来,他在罪犯身边有某些消息来源,他要保护那些来源,但我们没有理由也跟着小心翼翼。我们必须找出他是从哪里得到的消息。"

"尤其是他现在似乎束手无策,不惜一切也要抢到独家。"倪申警司说。

"倪申好像也有一些绝佳的消息来源。他会读晚报。"嘉布莉挖苦道。

"亲爱的,不是晚报,是TT通讯社——一个连我们国安局都认为相当可靠的来源。"

"那篇报道是荒谬的诽谤,你跟我一样清楚。"嘉布莉说。

"我都不知道你也被布隆维斯特迷昏头了。"

"白痴!"

"够了!"柯拉芙开口道,"这种行为太可笑了吧!继续说,欧洛夫森,关于事情的经过我们知道多少?"

"最早到达现场的是两名正规警员,艾瑞克·桑斯壮和道尔·蓝格仁。"欧洛夫森说道,"我的信息都来自于他们。他们在九点二十四分整抵达时,一切都结束了。托凯尔·林典已因后脑勺中枪当场死亡,至于那个孩子,情况不明。据目击者说他也中枪了,马路上有血迹,但无法证实。孩子被一辆红色沃尔沃载走——我们至少掌握了部分车牌号码和车款,很快就会查出车主姓名。"

嘉布莉发现柯拉芙一字不漏地作了笔记,就跟她们稍早会面时一样。

"不过到底发生了什么事?"

"当时有两名经济学院的学生站在斯维亚路另一侧,据他们所说,好像是两个犯罪帮派为了抢那个孩子发生火拼。"

"听起来有点牵强。"

"这可不一定。"欧洛夫森说。

"怎么说?"柯拉芙问道。

"两边人马都很专业。枪手好像一直站在斯维亚路另一边,在公园前面的一道绿色矮墙边观察着大门口。许多迹象显示他就是射杀法兰斯·鲍德的人。倒不是有谁看清了他的长相,或是他可能戴了面具什么的,只是他似乎和凶案的嫌犯一样动作异常快速、有效率。至于另一边是一名女性。"

"我们对她了解多少?"

"不多。她穿着黑色皮夹克,应该是,还有深色牛仔裤。她年纪很轻,黑发,穿了环洞——据一位目击者说,是个朋克少女——而且身材矮小,但很凶猛。她不知从哪儿窜出来,整个人扑上前去保护那个孩子。几位目击者都一致认为她不是普通百姓。她好像受过训练,否则至少是经历过类似情况。再来是那辆车——我们取得的证词互相矛盾。一位目击者说车子只是刚好经过,那名女子和男孩可以说是直接冲上移动中的车辆。其他人,特别是那两个经济学院学生,则认为车子也是行动的一部分。无论如何,我们面对的都是绑架案。"

"这说不通。那个女人救了孩子只是为了要带着他潜逃?"嘉布莉说。

"看起来是这样。否则现在早该有她的消息了,不是吗?"

"她是怎么到斯维亚路的?"

"还不知道。但有一位目击者是某家工会报社的前总编辑,她说那名女子看起来有些面熟。"欧洛夫森说。

他又接着说其他事情,但嘉布莉已经不再听了。她心里想着,札拉千科的女儿,一定是札拉千科的女儿,尽管非常清楚这么称呼她有多不公平。这个女儿和父亲毫无关联,恰恰相反,她恨他入骨。

但自从几年前开始,读遍自己所能得到的关于札拉千科事件的资料以来,嘉布莉认识的她都叫这个名字。欧洛夫森还在继续推测之际,她已开始逐渐拼凑出原貌。前一天她其实便已看出,札拉千科的旧组织和那个自称"蜘蛛会"的团体之间有一些共通点,但她并未在意。她认为杀手罪犯能培养出的技能有限,如果假设这群身穿皮背心、看似低下的飞车党能摇身一变成为科技先驱的黑客,实在太离谱。然而嘉布莉还是冒出了这个念头,她甚至怀疑那个帮助李纳斯在鲍德的计算机上追踪入侵者的女孩,可能就是札拉千科的女儿。国安局里有一个关于她的档案,上头标记着:"黑客?精通计算机?"这似乎是因为米尔顿安保对她的工作表现赞赏有加之故,但是从档案资料仍可清楚看出她花费了不少工夫去调查父亲的犯罪组织。

最惊人的是,据悉这名女子与布隆维斯特之间有关联,至于究竟是什么样的关系并不清楚。有人说这涉及勒索,也有人说和性虐待有关,但嘉布莉从不相信这些恶意谣言,只是这层关系确实是存在的。布隆维斯特和那名与札拉千科的女儿特征相符的女子,似乎都事先知道斯维亚路枪击事件的部分信息,而事后爱莉卡又来电说有要事商量。这一切不都指向同一个方向吗?

"我在想……"嘉布莉说道,或许说得太大声,打断了欧洛夫森。

"什么?"他暴躁地问。

她正打算说出自己的推论时,忽然留意到一件事,不由得犹豫起来。

其实根本没什么大不了,只是柯拉芙又再次巨细靡遗写下欧洛夫森说的话。有这么认真的上司或许是件好事,但那支沙沙作响的笔似乎透着一种过于热衷的感觉,让嘉布莉不禁自问:负责纵观大局的主管是否应该如此注重每个小细节?她忽然没来由地感到极度不安。

有可能是因为她自己仅凭薄弱的理由就忙着指责别人,但还有一个原因:就在那一刻柯拉芙似乎脸红了,或许是发觉有人在观察自己而尴尬地别过头去。嘉布莉决定不把刚才的话说完。

"也有可能……"

"什么,嘉布莉?"

"喔,没什么。"她忽然觉得有离开的必要,尽管知道这样做不好看,她还是再度走出会议室前往洗手间。

事后她会记得自己这时候是怎么照着镜子,并且试图理解刚才所见的景象。柯拉芙真的脸红了吗?若是的话,那意味着什么?也许没什么,她决定这么想,那根本不代表什么,就算嘉布莉在她脸上看到的真是羞愧或内疚的表情,也很可能有各种原因。她忽然想到自己其实没有那么了解老板,但以她了解的程度已足以确信老板不会为了金钱或其他任何利益而断送一个孩子的性命,不会的,绝对不可能。

嘉布莉整个人变得疑神疑鬼,像个典型的多疑间谍,看谁都像间谍,连自己的镜中倒影也不例外。"笨蛋。"她喃喃自语,同时无精打采地对自己淡淡一笑,仿佛想驱散那个念头,重新回归现实。但毫无用处,而就在那一刻她似乎在自己眼中看见另一种真相。

她怀疑自己和柯拉芙有几分相似,都是有能力、有抱负,希望获得上司赏识。可是这不一定是好现象。有这种倾向的人如果存在于不健康的文化中,自己也可能变得不健康,而且——谁知道呢?——说不定想取悦人的心也和邪恶或贪婪一样容易让人犯罪。

人都想融入、想求表现,也因而做出愚不可及的事情。现在的情形就是这样吗?且不说别的,汉斯·法斯特(他肯定是国安局放在包柏蓝斯基团队里的眼线)就一直在向他们泄漏消息,因为这是他被赋予的期望,也因为他想讨好国安局。欧洛夫森总会事事都向柯拉芙报告,巨细靡遗,因为她是他的顶头上司,而他想得宠,另外……说不定柯拉芙自己也传递过信息,因为想让人看到自己的良好表现。但若是如此,想让谁看到呢?国家警察局的首脑、政府、外国情报机关,若是后者最可能就是美国或英国,而他们又可能……

嘉布莉没有再继续想下去。她再次扪心自问是否任由想象力泛滥了,但即便如此,她仍无法信任队上的伙伴。她希望能把工作做好,但不一定得尽秘密警察之责,她只想要鲍德的儿子安全。这时候她脑海浮现的不是柯拉芙的脸,而是爱莉卡,于是她回到办公室,拿出之前专用来打给鲍德的那个Blackphone。

爱莉卡事先已离开办公室,以免通电话时受干扰,此时的她站在约特路上的南方书局前面,怀疑自己是不是做了傻事。嘉布莉的话头头是道,爱莉卡毫无招架之力。交上聪明的朋友无疑就有这点坏处:他们一眼就能看穿你。

嘉布莉不仅猜出爱莉卡想找她谈什么,同时也说服爱莉卡相信她自觉有道义上的责任,无论情况看起来与她的职责有多大冲突,她也绝不会泄漏那个藏身地点。她说她有债要偿还,坚持伸出援手。她会将印格劳岛上避暑别墅的钥匙快递过来,并通过安德雷建立的加密连线传送路线说明。

约特路上稍远处有个乞丐摔倒在地,装满两只提袋的塑料瓶散落在人行道上。爱莉卡匆匆赶上前去,但那人很快便站起来,婉拒她的帮助,因此她只对他凄然一笑,便回杂志社去。

布隆维斯特显得焦躁而疲惫,头发蓬乱,衬衫衣角也挂在裤子外。她已经很久没见他如此狼狈了。可是当他眼中发出那样的光芒时,任凭千军万马也难以抵挡。那意味着他已经铁了心,不直达核心绝不罢手。

"你找到藏身处了吗?"他问道。

她点点头。

"你最好别再多说什么,知情的人愈少愈好。"

"听起来有理,但希望这只是权宜之计。让莎兰德照顾那个孩子,我不认为是好主意。"

"谁知道呢?说不定这样对他们俩都好。"

"你怎么跟警方说的?"

"几乎什么也没说。"

"现在不是保守秘密的时候。"

"可不是嘛。"

"也许莎兰德准备发表声明,那么你就能暂时清静一下了。"

"我不想给她压力,她现在情况很不好。你能不能让安德雷问问她,我们送个医生过去好吗?"

"我会的,但你也知道……"

"什么?"

"我现在倒是觉得她做得没错。"爱莉卡说。

"你怎会突然这么说?"

"因为我也有我的消息来源。现在的警察总部不是个安全的地方。"她说完随即坚定地大步走向安德雷。

第十九章
十一月二十二日晚上

包柏蓝斯基独自站在办公室内。法斯特终于承认自己向国安局泄漏了消息,包柏蓝斯基听都不听他的解释,就把他撵出了调查小组。尽管此事进一步证明了法斯特是个寡廉鲜耻的投机者,但包柏蓝斯基还是无法相信他也将消息泄漏给罪犯。警局内难免会有贪腐堕落的人,但是把一个智障的小男孩交到冷血杀人犯手里实在太过分,他不愿相信有任何一个警察会做出这种事来。也许消息是经由其他管道外泄,可能是电话遭窃听或是计算机被入侵,只是他怎么也想不起关于奥格斯的特殊能力曾记录在任何一部计算机里。他一直想联络国安局长柯拉芙讨论此事,虽一再强调事关重大,她却没回电。

瑞典贸易委员会和商业部已经找上他,这下可麻烦了。尽管说的不多,但看得出他们主要关心的不是男孩的安危或斯维亚路的枪击事件,而是鲍德长期以来的研究计划,这份计划似乎在他遇害当晚失窃了。

警局中几位最优秀的计算机工程师连同林雪平大学与皇家科技学院的三位IT专家都去过索茨霍巴根那栋住宅,但无论是在他留下的几部计算机还是论文当中,都没有发现这份研究报告的踪迹。

"所以现在最最重要的就是有一种人工智能脱逃在外。"包柏蓝斯基喃喃自语道。他忽然想到,向来爱说笑的表兄弟萨缪常在会堂里问朋友一个老谜题,那是个矛盾的问题:如果上帝真的万能,那么他能创造出比他更聪明的人物吗?他记得这个谜题被视为不敬,甚至于亵渎。问题有点模棱两可,不管怎么回答都不对。这时响起敲门声,包柏蓝斯基也才回过神来思考眼下的问题。是茉迪敲的门,她客客气气又递上一块橙子口味的瑞士巧克力。

"谢谢,"他说道,"有什么新进展吗?"

"我们大概知道凶手是怎么把林典和孩子骗到外面去了。他们从我们和艾铎曼教授的邮址寄送伪造的电子邮件,安排在路边接人。"

"有可能吗?"

"有,甚至还不太困难。"

"可怕。"

"是啊,但这还是无法说明他们怎么知道要去侵入欧登医学中心的计算机,又是怎么发现艾铎曼牵涉其中。"

"我想我们的计算机最好也检查一下。"包柏蓝斯基黯然说道。

"已经着手了。"

"难道到最后我们因为怕被窃听,就什么也不敢写、什么也不敢说了吗?"

"不知道,希望不会。另外还有一个雅各·查罗正在等候讯问。"

"他是谁?"

"叙利亚人足球队的选手,也是从斯维亚路载走那名女子和奥格斯的人。"

一个身强体壮、留着深色短发、颧骨很高的年轻人正坐在侦讯室里。他身穿芥末色V领套头毛衣,没有搭配衬衫,给人的第一个印象就是急躁、略显骄傲。

茉迪开口说道:"十一月二十二日下午六点三十五分,讯问证人雅各·查罗,年二十二岁,住在诺尔博。请说说今天早上发生了什么事。"

"这个嘛……"查罗说道,"我开车经过斯维亚路,发现前方路上有点骚动。我以为出车祸了,就放慢车速。但接着就看到一个男人从左手边跑着穿越马路,他就这么冲出来,根本不管路上的车,我还记得当时觉得他肯定是恐怖分子。"

"为什么?"

"他好像全身上下散发出一种神圣不可侵犯的怒火。"

"你看见他的长相了吗?"

"看得不太清楚,不过我总觉得他的脸有点不自然。"

"怎么说?"

"好像不是真的脸。他戴了一副太阳眼镜,想必是有耳勾固定的那种,可是脸颊看起来好像嘴里有什么东西,我也不知道。还有他的胡子和眉毛、他的皮肤颜色。"

"你认为他戴了面具?"

"有点像,可是我没有时间多想,我都还没回过神来,后车门就被一把拉开,然后……该怎么说呢?总之所有事情都在同一时间发生,整个世界就这么往你头上砸下来。一眨眼车上多了两个陌生人,后车窗也被砸碎,我整个人都吓呆了。"

"你怎么做?"

"我像疯了一样猛踩油门。跳上车的女孩嚷着叫我开车,我很害怕,根本不知道自己在做什么。只是乖乖听命行事。"

"听命?"

"感觉就是这样。我发觉有人在追我们,又想不出其他办法。我不停地转来转去,那女孩怎么说我就怎么做,再说……"

"接着说。"

"她的声音有种说不出的力量,那么冷酷而又那么坚定,我发现自己紧紧抓住它,就好像在这片混乱中只有这个声音掌控了一切。"

"你说你好像认得这个女的?"

"对,当时没认出来,绝对没有。那时候我吓都吓死了,满脑子只想着当下发生的怪事。车子后座上全都是血。"

"是男孩还是女人的?"

"一开始我不确定,他们俩好像也不知道。但是后来我好像听到那个女的喊了一声'耶',像是有好事发生。"

"是怎么回事?"

"那女的发现流血的是自己,不是男孩,我真是不敢相信。简直像在说:'万岁,我被枪打中了。'而且我跟你说,那可不是小小擦伤。不管她怎么包扎,就是止不住血。血一直涌出来,女孩的脸色也愈来愈苍白,她一定觉得快死了。"

"而她还是很庆幸被射中的不是男孩。"

"没错。就像妈妈一样。"

"不过她不是男孩的妈妈。"

"对,她还说他们根本不认识,事实也愈来愈明显,她对小孩一无所知。"

"大致上来说,"茉迪问道,"你觉得她对那个男孩怎么样?"

"老实说,我也不知道该怎么回答。她的社交技能真不是普通的差,对待我就像对待毫无地位的下人,但尽管如此……"

"怎么样?"

"我认为她是好人。当然我不会想请她当保姆,你明白我的意思吧。不过她还算好。"

"这么说你认为孩子跟她在一起是安全的?"

"她很明显是疯到家了。不过那个小男孩……他叫奥格斯,对吧?"

"没错。"

"如果有必要的话,她会用生命来保护奥格斯。这是我的感觉。"

"你们是怎么分开的?"

"她叫我载他们到摩塞巴克广场。"

"她住在那个广场?"

"不知道。她没有给我任何解释,不过我觉得她在那里有另一种交通工具。不必要的话她不会多说,她只叫我写下个人资料,说是会赔偿车子的修理费,再额外补贴一些。"

"她看起来有钱吗?"

"要是光看外表,我会说她住在垃圾堆里。但她表现出来的样子……我不知道。就算她很有钱,我也不意外。看得出来她很习惯让别人听她的。"

"后来怎么样了?"

"她叫男孩下车。"

"男孩照做了吗?"

"他只是前后摇晃身体,却没动。但后来那女的口气转硬,说什么这是生死攸关的事之类的,然后男孩就跟跟跄跄下了车,两只手臂绷得紧紧的,像在梦游。"

"你有没有看到他们往哪儿去?"

"只看到是往左边,斯鲁森的方向。不过那个女的……"

"怎么样?"

"她很明显是快死掉的感觉,走起路东倒西歪,好像随时会倒下去。"

"听起来不妙。那男孩呢?"

"恐怕情况也不太好。他看起来真的很怪。在车上,我一直很担心他会是什么病发作。但下车后,他好像比较适应情况了。总之他不断地问:'哪里?哪里?'一遍又一遍地问。"

茉迪和包柏蓝斯基互看一眼。

"你确定吗?"茉迪问道。

"为什么不确定?"

"也许是因为他满脸疑惑,你才以为你听到他那么说。"

"为什么是我以为的?"

"因为男孩的母亲说他根本不会说话,从来没说过一句话。"茉迪说。

"你在开玩笑吧?"

"没有。如果在这样的情形下他忽然开口说话,很奇怪。"

"我说听到就是听到了。"

"好吧,那女的怎么回答?"

"我想是'离开,离开这里'之类的。接着她差点摔倒在地,就像我刚才说的。然后她就叫我走了。"

"你照做了?"

"一溜烟就开走了。"

"然后你认出了上你车的人?"

"我本来就猜到男孩是那个被杀害的天才的儿子,但那个女的……我隐约觉得面熟。我全身抖个不停,最后再也没法开车,就把车停在环城大道上,在斯坎斯库尔地铁站旁,然后到克拉丽奥酒店去喝杯啤酒,让自己镇定下来。这时候我才想到,她正是几年前因杀人被通缉的女孩,结果没被起诉,原来她小时候在精神病院有过一些可怕经历。我记得很清楚,我有个朋友的父亲就曾经在叙利亚遭受酷刑虐待,他当时的遭遇跟这女孩差不多,什么电击之类的,他根本无法面对以前的事,一回想就好像又再次受到虐待一样。"

"你能确定吗?"

"你是说她受虐?"

"不,我是说她真的是莉丝·莎兰德?"

"网络上的照片我全看过了,毫无疑问。而且还有其他特点也吻合……"

查罗有些迟疑,似乎感到尴尬。

"她脱掉T恤用来包扎伤口,当她转身把衣服缠在肩膀上时,我看见她整个背上刺了一条大龙。有一篇旧报道提过这个刺青。"

爱莉卡带着几个装满食物、蜡笔、纸张和两三幅拼图等物品的购物纸袋,来到嘉布莉的夏日小屋,却不见奥格斯或莎兰德的踪影。无论是通过Redphone app还是加密连线,莎兰德都没有回复,爱莉卡忧心如焚。

不管怎么看,这都不是好兆头。老实说,莎兰德一向不会作不必要的联系或保证,但这次是她要求找一栋安全屋,何况她还要负责照顾一个孩子,如果在这样的情况下她都不回电,肯定是伤势严重。

爱莉卡咒骂了一声,走到屋外的露台上,几个月前她才和嘉布莉坐在这里聊着逃离尘世,感觉却已如陈年往事。如今已没有桌椅、没有背后的喧哗声,只有白雪、树枝和风雪吹扫过来的残破碎片。四下里了无生气。不知怎地,那场小龙虾派对的回忆增添了几分寂寥,而那些欢乐气氛则有如鬼影般披挂在墙上。

爱莉卡回到厨房,将一些微波食物放进冰箱,包括肉丸、肉酱意大利面、酸奶肉肠、鱼派、薯饼，还有一大堆更不营养的垃圾食物，是布隆维斯特建议她买的：比利牌厚片比萨、饺形碎肉馅饼、冷冻薯条、可口可乐、一瓶爱尔兰杜拉摩威士忌、一条香烟、三包薯片、三条巧克力棒和几条新鲜甘草根。接着将画纸、蜡笔、铅笔、橡皮和一把圆规尺放到大圆桌上，并在最上面那张纸画了太阳和花，还用四种温暖色彩写上"欢迎"二字。

这栋别墅离印格劳海滩很近，但是从海滩看不见别墅。屋子位于高耸的岩岬上，前方有松林遮掩。屋里有四个隔间，隔着玻璃门连接露台的厨房是最大的一间，也是屋子的核心部位。除了圆桌外，还有一张旧摇椅和两张破旧凹陷的沙发，但沙发多亏了有两条格子花呢红毯罩着，倒也显得舒适诱人。这里是个温暖的家。

这里也是个安全的家。爱莉卡将门开开，并依事先约定将钥匙放在门厅柜的最上层抽屉，然后步下沿着陡峭平滑的岩坡铺设的木梯——开车来的人只能走这条路进屋。

风又开始猛烈地吹，阴霾的天空里风起云涌。她意志消沉，开车回家的一路上都未见好转。她心念一转想到了汉娜·鲍德。爱莉卡称不上是她的粉丝——以前汉娜常常扮演那种性感、没大脑、所有男人都觉得可以轻易诱骗的女人，而爱莉卡就讨厌电影业者对这类角色情有独钟。但如今情况已彻底改变，爱莉卡不禁对自己当时的无礼态度感到懊悔。是她过于苛求了，年纪轻轻便事业有成的美女总是太容易批判他人。

近年来，偶尔会在大片中出现的汉娜，眼中往往带有一丝忧郁，使得她扮演的角色更具深度，而那也许是真实情感的反射——爱莉卡又怎么知道呢？她经历过几段艰难时期，尤以过去这二十四小时为甚。打从一早起，爱莉卡就坚持要带汉娜去见奥格斯，这肯定是一个孩子最需要母亲的时候。

可是当时还与他们保持联系的莎兰德却不同意。她写道：还没有人知道消息是从哪儿泄漏的，母亲周遭的人也不能排除。不受任何人信任的卫斯曼正是其中之一，他好像整天都待在屋里躲避守在外头的记者。他们现在是进退维谷,爱莉卡不喜欢这种感觉。她希望《千禧年》还是可以有尊严地深入报道这则新闻,不让杂志社或其他任何人受到伤害。她深信布隆维斯特可以做到,看他此刻的模样就知道了,何况还有安德雷帮他。

爱莉卡对安德雷极有好感。不久前,他到她和贝克曼位于索茨霍巴根的住处做客,晚餐席上他讲述了自己的生活经历,听完后让她备感同情。

安德雷十一岁时,双亲在塞拉耶佛的一次炸弹爆炸中丧命。在那之后,他来到斯德哥尔摩外面的坦斯达与姑妈同住,但她丝毫没有留意到他的智能倾向与心理创伤。父母遇害时他并不在现场,但他的肢体反应就好像是仍然在为受到创伤后的压力所苦。直到今日,他依然憎恶巨大声响与突如其来的举动,也讨厌在公共场所看到弃置的袋子,更痛恨暴力,而那种强烈恨意爱莉卡从未在其他人身上看见过。

小时候,他会躲进自己的世界里,沉浸在奇幻文学中,读诗和传记,崇拜西尔维娅・普拉斯、博尔赫斯与托尔金①,并苦心钻研有关计算机的一切知识。他梦想着能以爱与人类悲剧为主题,写出令人肝肠寸断的小说。他是个无可救药的浪漫主义者,一心期盼凭借热情来治愈自己的伤痛,对外面的世界一点也不感兴趣。然而,在他十八九岁的某天晚上,去了斯德哥尔摩大学媒体研究学院听布隆维斯特的演讲,人生便从此改变。

布隆维斯特的慷慨激昂鼓舞他挺身而出,见证一个充斥着不公不义、不容异己与底层腐败等现象的世界。于是他开始想象自己写的是批判社会的文章,而不再是赚人热泪的罗曼史。不久之后,他出现在《千禧年》的门口,问他们有没有事情可以让他做,冲咖啡、校稿、跑腿都行。爱莉卡一开始就看出他眼中燃着火,便派给他一些较不重

---

① 依序为西尔维娅・普拉斯(Sylvia Plath,1932—1963),美国女诗人,曾获得普立兹奖,知名作品为《瓶中美人》;博尔赫斯(Jorge Luis Borges,1899—1986),阿根廷作家、诗人,影响欧美文坛甚深;托尔金(J. R. R. Tolkien,1892—1973),英国奇幻小说大师,知名作品为《魔戒》《霍比特人》。

要的编辑工作，诸如公告、搜集资料和简单的人物侧写。但最主要还是叫他多看书，他也确实很用功，就和做所有事情一样认真。除了研读政治科学、大众传播、金融财务与国际冲突等书籍，他也接《千禧年》的一些临时工作。

他期许自己能成为举足轻重的调查记者，就像布隆维斯特。但和绝大多数调查记者不同的是，他不是个硬汉，个性依然浪漫。布隆维斯特和爱莉卡都曾经努力为他解决情感问题。他太坦率、太透明，总之就是人太好了，布隆维斯特经常这么说。

不过爱莉卡相信安德雷正慢慢褪去那种属于年轻人的脆弱性格。她从他写的报道中看到了改变。起初他野心勃勃地想伸出触角接触群众，导致他的文章风格显得拙劣，但如今已变得比较实事求是、简洁有力。这回能得到机会帮布隆维斯特写鲍德的新闻，她知道他一定会全力以赴。目前的计划是：重要的核心叙述由布隆维斯特执笔，安德雷则负责搜集资料以及撰写一些补充说明。爱莉卡觉得他们俩是完美组合。

她把车停在贺钱斯街后走进办公室，果不其然便看见布隆维斯特和安德雷坐在里头，全神贯注。只不过布隆维斯特偶尔会低声自言自语，眼神中依然流露出那股令人赞佩的坚毅，但也带着痛苦。他几乎一夜未眠，媒体上抨击他的猛烈炮火未曾停歇，而他接受警方讯问时却又不得不做出媒体所指控的事：隐瞒信息。布隆维斯特一点也不喜欢做这种事。

布隆维斯特在许多方面都是个守法的模范公民，但如果说有谁能让他破例越线，那非莎兰德莫属。他宁可自己背上污名也不愿背叛她，所以才会一再地对警方说："我要主张保护消息来源的权利。"也难怪他会对事情的后果感到不满意又忧虑。不过他和爱莉卡一样，为莎兰德和男孩担的心远远大于对自己处境的烦忧。

"还顺利吗？"她看了他一会儿才问道。

"什么？……嗯……还好。那边怎么样？"

"我铺好了床，吃的东西也放进冰箱了。"

"很好。没被邻居看见吧?"

"那里一个人也没有。"

"他们怎么会这么久?"他说道。

"就是不知道啊,我都担心死了。"

"但愿他们是在莉丝家休息。"

"但愿如此。你还发现什么了吗?"

"不少。不过……"布隆维斯特欲言又止。

"怎么了?"

"就好像……又被丢回到过去,重新走上以前走过的路。"

"这你得好好解释一下。"她说。

"我会的,"布隆维斯特瞄了一眼计算机屏幕,"但我得先继续挖掘,晚一点再说。"听他这么说,她便留他继续工作,自己则收拾东西准备开车回家,但只要他开口,她随时可以留下陪他。

第二十章
十一月二十三日

一夜平静地过去了，平静得令人心惊。早上八点在会议室里，包柏蓝斯基满怀心事站在所有组员面前。将法斯特踢出去之后，他相当有把握能再度有话直说，至少他觉得在这里面对同事比使用计算机或手机更安全。

"大家都知道目前的情况有多严重，"他说，"机密消息外泄，有一个人因此丧命，还有一个小男孩身陷险境。尽管我们费尽千辛万苦，却仍查不出事情的起因。泄漏消息的有可能是我们，或是国安局，或是欧登医学中心，或是艾铎曼教授身边的人，又或是男孩的母亲和她的伴侣卫斯曼。没有一件事是确定的，因此我们必须非常谨慎，甚至对一切都要抱持怀疑态度。"

"也有可能是计算机被入侵或是电话被窃听，"茉迪说，"我们所面对的罪犯对新科技的操控力似乎是前所未见。"

"确实如此。"包柏蓝斯基说，"我们在每个阶段都必须小心，不管上级对我们新的手机通讯系统评价多高，都不能在电话上讨论有关这项或其他任何调查工作的重要话题。"

"他们之所以觉得这系统很好，是因为花了很多钱安装。"霍姆柏说。

"或许我们也应该反省一下我们自己的角色，"包柏蓝斯基没有理会他，继续说道，"我刚刚和国安局一位杰出的年轻分析师谈过，她叫嘉布莉·格兰，你们也许听说过。她指出对我们警察而言，忠诚的概念并不像一般人想象得那么清楚明了。我们有许多不同的忠诚对象，对吧？最明显的一个，就是法律。另外还要忠于民众、忠于同事，但也要忠于上司、忠于我们自己和我们的职业。大伙都知道，有时候这些利益会互相冲突。我们可能会选择保护某个同事，因而未能对民众尽责，又或者可能会听命于上级，就像法斯特那样，结果却抵触了他应该对我们展现的忠诚。但从现在起——我是非常认真的——我想听到的忠诚只有一种，那就是忠于调查本身。我们要抓到杀人犯，还要确保不再有人遭其毒手，同意吗？就算是总理本人或是美国中情局局长来电，搬出爱国情操之类的大道理或是以事业前途利诱，你们还是要守口如瓶，好吗？"

"好。"大伙异口同声地说。

"好极了。我们都已经知道，在斯维亚路出手相救的人就是莎兰德，现在我们要尽一切力量找出她人在哪里。"

"所以得把她的名字告知媒体啊！"史文森有点激动地大声说道，"我们需要民众的帮助。"

"这一点还有异议，所以我想再次提问。大家别忘了，过去莎兰德曾经遭受到卑劣的对待，无论是我们还是媒体……"

"事到如今，那已经不重要了。"史文森说。

"可以想见在斯维亚路上或许有人认出了她，她的名字也迟早会曝光，那么这也就不再是个问题。但在此之前，要记住是她救了那个男孩。"

"这点毫无疑问，"史文森说，"但接下来也可以说是她绑架了他。"

"我们得到消息说她不计一切代价都要保护男孩的安全。"茉迪说，"莎兰德与公共机构交手的经验绝对是负面的——她整个童年就是被瑞典官僚加诸于她的不公待遇给毁了。如果她跟我们一样，怀疑是警局内部走漏消息，那她就不可能联络我们。现实正是如此。"

"那不重要。"史文森坚持说道。

"也许吧，"茉迪说，"你认为现在最重要的是评估公开她的名字对调查有无帮助，这点我和包柏蓝斯基都认同。至于调查工作，则要以男孩的安全为优先考量，但这方面却有极大的不确定因素。"

"我明白你的意思，"霍姆柏若有所思地低声说道，并立刻吸引了所有人注意，"要是被人知道莎兰德涉入此事，男孩就会有危险。但还是有几个问题,首先,怎么做才合乎职业道德?我不得不说,即使我们内部有人走漏消息,还是不能让莎兰德把男孩藏起来。那个男孩是调查中的关键人物,不管有没有内鬼,我们绝对比一个有情绪障碍的女孩更能够保护孩子的安全。"

"当然了,绝对是的。"包柏蓝斯基喃喃说道。

"就算这不是一般所谓的绑架,没错,就算这么做是出于一片好意,却可能对孩子造成同样大的伤害。在经历这许多变故后还要像这样逃亡,肯定会在他心里留下巨大阴影。"

"没错,"包柏蓝斯基说道,"但还是老问题:我们该怎么处理手上掌握的信息?"

"这点我赞成史文森的想法。我们必须马上公布她的名字与照片,这将能带来许多宝贵线索。"

"也许吧,"包柏蓝斯基说,"但同样也会帮助凶手。现在必须假设他们尚未放弃寻找这个孩子,事实上恐怕是恰恰相反。既然不知道莎兰德与孩子之间有何关联,自然也无从得知她的名字会给凶手提供什么样的线索。我不认为把这些细节告诉媒体能保护那个孩子。"

"可是我们也不知道保留这些信息能不能保护他。"霍姆柏说道,"目前缺少的拼图还太多,无法下任何结论。譬如说,莎兰德会不会是替另一个人做事?又或者她除了保护孩子之外,还另有目的?"

"还有她怎么知道林典和孩子会在那个时间来到斯维亚路?"史文森说。

"也许她刚好到那里去。"

"看起来不太可能。"

"事实往往会出人意料,"包柏蓝斯基说,"这是事实的本质。不过我同意,这次不太像是巧合,在这种情况下不像。"

"布隆维斯特也知道要出事,这又怎么解释?"傅萝说。

"布隆维斯特和莎兰德之间有点关联。"霍姆柏说。

"的确。"

"布隆维斯特知道那个孩子在欧登医学中心,不是吗?"

"孩子的母亲告诉他的,"包柏蓝斯基说,"你们应该想象得到,她现在十分绝望,我刚刚才和她长谈过。但是布隆维斯特说什么也没道理知道林典和孩子被骗到外面路上来。"

"他会不会侵入了欧登的计算机?"傅萝思索着说。

"我无法想象布隆维斯特会变成黑客。"茉迪说。

"那莎兰德呢?"霍姆柏说,"我们又对她了解多少?我们有一大叠关于这个女孩的资料,可是上一次和她交手时,她可是扎扎实实让人大吃一惊啊。说不定这次也一样,光看表象并不可靠。"

"我同意,"史文森说,"问号实在太多了。"

"我们现在有的几乎全是问号,正因如此才应该谨守原则。"霍姆柏说。

"我怎么不知道原则手册涵盖的范围这么广。"包柏蓝斯基语带讥讽地说,但马上就后悔了。

"我只是想说事情是怎么样就该怎么看待,而这就是一起儿童绑架事件。他们几乎已经失踪二十四小时,还没传来只言片语。我们应该公开莎兰德的名字和照片,然后仔细过滤所有网民提供的消息。"霍姆柏颇具威严地说。似乎所有组员都支持他,为此包柏蓝斯基不由得闭上眼睛,心里想着自己有多爱这群人。他对手下的爱更胜于手足,甚至更胜于父母,但现在他却感觉不得不与他们对立。

"我们要尽一切力量找到他们,不过暂时还不会公布姓名和照片,否则只会让情况变得更危险,我不想冒险为凶手提供任何线索。"

"而且你觉得内疚。"霍姆柏冷冷地说。

"我觉得非常内疚。"包柏蓝斯基说着想到他的拉比。

想到孩子和莎兰德,布隆维斯特担心得难以入睡。他再次试着通过 Redphone app 和莎兰德联络,但她还是没回应。她从昨天下午起便音信全无。此时他坐在办公室里,试着专心工作,找出之前忽略的部分。已经有好一段时间,他隐约感觉到少了一样很重要的东西,只要找到它,整件事就能明朗,但是他怎么也推敲不出来。也许他只是自欺欺人，也许这只是他一厢情愿，觉得有必要看出什么大阴谋。莎兰德用加密连线传给他的最后一个信息写道：

> 尤利·波达诺夫。查查他。就是他把鲍德的技术卖给了索利丰的艾克华。

网络上有一些波达诺夫的图片。相片中的他穿着直条细纹西装，虽然十分合身，却仍显得不搭调，好像是他前往照相馆途中顺手偷来的。波达诺夫有一头细长柔软的直发，满脸痘疤，大大的黑眼圈，而且隐约可以看到袖口底下有一些非专业的刺青。他的眼神阴险、凶狠、凌厉。虽然身材高大，但体重顶多六十公斤。

他看起来像是有前科的人，但最引人注意的是他的肢体语言，布隆维斯特似乎从中看见鲍德住处监视器画面里那个人的影子。波达诺夫也同样给人一种寒酸、粗野的印象。

另外还有一些他以柏林商人的身份接受访问的内容，他信誓旦旦地声称自己可以说是在街头出生。"我天生注定要死在后街巷弄里，手臂上还插着针头。但我终究把自己拉出了泥淖。我天资聪颖，而且是个了不起的斗士。"他如此说道。从他的经历看来，没有哪个细节与这些说辞相互矛盾，只是难免令人怀疑他的发迹并不完全是靠自身的努力。某些迹象显示有一些有权有势的人因为赏识他的才能，曾经帮助过他。某德国科技杂志引述了荷斯特信贷机构一位资安主管的话："波达诺夫的双眼有法术，可以侦测到谁也侦测不到的资安系统漏洞。他是个天才。"

因此波达诺夫是个明星黑客，只不过他对外扮演的角色是"白帽"，专为善良、合法的一方服务，协助各公司行号找出计算机安全系统中的漏洞，以此换取丰厚报酬。他的公司"放逐资安"毫无可疑之处，董事也都是教育水平颇高的体面人士。但布隆维斯特并未就此作罢，他和安德雷仔细检视与该公司有过接触的每一个人，甚至包括合伙人的伴侣，终于发现有一个叫奥罗夫的人曾经担任过一小段时间的代理董事。这有点奇怪，因为弗拉狄米·奥罗夫不是 IT 人员，而是建筑行业的一个小角色。他一度曾是前景很好的克里米亚重量级拳击手，从布隆维斯特在网络上找到的几张照片看起来，他显得饱经风霜、冷酷无情。

传说他曾经因为重伤害与中介卖淫被判刑。他结过两次婚，两任妻子都死了，但布隆维斯特完全找不到两人的死因。但最有趣的发现是此人曾是一家早已不存在的小公司的候补董事，该公司名为"波汀建筑与出口"，专门从事"建材买卖"。

公司老板是卡尔·阿克索·波汀，又名亚历山大·札拉千科，这个名字唤起了关于一项阴谋的回忆，这项阴谋后来还成了《千禧年》最轰动的独家新闻。札拉千科是莎兰德的父亲、是她的阴影，也是她满怀激愤决定以牙还牙的这份决心背后的那颗黑心。

他的名字突然出现会是巧合吗？布隆维斯特比任何人都清楚，一件事只要挖得够深，总能找到连接点。人生中常会有一些虚幻的联系，只是一涉及莎兰德，他便不再相信巧合。

如果她打断某外科医师的手指或是着手调查某先进计算机科技的失窃案，你就能确定她不只彻底思考过，而且事出有因。莎兰德不是个会将不公不义抛到脑后的人。她会报复，会导正错误。她之所以涉入此案，难道与她本身的背景有关？这绝不是无法想象的事。

布隆维斯特从计算机抬起头瞄了安德雷一眼，安德雷也向他点点头。厨房飘出淡淡的烹调味道，约特路上传来轰然作响的摇滚乐。外头风雪呼号，天空依然乌云涌动。布隆维斯特习惯性地登入加密连线，原本并不期望有什么新发现。但他脸色瞬间一亮，甚至脱口发出低声欢呼。

上面写着：现在没事了。我们马上就会去那间安全屋。

他写道：真是好消息。小心开车。

接着他忍不住补上一句：我们在追的人到底是谁？

她即刻便回复了：你很快就会猜出来了，聪明鬼！

说"没事"是夸张了，莎兰德的状况确实好了些，但仍然不乐观。昨天大半天在她的公寓里,她几乎都是意识不清,只能费尽力气勉强下床,给奥格斯准备吃喝的东西,以及铅笔、蜡笔和纸。但此时向他走去,远远地就能看出他什么也没画。

纸张散布在他面前的茶几上,但上头没有画画,只有一排又一排的胡乱涂写。她试着想去理解,倒不是出于好奇,而是有点心不在焉地看——他写的是数字,无穷无尽的数列,尽管一开始看不出个所以然,却因此激发了她的好奇心。忽然间她吹了一声口哨。

"我的天哪。"她喃喃喊了一声。

这些数目都大得惊人,几个相邻的数组成一个重复出现的模式。她浏览这几张纸,无意中看见 641、647、653 与 659 这个简单数列,心下再无疑问:这些是四连六质数,因为各质数之间都相差六,因而称为六质数。

另外也有孪生质数,以及质数所可能有的其他一切组合。她忍不住微笑赞道:"厉害。"

不过奥格斯既无反应也没有抬头看她,只是继续跪坐在茶几旁,就好像除了写他的数字之外什么事都不想做。她突然想起曾经读到过关于学者与质数的关系,但旋即转了念头。现在实在太不舒服,完全无法深入思考。她转身走进浴室,吃了两颗强力霉素抗生素,这些药已经在公寓里闲置多年。

她收拾好手枪、计算机与几件换洗衣物,另外为了安全起见,又戴上假发和太阳眼镜。一切准备就绪后,她叫孩子起来,他没反应,只顾紧紧握住铅笔。有一刻她脚步沉重地杵在他面前,过了一会儿改以严厉口气说:"起来!"他才照做。

他们穿上外衣,搭电梯下楼到车库,然后出发前往印格劳的安全屋。她紧紧包扎住的左肩依然疼痛,只能用右手开车,胸部上端疼痛,人也发着烧,中途有两三次不得不停在路边休息片刻。最后好不容易到达印格劳岛史多拉·班维克路旁的海滩与堤岸后,循着路线图爬上斜坡木梯来到别墅,一进屋看到了床,她马上累趴在床上,全身冷得直发抖。

不一会儿,她喘着气费力起身,拿着笔记本电脑坐到餐桌旁,再一次试图破解从美国国安局下载的档案。但要想真正破解还早得很。奥格斯坐在她旁边,两眼死盯着爱莉卡为他准备的那叠纸和蜡笔,不仅不再对质数感兴趣,对画画更是没有兴趣,也许他受到惊吓了。

自称杨·侯斯特的人此时坐在阿兰达机场克拉丽奥酒店的一个房间内,在和女儿通电话。正如他所料,她不相信他说的话。

"你是怕我吗?"她问道,"怕我盘问你?"

"不是的,欧佳,绝对不是。"他说,"只是因为……"

他找不到适当的托辞。他知道欧佳听得出他有所隐瞒,虽然想多聊聊,却还是很快挂了电话。波达诺夫跟他并肩坐在房间床上,嘴里骂声连连。他已经搜寻鲍德的计算机不下一百遍,结果"干干净净",他是这么说的:"连个屁也没有!"

"我偷了一台什么都没有的计算机。"侯斯特说。

"没错。"

"那教授用它来干吗?"

"显然有重要的东西。看得出来,他最近删了一个可能连接到其他计算机的大档案,可是没法复原。这家伙真是精通计算机。"

"没用了。"侯斯特说。

"一点屁用都没有。"

"那Blackphone呢?"

"有几通追查不到的电话,应该是来自瑞典国安局或国防无线电通讯局。不过还有一件事让我更担心。"

"什么事?"

"就在你冲进去之前,教授讲了很久的电话,对象是机器智能研究院的某个人。"

"那有什么问题?"

"时间问题,我觉得他好像有什么危机感。再说这个机构最主要的目的就是确保聪明的计算机不会对人类造成威胁——看起来不妙。"

鲍德有可能把他的研究给了机器智能研究院，又或者……"

"又或者什么？"

"他可能泄漏了关于我们的秘密，至少就他所知。"

"那就坏了。"

波达诺夫点点头，侯斯特则低咒一声。没有一件事按计划进行，他们俩都难以接受失败，但眼前就一连两个大失误，而且全都为了一个孩子，一个智障孩子。

这已经够糟了，但最糟的是绮拉已经启程前来此处，听她的口气似乎已经有点失控。这点也让他们俩都很难接受。他们已渐渐习惯她的冷静优雅，这份优雅让他们的行动展现一种所向披靡的气势。此时的她却勃然大怒，完全失常，像泼妇似的骂他们是没用、无能的白痴。倒不是因为那几枪没打中鲍德的儿子，而是因为那个突然冒出来救走男孩的女子。是那名女子让绮拉像发了疯一般。

当侯斯特开始描述她——其实他看到的少之又少——绮拉便不断提出问题质问他。他好像怎么回答都不对，总会惹得她大发雷霆，吼着说他们应该杀了她，还骂他们老是这么没大脑又没用。他二人都无法理解她为何反应如此激烈，以前从未见过她这样尖声咆哮。

的确，他们对她有许多不了解的地方。侯斯特永远忘不了和她在哥本哈根英格兰饭店的豪华套房度过的那一夜，在翻云覆雨了三四次之后，他们俩躺在床上喝着香槟，聊着他打仗杀人的事，就像平常那样。当他抚摸着她的臂膀时，忽然发现手腕上有三道并列的疤痕。

"这是怎么来的，美女？"他问道，不料竟换来她恶狠狠的一眼。

从此以后，她再也不跟他上床。他认为这是对自己多嘴的惩罚。绮拉会照顾大伙，会给他们很多钱。但无论是他或波达诺夫或其他任何人，都不许问起她的过去。这是未明说的潜规则，谁也不曾妄想一试。不论好坏，她都是他们的恩人，他们心里觉得多半还是好的吧，因此便慢慢适应她的喜怒无常，时时刻刻活在疑虑中，不知道她会是热情或冷淡，又或是会狠狠赏他们一记热辣辣的耳光。

波达诺夫关上计算机，喝了一口酒。他们尽量想少喝点酒，以免绮拉拿这个做文章。可是几乎办不到，沮丧的心情与肾上腺素的分泌驱使他们向酒精靠拢。侯斯特紧张地玩弄着手机。

"欧佳不相信你吗？"波达诺夫问道。

"一个字也不信。不久她就会看见到处张贴着一个孩子画我的肖像了。"

"我不相信画画那回事。八成只是警方一厢情愿的想法。"

"这么说我们是无缘无故要杀一个孩子？"

"这有什么好惊讶的？绮拉不是就快到了吗？"

"随时会到。"

"你觉得那是谁？"

"谁是谁？"

"那个不知从哪冒出来的女孩。"

"不知道。"侯斯特说，"绮拉也不一定知道。不过她好像在担心什么。"

"最后很可能两个都得干掉。"

"那可能是最起码的。"

奥格斯人不舒服，很明显，颈子上泛起点点红斑，还紧握着拳头。和他一起坐在餐桌旁试着破解 RSA 加密法的莎兰德，很担心他有什么病即将发作。不料奥格斯只是拿起一支蜡笔，黑色的。

同一时间，一阵风吹得他们面前的大片玻璃窗隆隆作响。奥格斯有些迟疑，手在桌上前前后后移动着，但随即开始画了起来，这里一笔那里一画，接着是几个小圈圈。莎兰德心想，那是扣子，接着是一只手、一个下巴、敞开的衬衫前襟。男孩愈画愈快，背部与肩膀的紧绷感也随之消失，就好像伤口爆裂开来，开始愈合。

他眼中有种灼热、痛苦的神情，偶尔还会打个冷颤。但毫无疑问地，他内心里有些什么东西释放出来了。他拿起新的蜡笔，开始画起橡木色地板，地板上出现几块拼图，图案似乎是夜间一座亮晃晃的城镇。即便尚未完成，也能清楚看出那绝不是一幅赏心悦目的画。

从那只手和敞开的衣襟逐渐连接成一个身材高大、肚子突出的男人。他弯腰站着,正在殴打地上一个小小的人,那人不在画中,原因很简单:他正在看着这一幕,也正在挨拳头。

这是个丑恶的画面,毋庸置疑。不过尽管画中有个攻击者,似乎与命案并无关联。就在画的正中央,出现了一张满头大汗、怒火中烧的脸,并精准刻画出每一道充满残酷恨意的皱纹。莎兰德认出来了。她很少看电视或电影,但她知道那是演员卫斯曼的脸,也就是奥格斯母亲的伴侣。她倾身向前,用一种神圣、震颤的愤怒语气对男孩说:

"我们绝对不会让他再这么对你,绝对不会。"

第二十一章
十一月二十三日

亚罗娜一看到殷格朗中校瘦长的身影朝艾德的办公桌走去，就知道不对劲。从他犹豫的态度看得出他带来的不是好消息。

每当殷格朗在别人背后插上一刀，总会面露阴笑，但面对艾德则不然。哪怕职位再高的上司都会忌惮艾德三分，只要有人敢跟他过不去，他就会闹个天翻地覆。殷格朗不喜欢场面闹得太难看，更不喜欢受羞辱，但倘若找艾德的碴，这将是等候他的下场。

艾德鲁莽而又火爆，而殷格朗则是上流社会里的文雅公子哥，有着修长的双腿和矫揉造作的习性。殷格朗是个手段高明的权力玩家，在重要的关系上颇具影响力，不管是在华府还是在商界。身为美国国安局高层的他，职级仅次于欧康纳上将。他或许经常面带微笑，也不吝于出言赞美，但却总是皮笑肉不笑。

他影响力极大，负责的范围又包括了"监控策略技术"——更常被讥讽为产业间谍活动——国安局这部分的工作是美国科技业在面对全球竞争时的一大助力。很少有人像他这么令人畏惧。

但此刻，西装笔挺站在艾德面前的他，身子却像缩了水。亚罗娜尽管身在三十米外，却清清楚楚知道即将发生什么事：艾德就快要发火了。他那苍白疲惫的脸慢慢涨红，等都不等就站起身来，驼着背、挺着肚子，怒吼一声："你这卑鄙的王八蛋！"

除了艾德，谁也不敢叫殷格朗"卑鄙的王八蛋"，亚罗娜就爱他这一点。

奥格斯开始画另一幅画。

他画了几条线，因为用力过猛把黑色蜡笔给折断了，而他就跟上次一样画得很快，这里画一点，那里画一点，原本毫不相干的细节最后拼凑成一个整体。还是同样那个房间,但地板上的拼图变了,变得更容易辨识:是一辆红色跑车从看台边驰骋而过,台上呐喊的观众人山人海。另外可以看到不只有一个,而是两个男人正站在一旁俯视着拼图。

其中一人又是卫斯曼。这回他穿着T恤短裤,眯起的眼睛布满血丝,看起来喝醉了酒,摇摇晃晃的,但还是同样怒气冲天。他流着口水。不过画里的另一个人更可怕,微湿的眼中闪着一种极度残暴的光芒,他也一样酒醉没刮胡子,嘴唇薄得几乎看不见。他似乎在踢奥格斯,只不过画中仍看不到孩子,但也正因为看不见而更使人深刻感觉到他的存在。

"另一个是谁?"莎兰德问。

奥格斯没吭声,但肩膀发抖,桌子底下的两条腿也扭绞在一起。

"另一个是谁?"莎兰德以更强有力的口气再问一次,奥格斯这才用颤抖、稚气的笔迹在画纸上写了:

罗杰

罗杰——这名字对莎兰德毫无意义。

两三小时后在米德堡,等手下的黑客全都善后完毕拖着脚步离开,艾德朝亚罗娜走去。奇怪的是,他看起来已不那么生气或焦躁,脸上洋溢着不认输的焕然光彩,手里拿着一本笔记,裤子一边的吊带从肩上滑落下来。

"嗨,老兄,"她说道,"跟我说说,是怎么回事?"

"我可以休几天假了,"他说,"我要去斯德哥尔摩。"

"什么地方不好去,偏偏去那儿。这时节不是很冷吗?"

"冷死人了,听说是。"

"所以你不是真的去度假。"

"只有你知我知?"

"说吧。"

"殷格朗命令我们停止调查。那个黑客正逍遥法外,他却只要我们堵住几个漏洞就好。然后整件事就这么隐匿起来。"

"他怎么能下这种命令?"

"他说不想节外生枝,以免被人发现这次的攻击事件。还说要是消息外泄,事情就严重了,试想会有多少人幸灾乐祸,又会有多少人遭殃,而第一个就是阁下您了。"

"他威胁你?"

"是的!还接着说什么我会被当众羞辱,甚至被起诉。"

"你好像不太担心。"

"我要让他被撤职。"

"怎么做?你也知道我们这位魅力帅哥的人脉有多广。"

"我自己也有一些人脉。再说了,不是只有殷格朗握有别人的把柄,那个该死的黑客也够好心,连接比对了我们的计算机档案,让我们看看自己做的一些龌龊事。"

"有点讽刺,对吧?"

"只有贼才能认出贼。起初相较于我们在做的另一件事,那档案看起来没什么特别,可是一深入以后……"

"怎么样?"

"才发现那是个未爆弹。"

"怎么说?"

"和殷格朗关系密切的同事不只是搜集商业机密来帮助我们自己的大企业,有时候也会出卖情报赚大钱,而且亚罗娜,那些钱不是全部进到公库……"

"而是进到他们的私人口袋。"

"没错。我手上的证据已经足够让两个涉及产业间谍活动的最高长官坐牢了。"

"天哪。"

"只可惜和殷格朗没有直接关联。我相信他才是这整件事的主谋,不然说不通。只是我没有决定性的证据，现在还没有，所以这整个行动有点冒险。那个黑客下载的档案里应该有一些关于他的明确事证，这个可能性很高，虽然我不敢打包票。只不过那个该死的 RSA 加密法，根本不可能破解。"

"那你打算怎么做？"

"收网。让全世界都看看我们自家的工作伙伴竟然勾结犯罪组织。"

"例如蜘蛛会。"

"例如蜘蛛会，还有其他许多坏蛋。如果说，你那位教授在斯德哥尔摩被杀的事情和他们有关，我也不意外。他的死明显对他们有利。"

"你铁定是在开玩笑。"

"我认真得不得了。你那位教授知道一些有可能大大伤害到他们的事情。"

"该死。所以你要跑到斯德哥尔摩去，像个私家侦探一样调查这一切？"

"不是像私家侦探，亚罗娜。我要以公务身份前去，到了那里，我会给这个女黑客当头一棒，让她站都站不稳。"

"等等，艾德，你刚刚说女黑客吗？"

"你别不信，这个黑客是个女的！"

奥格斯的画把莎兰德带回到从前，让她想起那只不停地、规律地击打着床垫的拳头。

她想起隔壁卧室里的重击声、嘟囔声与哭泣声，想起住在伦达路那段只能躲在漫画与复仇幻想中的日子。但她摇了摇头，甩掉这些回忆，更换肩膀的敷料后查看一下手枪，确认子弹上了膛。接着她连上 PGP 加密软件，看见安德雷问他们情况如何，她作了简短回复。

外头，树木与灌木丛在狂风中摇晃着。她喝了点威士忌，吃了一块巧克力，然后走到屋外露台上，再走到岩石斜坡仔细观察地形，发现坡地往下裂出一道小隙缝。她边数着脚步边牢记地势。

等她回来时，奥格斯又画了一张卫斯曼和那个叫罗杰的人的画。她猜想他有必要发泄一下，但还是没有画出和命案当晚有关的任何情景。或许那个经历卡在他心里了。

莎兰德深深感觉时间不断溜走，不禁忧心地看奥格斯一眼。有一两分钟的时间，她专注地看着他在新画旁边写下的那串庞杂而惊人的数字，研究那些数字的结构，突然间注意到有一个数列与其他的性质全然不同。

这串数字相对而言还算短：2305843008139952128。她一眼就看出来了，这不是一个质数，而是一个完美而又和谐的结果，是由所有真因子相加所得的数目——想到这里她精神大振。换句话说，这是一个完全数，和 6 一样，因为 6 可以让 3、2、1 除尽，而 3+2+1 又刚好是 6。她微微一笑，并立即浮现一个令人兴奋的念头。

"你得把话说个清楚。"亚罗娜说。

"我会的，"艾德说，"不过尽管我信任你，还是得先请你郑重发誓，绝不会向任何人泄漏一个字。"

"我发誓，你这烂人。"

"很好。事情是这样的：我吼完殷格朗之后，跟他说他这样做是对的，主要是做做表面工夫。我甚至假装感激他不让我们继续调查下去。我跟他说，反正也不可能再查出什么，这有一部分是实话。纯粹从技术方面来看，我们已经无计可施，所有能做的都做了，甚至就算做得更多，还是没用。那个黑客到处布下假线索，不断把我们引进新的谜团纠葛中。我手下有个人说，就算不顾一切追到底，我们也不会相信自己真的做到了，只会自欺说那又是个新陷阱。我们已经有心理准备，面对这个黑客，什么事都可能发生，就是不会发现漏洞和弱点。所以不想再走老路子，我们已经走得够多了。"

"你不打算走老路了。"

"对，我宁可绕路。事实上，我们丝毫没有放弃，一直都和外头那些友好的黑客还有软件公司里的朋友保持沟通。我们作了进一步的搜寻、监控,还入侵我们自己的计算机。你要知道,像这次这么复杂的攻击行为,事先肯定作了一些研究,问过某些特定问题,造访过某些特定网站,而无可避免地有一些会被我们知道。不过亚罗娜,这其中对我们最有帮助的一个因素,就是那名黑客的技能。正因为她太厉害,涉嫌的人数自然有限。就像在犯罪现场,罪犯忽然以跑百米九秒七的速度逃离,你就能确定他八成是短跑健将博尔特① 先生这类人物,否则也是跟他不相上下的对手,对吧?"

"这么说已经到达这种水平了?"

"说实话,这次的攻击有些部分连我看了都瞠目结舌,而且想当年我也算是见过大风大浪的。所以我们才会花大把时间找黑客和熟悉业界内幕的人谈,问问看谁有能力策划很大、很大的工程,目前又有哪些人是真正的大玩家。当然,我们提问时要相当小心,以免被人猜到发生了什么事。有很长一段时间都毫无进展,好像在黑暗中开枪,在死寂的深夜呐喊。没有人知道一点消息,至少他们自称不知道。虽然提到了几个名字,但感觉都不对。我们一度追查过一个名叫尤利·波达诺夫的俄罗斯人,他曾经是毒虫兼窃贼,几乎是想黑进哪里就能黑进哪里。当他还在圣彼得堡街头偷车、讨生活,体重只有四十公斤,瘦到皮包骨的时候,就已经有资安公司试图网罗他。就连警方和情报单位也想用他。但不用说,这场抢人战争他们是输了。现在的波达诺夫看上去清清白白、事业有成,体重也像吹气球增加到六十公斤——虽然还是皮包骨——但我们相当肯定他是你正在追踪那个组织里的罪犯之一,亚罗娜。这也是我们对他感兴趣的另一个原因。从搜寻的结果看来,他和蜘蛛会一定有关联,只是……"

"你不明白他们的人怎么会提供给我们新的线索和联想。"

"完全正确,于是我们又继续深入追查。后来在对话中忽然冒出

---

① 博尔特(Usain Bolt,1986—),牙买加短跑选手,人称"闪电侠"。二〇一二年伦敦奥运的百米纪录是九秒六三。

另一个团体。"

"哪一个？"

"他们自称黑客共和国，在网络上名气很大。那是一群顶尖高手，加密手法非常严谨，这当然不是没有原因。我们不时试图渗入这些团体，而且想这么做的不仅仅是我们。我们不只想知道他们在谋划些什么，同时也想网罗他们的人。最近大家争抢那些高级黑客抢得很凶。"

"结果我们全都成了罪犯。"

"哈，也许吧。总之，黑客共和国人才济济，跟我们谈过的很多人都证实了这一点。不但如此，还有传闻说他们正在策划一件大事，而且有个别号'巴布狗'的黑客，我们认为他和这个团体有关，他一直在搜寻并提问关于我们局里一个叫理查·傅勒的人。你认识吗？"

"不认识。"

"一个自以为是、有躁郁倾向的讨厌家伙，已经烦了我好一阵子。他躁郁症一发作就变得又自大又爱发牢骚，典型的资安风险。他刚好就是一群黑客应该会瞄准的对象，而这可是机密资料。他的心理健康问题鲜为人知，就连他母亲恐怕也不知情。但我十分肯定，他们最后不是通过傅勒渗入的，我们检视过他最近收到的每个档案，什么都没发现。他已经被彻头彻尾、仔仔细细地检查过了。不过我敢说黑客共和国最初是以傅勒为目标，后来才改变策略。我无法提出具体证据指控他们，一点证据都没有，但仍直觉到这些人就是这次计算机入侵的幕后黑手。"

"你刚才说那名黑客是个女的。"

"对。我们一盯上这个团体，就尽可能地找出他们的相关信息，虽然很难分辨是谣言、传说还是事实，但有一件事太常被提及，到头来已经没有理由怀疑了。"

"什么事？"

"黑客共和国有个大明星，代号叫'黄蜂'。"

"黄蜂？"

"我就不说那些无聊的技术细节了，总之黄蜂在某些圈子里称得上传奇人物，而原因之一就是她能翻转既定的方法。有人说你能在黑客攻击行动中感觉到黄蜂的存在，就像你能从旋律循环中认出莫扎特一样。黄蜂有她专属的明确风格，我一个手下在研究过这次的侵入行动后，第一句话就是这么说的：这次和以前碰到的任何情况都不一样，它有个全新的创意门槛。"

"总而言之，就是个天才。"

"毫无疑问。于是我们开始尽一切可能搜寻关于这个黄蜂的资料，试着破解这个代号。虽然没有成功，大伙倒也不怎么惊讶。这个人是不会留下任何蛛丝马迹的。不过你知道我后来怎么做吗？"艾德自豪地说。

"说说看。"

"我去查了这个词的意思。"

"你是说除了字面意思之外？"

"对，但不是因为我或是谁认为这会是解决之道。我说过了，假如不能走大路，就绕道而行，你永远不会知道可能发现些什么。没想到'黄蜂'可能代表各式各样的意思。黄蜂是第二次世界大战期间一架英国战斗机，是古希腊作家阿里斯托芬①的一出喜剧，是一九一五年一部著名短片，是十九世纪芝加哥一本讽刺杂志，当然也是白人盎格鲁撒克逊新教徒的缩写 WASP，其他还有很多。不过这些相关信息对一个天才黑客来说都有点太细致，不符合黑客文化。但你知道有哪个很符合吗？漫威漫画里的超级英雄：黄蜂女是复仇者联盟的创始成员之一。"

"就像电影里演的？"

"没错，她和雷神索尔、钢铁人和美国队长一起。在原著漫画里，她甚至还当过一阵子首脑。黄蜂女是个蛮难搞的超级英雄，有点摇滚风，性格叛逆，穿着黄黑色服装，还有一对昆虫翅膀，黑色短发。她

---

① 阿里斯托芬（Aristophanes，前446—前385），希腊喜剧作家，知名作品是描述女性以不做爱来阻止男人参战的《利西翠妲》。

的态度很强硬，是那种处下风会反击的人，身体可以忽大忽小。所有和我们谈过的消息来源都认为黄蜂就是我们要找的人。这并不代表隐藏在代号背后的人就是个漫威世界的技客①。那个代号已经出现了一段时间，所以也许是某个忘不掉的童年回忆，或是意图嘲讽。就像我把我的猫取名为彼得·潘，但事实上我从来就不喜欢那个自以为是又不想长大的混蛋。无论如何……"

"无论如何怎样？"

"我就是忍不住会在意，这个黄蜂在探查的犯罪组织也用了漫威漫画里的名字。他们有时候自称蜘蛛会，对吧？"

"对，不过在我看来那只是个游戏，只是想对我们这些监视他们的人表示轻蔑。"

"当然，这我懂，只不过就算是玩笑也可能提供线索，或掩饰重大信息。你知道漫威里的蜘蛛会做了什么吗？"

"不知道。"

"他们向'黄蜂姐妹会'宣战。"

"哦，好吧，这是个有趣的细节，但我不明白这怎么会成为你的线索。"

"你先等等。可不可以跟我下楼去开车？我得尽快赶往机场。"

时间不晚，但布隆维斯特自知再也撑不下去，非得回家补充几个小时睡眠，然后今晚或明天早上再重新动工。如果顺便去喝几杯啤酒，或许有帮助。因为睡眠不足，额头胀痛得厉害，他需要抛开一些记忆和恐惧。也许可以找安德雷一起去。他转头看了看同事。

安德雷有耗费不尽的青春与精力。只见他咚咚地猛敲键盘，好像刚开始一天的工作，偶尔亢奋地翻阅一下笔记，其实他早晨五点就进办公室，而现在是傍晚五点四十五，这中间他几乎都没休息。

---

① 技客（geek），原指擅长研究、不太会交际的人，近年意义转为指称科技鬼才、计算机技术高超的人物。

"安德雷,我们去喝杯啤酒、吃点东西,顺便讨论一下,你觉得怎么样?"

一开始安德雷似乎没听懂他的话,愣了一下才抬起头,这时忽然显得不再那么精力充沛。他微微露出苦笑,一面揉着肩膀。

"什么……哦……可以啊。"他有点犹豫。

"那就当你是答应啰。"布隆维斯特说,"去民众歌剧院好吗?"

民众歌剧院是一间位在霍恩斯路上的酒吧餐厅,离杂志社不远,是记者与艺术界人士经常光顾之处。

"只是……"

"只是什么?"

"我有个侧写要做,是布考斯基艺廊的一个画商,在马尔默中央车站搭上火车后就再也没人见过他。爱莉卡觉得这个报道应该可以安插进去。"安德雷说。

"天哪,那个女人竟然把你折磨成这样。"

"我真的不介意。但是我现在不知道怎么把它拼凑起来,总觉得既混乱又刻意。"

"要不要我帮你看看?"

"好啊,不过先让我再修改整理一下,要是让你看到现在的东西,我会无地自容。"

"那就晚一点再做。现在走吧,安德雷,我们至少去找点吃的。有必要的话,你吃完东西再回来工作就好。"布隆维斯特转头看着安德雷说。

那个印象将会留在他心里很久很久。安德雷穿了一件褐色格纹猎装外套和一件纽扣从上到下扣得整整齐齐的白衬衫,很像个电影明星,总之比平常更像年轻版的安东尼奥·班德拉斯。

"我想我最好还是留下来继续奋斗。"他说,"我冰箱里放了些东西,可以微波炉热一下再吃。"

布隆维斯特犹豫着要不要摆出老板的架子,命令他一起去喝个啤酒。最后他还是说:

"好吧,那我们明天早上见。对了,他们在那里怎么样了?还没画出凶手的画像吗?"

"好像还没。"

"看来明天得另想办法。你保重了。"布隆维斯特说完便起身穿上外套。

莎兰德想起很久以前在《科学》杂志上看过一篇关于"学者"的文章,作者是一位数字理论专家安利科·彭别里①,文中提到奥立佛·萨克斯的《错把太太当帽子的人》里面的一段情节,描述一对有智能障碍的自闭症双胞胎互相朗诵着天文数字般的巨大质数,就好像能从某种内在的数学景观看见这些数目。

那对双胞胎能做的事和莎兰德现在想做的事并不一样,但她认为还是有共通点,因此不管有多怀疑,仍决定一试。她立刻放下加密的国安局档案和她的椭圆曲线方程式,转头面向奥格斯,他以前后摇晃作为回应。

"质数,你喜欢质数。"她说。

奥格斯没有看她,也没有停止摇晃。

"我也喜欢,而且现在有个东西让我特别感兴趣,它叫质因数分解。你知道这是什么吗?"

奥格斯呆呆看着桌子继续晃,好像什么都听不懂。

"质因数分解就是把一个数重新写成质数的产物,我所谓的产物指的是相乘结果。你懂吗?"

奥格斯还是同样的表情,莎兰德心想是不是应该干脆闭嘴别说了。

"根据基本的运算原则,每个整数都有它专属的质因数分解式,很酷吧。像二十四这么简单的数字可以用很多种方法来表现,譬如

---

① 安利科·彭别里(Enrico Bombieri,1940—),意大利数学家,曾获得号称数学界诺贝尔奖的菲尔兹大奖。

12×2 或 3×8 或 4×6，但是分解成质因数却只有一个方法，就是 2×2×2×3。听得懂吗？问题是，虽然把质数相乘产生大的数目很简单，但要反过来从答案去回推质数，却往往做不到。有个大坏蛋就利用这点去加密一个秘密信息，你懂吗？这有点像调酒，混合很简单，要恢复那些材料就比较困难了。"

奥格斯既没点头也没吭声，不过至少他的身子不再晃动。

"我们来看看你分解质因数厉不厉害好不好，奥格斯，好不好？"

奥格斯没有动。

"那就当作你说好啦。我们先从 456 这个数字开始好吗？"

奥格斯眼中闪着光但眼神恍惚，莎兰德觉得自己这个主意真是荒谬透顶。

外头寒冷风强，几乎不见人迹。但布隆维斯特觉得寒冷对他有好处，让他精神抖擞了些。他心里想着女儿佩妮拉，以及她所谓"真的"写作，当然也想着莎兰德和那个男孩。不知他们现在在做什么？

往上走向霍恩斯路时，他盯着某间画廊橱窗挂的一幅画看了一会儿，画的是鸡尾酒会上一群欢乐无忧的人。那一刻他感觉——也许是错觉——自己最后一次像那样端着酒杯、无忧无虑站在人群中，已恍如隔世。片刻间，他非常希望走得远远的。这时他打了个寒噤，突然感觉有人跟踪他，可能是因为过去几天来经历的这一连串事件吧。他回头去看，身后却只有一个穿着大红外套、一头飘逸暗金色秀发的迷人美女。她略显不安地对他浅浅一笑，他报以试探的微笑，接着便打算继续上路。但他的目光仍停留着，仿佛预期女子随时可能变得平凡普通一些。

不料，随着一分一秒过去她愈加光彩逼人，简直有如无意中溜达入民间的贵族、明星，也像杂志拉页上的美艳人物。事实上在那一刻，在那充满惊诧的第一时间，布隆维斯特无法描述她，也说不出她外表的任何一个细节。

"需要我帮忙吗？"他问道。

"不,不用。"她显得有些害羞,但事实再清楚不过:她的迟疑是演出来的。她不是那种会给人害羞感觉的女人,倒是有种拥有全世界的气势。

"那就祝你有个愉快的夜晚。"他说着再次转身,却听见她紧张地清清喉咙。

"你不是麦可·布隆维斯特吗?"她此时的口气更不确定了,同时低头看着路面的卵石。

"是,我是。"他说着礼貌性地微微一笑,就像对任何一人。

"哦,我只是想跟你说我一直都很崇拜你。"她抬起头,意味深长地直视他的双眼。

"很荣幸,只是我已经很久没写什么像样的东西了。请问你是?"

"我叫黎贝嘉·玛特森。"她回答道,"我一直住在瑞士。"

"现在是回国来玩?"

"可惜不能待很久。我想念瑞典,甚至想念十一月份的斯德哥尔摩。但我猜想家对每个人而言都是这样,对吧?"

"你的意思是?"

"连缺点都会想念。"

"的确。"

"你知道我都怎么治疗乡愁吗?我会看瑞典的报章杂志。过去这几年的《千禧年》,我应该一期都没错过。"她说。他再度看了看她,发现她身上从黑色高跟鞋到蓝色克什米尔格纹披肩,样样衣饰都昂贵而高雅。

黎贝嘉看起来不像典型的《千禧年》读者,不过也没道理抱持偏见,甚至于仇视移居外国的瑞典富有侨民。

"你去那里工作吗?"他问道。

"我是寡妇。"

"原来如此。"

"有时候很无聊。你现在要上哪去吗?"

"我正想去喝一杯,吃点东西。"刚说完他就后悔了。这回答太好预料，太具邀约的味道。但至少是实话。

"我可以陪你去吗？"她问道。

"那就谢谢了。"他听起来有些不确定。这时她碰到了他的手——是不小心的，至少他想这么相信。她依然看似羞赧。他们俩缓缓走上霍恩斯路，经过一排画廊。

"能跟你一起散散步真好。"她说。

"有点出乎意料。"

"就是说啊。今天早上醒来的时候没想到会这样。"

"你想到什么了？"

"觉得今天应该仍是个无聊乏味的日子。"

"不确定我的陪伴会不会让你觉得有趣。"他说，"我现在满脑子都在想一则报道。"

"你工作得太辛苦了吧？"

"也许。"

"那你需要休息一下。"她露出一个令人陶醉的微笑，笑容充满期望或是某种承诺。那一刻他觉得她很眼熟，那个笑容似曾相识，只不过是另一种有点扭曲的样子。

"我们以前见过吗？"他问道。

"应该没有，只是我在电视上看过你，也看过你的照片上千次。"

"所以你从来没住过斯德哥尔摩？"

"小时候住过。"

"那时候住在哪里？"

她随手比了一下霍恩斯路。

"那是一段快乐时光，"她说，"当时是父亲照顾我们。我常常想起他，很怀念他。"

"他不在人世了吗？"

"他太年轻就死了。"

"真遗憾。"

"谢谢。我们要去哪里？"

"哦,"他说,"贝尔曼路上有间酒吧叫'主教牧徽',老板我认识,那地方很不错。"

"那是一定的……"

她再度露出那种羞怯、腼腆的表情,手也再度不经意拂过他的手指——这回他可就不敢说是碰巧了。

"会不会不够新潮?"

"哦,我相信那一定是个好地方,"她带着歉意说,"只是常常有人会盯着我看。我在酒吧里遇过太多混蛋了。"

"这我相信。"

"你能不能……?"

"怎么样?"

她又低头看地上,脸都红了。起初他以为是自己眼花,成年人肯定不会脸红成这样吧?但这位来自瑞士、看起来有如超级富翁的黎贝嘉,竟然像个小学女生一样脸红了。

"你能不能请我到你家去喝一两杯红酒?这样会比较好。"她说。

"这个嘛……"他迟疑着。

他极需要睡眠,以便明天能呈现好的状态。不过他还是说:

"当然可以。我的酒架上有一瓶巴罗洛。"有那么一刹那,他心想终于有点刺激的事情要发生了,就好像自己即将出发去冒险。

但内心的犹疑感始终不减,起先他也不明白为什么,这种情况对他而言通常都不是问题——他比大多数人都更容易碰到女人主动与他调情。这一次的邂逅发展得极为快速,不过他也不是毫无经验。那么就是这个女人本身的问题了,对吗?

不只因为她年轻而又美丽无比,除了追着精疲力竭的中年记者跑之外,应该还有更有趣的事可以做。还有她的表情,她总是忽而大胆忽而羞怯,还有那些肢体的接触。一开始让他觉得自然的一切,都逐渐显得做作。

"那太好了,我不会待太久,我可不想搞砸了你的报道。"她说。

"任何一篇搞砸的报道都由我负全部责任。"他试着报以一笑。

这个笑很勉强,就在这时候他捕捉到她眼中一个奇怪的突变,突如其来一道冰冷目光,转瞬间又变成截然不同的温暖热情,像在作表演练习。他更加确信事情不对劲,但不知道哪里不对,也不想让疑心外露,至少暂时还不想。到底是怎么回事?他想弄清楚。

他们继续沿着贝尔曼路走——他倒不是还在想着带她回住处的事,只是需要多一点时间了解她。他又看了她一眼,的确是个大美女。不过他忽然想到最初吸引他注意的不是她的美丽,是其他原因,一种更难捉摸的原因。此时,他将黎贝嘉视为一个谜,他得找出答案来。

"很不错的区呢,这里。"她说。

"还好。"他抬起头看向"主教牧徽"酒吧。

在酒吧斜对面,塔瓦斯街口再过去一点的地方,有一个矮矮瘦瘦、戴着黑帽的男人站在路灯下研究地图。是个游客。他另一手提着棕色行李箱,穿着白色球鞋和黑皮夹克,夹克的毛领往上翻起。如果在平时,布隆维斯特不会再看他第二眼。

但现在他观察到男人的动作紧张而不自然。这也许是布隆维斯特一开始就有所怀疑的缘故,然而他看地图那副心烦意乱的模样愈来愈显得做作。这时候他抬起头直视布隆维斯特和女子,端详两人片刻后,重新低头看地图,似乎很不自在,几乎像是想用帽子遮住脸。那近乎怯懦的低头模样让布隆维斯特想起一件事,他又再次注视女伴的深色眼眸。

他的眼神坚定而专注,她充满热情地凝视他,但他并未回报以热情,只是两眼直勾勾地打量她。直到她的表情僵住了,布隆维斯特才露出笑容。

他笑是因为他顿时恍然大悟。

第二十二章

十一月二十三日晚上

莎兰德从桌旁站起身来。她不想再继续烦奥格斯了,这孩子压力已经够大,而且她的主意根本就太疯狂。

大家对这些学者总是太过奢求,奥格斯做的这些已经够了不起了。她又走到露台上,小心地摸摸枪伤周围的部位,还是会痛。她听到背后传来振笔疾书的沙沙声,便转身回到屋内,一看到奥格斯写的东西,不由得微微一笑:

$23 \times 3 \times 19$

她坐了下来,这次不看他直接说:"好耶!真厉害。不过再来一个难一点的。试试18206927。"

奥格斯趴在桌上,莎兰德心想:一下子就丢给他八位数好像有点狠。但若想有丝毫成功的机会得到她想要的,数目还要大得多呢。看到奥格斯开始紧张地前后摇晃,她并不惊讶,不过几秒钟后,他身子往前一倾,在纸上写了:

9419×1933

"很好。那971230541呢?"
奥格斯写出:

$983 \times 991 \times 997$

"太好了。"莎兰德说。他们就这样继续下去。

在米德堡那栋方块状的黑色玻璃帷幕办公大楼外，距离布满巨大高尔夫球状雷达天线罩不远处，亚罗娜和艾德站在停满了车的停车场里。艾德玩弄着车钥匙，视线越过通电的铁丝网望向四周树林。他说应该要上路前往机场，都已经迟到了。但亚罗娜不想让他离开。她一手按住他的肩膀，连连摇头。

"太牵强了。"

"答案就在那里。"

"所以说我们从蜘蛛会查到的每个代号——萨诺斯、魅惑魔女、齐莫男爵、阿琪玛、旋风等等——的共通点，就是他们全都是……"

"没错，在漫画原著中都是黄蜂女的敌人。"

"真变态。"

"心理专家会觉得很有意思。"

"这种固着心理想必很强烈。"

"我觉得是真正的恨意。"他说。

"到了那里会好好照顾自己吧？"

"别忘了我以前混过帮派。"

"那已经是很久远的事了，艾德，公斤数也差很多。"

"那跟体重无关。那句话怎么说来着？孩子也许能摆脱贫民窟……"

"好啦，好啦。"

"却永远摆脱不了习性。何况斯德哥尔摩的国防无线电通讯局会帮我。他们也跟我一样迫不及待想把那个黑客一次歼灭。"

"万一被殷格朗知道呢？"

"那就不太妙了。但你应该想得到，我一直在一点一点地做准备，甚至和欧康纳谈过一两次话。"

"我猜也是。有没有什么我帮得上忙的？"

"有。"

"说吧。"

"殷格朗的人对瑞典警方的调查工作好像一清二楚。"

"他们一直在窃听警察吗?"

"若非如此,就是有消息来源,说不定是瑞典国安局里面哪个野心勃勃的人。要是我安排手下两个顶尖的黑客给你,你可以去挖一下。"

"听起来很冒险。"

"好吧,那就算了。"

"我不是拒绝。"

"谢啦,亚罗娜。我会传消息来。"

"旅途愉快。"她说完,艾德便带着傲然的微笑上了车。

再回想起来,布隆维斯特也说不清自己是怎么推敲出来的。有可能是那个叫黎贝嘉的女人脸上,有一种陌生却又熟悉的感觉。或许是那张脸的完美和谐让他想到完全相反的一面,再加上其他的直觉与疑惑,便得出答案了。没错,他还没有百分之百的把握,但可以肯定有个地方非常不对劲。

现在拿着地图和棕色行李箱走开的男人,正是他在索茨霍巴根的监视器上看到的那个人,这样的巧合几乎不可能没有什么重要意义,因此布隆维斯特站在原地沉思。接着他转向那名自称黎贝嘉的女人,尽可能以自信的口吻说:

"你的朋友走了。"

"我的朋友?"她看起来真的很惊讶,"什么朋友?"

"那边那个男的。"他指着男人骨瘦如柴的背影说,只见他正踩着笨拙的脚步沿着塔瓦斯街慢慢走去。

"你在开玩笑吗?我在斯德哥尔摩一个人也不认识。"

"你想从我这儿得到什么?"

"我只是想多认识你,麦可。"她抚弄着自己的上衣,好像打算解开一颗扣子似的。

"别这样!"他粗声粗气地说,眼看就要发脾气,却看见她用那么楚楚可怜的柔弱眼神望着自己,不禁感到困惑,一度以为自己弄错了。

"你在生我的气吗?"她受伤地问。

"不是,只是……"

"什么?"

"我不信任你。"他本不想说得这么坦白。

她幽幽一笑说道:"我总觉得今天的你不太像你,对不对,麦可?我们还是改天再见吧。"

她出其不意而又迅速地上前亲了一下他的脸颊,让他来不及阻止,随后挑逗地挥挥手指,便踩着高跟鞋走上坡去,见她那般坚决自信,他想是否应该叫住她提出猛烈质问。但他想不出这么做能有什么收获,于是转而决定跟踪她。

这样很疯狂,但他别无选择,因此等她消失在坡顶另一头,他随即尾随而去。他匆匆赶到十字路口,确信她不可能走远,不料已全然不见她的踪影,那个男人也一样,他们就像被城市给吞噬了。路上空荡荡的,只有前方稍远处有一辆黑色宝马正在倒车进停车格,对面人行道上有一个留着山羊胡、穿着旧式阿富汗羊皮大衣的男人,朝他的方向走来。

他们跑哪儿去了?这里又没有小巷能溜进去。难道是进哪家店去了?他继续朝托凯·柯努松街走去,一面左看右看。什么也没有。他经过了以前他和爱莉卡最喜欢去的"萨米尔之锅",现在已改为一间名叫"塔布里"的黎巴嫩餐厅。他们有可能到里面去了。

但是他不明白她怎么有时间走到这里,他几乎是紧跟在她后面。她到底在哪里?会不会正和那个男人站在附近某个地方看着他?他有两度倏地转过身去,深信他们就在后面,还有一次心头猛然一惊,觉得有人用望远镜在看他而全身发冷。

当他终于死心而漫步回家时,感觉仿佛逃过一场大劫难。他也不知道这感觉有多接近真相,但确实心怦怦跳得厉害,还口干舌燥。他不是个容易害怕的人,谁知今晚竟被一条空荡荡的街道吓坏了。

他唯一想通的一件事就是该找谁谈。他得联络潘格兰，莎兰德昔日的监护人，不过在此之前他要先尽尽国民的义务。假如那个男人真是他在鲍德的监视器画面上看到的人，如今又可能有机会找到他，哪怕机会微乎其微，他都应该通报警方。于是他打了电话给包柏蓝斯基。

要说服这位督察长可真不简单，起初他要说服自己也同样不容易。然而不管近几年来他让现实起了多大变化，终究仍残留了一些可以倚赖的诚信度。包柏蓝斯基说他会派出一组人。

"他怎么会出现在你住的那一带？"

"我不知道，但试试能不能找到他总是无妨吧？"

"应该是。"

"那就祝你们大大好运了。"

"鲍德的孩子还不知道人在哪里，真够让人不满的。"包柏蓝斯基谴责地说。

"你们单位里有内鬼也真够让人不满的。"布隆维斯特说。

"我们的内鬼已经找到了。"

"是吗？那太好了。"

"恐怕也没那么好。我们认为外泄的管道有好几个，除了最后一个以外，其余造成的损害多半很小。"

"那你们一定要加以阻止啊。"

"我们正在竭尽全力，只是我们开始怀疑……"他说到这里忽然打住。

"什么？"

"没什么。"

"好吧，你不用告诉我。"

"我们生活在一个生病的世界啊，麦可。"

"是吗？"

"活在这个世界里，必须疑神疑鬼。"

"你说得也许没错。晚安了，督察长。"

"晚安,麦可。你可别做什么傻事。"
"我尽量。"

布隆维斯特穿过环城大道后走进地铁站。他搭红线往诺尔博方向,在利里叶岛站下车,潘格兰是在大约一年前搬到这附近的一间现代化小公寓的。在电话上听到布隆维斯特的声音时,潘格兰显得忧虑不安,全顾不得客套问候什么的,直到确定莎兰德安然无恙才放心——布隆维斯特暗暗希望自己没有说错。

潘格兰是早已退休的律师,曾担任莎兰德的监护人多年,就是从这女孩十三岁被关进乌普萨拉的圣史蒂芬精神病院开始。他已经上了年纪,身体状况也不好,曾两度中风,目前使用固定式助行器已有一段时间,但依然行动不便。他的左脸颊下垂,左手也不能动,不过心思清明,长期记忆极佳——尤其是关于莎兰德的记忆。

没有人像他这么了解莎兰德。许多精神科医师和心理学家都未能做到又或者是不想做到的事,潘格兰做到了。经历过地狱般的童年之后,这个女孩对所有大人和所有机关单位都失去了信心,却唯独潘格兰赢得了她的信任,并说服她敞开心扉。在布隆维斯特看来,这是个小小奇迹。莎兰德是每个治疗师的梦魇,但她把自己童年最痛苦的部分告诉了潘格兰。正因如此,布隆维斯特此时才会出现在利里叶岛广场道九十六号门口输入大门密码,搭电梯上六楼按了门铃。

"亲爱的老朋友,"潘格兰在门口说道,"能见到你真是太好了。不过你脸色好苍白。"

"我一直没睡好。"

"被人开枪射击,难免的。我看到报纸的报道了,真是可怕。"

"骇人听闻。"

"事情有何进展吗?"

"我会一五一十地告诉你。"布隆维斯特说道。他坐在背向阳台的黄色沙发上,等着潘格兰艰难地坐定在他旁边的轮椅上。

布隆维斯特将整件事的梗概大略说了一遍。当他说到在贝尔曼路

上突发的灵感或怀疑时,潘格兰打断了他:

"你想说什么?"

"我觉得是卡米拉。"

潘格兰一脸愕然。"那个卡米拉?"

"就是她。"

"天哪,"潘格兰说,"后来呢?"

"她消失了。不过事后我觉得自己好像发疯了。"

"我完全可以理解。我本来也很确定卡米拉已经从人世间消失。"

"而且我几乎忘记她还有个姐妹。"

"她们是姐妹没错,差不多可以说是互相憎恨的双胞胎姐妹。"

"这我记得,"布隆维斯特说,"但我需要你把你知道的事情全告诉我,以填补我所知道的故事当中的一些空白。我不断自问:莎兰德到底为什么会卷进这件事。像她这样的超级黑客怎会对一个小小的资安漏洞感兴趣?"

"唔,你知道她的背景对吧?她母亲安奈妲·莎兰德在Konsum超市辛肯店当收银员,和一对双胞胎女儿住在伦达路。她们或许曾有过相当快乐的生活。她们没什么钱,安奈妲非常年轻,也没有机会受教育,但她很有爱心、很会照顾人。她想给女儿好的教养,只不过……"

"那个父亲找上门了。"

"对,那个父亲,亚历山大·札拉千科。他偶尔会来,而每次来的结果都一样。他会殴打并强暴安奈妲,而两个女儿就坐在隔壁房间听得清清楚楚。有一天,莉丝发现母亲倒在地上昏迷不醒。"

"那是她第一次报复吗?"

"那是第二次。第一次她在札拉千科的肩膀上刺了几刀。"

"但这次她往他的车上丢汽油弹。"

"对,札拉千科整个人都着火了,莉丝也被关进圣史蒂芬精神病院。"

"而她母亲则被送到阿普湾疗养院。"

"对莉丝而言,那是最令她痛苦的部分。她母亲当时才二十九岁,却从此精神失常。她在疗养院存活了十四年,大脑严重受损,吃尽苦头。通常她根本无法与人沟通。莉丝一有空就会去看她,我知道她梦想着母亲有一天会康复,她们又能再次交谈、彼此照顾。但这梦想始终没有实现。那可以说是莉丝人生中最黑暗的角落。她就眼睁睁看着母亲逐渐衰弱直到死去。"

"真可怕。不过我一直不了解卡米拉扮演的角色。"

"那比较复杂,从某些方面看,我觉得我们得原谅那个女孩。她毕竟也只是个孩子,早在她懵懂无知的时候就已经是游戏里的一颗棋子。"

"怎么说呢?"

"你可以说她们俩选择了不同阵营。没错,她姐妹二人是异卵双胞胎,外表长得不像,个性也南辕北辙。莉丝先出生,卡米拉晚她二十分钟,即使小小年纪就看得出她是个美人胚子。她不像莉丝老是一脸怒容,凡是看到她的人都会惊呼:'哇,好可爱的女孩!'所以札拉千科从一开始就对她比较容忍,这绝非巧合。我之所以说容忍是因为最初那几年,他绝不可能有更和善的态度。安奈妲在他眼里就是个妓女,她的孩子自然也是杂种,不配得到他的爱,只是两个碍事的小畜生。不料……"

"怎么样?"

"不料就连札拉千科也注意到其中一个孩子很美。有时候莉丝会说她的家族有一种基因缺陷,虽然这个说法不一定经得起医学上的检验,但不能否认的是札拉的几个孩子都很特殊。你见过她们同父异母的哥哥罗纳德·尼德曼,对吧?他一头金发、身形魁梧,还患有先天性痛觉缺失,也就是对疼痛无感,所以是个理想的职业杀手。至于卡米拉嘛……她的异常基因纯粹就在于她美得惊人、美得荒唐,而且年纪愈大愈糟。我说愈糟是因为我很确定这是不幸的事。加上她的双胞胎姐姐老是板着脸,或许更加大了她美貌的影响。大人看到姐姐往往会皱眉,但一看见卡米拉,就立刻满面春风、晕头转向。你能想象那对她造成的影响吗？"

"被忽略的心情一定很难受。"

"我说的不是莉丝，我也不记得她曾对这种情况表现出任何怨怼。如果只是美貌的问题，她很可能觉得妹妹怎么漂亮都无所谓。但不是，我说的是卡米拉。当一个不太有同理心的孩子成天被赞美说她有多美，你能想象这对她有何影响吗？"

"她会很骄傲。"

"这给她一种权力感。当她微笑，我们就融化。当她不笑，我们会觉得被排斥，也就会不择手段想让她重展笑颜。卡米拉很早就学会利用这一点，后来更是得心应手，成了操控女王。她有一双像鹿一样、会说话的大眼睛。"

"现在依然还是。"

"莉丝跟我说卡米拉会在镜子前坐上几个小时，练习脸上的表情。她的眼睛是一件可怕而又厉害的武器，既能魅惑人也能排挤人，无论大人小孩都可能在某一天觉得自己很特别，第二天又觉得被抛弃了。这是个邪恶的天赋，你应该猜得到，她很快就成了学校里的风云人物。每个人都想跟她在一起，而她也会竭尽所能地利用这一点。她会想办法让同学每天都送她小礼物，例如弹珠、糖果、零钱、珍珠、胸针，等等。没送的人，或是大致而言不合她意的人，第二天她看都不会看一眼。只要曾经蒙她笑脸相迎，都知道这种感觉多痛苦，所以同学们会想方设法讨好她、奉承她。当然了，只有一人例外。"

"她姐姐。"

"对了，所以卡米拉鼓动众人排挤莉丝，她受到一些严重的霸凌，他们会把莉丝的头按进马桶，骂她怪胎、变态，诸如此类。直到有一天，他们才知道自己惹上了什么样的人。不过那是另一回事，你很清楚。"

"莉丝没有忍气吞声。"

"的确没有。但从心理学观点来看，这件事有趣的地方在于卡米拉很早就知道如何驯服并操控周遭的人。她学会了控制每一个人，偏偏只有她生命中两个重要的人例外，就是莉丝和她父亲，这激怒了她，也让她投注了大量精力以求获胜，因为对付这两人所需的策略完全不同。她始终没能拉拢莉丝，我想她应该很快就放弃了。在她眼中，莉丝根本就是个怪人，就是个脾气暴躁、难以驾驭的女孩。反观她父亲……"

"他可是坏到骨子里去了。"

"他是坏，但他也是家庭的重心。虽然他难得在家，但家里一切都围着他转。他是个缺席的父亲，在一个正常的家庭里，这样的人可能会在孩子心里建立起一种半神秘的地位，但在他们家却远远不止如此。"

"这又怎么说？"

"我的意思是卡米拉和札拉千科应该是个不幸的组合。卡米拉自己恐怕也没意会到，其实她只对一样东西感兴趣，即便在当时也一样，那就是权力。而她的父亲呢，你可以用很多话来形容他，但他就是不缺权力。这点有很多人能作证，特别是国安局那群无耻的家伙。不管他们有多努力想要表现出强硬态度，每当和他面对面，总还是像一群受惊吓的绵羊似的缩在一起。札拉千科有一种丑陋却堂而皇之的自信，加上谁都碰他不得，于是他更加自大。无论他被投诉到社会福利局几次都无所谓，秘密警察总会保护他。就是这样莉丝才会决定自己来解决。可是卡米拉完全是另一回事。"

"她想要像父亲。"

"对，应该是。父亲是她追求的目标——她希望能同样享受那种豁免与力量的光环。不过最主要的，她或许是希望得到他的认可，希望他认为她配当他的女儿。"

"卡米拉一定知道他是怎么虐待她母亲的吧。"

"当然知道，但她还是站在父亲那边。她可以说是选择了力量与权力的一方。她好像从小就常说她看不起弱者。"

"你觉得她会不会是看不起她母亲？"

"很不幸，我想你说对了。莉丝跟我说过一件事，我一直忘不了。"

"什么事？"

"我从来没告诉过任何人。"

"该是说出来的时候了吗？"

"也许吧，但在说之前我需要一点烈酒。来点上乘的白兰地如何？"

"这主意不错，不过你待着，我去拿杯子和酒。"布隆维斯特说着走向厨房门边角落里的桃花心木酒架。

正忙着搜寻酒瓶时，他的手机响了，是安德雷，总之屏幕上显示的是他的名字。但布隆维斯特接起时却无人出声，他心想大概是不小心按到了。他倒了两杯"人头马"之后，重新坐回潘格兰身边。

"好了，说吧。"他说。

"真不知道该从何说起。总之据我所知，在某个晴朗夏日，卡米拉和莉丝坐在房间里，房门上了锁。"

第二十三章
十一月二十三日晚上

奥格斯的身体再度绷紧。他已经想不出答案，数字实在太大，他没有拿起铅笔，而是紧紧握住拳头直到手背泛白。他用头重重撞击桌面。

莎兰德本应试着安抚他，或至少防止他伤害自己，只是她并没有意识到周遭发生了什么事，一门心思都在那个加密档案上。她明白了这条路也已经走不下去，这其实不令人讶异，超级计算机都做不到的事，奥格斯怎么可能做到？她的期望从一开始就高得荒谬，他能做到这个地步已经够了不起。不过她还是怅然若失。

她走到漆黑的屋外眺望四周光秃、充满野性的景致。在陡峭的岩坡底下铺展着海滩和一片覆盖着白雪的田野，当中有个空无一人的亭子。

在美好的夏日里，这地方应该到处都是人。如今却空空荡荡。船都拉上岸来了，没有一点生气，对岸的房子也没有亮灯。莎兰德喜欢这里，至少在十一月底当成藏身处她是喜欢的。

若有人开车前来，不太可能听得到引擎声。因为唯一能停车的地方在下方海滩旁，而要到屋子来就得爬上陡峭岩坡的木梯。在夜幕的掩护下，也许有人能成功偷袭。但今晚她还是要睡觉，她需要睡眠。伤口依然发疼，也许正因如此她才会把希望寄托在奥格斯身上，尽管可能性极小。然而当她回到屋里，却发觉除此之外还有一个原因。

"平常莉丝不是一个会费心去注意天气的人，"潘格兰说，"她只会全心放在当下专注的焦点，阻绝一切她认为不重要的事物。但这一次她竟然提到阳光照耀在伦达路和希拿维克公园，可以听到孩童的笑声，在窗子另一边的人都很快乐——或许这才是她想说的。她想指出两边的强烈对比。一般人正在吃冰淇淋、放风筝、玩球，卡米拉和莉丝却坐在上了锁的卧室里，还能听见父亲凌虐母亲的声音。我认为这就在莉丝向札拉千科报复前不久，但事情发生的顺序我不是很确定。强暴的次数太多，而且都是相同模式。札拉会在下午或晚上出现，整个人醉醺醺的。有时候他会拨拨卡米拉的头发，说'这么美丽的小女生怎么会有那么讨人厌的姐姐'之类的话。然后就把女儿锁进房间，自己又到厨房继续喝酒。他喝的是纯伏特加，一开始他往往是安静地坐着，像只饥饿的野兽一样咂嘴唇。接着会嘟哝几句类似'我的小骚货今天怎么样啊'的话，听起来几乎是充满感情。可是安奈妲就是会做错事，或者应该说札拉千科会认定她做错事，于是第一拳就来了，通常还会接着一个巴掌，并说：'我还以为我的小骚货今天会乖乖的。'然后就把她推进卧室殴打。不一会儿扇耳光就变成挥拳，莉丝可以从声音听得出来，她可以清楚分辨是哪种打法，打的又是什么部位。那种感觉清晰得就好像她自己是暴行的受害者。拳打之后便是脚踢。札拉踢她母亲，把她推去撞墙，一面嚷着'贱人'、'婊子'、'骚货'，这会让他亢奋，她的痛苦给他带来了快感。直到安奈妲全身瘀青流血，他才强暴她，达到高潮时还会骂出更难听的话来。然后会安静一阵子，只听到安奈妲的哽咽啜泣和札拉粗鲁的呼吸声。之后等他醒来又会再喝酒，再嘟囔、咒骂、往地上吐口水。有时候他会打开孩子的房门，说些'妈咪现在又乖乖的了'之类的话，接着甩门离开。这是平常的模式。但就在这一天出现了新状况。"

"什么状况？"

"两个女孩的卧室很小，不管她们多想尽量远离对方，床还是靠得很近，父亲施虐之际，她们通常就坐在自己的床上，面向彼此。她们几乎都不说话，而且多半会回避眼神的接触。这一天，莉丝盯着窗外的伦达路——八成是因为这样她才会提到外面的阳光和孩童。但接着当她将目光转向妹妹，她看到了。"

"看到什么？"

"卡米拉的右手在拍打床垫，这有可能是紧张或不由自主的行为，莉丝起先也这么想。但后来她发现手拍打的节奏是配合隔壁房间的殴打声，她随即抬起头看卡米拉的脸，只见妹妹的双眼兴奋得发光，而最诡异的事情是：卡米拉简直就像札拉的化身，而且面带微笑。她在压抑得意的笑容，就在那一刻莉丝领悟到卡米拉不只是想讨父亲欢心，还全力支持他的暴力。她是在激励父亲。"

"真变态。"

"但事实便是如此。你知道莉丝怎么做吗？她非常镇定地坐到卡米拉身边，近乎温柔地拉起她的手。或许卡米拉以为姐姐想寻求一些安慰或亲密感，不料更奇怪的事情发生了。莉丝卷起妹妹的衣袖，将指甲深深戳进卡米拉的手腕，戳出一个可怕的伤口，血流如注把床都弄脏了。莉丝把卡米拉拖下床重重摔在地上，发誓说要是殴打和强暴不停止，她会把妹妹和父亲都杀了。"

"天哪！"

"你可以想象这对姐妹间的恨意。安奈妲和社会福利部的人实在很担心会发生更严重的事，便将她们俩分开。有一段时间，他们为卡米拉安排了另一个家，但迟早她们应该还是会再次起冲突。结果你也知道，事情的发展并非如此。我认为莉丝被关起来以后，她们姐妹俩只见过一次面——那是在数年后，当时险些发生一场灾难，但细节我一无所知。我已经好久没听说卡米拉的消息。最后与她有联系的是她在乌普萨拉的寄养家庭，他们姓达格连，我可以把电话给你。不过自从卡米拉十八或十九岁那年，收拾行李离开瑞典后，就再也杳无音信。所以当你说你遇见她，我真的很惊讶。就连以追踪人出了名的莉丝也一直找不到她。"

"这么说她试过咯？"

"是啊。据我所知，最后一次是在分配父亲遗产的时候。"

"我都不知道。"

"莉丝只是顺口提起。那份遗嘱她一分钱也不想要，对她来说那是血腥钱，但她看得出来有些怪异处。遗产总共价值四百万克朗，包括哥塞柏加的农场、一些有价证券、北泰利耶一处荒废的工业用地、位于某地的一间度假小屋，还有其他林林总总的零碎资产。当然已经很可观了，可是……"

"应该还有更多。"

"对，莉丝知道他经营了一个庞大的犯罪帝国，照此看来，四百万应该只是零头。"

"所以你是说她怀疑卡米拉继承了绝大部分。"

"我想她是试着想查证。一想到父亲死后，他的财富还继续作恶，就让她痛苦万分。不过她毫无所获。"

"卡米拉显然把新身份隐藏得很严实。"

"我想也是。"

"你有什么理由认为卡米拉可能接手了父亲的毒品生意吗？"

"也许有，也许没有。她有可能开创了截然不同的事业。"

"比方说？"

潘格兰闭上眼睛，喝了一大口白兰地。

"麦可，这我并不确定，可是当你跟我说到鲍德教授，我有了一个想法。你知不知道为什么莉丝在计算机方面这么厉害？你知道这一切是怎么开始的吗？"

"不知道。"

"那我来告诉你。我想过或许你说的这件事的关键就在这里。"

当莎兰德从露台进屋时，看见奥格斯以僵硬而不自然的姿势蜷缩在圆桌旁，她才发觉这个孩子让她想起小时候的自己。

她在伦达路时就是这种感觉，直到有一天她清楚地意识到自己不得不早早长大，找父亲报仇。这种重担不是任何一个孩子应该承担的，但至少能从此开始真正地生活、更有尊严地生活。不能让任何一个像札拉千科一样的混蛋做了坏事不受惩罚。于是她走到奥格斯身边，像在下达重要命令般表情肃然地说："你现在上床睡觉。睡醒以后，我要你画画，好抓到杀死你爸爸的凶手。你懂吗？"男孩点点头，拖着脚步走进房间，莎兰德则打开笔记本电脑，开始搜寻关于卫斯曼的信息和他的朋友圈。

"我想札拉千科本身应该不太会用电脑，"潘格兰说，"他不属于那个时代。但或许因为黑心事业扩展到了一定程度，不得不用电脑程序记账，而且不让同谋发现。有一天他拿了一部IBM来到伦达路，安装在窗边的书桌上。在此之前，家里没有人看过计算机。札拉千科发了重话，说要是有人敢碰这台机器，他就活剥了她的皮。纯粹就心理层面而言，这话也许起了作用：诱惑变得更大。"

"就像禁果。"

"当时莉丝大约十一岁，还没有戳伤卡米拉的右手，也还没有带着刀和汽油弹去找父亲。可以说是在她变成我们现在所认识的莉丝之前不久。她缺乏刺激，没有朋友可以说话，这有一部分是因为卡米拉设法禁止学校同学接近她，但也有一部分是因为她确实与众不同。我不知道她自己当时是否已经发觉，至少老师和她身旁的人都没有发现，其实她是个天赋异禀的小孩，光是她的天资就已经不同于他人。学校对她来说，无聊至极，所有课程都是一目了然又简单。她只须很快瞄上一眼就懂了，所以上课时她总是坐着发呆。不过我相信那个时候她已经利用空闲找到自己感兴趣的东西，例如进阶数学书籍等等。但基本上她还是无聊得要命。她很多时间都用来看漫威漫画，这虽然远远及不上她的智力程度，却可能具有另一种治疗功能。"

"此话怎讲？"

"老实说，我一直都不想以精神科医生的角度分析莉丝，她要是听到会很厌恶。不过那些漫画里充斥着对抗大坏蛋的超级英雄，他们靠着自己的力量报仇雪恨、主持正义。我想这或许是完美的读物，也许是那些故事里黑白分明的世界观帮助她想通了一些事情。"

"你是说她明白了自己必须长大，变成一个超级英雄。"

"在某些方面，可能是吧，至少在她的小世界里。那时候她不知道札拉千科是苏联间谍，而他那些秘密让他在瑞典社会取得了特殊身份，她更不可能知道国安局里有个特别小组在保护他。但她跟卡米拉一样，也感觉到父亲享有某种豁免权。有一天，公寓来了一个穿灰大衣的男人，暗示说她们的父亲不能受到任何伤害。莉丝很早就领悟到向警方或社会福利机关举报札拉千科没有用，结果只引得另一个穿灰大衣的男人出现在她们家门口。

"麦可，无力感有可能成为毁灭的力量，在莉丝长到一定年纪，可以做点什么之前，她需要一个强有力的避风港，而她在超级英雄的世界里找到了。我比大多数人都了解文学的重要性，无论是漫画或细腻的旧小说都一样，而且我知道莉丝对一个名叫珍妮特·范·戴因的年轻女英雄情有独钟。"

"范·戴因？"

"对，这女孩的父亲是个富有的科学家，如果我没记错的话，她父亲被外来物种杀害了，珍妮特为了报仇，去找了她父亲一位老同事，并在他的实验室里获得超能力。她后来变成黄蜂女，一个不任人摆布或欺负的人。"

"这我倒不知道。这么说她网络上的代号就是这么来的？"

"不只是网络代号。不用说也知道我对那种东西毫无所知，我根本是史前恐龙了，连魔术师曼德雷克和幻影侠[1]都搞不清楚。不过第一眼看到黄蜂女的图片时，我心下一惊。她和莉丝有太多相似之处。从某方面来说，现在也还是像。我想她的很多行事风格都是效法这个角色。我不想多作揣测，但我确实知道她对于珍妮特变成黄蜂女所产生的蜕变想了很多，也多少了解到自己必须经历同样的巨大改变：从幼小的受害者变成有能力反击一个受过高度训练而又冷酷无情的情报员。

"这些念头日日夜夜萦绕在她脑海，因此黄蜂女成了她过渡时期当中一个重要角色，一个灵感来源。这件事被卡米拉察觉了。这女孩有种超乎常人的能力，可以摸清他人的弱点——她会用她的触角去探知别人的敏感点，然后一击中的。于是她开始用尽各种方法嘲笑黄蜂

---

[1] 魔术师（Mandrake the Magician）与幻影侠（Phantom）的作者同为李·福尔克（Lee Falk，1911—1999），而魔术师曼德雷克被认为是第一个出现在报章上且广为人知的超级英雄。

女，甚至找出她在漫威世界里的敌人，用来给自己取外号，例如萨诺斯，等等。"

"你说萨诺斯？"布隆维斯特瞬间起了警觉。

"我想是这个名字没错，他是个毁灭者，曾经爱上死神。死神化为女身出现在他面前，后来他想要证明自己配得上她，诸如此类的。卡米拉成了萨诺斯迷，就为了挑衅莉丝，还把她那帮朋友称为蜘蛛会——在那一系列漫画中的某一册里，蜘蛛会是黄蜂姐妹会的死对头。"

"真的吗？"布隆维斯特问道，同时思绪飞快地转着。

"真的，这或许很幼稚，却不一定天真无邪。当时她们姐妹俩之间的敌意之深，甚至赋予了那些外号凶险的意义。"

"你认为这还有关系吗？"

"你是说那些外号？"

"大概是吧。"

布隆维斯特也不知道自己想说什么，只是隐约觉得意外有了重大发现。

"我不知道，"潘格兰说，"她们现在已经长大成人了，但也不能忘记那是她们一生中的关键时刻，一切都起了变化。回头想想，即使微小细节也很可能具有决定性的重大意义。不只是莉丝失去母亲又被关起来，卡米拉的生活也是破碎不堪，她失去了家，崇拜的父亲也严重烧伤。诚如你所知，汽油弹事件过后札拉千科就变了个人。卡米拉被安置到寄养家庭，远离了那个曾经任凭她呼风唤雨的世界，她想必也是痛不欲生。我毫不怀疑从那时起，她就对莉丝恨之入骨。"

"看起来的确如此。"布隆维斯特说。

潘格兰又啜饮一口白兰地："事实上，这对姐妹已经处于彻底的对战状态，而且我觉得她们俩都知道一切即将爆发，她们的人生将从此改变。她们甚至应该作了准备。"

"只是方式不同。"

"那可不。莉丝有颗聪明的脑袋，凶狠的计划与策略时时刻刻在脑子里运转着。可是她是孤军奋战。卡米拉没有那么聪明,我是说以传统的定义而言——她从来不是读书的料,也无法理解抽象的推理——但她知道如何让人对她言听计从,因此和莉丝不同的是她从未落单过。即便卡米拉曾经发现莉丝有某种专长可能威胁到她,她也从来不会试着去学习同一技能,原因很简单:她自知比不过姐姐。"

"那她会怎么做?"

"她会去找到能做所有该做的事的某个人,如果不止一人更好,然后凭借他们的帮助给予反击。她总有许多喽啰。不好意思,我有点说远了。"

"是啊,告诉我札拉千科的计算机怎么样了?"

"就像我说的,莉丝缺少刺激,而且她会彻夜醒着,担心母亲。安奈妲每回遭强暴后都流血不止,却不肯去看医生,很可能是感到羞耻。每隔一段时间她都会陷入深度忧郁,没有力气去工作或照顾两个女儿。这让卡米拉更加瞧不起她。'妈妈好弱。'她会这么说。我刚才也说了,在她的世界里,软弱比什么都差劲。至于莉丝看到的则是她爱的人——她唯一爱过的人——沦为可怕的侵害行为的牺牲者。在许多方面她都还是个孩子,但她也愈来愈坚信这世上只有她能拯救母亲不被打死。于是某天晚上她下了床——当然是很小心,以免吵醒卡米拉——看见临伦达路那扇窗旁边的书桌上放的计算机。

"那时候她连怎么开机都不会,可是她摸索出来了。计算机好像在轻声呼唤她:'解开我的秘密吧。'第一次,她没有太大进展。因为需要密码。既然父亲被称为札拉(Zala),她便试了zala、zala666与类似组合,以及她所能想到的一切可能性。结果都不对。我相信她就这样徒劳无功地试了两三个晚上,要是睡觉,那就是在学校或是下午回家后。

"后来有一天晚上,她想起父亲在厨房一张纸上用德文写的东西——凡杀不死我的,只会让我更强大。(Was mich nicht umbringt, macht mich starker.)当时这句话对她毫无意义,但她发觉它对父亲很重要,便试了一下,但也没有成功。字母太多了。所以她又试试此话的作者尼采（Nietzsche），结果中了，她一下子就进入了。整个世界在她眼前敞开。后来她形容自己从那一刻起便改头换面。一旦突破那道障碍后，她就开始茁壮成长。她探索了父亲意图隐藏的一切。"

"札拉千科始终不知道？"

"好像是，而一开始她什么都看不懂，全部都是俄文。里面有各式各样的清单，以及一些数目，那是他毒品交易的收入账目。直到今天我仍然不知道她当时了解多少，又有多少是后来才得知。她发现受父亲凌虐的不只有母亲一人，他也在摧毁其他女人的人生，这让她怒火中烧。她就这样变成了我们今天认识的莉丝，一个憎恨男人的人……"

"她恨的是憎恨女人的男人。"

"正是。但这也让她变得坚强。她看出自己已经无法回头，她必须阻止父亲。她继续在其他计算机上搜寻，包括在学校里，她会偷偷溜进教职员办公室，有时候则是佯称要到不存在的朋友家过夜，事实上则是坐在学校的计算机前熬夜到天亮。她开始学习一切关于侵入计算机与设计程序的知识，我猜想那就跟其他天才儿童找到命定的安身之处一样——她完全无法自拔，觉得自己是为此而生。即使在当时，数据世界里便有许多网友开始对她感兴趣，就像老一辈的人总会找上有才华的年轻人，不管是为了鼓励或打压。她的不按牌理出牌、她全新的手法激怒了网络上不少人，但也有人深感佩服，与她成了朋友，瘟疫就是其中之一，你知道他的。透过计算机莉丝第一次交到朋友，最重要的，这是她有生以来第一次觉得自由。她可以飞翔在虚拟空间，就像黄蜂一样，没有什么可以束缚她。"

"卡米拉有没有发觉她变得多厉害？"

"肯定有所怀疑吧，我不知道，我真的不想多加揣测，不过有时候我会把卡米拉想成是莉丝的黑暗面，是她的黑影人。"

"邪恶双胞胎妹妹。"

"有点像，但我不喜欢说人邪恶，尤其是年轻女子。如果你想深入挖掘，我建议你去找玛格丽塔·达格连，就是卡米拉在伦达路那场浩劫后的养母。玛格丽塔现在住在斯德哥尔摩，好像是在索尔纳市。她守了寡，生活十分悲惨。"

"怎么说？"

"这个嘛，你可能也会有兴趣知道。她的丈夫薛勒本是爱立信的计算机工程师，在卡米拉离开他们之前不久上吊了。一年后，他们的十九岁女儿也从一艘芬兰渡轮上跳海自尽，至少调查结果是这么说的。那个女孩有情绪方面的问题，因为自尊心太强，但玛格丽塔始终不相信这套说辞，甚至还自己雇了私家侦探。玛格丽塔满脑子都是卡米拉，说起来很不好意思，她其实一直让我有点伤脑筋。就在你发表了关于札拉千科的报道后，玛格丽塔就和我联络了。你也知道，当时我刚从复健中心出院，精神和肉体都绷到极点，玛格丽塔却说个没完没了，完全是病态的偏执。光是看到电话屏幕显示她的号码，我就觉得累，所以刻意躲避她。只是现在想想，我比较能理解她了。我想她会乐意和你谈的，麦可。"

"你能给我她的详细联络方式吗？"

"我去拿，你等一下。"片刻过后，潘格兰回来说道，"所以你确定莉丝和那个男孩安全地躲在某个地方啰？"

"我确定。"布隆维斯特说。至少我希望我是确定的，他暗想道。接着他起身拥抱潘格兰。

来到外头的利里叶岛广场道，暴风雪再度迎面猛扑而来。他将外套裹紧了些，心里想着莎兰德和她妹妹，不知为何也想到安德雷。

他决定再打个电话问问他那个画商的报道写得如何。然而安德雷始终没接电话。

第二十四章

十一月二十三日晚上

安德雷打电话给布隆维斯特,因为他改变心意了。他当然想出去喝杯啤酒,刚才怎么就没答应他的邀约呢?布隆维斯特是他的偶像,也是他进入新闻界的唯一原因。但是才拨完号码又觉得难为情,便挂断了。说不定布隆维斯特找到更有趣的事情做了。若非必要,安德雷不喜欢打扰别人,尤其是布隆维斯特。

因此他依然继续工作。但无论怎么努力,还是没有进展。写出来的字句就是不对,约莫一小时后他决定出去走走,便收拾好办公桌并再次确认已删除加密连在线的每个字,然后才向埃米道别,此时办公室里就只剩他们两人。

埃米今年三十六岁,曾任职于 TV4 的新闻节目《真相告白》与《瑞典摩根邮报》,去年获颁瑞典新闻大奖的年度最佳调查记者奖。不过尽管安德雷极力克制自己不这么想,仍觉得埃米傲慢自大,至少对待他这种年轻的临时雇员是如此。

"我出去一下。"安德雷说。

埃米看他的眼神好像忘了说什么似的,之后才用厌烦的口气嘟哝一句:"好啦。"

安德雷觉得郁闷,也许只是因为埃米高高在上的态度,但又似乎比较像是因为那篇有关画商的文章。怎会这么困难呢?可能是因为他现在只想帮布隆维斯特写鲍德的新闻,便觉得其他一切都是次要。但他也很没骨气,不是吗?为什么不让布隆维斯特看看他写好的部分?

没有人能像布隆维斯特那样只要简单加减几笔,就能提升整篇报道的高度。算了,明天再用新的角度把报道看一遍,然后不管写得多糟,还是拿给布隆维斯特看看。安德雷关上办公室的门后走向电梯,却看见底下的楼梯间似乎有些骚动。起先看不出是怎么回事,接着才发现有个瘦巴巴、双眼凹陷的家伙正在欺负一名年轻貌美的女子。安德雷僵在原地——打从双亲在塞拉耶佛遇害后,他一直很厌恶暴力,讨厌打架。但这次事关自尊。为了自己而逃跑是一回事,把另一个人留在危险境地又是另一回事,因此他一面跑下楼梯一面喊道:"住手,放开她!"

最初看来,这么做似乎是个致命的错误,因为那个眼窝凹陷的男人拔出一把刀,用英语嘟囔了几句威胁的话。安德雷几乎都要腿软了,但他好不容易鼓起最后的勇气反呛回去,就像B级片中的台词:"喂,快滚。要不然你会后悔的。"虚张声势了几秒钟后,那人便夹着尾巴溜走了。楼梯间里只剩安德雷和那名女子,这也很像电影画面。

一开始女子全身发抖而又害羞,说话声音小到安德雷必须靠近些才听得见,过了好一会儿才弄明白是怎么回事。女子说自己一直过着有如地狱般的婚姻生活,如今虽然离了婚、身份资料受到保护,前夫却还是找到她,并派手下前来骚扰。

"那个恶心的男人今天已经纠缠我两次了。"她说。

"你怎么会在这里?"

"我想摆脱他才会跑进来,结果没有用。实在太感谢你了。"

"没什么。"

"我真是受够了猥亵的男人。"她说。

"我是个好男人。"这话或许说得太快了些,他自己都觉得可悲,因此看见女子只是尴尬地低头看着楼梯没有应声,他一点也不意外。

他对自己这么低俗的回答感到羞愧,但就在他自以为遭拒时,女子却抬起头来,小心地对他浅浅一笑。

"你可能真的是吧。我叫琳达。"

"我叫安德雷。"

"很高兴认识你,安德雷,也再次谢谢你。"

"我也谢谢你。"

"为什么?"

"因为……"

他没有把话说完,只觉得心跳怦然,口干舌燥,不由得低头看着楼梯。

"怎么了，安德雷？"她问道。

"要不要我陪你走回家？"

他也后悔说了这句话。

他担心被误会。没想到她再一次露出那种迷人、迟疑的微笑，并说有他在身边会感到安全，于是他们一起来到马路上，朝斯鲁森走去。她说自己住在耶秀姆的一栋大宅，一直以来的生活都像在坐牢。他说他明白，因为他写过一系列关于受暴妇女的文章。

"你是记者吗？"她问道。

"我在《千禧年》工作。"

"哇！"她说，"真的吗？我可是这本杂志的头号粉丝。"

"我们做了很多好事。"他不好意思地说。

"这是真的。"她说，"不久之前我读到一篇很棒的文章，是关于一个伊拉克人，他本来在城里某家餐厅当洗碗工，在战争中受伤后就被解雇了，落得贫困潦倒。如今他却成了大型连锁餐厅的老板。我看得感动落泪，文章写得太美了，也很发人深省。"

"那是我写的。"他说。

"你不是开玩笑吧？真的写得太棒了。"她说。

很少有人赞美安德雷在新闻报道方面的努力，更不用说是出自陌生妙龄女子之口。每当提起《千禧年》，大家想谈的都是布隆维斯特，对此安德雷并无异议。只是他私心也梦想着能得到认可，如今这位美丽的琳达就在不知情的状况下称赞了他。

他实在太高兴、太自豪了，便鼓足勇气提议到他们刚刚经过的"帕帕格罗"喝一杯，更令他欣喜的是她回说："好棒的主意！"于是他们一起走进餐厅。安德雷的心怦怦跳个不停，他尽可能不去接触她的目光。

那双眼睛让他整个人飘飘然，他简直不敢相信这种事真的发生了。他们挑了一个离吧台不远的桌位坐下，琳达试探性地伸出一只手。他拉起她的手时微微一笑，嘟嘟哝哝说了几句，却几乎是不知所云。

他低头看一眼手机，是埃米来电。连他自己都想不到，他竟然视而不见，还把手机关成了静音。这一次，杂志社的事得等等了。他只想凝视着琳达的脸庞，沉醉其中。她的美有如狠狠挥来的一记猛拳，但她又显得那么弱不禁风，像只受伤的小鸟。

"我真想不到怎会有人想伤害你。"他说。

"这种事常常发生。"

也许他终究还是可以理解。像她这样的女人应该很容易招惹一些精神不正常的人，否则一般人是不敢约她的。多数男人看到她都会畏缩自卑。

"能跟你一起坐在这里真好。"他说。

"能跟你一起坐在这里才好呢。"她反驳道，一面轻轻抚摸他的手。他们各点一杯红酒后便聊开了，有太多话要说，他甚至没注意到口袋里的手机在振动，而且不是一次，是两次，这也是他有生以来头一次漏接了布隆维斯特的电话。

不久之后，她牵起他的手带他走入夜色中。他没有问要上哪儿去，反正已打定主意要随她到任何地方。他从未有过如此美好的遭遇，当她偶尔回眸一笑时，每块铺路石、每个气息都仿佛在向他保证：有一件难以抗拒的美好事情发生了。你活了一辈子，为的就是享受一次这样的散步，他暗想着，对于四周的寒冷与市景几乎无感。

他深深陶醉于她的陪伴以及期待后续的发展，但或许——他不敢肯定——这当中也有一丝疑虑。起初他挥走这些念头，知道自己习惯对任何形式的快乐抱持怀疑。但仍忍不住自问：真会有这么好的事吗？

他换一个角度细细端详了一下琳达，发觉她也不那么迷人的地方。当他们走过卡塔莉娜大电梯①，他甚至觉得在她眼中看见近似无情的眼神。他忧虑地俯视波浪起伏的海水，问道："我们要上哪去？"

"我有个朋友在默坦·特罗齐巷有一间小公寓，"她说，"有时候会借我用。我们可以再到那里去喝一杯。"他听了露出微笑，好像有

---

① 斯德哥尔摩市斯鲁森区连接索德马尔姆区的快速通道，最早兴建于一八八一年，但基于安全考虑已在二〇一〇年关闭。

史以来第一次听到这么棒的主意。

其实他愈来愈感到困惑。片刻之前还是他在照顾她,现在却变成她采取主动。他很快瞄一眼手机,知道布隆维斯特打过两次电话来,觉得一定要马上回电。无论如何,他不能放弃杂志社。

"我也很想,"他说,"不过我得先打个电话。我现在还在写一篇报道。"

"不行,安德雷。"她的口气异常强硬,"你不能打电话给任何人。今晚只属于你和我。"

他们来到亚恩广场。尽管风雪大作,四下还是有不少人走动,琳达直盯着地面,似乎不想引人注目。他往右看向东长街与埃弗特·陶布[①]的雕像。这位吟唱者动也不动地站在那儿,右手拿着一张乐谱,戴着墨镜的双眼仰望天空。是否应该提议隔天再约她见面呢?

"也许……"他开口道。

但没能再说下去,因为她将他拉过去吻了他,那力道之猛掏空了他的心思。随后她重新加快脚步往前走。她拉着他的手左转上西长街,然后马上进入一条黑暗巷弄。有人跟在他们后面吗?不,没有,他能听到的脚步声与说话声都是从较远处传来。现在只有他和琳达,对吧?他们经过一扇掩着黑色窗板的红框窗户,来到一道灰色门前,琳达费了一番工夫才打开。她手中的钥匙抖个不停,他看了有些纳闷,难道她还在担心前夫和他的打手?

他们爬上阴暗石阶,脚步声发出回音,并隐约闻到类似腐败发臭的味道。经过四楼后,他在一级阶梯上看见一张扑克牌,是黑桃皇后,他心下不喜,却不明白为什么,八成是某种荒谬的迷信吧。他试着将它抛到脑后,只想着这是多么美好的邂逅。琳达大口喘着气,右手握得紧紧的。巷子里响起一个男人的笑声。肯定不是在笑他吧?他整个人心浮气躁。可是他们就这么不断爬呀爬,好像永无尽头。这栋

---

① 埃弗特·陶布(Evert Taube,1890—1976),瑞典作家、吟游诗人,他的作品在北欧广受喜爱与流传。

屋子真有这么高吗？没有，他们已经到了。她朋友住在顶楼公寓。

门牌上的姓名是奥罗夫，琳达再次拿出那一大串钥匙。这次她的手不抖了。

布隆维斯特此时坐在索尔纳市普罗思路上的一栋公寓里，屋内摆设着旧式家具，屋外紧邻一大片墓地。果然不出潘格兰所料，玛格丽塔·达格连一口就答应见他，尽管在电话上听起来有些癫狂，本人却是个气质优雅的六旬妇人。她穿了一件淡黄褐色套头毛衣，黑色长裤烫得笔挺。也许是特地作了打扮。她穿着高跟鞋，若非眼神透着浮躁，他会以为她是个无论发生什么事都能平心静气的女人。

"你想问卡米拉的事。"她说。

"特别是她近年来的生活——如果你知道的话。"他说。

"我还记得她刚来的时候，"她好像没听到他的话，"我先生薛勒认为这样既能对社会有所贡献，也能为我们的小家庭添点人气。因为我们只有一个孩子，我们可怜的莫娃。当时她十四岁，很孤单，我们以为收养一个和她年龄差不多的女孩，对她应该有好处。"

"你知道莎兰德家的事吗？"

"不知道所有细节，只知道是冲击很大的可怕悲剧，母亲有病，父亲又被严重烧伤。我们深感同情，本以为会看到一个身心俱疲、需要大量关照与爱的女孩，可是你知道来了什么样的人吗？"

"请说。"

"那是我们这辈子所见过最最可爱的女孩，不只漂亮而已，天哪，你真该听听她说话，那么聪明而又成熟，听她叙述她那个患有精神疾病的姐姐如何恐吓家人，让人心都碎了。没错，我现在当然知道那些话有多么背离事实，但当时怎么可能怀疑她呢？她的眼神坚定炯炯发亮，当我们说：'可怜的孩子，太可怕了。'她回答说：'是很辛苦，但我还是爱姐姐的，她只是生病了，现在正在接受治疗。'这话听起来多成熟、多为人着想，有一段时间感觉上几乎像是她在照顾我们。我们全家都开朗起来，就好像生活中出现了魔法，把一切变得更好更美，我们都很快活，尤其是莫娃更加快活。她开始注重自己的外表，在学校里的人缘也很快就变好了。那个时候，我愿意为卡米拉做任何事。至于我丈夫薛勒，该怎么说呢？他整个人焕然一新，随时都面带微笑或开怀大笑，我们也重新享受起鱼水之欢，请原谅我说得直接。也许早在那个时候就应该开始担心了，我却觉得家里的一切终于步上正轨，有好一阵子我们都很快乐，就像每个遇见卡米拉的人，一开始也都很快乐。然而……和她相处一段时间后，你就再也不想活了。"

"有那么糟吗？"

"太可怕了。"

"发生了什么事？"

"毒害开始在我们之间蔓延。卡米拉慢慢地掌控了我们全家。现在回头去想，很难准确说出欢乐何时结束、噩梦何时开始，事情是在不知不觉中逐渐发生，直到有一天醒来才发觉我们的信任、我们的安全感、我们共同生活的基础，这一切都毁了。莫娃的自信瞬间跌到谷底，她夜里睡不着，整晚哭着说自己又丑又讨人厌，活着也没用。直到后来我们才发现她账户里的钱被提领一空。我到现在还是不知道怎么会这样，但我相信卡米拉敲诈过她。敲诈对她来说，就像呼吸一样自然。她会搜集有碍别人声誉的资料。有好长一段时间我都以为她在写日记，谁知原来是在记录她所搜集到关于身边众人的丑事。而薛勒……那个混账东西……你知道吗？他跟我说他睡不好觉，需要一个人睡到地下室的客房，我相信他了，没想到那只是他想和卡米拉在一起的借口。从十六岁起，卡米拉就会在晚上偷偷溜到那里，和他发生变态的性关系。我会说变态是因为当我问薛勒胸口的刀伤是怎么来的，这才得知了原因。当然了，当下他什么也没说，只是用一些难以令人信服的理由搪塞，勉强压制我的疑心。不过你知道他们做了什么吗？到最后薛勒坦白说了：卡米拉把他绑起来，用刀割他。他说她乐在其中。有时候我甚至希望这是真的，听起来也许很奇怪，但我是希望她确实觉得享受，而不只是想要折磨他，想要毁灭他。"

"卡米拉也勒索了他？"

"是啊,但我不清楚事情的全貌。他被卡米拉羞辱到即使失去了一切,仍不愿意告诉我真相。薛勒是我们一家的支柱,每当开车外出迷了路、家里淹水或有人生病,他都能保持冷静理性。'不会有事的。'他总会用他迷人的声音这么说——我到现在都还会幻想着那个声音。可是和卡米拉生活了几年后,他竟成了废人,几乎连过马路都不敢,还要东张西望上百次以确保安全。他也丧失了所有工作的动力,一天到晚垂头丧气地呆坐。一位和他很亲近的同事马茨·海德隆偷偷打电话来,跟我说公司正在着手调查薛勒是不是一直在出卖公司机密。简直满口胡言,我这辈子没见过比薛勒更老实的人了,再说他要是卖了什么,那钱到哪儿去了?我们家从来没这么穷过,他的账户几乎空空如也,我们的联名账户也一样。"

"恕我冒昧请问,他是怎么死的?"

"上吊自杀,一句解释也没有。有一天我下班回家,发现他从客房的天花板垂挂下来,没错,就是卡米拉和他一起作乐的那个房间。当时我是个薪资丰厚的财务总监,而且很可能前景大好。但在那之后,我和莫娃的世界崩塌了。这我就不多说了。你想知道卡米拉后来怎么样。其实悲剧并没有结束,莫娃开始用刀自戕,也几乎不吃东西。有一天她问我是否觉得她是个废物。'我的老天啊,亲爱的,你怎么能说这种话?'我这么回答。然后她告诉我是卡米拉说的,卡米拉说凡是看过莫娃的人都很讨厌她。我寻求了所有可能的协助管道:心理专家、医生、聪明的朋友、百忧解。但毫无成效。在一个春光明媚的日子,当瑞典所有人正为了在欧洲歌唱大赛中取得可笑的胜利而欢欣鼓舞,莫娃却从渡轮跳下海去,我的生命也跟着结束——我就是这种感觉。我从此失去了活下去的意志,为了忧郁症我住院治疗了好久。但忽然间……我也不知道……总之麻痹和悲伤转变成了愤怒,我觉得我有必要去了解,我的家人到底发生了什么事?到底着了什么魔?于是我开始查问卡米拉的事,不是因为还想再见到她,我是绝不会再见她了。但我想了解她,就如同受害者的母亲想去了解凶手一样。"

"你发现了什么?"

"一开始什么也没有。她掩饰得很好,我好像在追一个影子、一个幽灵。为了请私家侦探、为了求助于其他许多答应要帮忙却不可靠的人,我都不知道花了几万克朗,结果一无所获,简直快把我逼疯了。我变得偏执起来,晚上几乎不睡觉,所有朋友都再也受不了我。那段时间真可怕。大家都觉得我走火入魔不听劝,也许现在还这么觉得,不知道潘格兰是怎么跟你说的。可是后来……"

"说下去。"

"你发表了关于札拉千科的报道。那个名字对我来说当然没有意义,但我慢慢拼凑出来了。我读到他的瑞典身份卡尔·阿克索·波汀,读到他与硫黄湖摩托车俱乐部的关系,接着我想起了最后那些可怕的夜晚,就在卡米拉背弃我们之后。那时候我常常被摩托车的噪声吵醒,从卧室窗户可以看到那些印着可怕标志的皮背心。她和那种人鬼混,我并不意外,我对她已经不抱任何幻想。但我没想到她竟然来自这样的环境,而且她还打算接收她父亲的生意。"

"她有吗?"

"当然。在她自己那个肮脏的世界里,她为女权奋斗,至少是为她自己的权利奋斗,这一点对俱乐部里的许多女孩意义重大,尤其是凯莎·法尔克。"

"她是谁?"

"一个个性莽撞、长相美丽的女孩,她男朋友是带头的人之一。在那最后一年期间,她常来我们家,我记得我还挺喜欢她的。她有一双轻微斜视的蓝色大眼睛,强悍的外表下有热情、脆弱的一面。看了你的报道之后,我又去找她。虽然她的态度一点也不冷淡,却绝口不提卡米拉。我发现她的风格变了,原来那个飞车党女孩变成了商界女强人。不过她没有多说。我还以为这又是一条死胡同。"

"结果不是吗?"

"不是。大约一年前,凯莎主动来找我,当时她又变得不一样了,完全没有一点拘谨或冷漠,而是像被迫害似的神情紧张。过后不久她遭人枪杀,陈尸在布罗马的大沼泽运动中心。我们见面时,她跟我说札拉千科死后发生一些继承权的纠纷。卡米拉的孪生姐姐莉丝几乎什么也没得到——她好像连那一点点都不想要——大部分的财产都给了札拉千科在柏林那两个还在世的儿子，还有一部分给了卡米拉。你在报道中写到的毒品交易有一部分由她继承，这让我心里淌血。我怀疑卡米拉根本不关心那些女人，对她们也毫无恻隐之心。不过她还是不想和那些活动扯上关系。她跟凯莎说只有没用的人才会为那种下流货色伤神，对于组织的未来，她有一个截然不同的现代化视野。经过一场激烈协商后，她说服一个哥哥将她拥有的部分全部买下。然后她就带着现金和几个想跟随她的员工跑到莫斯科去了，凯莎也是其中之一。"

"你知道她从事的是哪种事业吗？"

"凯莎始终没能深入核心，所以也不了解，但我们自有怀疑。我想应该和爱立信那些商业机密有关。现在我几乎可以肯定卡米拉真的让我先生偷出有价值的东西转卖出去，大概是利用恐吓威胁。我还发现她来到我们家的前几年，曾经找学校的几个计算机高手侵入我的计算机。据凯莎说，她对入侵计算机多少有点沉迷。倒不是她自己学会了些什么，完全不是，但她老是在说进入银行账户、侵入服务器、偷取资料能赚多少钱。她建立的事业一定和这个脱不了关系。"

"听起来很有可能。"

"而且恐怕是很高阶的，卡米拉绝不会安于小成就。据凯莎说，她很快就设法打入莫斯科具有影响力的圈子，还成为某个有钱有势的国会议员的情妇，并透过这名议员开始和一群顶尖的工程师与罪犯等奇怪成员缔结关系。她把他们玩弄于股掌之间，而且她非常清楚俄罗斯国内经济的弱点。"

"弱点是什么？"

"俄罗斯充其量只是个插了国旗的加油站。他们出口原油和天然气，制造业却丝毫不值一提。俄罗斯需要先进科技。"

"她想给他们那个？"

"至少她是这么说的。不过她显然另有目的。我知道凯莎很佩服她建立人脉、为自己取得政治保护的能力，要不是后来害怕了，她很可能会一辈子忠于卡米拉。"

"她害怕什么?"

"凯莎认识了一个曾经非常杰出的军人——我想是个少校——搞到完全迷失自我。根据卡米拉透过情夫打听到的机密信息,那人曾经为俄罗斯政府执行过几次见不得光的行动,其中一次杀死了一位知名记者,伊琳娜·亚札洛娃,我想你应该听说过她。她在许多报道和书中都强烈反对政府。"

"是的,她的确是个女中豪杰。很可怕的遭遇。"

"那可不。计划出了差错。亚札洛娃预定要到莫斯科东南郊区一栋位于僻静街道的公寓,和一位批判政权的评论家会面。依照计划,那位少校要在她走出公寓时开枪。但没有人知道亚札洛娃的姐姐罹患肺炎,她必须代为照顾两个分别八岁和十岁的外甥女。当她带着小女孩走出前门时,少校迎面将三人都射死了。此事过后他便失宠了——不是有谁特别在乎那两个孩子,而是舆论一发不可收拾,整个行动计划恐怕因此曝光,成为政府遭受抨击的把柄。我想那个少校是担心自己成为代罪羔羊。就在那同时,他还要应付很多个人问题。他老婆跑了,把一个十几岁的女儿丢给他,他好像还有可能被赶出公寓。在卡米拉看来这是最完美的组合了:一个冷血无情又可以为她所用的人,刚好面临敏感处境。"

"所以她就拉他上船了。"

"对,他们见面了,凯莎也在,奇怪的是她一眼就喜欢上这个男人。他完全出乎她意料之外,一点都不像她在硫黄湖俱乐部认识的那些同为杀手的人。这个人身材极好、非常强壮,外表看起来粗暴,却也温文有礼,甚至有点脆弱敏感,她是这么说的。凯莎看得出来他真的很懊悔杀死那两个孩子。他是个杀人凶手,车臣战争期间专门拷问犯人,但凯莎说他还是有自己的道德尺度,所以当卡米拉向他伸出魔爪——这么说几乎不夸张——凯莎才会那么心慌。卡米拉用指甲划过他胸口,像猫一样尖声嘶叫:'我要你为我杀人。'她的话语充满性暧昧,她施展出魔鬼手段唤醒了这个男人残虐的一面。他把自己杀人的过程描述得愈惊悚，卡米拉就会愈兴奋。我是不太明白，但凯莎吓死了，不是害怕杀人者本身，而是害怕卡米拉。她的美貌与魅力终究诱发出他的掠夺性格。"

"你从来没向警方说过这些？"

"我一再地请求凯莎，我跟她说她需要保护。她却说她已经有了，还不许我找警察。是我太笨才听信她的话。她死后，我把我听到的一切告诉调查人员，但我怀疑他们并不相信，应该不会相信才对，那只不过是关于一个身在国外、没有姓名的男人的传言。卡米拉没有留下任何记录，我也始终没有发现与她的新身份相关的任何信息。而可怜的凯莎的命案当然也还没侦破。"

"我完全理解这有多痛苦。"布隆维斯特说。

"是吗？"

"我想是的。"他正想伸手搭在她手臂上以示安慰，却因为口袋里的手机响起而猛然打住。原本希望是安德雷，可惜却是史蒂芬·莫德。布隆维斯特花了几秒钟才弄清他是和李纳斯联络过的那个国防无线电通讯局人员。

"有什么事吗？"他问道。

"有一位资深的公务人员正在前来瑞典的途中，他希望明天能尽早在大饭店和你见上一面。"

布隆维斯特朝达格连太太打了个手势表达歉意。

"我的行程很满，"他说，"如果要我去见任何人，至少得给我一个名字和解释。"

"他名叫艾德温·尼丹姆，想谈谈关于一个以黄蜂为网络代号的人，此人涉嫌犯了重罪。"

布隆维斯特登时一阵惊慌，说道："那好，几点？"

"明天清晨五点。"

"你开什么玩笑！"

"很抱歉，这一切都不是开玩笑。建议你准时到，尼丹姆先生会在他的饭店房间里和你碰面，你得把手机留在柜台，而且需要搜身。"

布隆维斯特随即起身向玛格丽塔道别。

第三部
不对称的问题
十一月二十四日至十二月三日

有时候汇集比打散容易。

今时今日,计算机可以轻易计算出百万位数的质数相乘结果,但要反过来却极其复杂。仅仅几百个数字就可能造成巨大问题。

RSA之类的加密算法便是利用质因数分解之不易。质数已经成为机密的挚友。

第二十五章
十一月二十四日清晨

莎兰德没花多少时间便查出奥格斯画的那个罗杰的身份。她找到一个介绍昔日瓦萨区革命剧场演员的网站，里面有此人年轻时的照片，他叫罗杰·温特，入行之初曾主演过两三部电影，但近几年事业停滞不前，如今的名气还比不上他困坐在轮椅上的兄弟托毕亚。托毕亚是个率直的生物学教授，据说最近已和罗杰彻底疏远。

莎兰德记下罗杰的地址，然后侵入国家科学基金会重大研究计划单位的超级计算机，并同时开启她投注无数心力的那个程序，她一直想利用此程序建立一个动态系统，找出最可能破解的椭圆曲线方程式，并尽可能减少反复运算的次数。但不管她怎么试，都无法更进一步，国安局的档案依然坚不可摧。最后她去了看奥格斯。她一看不禁咒骂一声。男孩已经醒了，正坐在床上在一张纸上不知写些什么，她走近后发现他又在分解质因数。

"没有用的，不会得到任何结果。"她喃喃地说。当奥格斯又开始歇斯底里地前后摇晃，她叫他镇定一点，再继续睡觉。

时间很晚了，她心想自己也该休息一下，便躺到他隔壁床上，却又睡不着。奥格斯翻来覆去，嘴里唧唧哼哼，莎兰德终于按捺不住，决定说几句话试着安抚他。她所能想到最好的一句话就是："你知道椭圆曲线吗？"

当然得不到回答，但她并不泄气，还是尽可能作出简单明了的解释。

"你懂吗？"她问道。

奥格斯没应声。

"那好吧，"她接着说，"就拿3034267这个数字来说好了。我知道你能轻易找出它的质因数，不过也可以利用椭圆曲线来找。我们就

以曲线 $y = x^3 - x + 4$ 和曲线上的点 $P = (1, 2)$ 做例子。"

她把方程式写在床头柜一张纸上,但奥格斯好像完全听不懂。她想到自己研读过的那对自闭双胞胎,他们能通过一种神秘的方式分辨巨大的质数,却解不出最简单的方程式。或许奥格斯也是这样,或许比起数学天才,他更像一台计算机,但无论如何现在都已不重要了。枪伤又开始作痛,她需要一些睡眠,也需要赶走旧日童年的所有魔鬼,这个男孩让他们再次复苏了。

布隆维斯特回到家时已过午夜,虽然筋疲力尽,还得一大清早就起床,他仍然坐到计算机前搜寻艾德温·尼丹姆。全世界叫这个名字的人真不少,其中包括一个在罹患白血病后东山再起、成绩斐然的橄榄球员。

有一个艾德温·尼丹姆似乎是净水专家,还有一个经常在社交场合中入镜,看起来有点蠢。但似乎没有一个有可能破解黄蜂的身份,指控她从事犯罪活动。有一位艾德温·尼丹姆是在 MIT 取得博士学位的计算机工程师,这至少是一条方向正确的线索,但似乎就连他都不吻合。他现在在一流的计算机病毒防护公司"安全线路"担任资深主管,该公司对于黑客肯定有兴趣,只是这个被称为艾德的人所发表的言论,全部都是关于市占率与新产品。他说的话顶多也就是一般八股的营销术语,即使逮到机会谈论休闲活动,也同样了无新意:保龄球和飞蝇钓。他说他喜爱大自然,喜欢竞赛类的活动……他所能做出最具威胁性的事情,大概就是让人无聊到死。

他有一张照片,光着上身咧开嘴笑,两手高举着一条大鲑鱼,就是钓客圈内那种廉价的快照,还是一样平凡无趣,但是布隆维斯特渐渐起了疑心,也许这份平凡无奇正是重点所在。他又把资料重看一遍,这回忽然觉得这些是捏造的,是虚假表象。他慢慢但也很确定地得出相反结论:就是这个人。轻而易举就能嗅到情报单位的气息,不是吗?感觉很像国安局或中情局。他再次端详那张与鲑鱼的合照,这次好像看出一些很不一样的东西。

他看到的是一个装装样子的硬汉。他的站姿和他在镜头前露出的嘲弄笑容，都带有一种坚定不可动摇的感觉，至少布隆维斯特是这么想的，他也再次想到莎兰德。他琢磨着是否应该将这次会面的事告诉她。但现在没有道理担心她，何况他自己其实也一无所知，因此还是干脆上床睡觉。他需要睡上几个小时，以便清晨和艾德见面时能保持脑袋清醒。当他慢慢地刷牙、更衣、爬上床后，才发觉自己是出乎意外地疲倦，头一沾枕就睡着了。他梦见艾德站在一条河里，他则被人拖入水中差点溺毙，之后朦朦胧胧看见自己爬过河床，四周围全是蹦跳打滚的鲑鱼。不过他肯定没睡很久，一下子惊醒过来后，更加坚信自己忽略了什么。他的手机放在床头柜上，心思瞬间转到安德雷身上。他想必一直记挂着这个年轻人。

琳达将门上了两道锁。这没什么奇怪，她这般处境的女子是该采取所有必要的防范措施，但安德雷仍感到不安，只是他将原因归咎于公寓本身，总之他试着说服自己这么相信。这里全然不像他预期的样子，这真的是她某个女性友人的家吗？

床很宽，但不特别长，床头床尾都是亮晶晶的铁格栅。床罩是黑色的，让他联想到棺材，还有墙上挂的裱框相片他也不喜欢，拍的大多是手持武器的男人。整个地方散发着一种贫乏、冰冷的感觉。

但话说回来，很可能只是他太紧张而夸大了，或者是想找借口离开。男人总想逃离自己所爱——唯美主义作家王尔德不是说过类似的话吗？他注视着琳达。他这一生从未见过如此美丽的女子，此时她正朝他走来，那一袭紧身洋装更衬托出她的婀娜多姿。她仿佛看穿了他的心思，说道："你是不是想回家了，安德雷？"

"我的确还有很多工作要做。"

"我明白。"她吻了他，接着又说，"那么你当然得回去继续工作了。"

"那样或许是最好的。"他低声说道，这时她已整个人紧贴上来吻他，激动得令他无力抗拒。

他回应了她的吻,两手抱住她的臀,她猛力朝他一顶、一推,他重心不稳往后倒在床上,有那么一瞬间忽然觉得害怕。但转眼看见了她,她依然带着温柔的微笑,他暗忖:她只不过是玩得稍微狂野一点罢了。她是真的想要他,不是吗?她当下就想和他做爱,因此他任由她跨坐在自己身上、解开他衬衫的扣子、指甲刮划过他的腹部,同时眼中闪着光芒,包裹在洋装内的丰满胸部剧烈起伏着。她张开了嘴,一道唾液顺着下巴流下,接着低声说了一句话他没听清。"现在,安德雷,"她再次低声说:"现在!"

"现在?"他犹疑地重复她的话,并感觉到她在撕扯他的裤子。她的大胆超乎他预期,技巧之纯熟、表现之狂野淫荡更是他前所未见。

"闭上眼睛,静静躺着别动。"她说。

他照做了,耳边听到窸窸窣窣的声音,不知道她在弄什么。随后又听到喀喇一声,感觉有什么金属套住手腕,这才察觉自己被铐起来了。他想反抗,因为实在不太喜欢这类事情,只是一切都发生得太快。她以迅雷不及掩耳的速度将他的手铐在床头架,看似十分熟练。然后再用绳子绑住他的双脚,并用力拉紧。

"轻一点。"他说。

"放心。"话虽如此,他却不喜欢她那眼神。这时她用严肃的声音说了一句话。肯定是他听错了吧。"什么?"他问道。

"我要用刀割你,安德雷。"她说着往他嘴上贴了一大块胶布。

布隆维斯特努力劝自己别担心。安德雷怎么会出事呢?除了他和爱莉卡,谁也不知道他参与了保护莎兰德与男孩、不让他们曝光的行动。对于两人所在之处的信息,他们一直非常谨慎,比处理其他部分都要谨慎许多。可是……他怎会没有消息的呢?

安德雷不是一个会忽略手机的人。相反地,每当布隆维斯特来电,他总会在第一声铃响就接起来。但现在竟完全联络不上他,这不是很奇怪吗?又或者……布隆维斯特再次试图说服自己,安德雷因为忙着工作而忘了时间,或者最糟的是他丢了手机。很可能只是因为这个,但毕竟……在这么多年后卡米拉忽然又出现了。这里头一定有蹊跷,再说包柏蓝斯基是怎么说来着?

"活在这个世界里,必须疑神疑鬼。"

布隆维斯特拿起床头柜上的电话,又打给安德雷,这次还是没接,于是他决定吵醒新同事埃米,他就住在瓦萨区红山一带,离安德雷家很近。埃米听起来意兴阑珊,但仍答应立刻上安德雷家看看他在不在。二十分钟后他回电了,说是在安德雷家猛敲了好一会儿的门,他肯定不在家。

布隆维斯特随即换了衣服出门,匆匆走过风雪肆虐、空无一人的索德马尔姆区,来到位于约特路的杂志社。他心想,运气好的话,就会发现安德雷睡在沙发上。他已经不止一次在工作时打盹而没听到电话响。原因应该就这么简单。但布隆维斯特却愈来愈不安。当他打开门、关闭警报器时,没来由的打了个寒颤,像是害怕看到什么凄惨景象,不料四下搜寻后发现毫无异状。他的加密电子邮件上的信息,全都依事先约定仔细删除了。一切看似正常,但办公室那张沙发破旧空荡一如既往,并无安德雷躺卧的身影。布隆维斯特在沙发上坐了片刻,陷入沉思,然后再次打电话给埃米。

"埃米,"他说,"真对不起,大半夜的一直吵你。不过这整件事不由得我不多想。"

"我明白。"

"我总觉得刚才提到安德雷的时候,你的口气好像有点紧张。你有什么事没跟我说吗?"

"全都是你已经知道的事。"埃米说。

"什么意思?"

"我是说我也和资料检验局的人谈过了。"

"什么叫你也谈过了?"

"你是说你没有……"

"没有!"布隆维斯特打断他的话,只听到埃米在电话另一头的呼吸声变得沉重。出大问题了。

"说吧,埃米,长话短说。"他说。

"就是……"

"怎么样?"

"我接到资料检验局的一位李娜·罗勃森来电。她说和你谈过了,也同意在目前的情况下,提升你计算机的安全层级。但之前好像给了你错误的建议,她担心防护不足,所以她说想要尽快联络为你处理加密信息的人。"

"那你怎么说?"

"我说我对这件事一无所知,只是看安德雷用过你的计算机。"

"所以你要她和安德雷联络。"

"当时我人刚好在外面,就跟她说安德雷可能还在办公室,她可以打到办公室找他。就这样。"

"拜托,埃米。"

"可是听她的口气真的……"

"我不管她的口气怎样。但愿你跟安德雷说了这件事。"

"我是没有马上说。我现在也和所有同事一样,工作量太大了。"

"但你后来告诉他了。"

"我还没找到机会,他就出去了。"

"所以你就打电话给他。"

"当然,还打了好几次。可是……"

"怎么样?"

"他没接。"

"好吧。"布隆维斯特口气冰冷地说。

他挂断后改拨包柏蓝斯基的号码,打了两次,督察长才接起。布隆维斯特别无选择,只能全盘托出——除了莎兰德和奥格斯的所在地之外。

接着打给了爱莉卡。

莎兰德睡着了，但仍随时保持机动，皮夹克和靴子都没脱，衣冠整齐。她一直是睡睡醒醒，要不是因为风声呼号，就是因为奥格斯连睡觉都会发出呻吟。但每次到最后她还是会再度入睡，否则也会打起盹来，进入短暂却出奇真实的梦境。

这次她梦见父亲在殴打母亲，甚至能感受到童年那股已然久远却仍强烈的怒气，甚至强烈到让她又惊醒过来。三点四十五分，她和奥格斯写满数字的纸张仍安放在床头柜上。外头下着雪，但风暴似乎已经平息，没有一点不寻常的声响，只有从树梢呼啸而过的风声。

不过她感到不安，起初以为是刚才做的梦像一张细密的网笼罩着房间，一回神便打了个哆嗦。旁边的床是空的，奥格斯不见了。她立刻无声无息地跳下床，从地上的袋子里一把抓起贝瑞塔手枪，悄悄溜进邻接露台的大厅。

下一刻她才松了一口气。奥格斯就坐在桌边，不知忙些什么。她直接越过他的肩头去看，以免惊扰他，结果发现他不是在作新的质因数分解，也不是在画新的挨打景象。这回他画的是倒映在衣橱镜子里的棋盘方格，上方隐约可见一个人影，带着威胁伸出一只手来。凶手逐渐成形了。莎兰德淡淡一笑，随即退去。

回到房间后她坐在床上，脱去毛衣、卸下绷带，检视枪伤。伤口状况不太好，感觉也仍虚弱。她又吞了两颗抗生素，试着休息一下。本来说不定还能稍微再睡一会儿，但她模模糊糊觉得在梦里见到了札拉和卡米拉，紧接着又好像感觉到什么。外头有只鸟在鼓翅。她可以听到厨房里奥格斯的粗重呼吸声。她正打算下床，一声尖叫划空而过。

布隆维斯特在清晨时分离开办公室，准备搭出租车前往大饭店时，仍无安德雷的消息。他再一次想说服自己，是他反应过度了，安德雷可能随时会从某个朋友家打电话来。但忧虑挥之不去。他隐约意识到又开始下雪了，人行道上遗留了一只女鞋。他拿出三星手机，用Redphone app打给莎兰德。

莎兰德没接，这令他更加不安。他又试了一次，并透过Threema app传送一则短信："卡米拉在找你，马上离开！"这时他拦下一辆从贺钱斯街驶来的出租车，司机对上他眼神时吓了一跳。那一刻的布隆维斯特流露出一种坚决而危险的神情，更糟的是司机有意攀谈，他却不予理会，径自坐在阴暗的后座，发亮的双眼中满是担忧。

斯德哥尔摩市区冷冷清清。风雪缓和了，但海上依然白浪滔滔。布隆维斯特望向另一侧的大饭店，犹豫着是否干脆就别管和尼丹姆先生见面的事，直接去找莎兰德，不然至少也安排一辆警车过去。不行，没有事先警告她之前不能这么做。要是再次泄密，后果不堪设想。他又打开Threema app写短信："需要我求救吗？"

没有答复。当然不会有答复。他付了车钱，下车，心事重重。他推开旋转门进入饭店时是凌晨四点二十分，早到了四十分钟。他做事从来没有提早四十分钟过。但他心急如焚，将手机交给柜台前，打了通电话给爱莉卡，要她试着找到莎兰德，并与警方保持联系。

"要是有任何消息，就打到大饭店，转接尼丹姆先生的房间。"

"他是谁？"

"想见我的人。"

"在这个时候？"

艾德住六五四号房。门打开后，眼前站着一个汗臭淋漓、怒火冲天的男人。他与钓鱼照片中那名男子的相似度，大约就如同一个宿醉的独裁者与其经过美化的雕像。艾德手里端着一杯酒，脸色阴沉、满头乱发，有点像只斗牛犬。

"尼丹姆先生。"布隆维斯特说道。

"叫我艾德，"艾德说，"很抱歉这么一大早就把你拖到这里来，但事态紧急。"

"看起来也是。"布隆维斯特冷冷地说。

"你知道我想找你谈什么吗？"

布隆维斯特摇摇头，往沙发上坐下，旁边的桌上摆了一瓶琴酒和几罐小瓶装的舒味思通宁水。

"当然了，你怎么会知道呢？"艾德说，"但话说回来，像你这种人却也难说。我调查过你。你应该要知道我最讨厌拍人马屁，嘴里会留臭味，不过你算是你们这一行的佼佼者，对吧？"

布隆维斯特勉强一笑，说道："能不能直接说重点？"

"别紧张。我会说得一清二楚。你应该知道我在哪里工作。"

"不太清楚。"他老实地说。

"在迷宫，信号情报城。我在一个被世人唾弃的地方工作。"

"美国国安局。"

"答对了。你知不知道招惹我们是多愚蠢的事？你知不知道？"

"我明白得很。"他说。

"那你知不知道我认为你女朋友的最后归宿其实在哪里？"

"不知道。"

"监狱。要待一辈子！"

布隆维斯特尽可能露出平静、从容的微笑，其实脑中思绪转得飞快。莎兰德侵入美国国安局的计算机了吗？光是这么一想就把他吓坏了。如今她不只在逃避杀手的追杀，连美国的情报突击队也要倾巢而出来对付她吗？这听起来……听起来如何呢？听起来太不可思议了。

莎兰德的特质之一就是采取行动前，一定会仔细分析后果，不会贸然行事，哪怕只要有任何一丝被抓的可能，就会停手。所以，他实在无法想象她会如此愚蠢地冒险。的确，她有时候会让自己身陷险境，但那必然是权衡过利害得失的决定。他不肯相信她侵入了美国国安局系统，最后只落得这样的下场：成为此时站在他眼前这头暴躁乖戾的斗牛犬的手下败将。

"我认为你话说得太快了。"他说。

"你就继续做梦吧，老兄。但你也听到我刚才用了'其实'两个字，很好用的字眼哦？可以有各种意思。其实我早上是不喝酒的，但现在手上却拿着酒杯，哈哈！我的意思是如果你答应帮我一两个忙，你女朋友也许就能摆脱困境，安然无事。"

"我听着。"他说。

"好极了。不过你得先向我保证，不会把我当成报道的消息来源。"

布隆维斯特诧异地看着他，没想到他会这么说。

"你是什么告密者吗？"

"拜托，不是，我是一条忠心的老猎犬。"

"但你不是正式代表美国国安局。"

"你可以说我目前有自己的计划，有点像是办私事。所以，怎么样？"

"我不会引述你的话。"

"太好了。我还想确保一件事，我接下来要跟你说的话不能传到第三人耳中。你也许会觉得奇怪，我干吗向一个调查记者透露天大的消息，却又不许他泄漏半个字？"

"好问题。"

"我有我的理由。而我相信你——别问我为什么。我敢打赌你想保护你女朋友，而且你认为整件事的重点在其他地方。关于这点我说不定也能帮上忙，假如你准备要合作的话。"

"这还有待观察。"布隆维斯特态度强硬地说。

"好吧，几天前我们的内部网络NSANet出现了资安漏洞，这件事你知情吧？"

"多少知道一点。"

"NSANet是在九·一一事件之后建立的，目的是增进我们国内各情报系统与其他英语系国家——也就是所谓的'五眼联盟'——之间的协调运作。这是一个密闭系统，有专属的路由器、入口网站与桥接器，与其他的国际网络完全隔绝。我们通过卫星与光纤电缆从这里管理我们的信号情报，这里也是我们的大数据库，储存了机密的分析资料与报告——从最不敏感的莫瑞级文件，一直到连美国总统都不能看的温布拉最高机密。这个系统的运作中心在得州，老实说还真愚蠢，不过它终究是我的宝贝。告诉你吧，麦可，我可是拼了老命才创造出它来，没日没夜辛辛苦苦才有的成果，所以我不许哪个王八蛋滥用它，更别说是侵入了。只要稍有异常就会启动警报铃，另外还有一大票独立作业的专家在监控这个系统。如今，只要干了什么事就不可能不在网络上留下足迹，至少理论上是这样。一切都会被记录下来经过分析，应该不可能按了哪个键却没有启动通报功能，但偏偏……"

"有人做到了。"

"对，也许我本来可以心平气和地接受这个事实。计算机总会有漏洞弱点，也总是有进步的空间。漏洞能让我们随时提高警觉。但问题不在于她成功侵入，而在于她的做法。她侵入我们的服务器，建立了一个进阶的桥接器，利用我们的一个系统管理员进入内部网络。如果光是这样，手法真是漂亮得没话说。但不止如此，事情没这么简单。后来这个贱人把自己变成了幽灵使用者。"

"变成什么？"

"幽灵。她到处飘来飘去，谁也没发现。"

"你的警铃没响？"

"那个该死的天才安装了一种我们从未见过的木马病毒，要不然系统早就发觉了。那个恶意程序不断地将她的身份升级，她的使用权限愈来愈大，吸收了许多高度机密的密码与代号，并开始连接、比对记录与数据库，然后忽然就……搞定了！"

"什么搞定了？"

"她找到了她要找的东西以后，就不想再当隐形人，她想让我们看看她的发现，直到这个时候，我的警铃才在她想让它响的时候响了。"

"她发现了什么？"

"发现了我们的虚伪，我们的两面手法，所以我才会跟你坐在这里，而不是一屁股坐定在马里兰州，派出海军陆战队来追捕她。她就像小偷，闯空门却只是为了揭发这个家里早已堆满赃物，我们一发现之后，她就变得非常危险，危险到有几个高层想放过她。"

"但你不想。"

"我不想。我想把她绑在灯柱上活活抽死。可是我没别的选择，只能放弃追踪，麦可，这真的让我很火大。我现在看起来也许很平静，但你没看到我当时……妈的！"

"你都气疯了吧。"

"没错，所以我才会等不及天亮就把你找来。我必须在黄蜂逃出国以前抓到她。"

"她为什么要逃？"

"因为她干完这件疯狂事以后又干了一件，不是吗？"

"我不知道。"

"我想你知道。"

"话说回来，你为什么认为她就是你的那个黑客？"

"这个嘛，麦可，这正是我现在要告诉你的。"

但他没有说下去。

房间电话响了，艾德立刻接起。是柜台要找布隆维斯特，艾德将话筒递了过去。他很快便猜到布隆维斯特得知惊人的消息，因此当这位瑞典记者随口胡乱道了个歉后夺门而出，他并不讶异。不过艾德可不会让他轻易脱逃，于是他也抓起外套追了上去。

布隆维斯特有如短跑选手般急速奔过走廊。艾德不知道出了什么事，但倘若与黄蜂、鲍德一事有关，他希望自己也能在场。他有点追不上——布隆维斯特太过心急等不了电梯，直接就冲下楼梯。等艾德气喘吁吁跑到一楼，布隆维斯特已经拿出手机，聚精会神地打起另一通电话，一面跑出旋转门到马路上去。

"怎么回事啊？"艾德见布隆维斯特打完电话打算拦出租车，如此问道。

"一堆问题！"布隆维斯特说。

"我可以开车送你。"

"可以才怪。你刚才在喝酒耶。"

"至少可以开我的车。"

布隆维斯特这才放慢脚步,转身面向艾德。

"你想做什么?"

"我想和你互相帮助。"

"你的黑客你得自己抓。"

"我已经没有抓任何人的权限。"

"那好,车在哪儿?"

艾德租来的车停在国立博物馆附近,两人一同跑过去时,布隆维斯特匆匆解释了一下,说现在要前往斯德哥尔摩群岛的印格劳岛,他会在上路后问问该怎么去,而且不打算遵守时速限制。

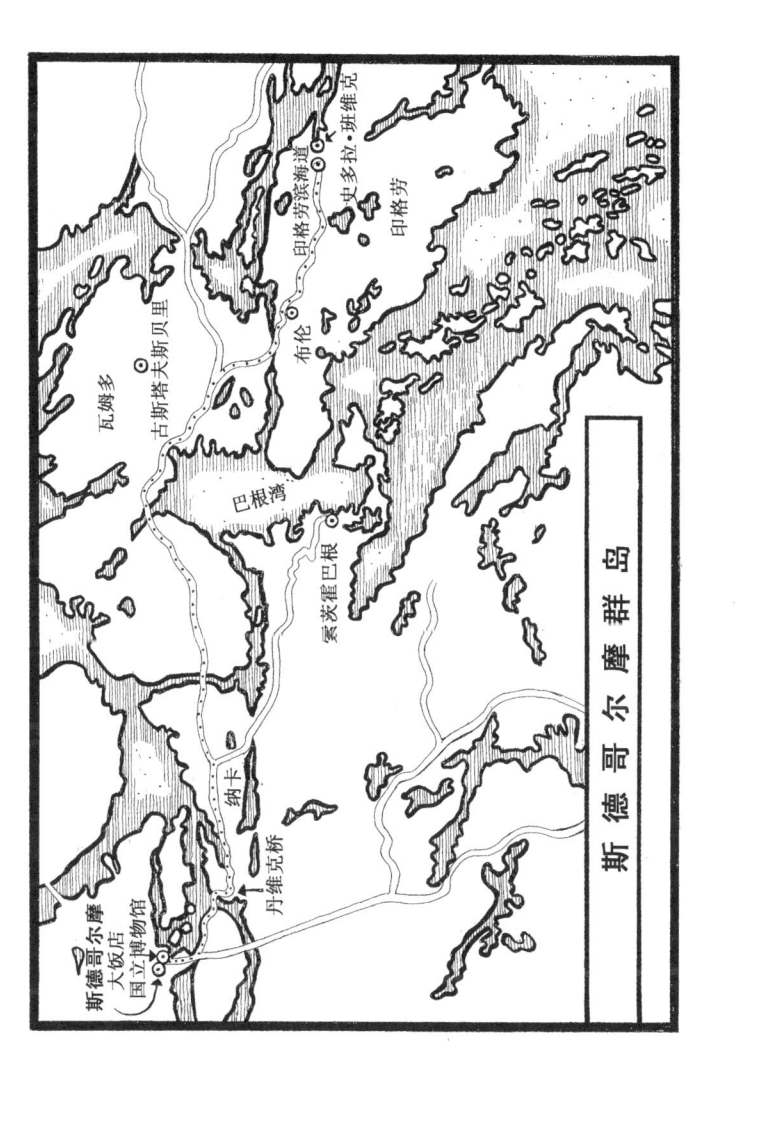

第二十六章
十一月二十四上午

奥格斯发出尖叫,就在同一时间莎兰德听到脚步声,是屋侧响起急促的脚步声。她抓起手枪跳起身来,虽然感觉很糟,却不予理会。

当她冲到门口,看见露台上出现一个高大的男人,一度以为自己占了刹那的先机,不料那人并未停下来打开玻璃门,而是直接冲破玻璃,用手中的枪射向男孩。

莎兰德随即反击,又或者她本来就开枪了,她也不知道。她甚至没有意识到自己是什么时候开始朝那个男人跑去,只知道自己用大到令人失去知觉的力量冲撞他,此时两人一起倒在方才男孩所在的圆桌旁边,她就压在他身上。她一秒也没犹豫就狠狠给了他一记头槌。

由于用力过猛,她整个头颅嗡嗡鸣响,起身时摇摇晃晃,房间在旋转,她的衣服上有血。又挨子弹了吗?她无暇细想。奥格斯人呢?桌边没人,只有一桌的铅笔、画、蜡笔和质数演算。他到底跑哪儿去了?她忽然听到冰箱旁边有哎哼声,没错,正是他,两膝屈起靠在胸前坐着,全身发抖。刚才想必是正巧来得及扑到地上。

莎兰德正想冲上前去,听到外头又有了令人担忧的声响,是人声和树枝的噼啪声。有其他人正在靠近,没时间了,他们得离开此处。她迅速在脑中想象一下四周地势后,奔向奥格斯,喝道:"我们走!"奥格斯没有动。莎兰德一把将他抱起,痛得脸都扭曲了。每个动作都痛。但他们就是得走,奥格斯想必也理解到这一点才会从她手中挣脱。于是她跃向圆桌,抓起计算机和奥格斯的外套后直奔露台,从躺在地上那个男人身边经过时,他颤颤晃晃地撑起身子,想去抓跟随在她身边的奥格斯的腿。

莎兰德本想杀了他,但念头一转只是狠踢他的喉咙和肚子,并将他的武器丢到一旁,然后带着奥格斯穿越露台,跑下陡峭岩坡。但是她蓦地想到了画。刚才没看到男孩已经画了多少,是不是应该回去拿?不行,其他人随时会到,他们得马上走。可是……那幅画也是一项武器,更是这番疯狂局面的起因。因此她将奥格斯和计算机留在岩棚上,这地方是她前一晚发现的,然后自己往回爬上斜坡,回到屋内在桌面翻找。一开始没看见,到处都只有那个混蛋卫斯曼的素描,和一排又一排的质数。

不过有了,找到了,只见棋盘方格与镜子上方已多出一个浅淡人像,额头上有一道清晰的疤痕,这时莎兰德轻而易举就认出来了。他正是在她眼前倒地不起、出声呻吟的男人。她连忙拿出手机拍照,传给包柏蓝斯基和茉迪,甚至还在纸张最上头匆匆写了一行字。但片刻过后她发觉自己做错了。

他们已经被包围。

莎兰德发送了两个字到他的三星手机,也同样传给了爱莉卡:"危急。"这几乎已无误解空间,莎兰德是不会让人误解的。不管布隆维斯特怎么看,这则信息都只可能有一种意思:她和奥格斯被发现了,最糟的是现在恐怕已经遭到攻击。经过史塔兹戈登码头时他将油门踩到底,一下便上了瓦姆多路。

他开的是全新的奥迪 A8,艾德就坐在旁边。艾德沉着一张脸,偶尔在手机上发短信。布隆维斯特也不明白自己为何让他跟来——或许是想看看这个人对莎兰德知道多少,又或者还有其他原因。说不定艾德可以派上用场。反正无论如何,情况都不会因为他而更糟。此时警方已获得通报,但他怀疑他们能否来得及迅速组成小队,尤其是他们对于信息不足一事仍抱有疑虑。爱莉卡一直是中心点,负责让所有人互相保持联系,也是唯一知道路线的人。不管能得到什么样的帮助,他都需要。

就快到丹维克桥了,艾德不知说了句什么,他没听到,他在想着其他事情。他想到安德雷——他们把他怎么了?他为什么就不跟他去喝一杯呢?布隆维斯特试着再打一次电话给他,也试着打给莎兰德。

但都没人接。

"你想知道我们对你那个黑客了解多少吗？"艾德问。

"好啊……有何不可？"

谁知这次还是没聊成。布隆维斯特的手机响了，是包柏蓝斯基。

"希望你明白事情过后我们得长谈一番，而且必定会涉及法律层面。"

"我听到了。"

"不过我打这通电话是要给你一些信息。我们知道莎兰德在四点二十二分还活着。她发短信给你是在这之前或之后？"

"之前，一定是之前。"

"好。"

"你怎么能这么确定时间？"

"她传来一样非常有意思的东西。是一幅画。麦可，我不得不说这超乎我们的期望。"

"这么说她让那孩子画出来了。"

"是啊。如果要拿这个当证物，我不知道会不会有什么技术性的问题，也不知道聪明的辩方律师会提出什么样的抗辩，但依我之见，画里的人毫无疑问就是凶手。栩栩如生得太不可思议了，还是同样地精准神奇。事实上，在纸张最底下还写了一个方程式，不知道与本案有无关联。不过我把孩子的画传给国际刑警组织了，如果他们的数据库里有这个人的档案，他就完了。"

"你也要把画发给媒体吗？"

"我们还没达成共识。"

"你们什么时候会到达现场？"

"会尽快……等一下！"

布隆维斯特可以听到背景里有电话响声，包柏蓝斯基去接了另一通电话，一两分钟后再回来时，只简短说道：

"我们获报那里发生枪击。听起来不妙。"

布隆维斯特深吸一口气，说道："有安德雷的消息吗？"

"我们利用他的手机讯号追踪到旧城区一处基地台,但仅此而已。到现在已经有好一阵子收不到讯号,手机好像被砸了,也可能只是关机。"

布隆维斯特开得更快了,幸好这个时间路上没车。起先他几乎没跟艾德说什么,只是简单交代一下,但最后再也忍不住。他需要想想别的。

"说说看,你觉得你们发现了什么?"

"关于黄蜂吗?有很长一段时间,零发现。我们深信已经查到头了。"艾德说,"所有能试的办法都试过了,还是没有结果。从某方面说,这倒也合理。"

"为什么?"

"能作这种攻击的黑客应该也能湮灭所有痕迹。我很快就领悟到了,用传统方法不会有任何收获,所以我跳过所有狗屁辩论直捣核心问题:谁有这样的技术能力?这个问题是我们最大的希望。外面几乎没有人有这种程度,照这样看来,这黑客的技能对其他人是不利的,再者我们分析了恶意程序本身,发现……"艾德低头看着手机。

"什么?"

"发现它具有一些艺术特质,也许可以说是个人风格,现在只须找出作者,于是我们开始向黑客界传送贴文,没多久就发现有一个名称、一个代号一再出现。你能猜到是哪一个吗?"

"也许。"

"就是黄蜂。当然还有其他名称,但黄蜂最特别。到最后关于这个人的狗屁传说实在听得太多,我恨不得能破解他的身份,于是我们从头来过,把黄蜂在网络上写的东西一字不漏地全看过,并仔细研究有黄蜂签名的每项操作。很快地,我们便确定黄蜂是个女的,并猜测她是瑞典人。早期有几篇贴文是用瑞典文写的,但线索不多。不过既然她在追踪的组织和瑞典有点关联,鲍德又是瑞典人,这至少是个好的起点。我联络国防无线电通讯局,他们搜查了记录,结果真的……"

"怎么样？"

"有了突破。许多年前他们调查过一起黑客行动，使用的代号就是黄蜂。因为年代久远，当时黄蜂的加密手法还不太高明。"

"那是怎么回事？"

"黄蜂一直在找其他国家情报单位叛逃者的资料，这就足以启动国防无线电通讯局的警报系统了。经过调查，他们追到乌普萨拉一间儿童精神病院，追到那里一个姓泰勒波利安的主任医师的计算机。他好像替瑞典秘密警察做过一点事情，所以没有嫌疑。通讯局转而盯上几个精神科护士，而她们之所以被锁定为目标是因为……好吧，我就老实说，她们是移民。那真是愚蠢透顶、心胸狭隘的做法。总之，还是毫无结果。"

"可以想见。"

"所以我请通讯局的人把旧资料全部送过来，然后用截然不同的心态去过滤。你要知道，一个厉害的黑客不一定是又高又肥，而且会在早上乖乖刮胡子，我就见过十二三岁的超级高手。我很清楚，应该查一查当时病院里的小孩，于是派三个手下把每个院童都彻彻底底查一遍，结果你知道我们查到什么了吗？有一个孩子是当过间谍的超级大坏蛋札拉千科的女儿，我们中情局的同事知道这号人物，接下来一切都变得非常有趣。你大概知道，这个黑客在调查的网络和札拉千科以前的犯罪集团有一些重叠之处。"

"也不能因此就咬定侵入你们计算机的是黄蜂。"

"当然。但我们又更进一步查过这个女孩，该怎么说呢？她的背景挺有意思的，不是吗？公开档案里关于她的资料，有很多都离奇消失了，但我们找到的信息仍绰绰有余，而且……不知道，说不定是我错了，但我觉得往这个方向找准没错。麦可，你对我没有一丁点认识，其实我知道一个孩子亲眼目睹极端暴力是什么感觉，我也知道当社会完全不采取行动惩罚有罪的人又是什么感觉。太痛苦了，所以当我看到有过这种经历的孩子最后大多沉沦，一点也不惊讶。他们自己往往也变成了害虫混蛋。"

"对,真是不幸。"

"但麦可,还是有少数几个变得跟熊一样壮,然后挺身反击。黄蜂就是其中之一,对吧?"

布隆维斯特若有所思地点点头,油门也踩得更深一些。

"他们把她关起来想把她搞到崩溃,可是她一再挺了过来,你知道我是怎么想的吗?"

"不知道。"

"每一次都让她更加壮大,最后变成一股绝对致命的力量。以前发生的事她一件也没忘记,点点滴滴都烙印在心里,对吧?也许这一切乱七八糟的事情的根本真相就在这里。"

"你想干吗?"布隆维斯特不客气地问。

"黄蜂想干吗我就想干吗。我想导正一些事情。"

"还要抓到黑客。"

"我想见见她,当面骂她几句,还要把我们每一个资安漏洞都堵上。但最重要的是我想报复一些人,因为黄蜂揭了他们的底,他们就不让我把分内的工作做完。我有理由相信你会帮我的忙。"

"为什么?"

"因为你是个好记者。好记者不会希望肮脏的秘密始终是肮脏的秘密。"

"那黄蜂呢?"

"黄蜂将会有机会使出她最狠的手段。这一点也需要你帮忙。"

"要不然呢?"

"要不然我会想办法把她弄进牢里,让她再次尝尝生不如死的滋味,我说到做到。"

"但目前你只想和她谈谈?"

"我绝不允许再有哪个王八蛋侵入我的系统,所以我需要知道她到底是怎么做的。我要你转告她这一点。只要你的女朋友能坐下来好好跟我解释,我准备要放了她。"

"我会告诉她的,只希望……"

"只希望她还活着。"艾德接口说道。他们高速左转,朝印格劳滨海道驶去。

侯斯特难得一次把事情搞砸到这步田地。

他有种浪漫的幻想,认为远远地就能看出一个男人能否在肉搏战中获胜。正因如此,当绮拉企图诱惑布隆维斯特失败,他毫不讶异。奥罗夫和波达诺夫充满信心,但侯斯特就是心有疑虑,尽管他只在索茨霍巴根瞥见那个记者一眼。布隆维斯特看起来是个问题,就像个无法轻易愚弄或打败的男人。

那个较年轻的记者就不一样了。他一看就是典型的孬种,不料完全不是这么回事。侯斯特刑囚过的人,从来没有一个撑得比安德雷还久,虽然痛苦万分,但他仍不肯松口。他眼中闪着坚忍不拔的光芒,内心似乎有更高的原则在支撑着,侯斯特还一度以为没希望了,安德雷恐怕宁可忍受一切折磨也不会开口。直到绮拉信誓旦旦地说,要让《千禧年》的爱莉卡和布隆维斯特也受到同样折磨,安德雷才终于屈服。

那时已经是凌晨三点半。侯斯特知道自己永远不会忘记这一刻。雪纷纷落在天窗上,这个年轻人的脸失去了水分光泽,眼周出现黑眼圈,鲜血从胸口往上喷溅,沾染得嘴巴和脸颊血迹斑斑。贴了许久胶带的嘴唇也已龟裂、渗出血水。此时的他不成人样,却仍看得出是个俊秀青年。

侯斯特想到欧佳——她对他会有什么感觉?这个记者不正是她喜欢的那种有学识、打击不公不义、为乞丐与弱势族群发声的人吗?他想到这个,也想到自己一生中的其他事情。之后他画了个十字,俄罗斯的十字,一边通往天堂另一边下地狱,接着瞄了绮拉一眼。她的美更胜平日。

她的双眼炯炯发亮,一身优雅的蓝色洋装——大致没有沾到血渍——坐在床边的凳子上,用瑞典话不知跟安德雷说些什么,语气听起来很轻柔。随后她拉起他的手,他也紧紧回握,因为无法寻求其他慰藉。屋外巷弄里风声凄厉。绮拉对侯斯特点了点头，面露微笑。雪花落在外侧窗台上。

后来他们一同坐上一辆路虎，出发前往印格劳。侯斯特心里感到空虚，对于事态的发展并不满意。但事情走到这一步全怪他自己，这是避无可避的事实，因此他只能安静坐着听绮拉说话。她出奇地兴奋，一说起他们即将面对的那名女子就恨得牙痒痒的。侯斯特觉得这不是好预兆，要是他办得到，他会促使她回头，马上离开这个国家。

但他什么也没说，一行人在下着雪的黑夜中向前行驶。绮拉那双闪着冷酷光芒的眼睛令他害怕，但他随即抛开这念头，他至少得相信她——她的逻辑推理能力一向快得惊人。

她不但推测出是谁冲进斯维亚路救了男孩，还猜到谁会知道男孩与那女子藏身何处，而她想到的人正是布隆维斯特。她的推断令人费解，瑞典的知名记者为何会藏匿一个在犯罪现场无端冒出并绑架儿童的人？然而愈是深入检视她的理论，愈觉得有理。不仅因为那名女子——她名叫莉丝·莎兰德——与布隆维斯特关系密切，《千禧年》杂志社也出了一些状况。

索茨霍巴根命案发生后，波达诺夫侵入布隆维斯特的计算机，想查出鲍德为何三更半夜叫他到家里去。要进入他的电子信箱再简单不过，但如今却不然，什么时候竟然也有波达诺夫无法读取的电子邮件？就侯斯特所知，从来没有过。布隆维斯特顿时变得小心许多，就在那名女子带着男孩从斯维亚路消失之后。

这也不能保证布隆维斯特知道他们在哪里，但随着时间过去，愈来愈多迹象显示这个推理可能是对的。反正绮拉好像也不需要什么铁证，她就是想向布隆维斯特下手，就算不是他，也是杂志社里的人。她现在一心一意只想找到那个女人和孩子。

侯斯特或许无法理解绮拉的微妙动机，但为了他自己好，也得除掉那男孩。绮拉甘为侯斯特冒天大的风险，他十分感激，是真的，尽管此时坐在车内的他有些不安。

他想着欧佳，试图借此获得力量。不管发生什么事，都不能让她一觉醒来，看见自己父亲的画像出现在各报头版。他试着自我安慰说最困难的部分已经过去，假如安德雷给他们的地址正确，剩下的工作应该就简单了。他们有三个全副武装的男人，连波达诺夫也算进去的话就是四个，而他大部分时间还是盯着计算机看，一如往常。

成员包括侯斯特、波达诺夫、奥罗夫和威顿，威顿原是硫黄湖摩托车俱乐部的帮派分子，现在改听绮拉差遣。四个大男人对付一个八成已经入睡，还要保护一个小孩的女人，应该不成问题，一点都不成问题。可是绮拉几乎像发了疯似的：

"别小看莎兰德！"

她实在说了太多次，连平时对她唯命是从的波达诺夫也开始气恼。当然了，侯斯特在斯维亚路已经见识到那个女人有多强健、快速而无所畏惧，但依照绮拉的描述，她简直就是女超人，太荒谬了。侯斯特从未遇过哪个女人在近身搏斗时能及得上自己——或甚至奥罗夫——之万一，不过他还是答应会小心。首先他会先上去勘查地势，拟定策略，以免落入陷阱。他一再地强调这一点，最后当他们来到紧邻着一道岩石斜坡和一座防波堤的小海湾后，由他发号施令。他叫其他人先待在车上作为掩护，他先去确认是不是这栋房子。

侯斯特喜欢清晨时分，喜欢这时刻的宁静与空气中那种变化的感觉。此时他弯着身子往前走，一面竖耳倾听。四下的漆黑令人安心——灯都熄了。他逐渐远离堤防，来到一道木围篱前，围篱栅门歪歪斜斜，旁边生长着茂密的荆棘灌木。他打开栅门，右手扶着栏杆，起步爬上陡峭木梯，不久便隐约看到上面的屋子。

屋子藏在松树与白杨树林背后，只见暗暗的轮廓，南侧有个露台，露台上有几扇玻璃门，要闯入毫无困难。乍看之下，似乎并无太大问题。他无声无息地移动着，一度还考虑自行动手，也许他该负起这个道义责任，这次总不至于比他以前的任务更棘手。恰恰相反吧。

这回没有警察、没有守卫，似乎也没有警报系统。没错，他没带冲锋枪，但其实不需要。步枪太夸张，那是绮拉多虑了，他有他的手枪、他的雷明顿，这已绰绰有余。忽然间，他不像平时先经过谨慎计划，便开始沿着屋侧，朝露台和玻璃门走去。

紧接着他僵住了，一开始也不知道为什么——有可能只是他隐隐感觉到的一个声响、一个动静、一个危险。他抬头望向上方的方形窗，但从他的位置看不到里面。他仍静止不动，愈来愈没把握。会不会不是这间屋子？

他决定靠近一点窥探，没想到……他随即在黑暗中定住，无法动弹。他被发现了，那双曾一度盯着他看的眼睛此时正呆滞地凝视着他的方向。他应该要马上行动，应该跳上露台，直接冲进去射杀男孩。但他却再次犹豫不决，就是无法拔枪。面对那个眼神，他茫然若失。

男孩发出刺耳的尖叫声，仿佛连窗子都振动起来，直到此时侯斯特才终于挣脱麻痹状态奔上露台，一刻也未再考虑便冲破玻璃门，自认为精准无比地开枪射击，却始终不知道究竟有没有打中目标。

忽然有个充满爆发力、宛如鬼魅般的人向他扑了过来，速度之快几乎让他来不及反应。他知道自己又开了一枪，那个人也回击了，下一刻他便整个人轰然倒地，一名年轻女子摔压在他身上，她眼中的怒火是他生平仅见。他凭着直觉反应试图再次开枪，但那女子有如一头猛兽，头往后一扬……砰！

当他清醒过来，嘴里有血的味道，套头毛衣又湿又黏，肯定是挨打了。就在这时候，男孩与女子从他身边经过，他试着去抓男孩的腿，至少他是这么认为，不料忽然一口气喘不过来。

他已经弄不清是怎么回事，只知道自己挨了打，但是谁呢？一个女人吗？这个领悟加深了他的痛楚，他躺在地上的玻璃屑与自己的鲜血当中重重喘息着，闭上了眼睛。他希望一切很快过去。张开双眼时，却赫然惊见那个女子还在。她不是走了吗？没有，她就站在桌旁，他可以看见她那双像男孩般的细腿。他拼尽全力想站起来，摸索自己的武器，同一时间也听到破窗外传来人声，紧接着他再度向女人发动攻击。

然而他还来不及采取任何行动，那女子便冷不防地往外冲，从露台一头往下栽入树林中。黑暗中枪声四起，他喃喃自语道："杀死这些王八蛋。"但他却只能勉强起身，黯然看了看眼前的桌子。

桌上有一堆蜡笔和纸，他眼睛看着却有点心不在焉。忽然他的心好像被一只爪子给攫住。他看见一个脸色苍白的恶魔正伸出手要杀人，过了一两秒才醒悟到那个恶魔正是他自己，不由打了个寒颤。

但他仍无法转移视线，这时才注意到纸张最上面潦草写了几个字：

　　四点二十二分寄给警方

第二十七章
十一月二十四日早上

　　快速应变小组的亚朗·巴札尼在四点五十二分进入嘉布莉的别墅，看见一个身穿黑衣的高大男子，成大字形躺在圆桌旁的地上。
　　他小心翼翼地接近。屋里似乎已经没人，但他不能冒险。刚才接到几起通报说这栋屋子发生激烈枪战，他也能听到同事在屋外的陡峭岩坡激动高喊："这里！这里！"
　　巴札尼不知道发生了什么事，一度犹豫着：是否应该去瞧瞧？最后他决定先看看地上这男人的状况。四下全是碎玻璃和血迹，桌上则散置着撕碎的纸和压碎的蜡笔。地上的男子虚弱地画了个十字，嘴里嘟哝一句，大概是在祈祷，听起来像是俄语。巴札尼听懂了"欧佳"两个字。他对男子说医护人员马上就到。
　　"她们是姐妹。"男人用英语说。
　　但这话令人摸不着头绪，巴札尼没当一回事，而是开始搜男人的身以确定他没有武器。他很可能是腹部中弹，毛衣上全是血，脸色异常苍白。巴札尼问他出了什么事，他没回答，一开始没回答。随后又拼着一口气说出另一句奇怪的话。
　　"那幅画捕捉了我的灵魂。"他说着眼看就要失去知觉。
　　巴札尼待了几分钟看守男子，一听到救护人员的声音便留下他，径自步下岩坡，想看看同事们在叫嚷什么。雪还在下着，脚下十分冰冷。下方水岸边可以听到说话声和更多车辆到达的声音。天色仍暗，视线不佳，岩石凹凸不平，松树凌乱散布。这里的地形陡峭惊险，要在这片地界上打斗并非易事，一股不祥的预感顿时袭上巴札尼心头。他发现四周变得出奇安静。
　　不过同事们就在一片茂密的白杨林后面，距离不远。当他看见他们低头瞪着地面，不禁害怕起来——这对他来说很不寻常。他们看见什么了？那个自闭男孩的尸体吗？

他缓缓走过去，想到自己的两个儿子。他们今年分别满六岁和九岁，迷足球迷得不得了，除了足球什么也不做、什么也不谈。毕永和安德斯，他和蒂凡替他们取了瑞典名，觉得这样会让他们的生活轻松一点。是什么样的人会跑到这里来杀一个孩子？他忽然怒不可遏，但也旋即松了口气。

那里没有男孩，只有两个男人躺在地上，似乎腹部中弹。其中一个长相粗暴，脸上布满痘疤，还有一个像拳击手被打扁的塌鼻子；他试图想站起来，却轻易地便再次被推倒。他流露出屈辱的表情，右手不知是因为疼痛还是愤怒而颤抖。另一人穿着皮夹克，头发绑成马尾，情况似乎更糟，只见他动也不动地躺着，愣然凝视黑暗的天空。

"没见到孩子吗？"巴札尼问。

"什么都没有。"同事科莱斯·朗恩说。

"那个女人呢？"

"没看见。"

巴札尼也不知这算不算好消息，他又问了几个问题，却没人知道是怎么回事。唯一能确定的是在三四十米外防波堤附近，找到两把巴雷特REC 7自动步枪。应该是这两个男人所有，但被问到遭遇了什么事，痘疤脸的男子却咬牙切齿地给了一个不知所云的答案。

巴札尼和同事花了十五分钟仔细地四下搜索，只看到更多的打斗痕迹。这时愈来愈多人抵达现场，有救护车随行人员、侦查警官茉迪和两三名犯罪现场搜证人员、一批批的正规警察，还有记者布隆维斯特陪同一位理了小平头、身材魁梧的美国人，每个人一见他便肃然起敬。五点二十五分，他们接获通知说有位目击者正在岸边停车区等候问话。那人希望被称为K.G.，其实他本名叫卡尔-古斯塔夫·马聪，前不久才在对岸买了一栋新屋。据朗恩说，他的话需要打点折扣："这老小子想象力太丰富了。"

茉迪和霍姆柏站在停车区，试着厘清真相。事情全貌到现在仍支离破碎，他们只希望这个证人马聪能为黑暗带来一定程度的曙光。

可是当他沿着海岸走来时,他们愈看愈觉得不乐观。马聪头戴一顶提洛尔帽①,身穿绿格纹长裤和红色加拿大鹅羽绒衣,全身灿烂耀眼,还留了两撇可笑的翘胡子,看起来就像要登场搞笑的。

"是K.G.马聪吗?"茱迪问道。

"正是。"接着不等警察提问,他便主动解释——也许是自知可信度有待提升——强调自己是"真实犯罪"的老板,这家出版社专出有关著名犯罪事件的书。

"好极了。不过我们现在想听的是事实陈述,不是新书宣传。"为了保险起见,茱迪提醒道。马聪说他当然明白。

他毕竟是个"有头有脸的人"。他说他在一个荒唐的时间醒过来,躺在床上倾听着"万籁俱寂",但就在快四点半的时候听到一个声响,立刻听出那是手枪声,便急忙穿上衣服走到阳台上,从这里可以看到海滩、岩岬和他们此时站立的停车区。

"你看到什么了?"

"什么也没有。四下安静得诡异。接着空气爆裂了,听起来好像战争爆发。"

"你又听到更多枪声?"

"海湾对岸的岬角传来噼里啪啦的枪声,我凝神眺望,目瞪口呆,然后……我有没有提到我是赏鸟人士?"

"没有。"

"总之,这个爱好让我练出绝佳视力,我有像老鹰一样的眼睛,常常能准确无误地指出远方的微小细节,一定是这样,所以才会发现那上面岩石突出的地方有个小点,你们看到了吗?它的边缘有点往岩坡凹陷进去,像个口袋。"

茱迪抬头看着斜坡,点了点头。

"一开始我看不出那是什么,"马聪接着说道,"但后来发现是个

---

① 提洛尔帽(Tyrolean),欧洲农夫常用的毡帽,帽檐窄、凹顶,帽子会绑上有色细带,带子上还插一支羽毛。

小孩,我想是个男孩。他蹲坐在那里不停地发抖,至少我是这么觉得,忽然间……天哪,我这辈子都忘不了。"

"怎么了?"

"有个人从上面跑下来,是个女的,她腾空跃起,降落在突出的岩石上,因为力道过猛差点就摔下来。之后他们,那女的和男孩,一起坐在那里干等,等着无可避免的事情发生,然后……"

"怎么样?"

"有两个男人拿着冲锋枪出现,射啊射的,你们一定可以想象,我马上就扑倒在地。我很怕被射中,却还是忍不住抬头看。说真的,从我的位置可以很清楚看到那个男孩和女孩,可是站在崖顶的人却看不见他们,至少暂时看不见。我心里很清楚,他们迟早会被发现,到时就无路可逃了。而他们只要一离开岩棚,就会被那两个男人射杀。根本就是绝望的处境。"

"可是在那上面既没发现男孩也没发现那个女的。"茉迪说。

"就是了!那两个男人逐渐逼近,只须弯个身就能看见那女的和孩子。最后说不定还能听到他们的呼吸声。但就在这个时候……"

"说下去。"

"你们一定不会相信,快速应变小组那个人就压根不信。"

"你倒说说看,可不可信以后再说。"

"那两人可能感觉到非常靠近了,便停下来竖耳倾听,那女人忽然跳起来朝他们开枪。砰,砰!接着冲上前夺下他们的武器丢开,简直就像看动作片,之后她带着孩子连滚带跑,几乎是跌下坡去,直奔向停在停车区的一辆宝马。就在他们上车以前,我看到那个女的抱着一样东西,看起来很像计算机袋。"

"他们开着宝马走了?"

"那速度太吓人了。我不知道他们去了哪里。"

"当然。"

"但还不止这样。"

"什么意思?"

"还有另外一辆车,应该是路虎,黑色,新款。"

"那辆车怎么了?"

"我当时忙着打电话报警,但正要挂电话时,看见又有两个人从那边的木梯走下来,是一个瘦瘦高高的男人和一个女人。太远了看不清楚,不过还是可以跟你们说两件关于那个女人的事。"

"什么事?"

"她是一只十二角鹿,而且她很生气。"

"十二角鹿是说她很美吗?"

"至少是时髦、有魅力,远在一公里外都看得出来。不过她火气可真大。就在他们上车之前,她打了那男的一巴掌,奇怪的是,他几乎毫无反应,只是点点头,好像是自己活该。然后他坐上驾驶座,他们就走了。"

茉迪把这些全记下来,知道现在必须马上对一辆路虎和一辆宝马发出全国通缉令。

嘉布莉在别墅街住处的厨房内喝着卡布奇诺,心想就各方面而言,自己并未乱了方寸。但她八成是受到了打击。

柯拉芙要她八点到国安局办公室见她。嘉布莉猜想自己不止会丢了工作,还要承担司法的后果,将来想找工作恐怕无望。她才三十三岁,职业生涯便宣告结束。

这还不是最糟的。她原本就知道自己藐视法律,存心冒险,但这么做是因为她认为这是保护鲍德的儿子最好的方式。如今,在她的夏日别墅外发生枪战后,好像谁也不知道男孩的下落。他有可能受了伤,或甚至丧命了。嘉布莉内心饱受愧疚的煎熬:先是父亲,现在是儿子。

她站起来看看时钟,七点十五分,得走了,以便在去见柯拉芙之前还有点时间清理桌子。她下定决心要维护尊严,不找任何借口也不恳求留下。Blackphone响了,但她懒得接,只管穿上靴子和普拉达大衣,围上一条奢侈的红色围巾。既然都要走了,还不如走得神采飞扬一点。她站在门厅镜子前补妆,讽刺地比出胜利手势,就像当年辞职后的尼克松。Blackphone再度响起,这回她迟疑了一下还是接起。是美国国安局的亚罗娜。

"我刚刚听说了。"她说。

她当然听说了。

"你还好吗?"

"你说呢?"

"感觉像全世界最惨的人?"

"差不多。"

"而且从此再也找不到工作?"

"完全正确,亚罗娜。"

"要是这样,我告诉你,你一点也不必觉得羞耻。你做得对。"

"你是在说笑吗?"

"现在好像不是说笑的时候,宝贝。你的团队里有内鬼。"

嘉布莉深深吸了口气。"是谁?"

"倪申。"

嘉布莉愣在当下。"有证据吗?"

"有啊,过几分钟我会全部传过去。"

"倪申为什么要背叛我们?"

"我想他并不认为是背叛。"

"不是背叛?那他到底觉得这叫什么?"

"也许是和老大哥携手合作,对自由世界的领导国尽责吧?谁知道呢?"

"所以说他提供信息给你。"

"应该说他帮助我们各取所需。他给了我们关于你们的服务器和加密法的资料,听起来很令人发指,但其实不然。我们就面对现实吧,从邻国的八卦到总理的电话,我们无所不听。"

"但这次消息的泄漏又更进一步了。"

"这一次是我们像漏斗一样泄漏出去的。嘉布莉,我知道你没有完全照规矩来,但我绝对相信你有你的道理,我一定会让你的长官听听你的说法。你看出了组织里有腐败现象,所以无法遵守组织规则行事,但你又坚决不逃避责任。"

"可惜出了差错。"

"事情总有出错的时候,不管你多小心。"

"谢了,亚罗娜,很感谢你这么说。但如果奥格斯·鲍德出了什么事,我永远不会原谅自己。"

"嘉布莉,那孩子没事。他正和莎兰德小姐开着一辆车到处跑,如果还有人在追他们的话。"

嘉布莉没听懂。"这是什么意思?"

"就是说他没受伤,宝贝,而且多亏了他,杀他父亲的凶手已经被捕并验明身份了。"

"你是说奥格斯还活着?"

"没错。"

"你怎么知道?"

"就当我有一个非常高层的消息来源吧。"

"亚罗娜……"

"什么事?"

"如果你说的是真的,是你让我重新活过来了。"

挂断电话后,嘉布莉打给柯拉芙,坚持要倪申也一起见面。柯拉芙勉强答应了。

早上七点半,艾德与布隆维斯特从嘉布莉的避暑小屋拾级而下,走向停在海滩停车区的奥迪。四周景致被白雪所覆盖,他二人都一语不发。五点半时,布隆维斯特收到莎兰德的短信,一如既往地言简意赅:

奥格斯没受伤。还要再躲一阵子。

莎兰德依旧没有提及自己的身体状况。但听到男孩的消息，真让人松了一大口气。之后，布隆维斯特接受茱迪和霍姆柏的仔细盘问，并一五一十说出了杂志社过去这几天的作业情形。他们对他并不友善也无好感，他却觉得他们多少是理解了。一个小时后的现在，他从堤防旁边走过，斜坡上有只鹿仓皇逃入树林里。布隆维斯特坐上驾驶座，等着随后大步走来的艾德。这个美国人正为背痛所苦。

前往布仑途中遇上了塞车，好几分钟动弹不得，布隆维斯特想到了安德雷，其实他心里一直挂念着安德雷。至今这男孩仍毫无半点消息。

"收音机上可以找个吵一点的频道吗？"艾德说。

布隆维斯特转到107.1，詹姆士·布朗正在高唱着自己有多像性爱机器。

"把你的手机给我。"艾德说。

他把手机都塞到后座喇叭旁边，显然打算谈一些敏感话题，对此布隆维斯特没有异议——他必须写他的报道，因此需要尽可能搜集事实资料。但他也比大多数人都清楚，天底下没有白吃的午餐。虽然他对艾德抱有一定的好感，甚至欣赏他的暴躁魅力，却一刻也不信任他。

"说来听听吧。"他说。

"事情可以这么说，"艾德说道，"我们都知道在工商业界，总有人会利用内部消息。"

"同意。"

"有一段时间，我们情报界几乎没有这个问题，原因很简单，因为我们保守的秘密不一样。潜在的危险在其他地方。但自从冷战结束后，一切都变了。大致说来，监视工作变得更加广泛，现今我们掌控着大量的宝贵资料。"

"你是说有人在利用这个。"

"基本上这正是重点所在。商业间谍活动让公司行号得以知道竞争对手的优势与弱点，这是一个灰色地带，数十年前被认为是犯罪或不道德的行为，如今却成了标准作业程序。在我们国安局也没好到哪儿去，事实上我们甚至可能是……"

"最糟的？"

"别紧张，听我说完。"艾德说，"应该说我们有一定的道德准则，只不过这是个养了数万雇员的庞大组织，难免会有几颗老鼠屎——我想交给你的那些老鼠屎当中，甚至有一两个位高权重。"

"当然你是出于一片好意。"布隆维斯特略带嘲讽地说。

"好吧，也许不全然是，不过你听我说。当我们那里的高层超越底线，参与犯罪活动，你认为会发生什么事？"

"绝不是太好的事。"

"如你所知，索利丰有一个腐败单位，为首的是一个叫齐格蒙·艾克华的人，专门负责找出与他们竞争的科技公司在研发些什么。他们不只是窃取技术，还转手出售。这对索利丰不利，甚至可能对整个纳斯达克股市都不利。"

"对你也是。"

"没错。原来我们商业间谍活动中最高层的两名主管——分别叫做雅各·巴克莱和布莱恩·艾波特——都得到艾克华和他手下的帮助，交换条件就是国安局帮助艾克华进行大规模的通讯监控。索利丰去找到哪里正在进行大革新，而我们那些白痴就去挖出制图和技术细节。"

"我想这赚来的钱不一定会进国库。"

"不止是这样呢，老兄。身为公务员要是做这种事，就会变得很脆弱，尤其艾克华和他的手下也同时在帮助重大罪犯。说句公道话，他们很可能一开始并不知道客户是重大罪犯。"

"但那些人真的是重大罪犯？"

"那当然，而且那批罪犯也反过来利用这个好处。像艾克华他们这么高明的黑客是我梦寐以求的，而他们的强项就是四处挖掘信息，所以你应该可以想象：他们一旦察觉我们国安局的人在做些什么，自然就知道自己挖到金矿了。"

"所以说他们就能敲竹杠了。"

"还说什么优势呢。我们的人窃取的对象不止是大企业，同时也掠夺那些勉强维持的小型家庭或个人独资企业。要是所有事情都曝光，恐怕不好看。结果国安局被迫不只要帮助艾克华和索利丰，也要帮助那些罪犯。"

"你是说蜘蛛会？"

"说对了。也许有一段时间大家都开心，这是大事业，钱滚滚而来。后来进行到一半时，偏偏冒出一个小天才，一个鲍德教授，他做什么事都很厉害，也包括搜集情报。于是他发现了这个计划，或者至少是一部分计划。这下所有人当然都吓得屁滚尿流，决定要采取行动。我不完全清楚他们是怎么做出这些决定的，我猜我们的人是希望以合法的手段威胁就好，可是当你和一群罪犯私通……蜘蛛会的人又偏爱暴力，所以他们到计划后期才把我们的人牵扯进去，就为了把他们拴得更紧一点。"

"天哪。"

"要不是我们的计算机被黑，我永远不会知道这些事。"艾德说。

"又多了一个放过那个黑客的理由。"

"我正有此打算，只要她告诉我她是怎么做的。"

"我不知道你的承诺有几分效力，不过我一直在想另一件事。"布隆维斯特说。

"说吧。"

"你提到了两个人，巴克莱和艾波特。你确定只到他们两个为止？他们的老板是谁？"

"可惜不能告诉你，这是机密。"

"我想我只能勉强接受了。"

"没错。"艾德毫不动摇地说。就在此时，布隆维斯特发现车流又开始动起来了。

第二十八章
十一月二十四日下午

艾铎曼教授站在卡罗林斯卡学院的停车场上,纳闷自己到底趟了什么浑水。他接下来做的安排意味着他必须取消一连串的会议、演说与座谈会。

尽管如此,他仍感到异常兴高采烈。令他神魂颠倒的不只有那个男孩,还有那个看似刚在街头打完架,却又开着一辆全新的宝马、说起话来带有一种冷漠威严的年轻女子。当他听完她的问题,回答说:"好啊,当然好,有何不可?"他几乎不知道自己在做什么,但这显然是既愚蠢又鲁莽。他唯一展现的一丝自主性,就是婉拒了任何报酬。

他的旅费与旅馆费都由他自己出,他这么说。想必是觉得内疚吧,但这孩子引发了他科学研究的好奇心,因此他动了保护他的念头。一个既能如照相般精准作画又能演算质因数分解的学者——实在太诱人了。他自己都没想到,他甚至决定不出席诺贝尔奖的餐会。这个年轻女子让他完全失去了理智。

汉娜坐在托尔斯路公寓的厨房里抽烟。她除了抱着沉甸甸的心,呆坐在那里猛抽烟之外,好像就没做过其他事情。她得到的支持多得不寻常,但承受的肢体暴力也多得不寻常。她的焦虑让卫斯曼难以忍受,也转移了他的注意力,暂时忘记自己的痛苦。

之前他老是突然就大发雷霆,嚷嚷着:"你连自己的儿子都找不到吗?"也常常对她挥拳,或是把她当成破布娃娃一样摔到一边。现在他八成又要抓狂了,因为她把咖啡洒到《当日新闻报》的文化版上了,而卫斯曼本来就已经因为报上的戏剧评论太偏袒一些他不喜欢的演员而很不痛快了。

"你在搞什么啊?"

"对不起,我会擦干净。"她连忙说道。

从他的嘴形她看得出光是这样无法令他满意,他会反射性地打她,而她也已作好准备迎接这记耳光,因此一声未吭,连头都没动。她可以感觉到泪水涌上眼眶,心怦怦地跳,但事实上这和耳光无关。当天早上她接到一通十分令人困惑不解的电话:奥格斯找到了,但又失踪了,而且"很可能"并未受伤——"很可能"。汉娜实在不知道应该更担心或更放心。

时间一分一秒过去,仍无进一步的消息。她猛然起身,不再在乎会不会又引来一阵殴打。她走进客厅,听见卫斯曼在身后粗声喘气。奥格斯的画纸还躺在地上,外面一辆救护车呼啸而过。她听见楼梯间响起脚步声,有人要上这儿来吗?接着门铃响了。

"别开门。一定是哪个该死的记者。"卫斯曼厉声说。

汉娜也不想开门。但她很难置之不理,不是吗?说不定是警方有问题想再问她,也说不定,说不定他们现在有了更多消息,不管是好是坏。

她往大门走去时想到了鲍德。她记得当时他站在门口,说要来接奥格斯的样子。她记得他的眼神,记得他把胡子剃掉了,也记得自己有多渴望回到在卫斯曼之前的旧生活,那个时候电话响个不停、工作邀约不断,她尚未落入恐惧的魔爪中。她扣上了安全链才开门,起先什么也没有,只看到电梯门和淡红棕色的墙面。接着她全身像有一阵电流通过,一时震惊得不敢置信。但真的是奥格斯!他的头发纠结得一团乱,衣服脏兮兮,穿着一双大了好几号的球鞋,可是他仍然用那种深不可测的严肃表情看着她。她心知他不可能自己跑来,但打开门链后还是吓了一跳。奥格斯旁边站着一个酷酷的女孩,她身穿皮夹克,脸上有抓痕,头发沾了泥土,两眼直瞪着地上,手里还有一只大行李箱。

"我来把儿子还给你。"她说话时没有抬起头。

"我的老天,我的老天啊!"汉娜惊呼着。

她只能说出这几个字来，整个人完全不知所措地在门口呆站了几秒钟。接着她的肩膀开始颤抖，然后跪到地上，忘了奥格斯讨厌被拥抱，还是张开双臂搂住他，喃喃低呼："我的孩子，我的孩子……"直到落下泪来。奇怪的是：奥格斯不但由着她，自己也似乎想说些什么——就好像他会说话了，这才是最要紧的。但他还没来得及开口，卫斯曼已经站在她身后。

"你在搞……哇，看看是谁来了！"他咆哮道，仿佛还想继续刚才的争吵。

但紧接着他克制住了，从某方面而言，这是很了不起的演技。才一转眼，他开始展现曾经让女人陶醉不已的翩翩风采。

"你把孩子快递到家门口来啦。"他对门外的女子说道，"真贴心。他还好吗？"

"他很好。"女子用奇怪的平板语气说道，然后问也没问就拖着行李箱、踩着沾满泥土的靴子走进公寓。

"可不是嘛，快请进来吧。"卫斯曼口气刻薄地说。

"我是来帮你打包的，卫斯曼。"

这个回答太过奇怪，汉娜相信是自己听错了，卫斯曼似乎也没听懂。他只是愣愣地站在原地，张大了嘴。

"你说什么？"

"你要搬出去。"

"你在开玩笑吧？"

"不是。你现在就离开这间公寓，马上走，以后再也不许你靠近奥格斯。这是你最后一次见到他。"

"你失心疯了吧！"

"其实我已经格外宽容了。我本来打算把你从楼梯上丢下去，但我还是带了行李箱来，想想应该让你打包几件衬衫长裤。"

"你是哪儿来的怪胎啊？"卫斯曼大吼道，心里既惊慌又怒不可遏，以充满敌意的态度向女子施压，汉娜不禁担心他会不会也揍她一顿。

但不知什么原因阻止了他,也许是那女子的眼神,也可能只是因为她的反应不同于常人。她没有后退或显得害怕,只是微笑看着他,并从内侧口袋掏出几张皱皱的纸递给卫斯曼。

"万一你和你的朋友罗杰忽然想念奥格斯了,就看看这个,怀念一下。"她说。

卫斯曼困惑地把纸张倒转过来,接着他的脸惊恐得扭曲变形,汉娜也很快地看了一眼。那上面画了东西,最上面一张画的是……卫斯曼。挥舞着拳头的卫斯曼,看起来像个凶神恶煞。后来她几乎也难以解释,总之她不但明白了当奥格斯独自和卫斯曼及罗杰待在家里时发生了什么事,也更加看清了自己的生活,多年来她从未看得如此清楚明白。

卫斯曼用那张扭曲、暴怒的脸看着她已不下数百次,最近一次就在一分钟前。她知道谁都不应该忍受这种事,无论是她或奥格斯,于是她往后退缩。至少她这么觉得,因为那女子以新的目光看着她。汉娜不安地凝视她,她们彼此似乎有了某种程度的理解。

"他必须走,我说得对吗,汉娜?"女子问道。

这个问题有致命的可能,汉娜低下头看到奥格斯脚上那双太大的鞋。

"他穿的是什么鞋子?"

"我的。"

"为什么?"

"今天早上走得太匆忙。"

"你们都做了些什么?"

"躲藏。"

"我不明白……"她没能把话说完。

卫斯曼粗鲁地抓住她,怒冲冲地吼道:"你怎么不跟这个神经病说要走的人是她?"

汉娜有些畏缩,但……或许是看到卫斯曼脸上的表情,也或许是感觉到那女子的神态有种无法平息的怒气。没想到……汉娜听见自己说:"你走,卫斯曼!永远别再回来!"

这话好像是别人替她说的。接下来一切变化得好快。卫斯曼举起手来要打她,但没有打成,他没打成。倒是年轻女子以快如闪电的速度往他脸上揍了两三拳,宛如训练有素的拳击手,随后往他的脚一踢,让他跌倒在地。

"搞什么啊!"他只能这么说。

他摔倒后,女子站到旁边俯视着他。当汉娜带奥格斯进房间时,她才惊觉到自己老早就巴不得卫斯曼从她的生活中消失。

包柏蓝斯基好想见见高德曼拉比。

他也好想念茉迪的橙子味巧克力,还有他的Dux床垫和春天。但此时此刻,他必须让这次的调查行动稍微上轨道。的确,在某个程度上他是满意的。据说奥格斯毫发无伤,而且正要回家找母亲。

多亏了这个孩子本身和莎兰德,才能够将杀他父亲的凶手绳之以法,虽然还不确定伤重的他能否存活下来。包柏蓝斯基在丹得利医院的加护病房。床上的病人名叫包里斯·拉维诺夫,但已经使用化名杨·侯斯特一段时间。他是个少校,曾经是苏联军队的精英,名字曾出现在过去几次的杀人案中,却从未被判刑。他有自己的安保事业,拥有芬兰与俄罗斯双重国籍,目前住在赫尔辛基,无疑有人篡改过他的官方资料。

在印格劳避暑别墅外发现的另外两人,已经借由指纹确认身份:丹尼斯·威顿,昔日硫黄湖摩托车俱乐部的帮派分子,曾因加重抢夺罪与重伤害罪入狱服刑;弗拉狄米·奥罗夫,俄罗斯人,在德国有中介卖淫的犯罪记录,两任妻子死因不明。这两人都还是一语不发,不管是关于这起事件或是任何事情,包柏蓝斯基也不抱太大期望,像他们这种人在接受审讯时往往会保持缄默。但话说回来,那也是游戏规则。

然而令包柏蓝斯基不满意的是,他觉得这三人只不过是听命行事,他们上面还有一个领导阶级,连接了俄罗斯与美国的社会高层。一个记者比他更了解他自己在调查的案子,这点他没意见,当然他并不为此自豪,他只是想有所进展,无论来源为何,任何情报他都感激在心。但布隆维斯特对此案的敏锐洞见直指他们内部过失,也让包柏蓝斯基想起调查期间消息外泄、男孩因他们而陷于险境的事。对此,他的愤怒绝不可能平息,也许正因如此他才会对急切想找到他的国安局长如此恼火。而且柯拉芙不是唯一一人,国家刑事局的IT人员也在找他,此外还有检察长埃克斯壮和一位名叫史蒂文·华伯顿的斯坦福教授,傅萝说这位教授是机器智能研究院院士,想谈谈关于一项"重大风险"。

这件事加上其他拉拉杂杂的事情,让包柏蓝斯基心烦不已。这时有人敲他的门,是茉迪,只见她神情疲惫,脸上脂粉未施,看起来与平时有些不同。

"三个犯人都在进行手术。"她说,"得等上好一会儿才能再讯问他们了。"

"应该是说试着讯问他们。"

"我倒是和拉维诺夫说上了一两句话。他动手术前清醒了一下。"

"他有没有说什么?"

"只说他想和神父谈。"

"怎么搞的,最近所有的疯子和杀人犯都成信徒了?"

"偏偏所有明理的老督察长又怀疑他那个上帝的存在,你的意思是这样吧?"

"好啦,好啦。"

"拉维诺夫也显得很沮丧,我认为这是好现象。"茉迪说,"当我把画拿给他看时,他只是神情无奈地将它挥开。"

"这么说他没有试图宣称那是假造的?"

"他只是闭上眼睛,就说起了要找神父的事。"

"你有没有查出那个美国教授想做什么?一直打电话来的那个。"

"这……没有……他只要跟你谈。我想应该和鲍德的研究有关。"

"还有安德雷,那个年轻记者呢?"

"我来找你就是为了这个。情况看起来不乐观。"

"现在知道些什么?"

"他工作到很晚,有人看见他经过卡塔莉娜大电梯,身旁还有一个留着红金或暗金色头发、衣着名贵的美女。"

"这我没听说。"

"看见他们的人叫肯恩·埃可伦,是斯康森一家面包店的老板,住在《千禧年》杂志社那栋大楼。他说他们看起来像恋人,至少安德雷很像。"

"你觉得会不会是美人计?"

"有可能。"

"这个女人,和出现在印格劳的那个会不会是同一人?"

"我们正在查。但他们好像往旧城区去了,这点我不喜欢,不只因为我们在那里追踪到安德雷的手机信号,还因为那个讨厌的家伙奥罗夫——每次要问他话,他就朝我吐口水——他在默坦·特罗齐巷有一间公寓。"

"去过了吗?"

"还没,刚刚才查到地址。公寓登记在他一家公司名下。"

"但愿那里没有什么令人不快的场面在等着我们。"

卫斯曼躺在托尔斯路公寓门厅的地板上,不明白自己怎会这么害怕。她只是个女生,一个身高勉强到他胸部、脸上穿洞的朋克女,他大可以像丢小老鼠一样把她丢出去。但他却好像全身瘫痪,他觉得这和女孩的打斗方式无关,和她把脚踩在他肚子上更无关,主要是她的眼神和她整个人有种感觉,他也说不上来。他就像个白痴躺在那里,静静听她说了几分钟的话。

"刚刚有人提醒我,"她说,"我的家族有个很大的问题。我们好像什么都做得出来,再难以想象的残酷行为也不例外。这可能是基因缺陷。我个人很看不惯那些欺负小孩和女人的男人,碰上这种事我就会变得危险。当我看到奥格斯画你和你的朋友罗杰时,我真想狠狠教训你们,但我认为奥格斯已经吃了够多苦头,所以你们俩也许有一丁点机会可以逃过一劫。"

"我……"卫斯曼才一开口就被打断。

"闭嘴。"她说,"这不是谈判,更不是对话。我只是把条件一一列出,如此而已。法律上没有任何问题。鲍德够聪明,他把公寓登记在奥格斯的名下,至于其他呢,就这么办:你有整整四分钟时间可以打包滚蛋。要是你或罗杰敢再回到这里或是以任何方式和奥格斯接触,我保证会把你们折磨到让你们下半辈子再也不能好好做任何一件事。同时,我会准备好把你们虐待奥格斯的所有细节呈报给警方,你们也知道,我们有的不只是画,还有心理医师和专家们的证词。我还会联络各家晚报,告诉他们我握有关于你伤害荷娜塔·卡普辛斯基的具体影像资料。跟我说说,卫斯曼,你做了些什么?狠狠咬伤她的脸颊又踢她的头吗?"

"所以说你要找媒体。"

"我要找媒体。我要让你和你的朋友受尽一切耻辱。不过也许——我是说也许——你们有希望逃过最凄惨的羞辱,只要永远别让我看见你们接近汉娜和奥格斯,也永远不再伤害女人就行了。说实话,我根本懒得理你。只要你离开后,可以像个胆小害羞的小和尚一样过日子,可能就没事了。我是不太相信,毕竟我们都知道,对女人施暴的再犯率很高,而基本上你又是个人渣,但如果幸运一点的话,谁知道呢……你懂了吗?"

"懂了。"他真恨自己这么说。

他别无他法,只能答应并乖乖照做。于是他起身进到卧室,迅速地收拾好衣物,拿起大衣和手机便离开了。他无处可去。

他这一生从未感觉这么窝囊过。外头无情的雪雨迎面打来。

莎兰德听到前门砰地关上,脚步声走下石梯渐渐远去。她看着奥格斯,只见他两手垂在身侧,动也不动地站着,两眼直盯着她。这让她心烦意乱。片刻前,一切都在她的掌控中,但现在她却没把握。汉娜·鲍德究竟是怎么回事?

汉娜仿佛就要痛哭流涕，而奥格斯……最糟的是他开始摇起头来，嘴里嘟嘟哝哝。莎兰德只想赶快离开，但她还是留下了，因为任务尚未完成。她从口袋掏出两张机票、一张饭店优待券和一叠厚厚的纸钞，克朗和欧元都有。

"我只想打从心底……"汉娜开口说道。

"别说了，"莎兰德打岔道，"这是去慕尼黑的机票，今天晚上七点十五分起飞，所以你们动作得快点。我已经安排车子直接送你们到艾茂城堡饭店，这间饭店很不错，在加尔米施-帕滕基兴附近。你们会住在顶楼的大房间，登记的姓氏是穆勒，一开始先在那里待三个月。我已经联络艾铎曼教授，也向他解释过绝对保密的重要性。他会定期去看你们，让奥格斯得到好的照顾，还会替他安排适当的教学。"

"你是认真的？"

"再认真不过。如今警方已经拿到奥格斯的画，凶手也已经落网，但幕后指使这一切的人还逍遥法外，我们又没法知道他们会打什么主意。你们必须马上离开这栋公寓，我还有其他事情要忙，但已经安排一个司机载你们去机场。他看起来可能有点怪，不过人没问题，你可以叫他瘟疫。都听懂了吗？"

"懂，可是……"

"别可是了。仔细听好，汉娜：你们离开的这段时间，你绝对不能使用自己的信用卡或手机。我帮你准备了一个加密手机，一个Blackphone，遇到紧急状况可以使用。我已经输入我的号码。饭店的所有费用我会处理，你会拿到一万克朗的现金，以备不时之需。还有问题吗？"

"听起来很疯狂。"

"我不觉得。"

"但这么大的花费你怎么负担得起？"

"我可以。"

"我们该怎么……"汉娜一脸茫然，好像不知道该相信什么。接着便哭了起来。

"我们该怎么感谢你呢？"她好不容易把话说完。

"感谢？"

莎兰德重复说出这两个字，好像无法理解似的。当汉娜张开双臂上前要拥抱她，她往后一退，眼睛盯着门厅地板说道：

"冷静下来！好好克制自己，不管你本来在嗑药还是什么东西，都停了吧。你可以这样感谢我。"

"我会的……"

"要是有人大费周章想说服你把奥格斯送进疗养院或什么机构，希望你能拼尽全力、毫不留情地反击，瞄准他们的最大弱点，像个战士一样。"

"战士？"

"没错，别让任何人……"

莎兰德没有再说下去。这些或许不是最理想的道别话语，但非说不可。她转身走向大门，没走几步，奥格斯又开始嘟嘟哝哝，这回她们听出了他在说什么。

"不走，不走……"

对此莎兰德也不知该如何回答，只说："你会没事的。"然后仿佛自言自语般加上一句，"谢谢你今天早上的尖叫。"接着静默了一会儿，莎兰德心想是否该再说些什么，但最后还是静静地转身出门。

汉娜在背后喊道："我不知道该怎么跟你说这对我有多重要！"

但莎兰德一个字也没听见。她已经奔下楼上了车。当她来到西桥，布隆维斯特用Redphone app打来说美国国安局已经追踪到她。

"跟他们打声招呼，说我也在追踪他们。"她说。

随后她开往罗杰的家，吓掉他半条命。之后再开回自己住处，开始解美国国安局的加密档案，但仍无进一步突破。

艾德和布隆维斯特在大饭店的房间里工作了漫长的一天。艾德给了布隆维斯特一个大好的故事，他将能写出现在《千禧年》最需要的独家，可是他的不安感仍未稍减。不只因为安德雷依然下落不明，关于艾德也有些说不通的地方。首先他为什么会出现在这里？又为什么要花那么大精力，帮助一家远离美国所有权力核心的瑞典小杂志社？布隆维斯特保证了不会披露黑客的攻击行动，也半承诺会试着说服莎兰德和艾德谈谈。但这些看起来几乎是不够的。

艾德的行为看似冒着极大风险。他们将窗帘拉拢，手机放在安全的距离外，房间里有种猜疑的气氛。机密文件摊开放在床上。布隆维斯特可以看，但不能引用或拷贝。偶尔，艾德会中断叙述，开始从各方面讨论关于保护消息来源的权利。他把关把得一丝不苟，以确保这次的泄密不会追溯到他身上，有时候他会紧张地倾听走廊上的脚步声，或是从窗帘缝查看外面有没有人在监视饭店，但是……布隆维斯特总觉得这其中多半都是演戏。

他愈来愈相信艾德完全知道自己在做什么，甚至不怎么担心有人偷听。布隆维斯特想到艾德在扮演的角色可能有长官撑腰——说不定他们也给他安排了角色，只是他自己还不清楚。

因此他密切注意的不只是艾德说了什么，还揣摩他没说的，并思考着他将这些公诸于世是想得到什么。他心里确实有一定程度的怒气。在一个名叫策略技术保护处的单位里，有些"王八蛋"阻止了艾德揪出那个侵入他系统的黑客，只因为他们不想曝光出糗，他说这件事让他气炸了。布隆维斯特没有理由不相信他，更没有理由怀疑艾德不是真的想把这些人全部消灭，想"把他们踩在脚底下，碾成肉酱"。

这整件事还有其他地方让他觉得不太对劲。有时感觉上，艾德似乎在为某种自律而挣扎。布隆维斯特不时会到楼下大厅去想想事情，或是打电话给爱莉卡或莎兰德。爱莉卡总会在第一声铃响就接起电话，尽管他们俩对这则报道都很兴奋，谈话时仍每每会提到安德雷的失踪。

莎兰德整天都没接电话，最后他终于在五点二十分和她通上话了。她有些漫不经心地告诉他，孩子现在和母亲在一起很安全。

"那你呢？"他问道。

"没事。"

"没有受伤？"

"至少没有新伤。"

布隆维斯特深吸一口气："莉丝，你有没有侵入美国国安局的内部网站？"

"你是不是一直在和艾德老大谈？"

"无可奉告。"

他什么都不会说的，对莎兰德也不例外。对他来说，保护消息来源比对她的忠诚度更重要。

"艾德毕竟没有那么笨。"她说。

"这么说你有了。"

"也许。"

布隆维斯特差点冲口而出，质问她到底在搞什么。后来还是尽可能心平气和地说：

"他们准备要放过你，只要你答应见面并告诉他们你是怎么做的。"

"替我转告他们，我也盯上他们了。"

"这是什么意思？"

"我手里掌握的比他们想的还要多。"

"好，不过你会考虑见见……"

"艾德吗？"

她怎么会知道？布隆维斯特嘀咕道。艾德原本想要自己告诉她。

"艾德。"他说。

"自大的家伙。"

"相当自大。不过要是我们保证你不会被捕，你愿意见见他吗？"

"这种事谁也无法保证。"

"我可以找我妹妹安妮卡，请她当你的代理律师。"

"我有更好的事情可以做。"她说道，似乎不想再谈这个。他忍不住说道:"我们现在正在写的报道……我好像不完全明了。"

"问题在哪儿?"莎兰德问。

"首先,我不明白卡米拉为何在这么多年后再次露面。"

"我想她只是在等待时机。"

"此话怎讲?"

"她八成一直都打算回来,为她自己和札拉找我复仇,只是她想等到各方面的力量都够强大以后。对卡米拉来说,再也没有比强大更重要的事,我想她是忽然发现了一个一石二鸟的机会。至少我是这么猜的。下次你们一起喝酒的时候,你何不自己问问她?"

"你跟潘格兰谈过了吗?"

"我一直很忙。"

"不过她失败了,你逃脱了,谢天谢地。"

"我做到了。"

"可是你不担心她随时可能再回来吗?"

"我想过。"

"好,那就好。你知道吗?我和卡米拉只是在霍恩斯路上走了一小段,什么也没做。"

莎兰德没回答,只说:"我了解你,麦可。现在你既然已经见到艾德,我想我也得防着他了。"

布隆维斯特暗自微笑。

"对,"他说,"你说得可能没错。我们绝对不能太相信他,我可不想成为被他利用的笨蛋。"

"这听起来不像你的角色,麦可。"

"对,所以我想知道你进入他们的内部网站发现了什么?"

"一大堆可疑的肮脏事。"

"有关美国国安局和艾克华及蜘蛛会的关系吗?"

"另外还有一点其他的。"

"你打算要告诉我吧。"

"应该会,只要你检点一点。"她带着揶揄的口气说,听了之后他只觉得高兴。

接着他咯咯一笑，因为就在这一刻，他领悟到艾德究竟想干什么了。

由于冲击实在太大，回到房间后他费了好大的劲才得以装作若无其事，继续和这个美国人工作直到晚上十点。

第二十九章

十一月二十五日早上

奥罗夫位于默坦·特罗齐巷的公寓收拾得一尘不染，床铺得整整齐齐，床单干干净净，浴室的洗衣篮也是空的，但仍有些迹象显得不太对劲。邻居举报说有几个搬家工人来过这里，仔细检视后也发现地上与床头架上方墙面都有血渍。这血渍与安德雷住处的唾液残留比对的结果是吻合的。

但目前已被捕的人表示——仍可说话沟通的那两人——对安德雷的血迹一无所知，因此包柏蓝斯基与手下便锁定追查被人看见与安德雷同行的那名女子。现在报纸上一栏又一栏的报道已不光是针对印格劳事件，还有关于安德雷的失踪案。两大晚报与《瑞典摩根邮报》与《都会报》都放了这名记者的醒目照片，而且已经有人猜测他遇害了。事情发展本此迪常能唤醒民众的记忆，促使他们想起可疑的蛛丝马迹，但如今的情况几乎恰巧相反。

主动前来报案且被认为可信的目击者，证词都格外模棱两可，而且除了布隆维斯特和斯康森的面包店老板之外，每个人都自作主张地表示那个女人绝不可能犯案。凡是见过她的人似乎都留下了不可抗拒的好印象。有个名叫瑟林·卡斯登的酒保，在约特路的"帕帕格罗"为该女子与安德雷调过酒，他甚至一再吹嘘自己识人能力高超，可以百分之百肯定这个女人"绝对不会伤害人"。

"她是优雅的化身。"

若相信这些证人的话，她可以说是一切的化身，因此包柏蓝斯基看得出来，要想根据他们的证词拼出她的画像几乎不可能。每个证人对她的描述各有不同，就好像是把自己心中完美女子的形象投射到她身上，而且到目前为止，她也没有在任何监视器里留下影像。简直可笑。布隆维斯特说这名女子就是莉丝·莎兰德的孪生妹妹卡米拉，绝无疑问。可是回溯多年档案,都没有她的踪迹,仿佛这个人已经不存在。倘若卡米拉还活着,便是换了一个新的身份。

尤其令包柏蓝斯基心有疑虑的是,她曾待过的寄养家庭发生了两起原因不明的命案。当时警方的调查不充分,留下许多松散的线索和问号,始终没有下文。

包柏蓝斯基看了调查报告感到很惭愧,想不到警察同仁对这个惨遭悲剧的家庭出于某种奇怪的考量,竟然没有追根究底查明一个再明显不过的问题,那就是父女俩死前都把银行存款提领一空,还有父亲被发现上吊身亡的那一星期曾写一封信给她,开头第一句就是:

"卡米拉,为什么毁灭我的一生对你来说那么重要?"

此人看似迷倒了所有目击证人,其实是将他们笼罩在不祥的黑暗中。

现在是上午八点,包柏蓝斯基还有其他上百件事要处理,因此当他听说有人找他时,随即表现出气恼又愧疚的反应。来者是名女子,茉迪已问过她话,但她现在坚持要见他。事后他自问当时是否过度敏感,或许是因为他一心认定还会出现更多问题吧。门口的女子并不高,但有种威严的气势。一双目光炯炯的深色眼睛让她略显忧郁。她穿着灰色大衣和一件有点像纱丽的红色洋装。

"我叫法拉·沙丽芙,"她说,"是信息科学教授,也是法兰斯·鲍德的好友。"

"喔,是啊,"包柏蓝斯基顿时尴尬不已,连忙说,"请坐。抱歉,这里很乱。"

"我看过更糟的呢。"

"是吗?那么,请问找我有何贵干?"

"我和另一位警员谈的时候太过天真了。"

"此话怎讲?"

"因为我现在得知更多信息。我和华伯顿教授长谈过了。"

"没错,他也在找我。只是现在情况太混乱,我还没时间回电给他。"

"华伯顿是斯坦福的神经机械学教授,也是科技奇异点领域中数一数二的研究专家。近几年他在机器智能研究院工作,这个机构的目的就是确保人工智能能对人类有正面帮助。"

"那很好啊。"包柏蓝斯基说道。每次提起这个话题,他就感到不自在。

"华伯顿有点像是活在自己的世界里,他直到昨天才得知鲍德的事,所以没能早一点来电。但他跟我说他礼拜一刚和鲍德通过电话。"

"他们谈了些什么?"

"他的研究。你应该知道,鲍德自从去了美国一直都很神秘。我是他很亲近的朋友,但连我都不知道他到底在做什么。我也真够傲慢的,自以为多少了解一点,但现在才知道我错了。"

"怎么个错法?"

"鲍德不但把原来的人工智能程序提升了一级,还为量子计算机研发出新的算法和新的拓扑资料。"

"我不太懂。"

"量子计算机是以量子力学为基础的计算机,在某些部分要比传统计算机快上数千倍。量子计算机的一大好处就是它的基本单位,也就是量子位元可以同时存在。"

"这个你得慢慢解释给我听。"

"它们不只能像传统计算机以0或1的二进制状态储存,还能让0和1同时存在。目前量子计算机还太过专门,使用不易。但鲍德——我该怎么解释才能让你完全明白呢?——他好像找到了让它更简易、更有弹性、能够自学的方法。他有了伟大的发现——至少是有此可能。但是在为自己的突破感到自豪的同时,他也忧心忡忡,而这显然正是他打电话给华伯顿的原因。"

"他担心什么?"

"因为放眼将来,他担心自己的发明可能给世人造成威胁,我这么猜想。但更近一点来说,则是因为他知道了美国国安局的一些事情。"

"什么事情？"

"那一方面我毫无所悉，总之他不知怎的发现了他们商业间谍活动肮脏的一面。但在另一方面，我有许多相关信息。该组织特别致力于发展量子计算机，这已不是秘密。对美国国安局而言，那可是地地道道的天堂。效能强大的量子计算机能让他们破解所有加密，进而破解所有数位保安系统，那么以后再也没有人能逃过该组织的监视之眼了。"

"可怕的想法。"包柏蓝斯基惊诧地说。

"但其实还有更令人害怕的剧本：万一这种东西落入重大罪犯手中呢？"沙丽芙说道。

"我明白你的意思了。"

"所以我当然很想知道你们从已经落网的人口中问出了些什么。"

"可惜和这个都无关。"他说，"不过这些人都称不上学识过人，我怀疑他们可能连中学数学都考不及格。"

"这么说真正的计算机天才逃走了？"

"恐怕是的。他和一名女嫌犯已经消失无踪，他们很可能有好几个身份。"

"令人担忧啊。"

包柏蓝斯基点点头，直视沙丽芙的深色眼眸，而她也正以恳求的目光看着他。顿时一个乐观的念头使他不再陷入绝望。

"我不太确定这意味着什么。"他说。

"什么事？"

"我们请 IT 人员检查过鲍德的计算机。既然他的资安意识那么高，自然不容易查，这点你应该可以想象。但我们做到了，可以说运气不错吧，而且我们很快就发现肯定有一台计算机被偷了。"

"我想也是，该死！"她说。

"等一下，我还没说完。我们也得知最初有几台计算机相互连接，而这些计算机偶尔会连接到东京的一部超级计算机。"

"听起来行得通。"

"我们可以确认有一个大档案,或至少是很大的一部分,最近被删除了,到现在还没能复原。"

"你是说鲍德有可能销毁自己的研究结果?"

"我不想骤下断论。只是听你说了这么多,我忽然想到罢了。"

"你想会不会是凶手删除的?"

"你是说他先复制完,再从他的计算机移除档案?"

"对。"

"我觉得很难相信。那个人只在屋里待了很短的时间,根本来不及做这样的事,更别提他有没有这个能力了。"

"好,无论如何,这听起来让人放心了些。"沙丽芙心中存疑,说道,"只不过……"

包柏蓝斯基等着她说下去。

"我认为这不像鲍德的性格。难道他真会毁掉自己有史以来最伟大的成果?那就好像……怎么说呢……好像剁掉他自己的手臂,或甚至更糟,像是杀死一个朋友,夺走一条性命。"

"有时候不得不做出重大牺牲,毁掉自己心爱的东西。"包柏蓝斯基若有所思地说。

"要不然就是还留了一份拷贝。"

"要不然就是还留了一份拷贝。"他把她的话重复了一遍,接着突然做出一个奇怪的动作:他伸出一只手来。

沙丽芙不明所以。她看着那只手,仿佛以为他要给她什么东西。但包柏蓝斯基并不因此气馁。

"你知道我的拉比怎么说吗?他说矛盾就是人的特点。我们可能同时既想待在家里又想离开家。我和鲍德教授素不相识,他也许觉得我就是个笨老头。但有件事我很确定:我们可能对自己的工作都又爱又怕,就如同鲍德似乎也是既爱儿子却又抛下他。沙丽芙教授,人生在世不可能完全前后一致,而是要同时往许多方向去冒险,我怀疑你的朋友是不是遇到某种剧变而陷入痛苦的挣扎。说不定他真的毁了自己的毕生心血。说不定他到最后显露出自己与生俱来的所有矛盾，成了一个地地道道的、有血有肉的人。"

"你这么认为？"

"我们也许永远不会知道，但他改变了，不是吗？他在监护权听证会上宣称他不适合照顾儿子，但他确实做到了，甚至还让那个孩子变得成熟并开始画画。"

"说得不错，督察长。"

"叫我杨吧，有时候他们甚至叫我泡泡警官。"

"因为你像泡泡一样轻盈快活吗？"

"哈，不是，我倒不这么觉得。但我可以肯定一件事。"

"什么事？"

"就是你……"

他没有继续说下去，但也不需要了。沙丽芙对他微微一笑，就这么一个简简单单的笑容，让包柏蓝斯基恢复了对生命与上帝的信念。

八点，莎兰德在菲斯卡街的公寓起了床。又是一夜失眠，不仅因为试图破解美国国安局加密档案徒劳无功，还因为不断留意着楼梯间的脚步声，并不时检查警报器和楼梯平台上的监视器。

她和其他人一样不知道妹妹究竟还在不在国内。在印格劳受到那番羞辱后，要说卡米拉正在准备以更强的力道展开新攻击，绝非不可能的事。美国国安局的人也可能随时闯进来。这两件事莎兰德都心知肚明。但今天早上她把这一切都抛到脑后，踩着坚定步伐走进浴室，脱去上衣检视子弹伤口。她觉得伤势终于开始好转，忽然一时兴起疯狂的念头，决定到霍恩斯路的拳击俱乐部去打一回合。

以痛制痛。

打完拳后，她精疲力竭坐在更衣室里，几乎没有精力思考。这时手机响起，她置若罔闻，自顾自地进入淋浴间让温水洒在身上。她的思绪逐渐清明，脑海中再次浮现奥格斯的画，但这回引起她注意的不是凶手的画像,而是纸张底部的一样东西。

在印格劳的避暑别墅时,莎兰德只是很快地瞥一眼完成的画,当时她一心只想着把它传给包柏蓝斯基和茉迪,若是再稍微细看,一定也会像其他人一样为其细腻翔实的表现手法赞叹不已。不过现在她那过目不忘的记忆却专注于奥格斯写在最底下的那道方程式,一面沉思一面走出浴室。问题是她几乎无法集中思绪。欧宾兹正在更衣室外大吵大闹。

"闭嘴,我在想事情!"她吼了回去。

但没多大用处。欧宾兹已是怒火冲天,而除了莎兰德,谁都能理解。方才欧宾兹看她打沙袋打得有气无力、心不在焉,已经够吃惊了,当她开始垂着头露出痛苦的表情,更是令他忧心。最后他出其不意地跑上前去,卷起她T恤的袖子,这才发现她的枪伤。他整个人都气疯了,显然到现在还没恢复平静。

"你是个白痴,你知道吗?疯子!"他怒吼着。

她无力回答,全身一点力气也不剩,那幅画残留的记忆如今也逐渐模糊。她来到更衣室长椅前,一屁股颓坐到嘉米拉·阿契贝身旁。她经常和嘉米拉打拳、上床,而且多半就是照这个顺序。当她们发狠打上几回合,往往就像一段又长又狂野的前戏。有几次她们还在淋浴间里做出不甚得体的行为,她们俩都是不拘礼节的人。

"其实我也觉得外面那个吵死人的王八蛋说得对。你脑子是有点问题。"嘉米拉说。

"也许吧。"莎兰德说。

"那个伤看起来不轻。"

"开始愈合了。"

"可是你需要打拳?"

"好像是。"

"要不要回我那去?"

莎兰德没有应声。她黑色袋子里的手机又响了。三条短信内容一样,来电号码则未显示。她边看边握起拳头,流露出致命的表情。嘉米拉感觉得到最好还是改天再和莎兰德上床。

布隆维斯特六点醒来,对这篇报道有了几个极好的想法,在前往办公室途中,轻轻松松就拼凑出了个大概。进了杂志社后他专心致志地埋头工作,对周遭的情形几乎浑然不觉,只是偶尔会忽然想到安德雷。

他不肯放弃希望,却又怕安德雷已经为这则报道牺牲了性命,因此每个句子都极尽所能地向这位同事致意。一方面,他想写一篇关于鲍德父子遭谋害的故事——叙述一名八岁的自闭儿如何目睹父亲遭射杀,又如何克服心智障碍找到反击的方法。但另一方面,他也想写一篇有启发性的文章,描述一个充斥着监视与间谍活动、法律与犯罪界线已然模糊的新世界。尽管文思泉涌,却仍有难以下笔之处。

他通过警局旧识取得尚未侦破的凯莎·法尔克命案的相关文件,被害人是硫黄湖摩托车俱乐部一位首脑人物的女友。凶手身份始终没有确认,而警方审讯的人也全都不肯提供有用的信息,但布隆维斯特还是搜集到一些情报,得知这个摩托车俱乐部已严重失和分裂,而且帮派成员对某位"札拉女士"都有一种潜藏的恐惧,至少有个证人是这么说的。

尽管费尽心力,警方仍未能查出这个名称所代表的人或意义。不过布隆维斯特心里毫无疑问,"札拉女士"就是卡米拉,发生在瑞典国内外其他一连串犯罪事件,也都是她在幕后指使。然而要挖出证据却不容易,他为此义愤填膺。目前在文章中便暂时以她的代号"萨诺斯"称呼她。

其实最大的挑战并不是卡米拉或是她与俄罗斯国会议员间的可疑关系。最令布隆维斯特烦恼的是他知道艾德若非有意隐瞒更大的事情,绝不会千里迢迢来到瑞典泄漏最高机密。艾德并不傻,他自然知道布隆维斯特也不傻,因此并未试图美化任何叙述内容。

相反地,他描绘了一个相当可怕的美国国安局。只是……进一步检视这些信息后,布隆维斯特发现艾德大致上描述的还是一个运作正常、行事十分正派的情报机关,除了那个名为策略技术保护处的局处里有一群造反的罪犯之外——而这也恰巧正是不让艾德抓黑客的那个局处。

这个美国人必然是想要重重伤害少数几个特定的同侪,但与其毁了整个组织,他宁可让它在一场已经无可避免的坠机事件中缓缓着陆。所以当爱莉卡从身后出现,面有忧色地递给他一篇TT通讯社的电讯稿时,他并不特别讶异。

"这会破坏我们的报道吗?"她问道。

电讯稿写道:

> 美国国安局两名高级主管雅各·巴克莱与布莱恩·艾波特,因在财务上涉及重大不法行为被捕,并遭无限期停职等候审判。
>
> "这是本单位名誉上的一个污点,我们已经竭尽全力处理问题,让犯行者承担责任。凡是为美国国安局工作者都必须秉持最高道德标准,我们会尽可能将司法程序透明化,同时也小心维护国家安全利益。"美国国安局局长查尔斯·欧康纳上将向美联社记者表示。

电讯稿除了长篇引述外并无太多内容,对于鲍德命案或任何可能与斯德哥尔摩这些事件有关的信息,只字未提。但布隆维斯特明白爱莉卡的意思。既然新闻出来了,《华盛顿邮报》和《纽约时报》以及一大群认真的美国记者都会开始追这条新闻,至于他们会挖到些什么可就难说了。

"不妙,但不意外。"他平静地说。

"真的吗?"

"和美国国安局的人找我是同一手策略:损害控制。他们想拿回主导权。"

"什么意思?"

"他们把这个消息泄漏给我是有原因的。我马上就看出这其中有鬼。艾德为什么坚持要到斯德哥尔摩来找我谈,而且还是在清晨五点?"

"所以你认为他这么做是得到上级许可?"

"我怀疑,不过一开始我不知道他在做什么,只是觉得不太对劲。后来我跟莎兰德谈了。"

"事情就弄清楚了?"

"我发觉艾德对于莎兰德在黑客攻击当中挖出了什么一清二楚,他当然担心我也会全部知道,所以才想把损失控制到最低程度。"

"即使如此,他也没给你什么光明美景啊。"

"他知道把事情说得太好我不会买账。我怀疑他只是说到让我满意,可以写出一篇独家,以免我再挖得更深。"

"那他可就要失望了。"

"最起码希望是这样。只不过我还没找出突破的方法,美国国安局依然不得其门而入。"

"连布隆维斯特这么老练的寻血猎犬也不例外?"

"连他也不例外。"

第三十章
十一月二十五日

短信上写着:"下次见了,姐妹!"莎兰德看不出这信息是误传了三次,还是为了反复再三地强调。反正也无所谓了。

信息显然是卡米拉传的,但她想传达的莎兰德都已经知道了。印格劳的事情只是加深了旧恨——这回只差一点就成功了,她确信卡米拉还会再来找她。

让莎兰德烦乱不已的倒不是短信内容,而是它引发的思绪,让她想起了在晨光熹微的陡坡上看见的画面,当时还下着雪,她和奥格斯就蹲在狭窄的岩棚上,子弹在头顶上咻咻乱飞。奥格斯没穿外套也没穿鞋,随着时间过去,身子愈抖愈厉害,莎兰德也意识到他们的处境有多危急。她不但有个孩子要照顾,唯一的武器也只是一把不起眼的手枪,反观上面那些混蛋拿的却是冲锋枪。她必须来个突袭,否则她和奥格斯都成了待宰羔羊。她聆听着那些人的脚步声和他们开枪的方向,甚至于他们的呼吸声与衣服摩擦声。

但奇怪的是当她终于逮到机会时,反倒犹豫了。关键时刻,她却只顾着把一截小树枝折成一段段丢在眼前。折完以后才当着那些人的面一跃而起,并利用偷袭的一刹那,接连开了两三枪。根据以往的经验,她知道这种时刻会在心上烙下永难磨灭的印记,就好像不只是身体与肌肉绷紧神经,感觉也变得灵敏了。

每个小细节都闪闪发光,变得异常清晰,她仿佛透过相机镜头,看见了眼前景象的每一道波纹。她看见那些人眼中的惊诧与恐惧,看见他们脸上、衣服上的皱褶与不平整,也看见他们挥舞着枪乱射一通,几次都差点命中目标。

然而她印象最深刻的都不是这些,而是她眼角余光瞥见坡顶上的一个身影,那个身影本身不具威胁性,却比她开枪射击的这些人对她影响更大。那是她妹妹的身影。哪怕是远在一公里外，即便两人已经多年未见，莎兰德还是认得出来。光是她的存在已经让空气受到毒害，事后莎兰德不禁自问当时是否也该开枪射杀她。

卡米拉在那儿站得稍嫌久了些。其实她本来就不该如此大意地站在外头的岩坡上，但也许是按捺不住想亲眼看到姐姐被处决吧。莎兰德还记得自己已经半扣下扳机，胸中怒潮澎湃，但仍迟疑了零点一秒，这也就够了。卡米拉立即闪到一块岩石背后，接着一个瘦巴巴的人出现在露台上开始射击。莎兰德又跳回到岩棚上，和奥格斯一起跌落斜坡。

此时，走出拳击俱乐部，回想起这一切，莎兰德全身又紧绷起来准备迎接新的战斗。她忽然想到或许根本不该回家，而是应该出国一阵子。不过另一件事把她又拖回到书桌前；刚才淋浴时，看到卡米拉的简讯前，出现在她心眼里的画面，现在愈来愈让她念念不忘。那就是奥格斯的方程式：

$N = 3034267$
$E: y^2 = x^3 - x - 20; P = (3, 2)$

从数学的观点看，这毫无奇特之处。可是最了不起的是奥格斯用她在印格劳随意给他的一个数字，建构了一个比她自己计算出来的还要好得多的椭圆曲线。当时男孩不愿去睡觉，她就把算式留在床头柜上，可是她既没有得到答案也没看见丝毫反应，上床时她以为奥格斯根本不了解数学的抽象概念，只是一个质因子分解的人体计算机。

不料，我的天啊……她错了。奥格斯熬夜不只是为了画画，还把她的数学表达式改得更加完美。她连靴子和皮夹克都没脱，就砰砰砰地冲进公寓，打开美国国安局的加密档案和她的椭圆曲线程序。

然后给汉娜打电话。

汉娜几乎没睡觉，因为没带药，不过饭店和四周环境还是让她心旷神怡。看到那美得令人屏息的山景,她不禁想到自己的生活变得多么狭隘。慢慢地,她开始放松自己,就连体内根深蒂固的恐惧也开始释放出来。但这可能是她自己痴心妄想。在这宛如仙境般的环境里,她也微微感到茫然失措。

曾经有一度她会踩着轻盈的脚步、自信满满地走进这样的房间:瞧瞧,谁来了。如今她却胆怯得浑身发抖,就连无比丰盛的早餐也难以下咽。奥格斯坐在她身边,无法自制地不停写着他的数列,他也不吃东西,只是不停不停地喝鲜榨橙汁。

她的新手机响了,吓了她一跳。但一定是送他们到这里来的那个女人。据她所知,没有其他人知道这个号码,而她无疑只是想问问他们是否平安到达了。因此汉娜兴高采烈地接起电话,便开始兴奋地描述饭店里的一切有多好。对方却很突兀地打断她:

"你们在哪里?"

"正在吃早餐。"

"那就别吃了,马上上楼回房间。我和奥格斯有工作要忙。"

"工作?"

"我现在传几个方程式过去,我要他看一下。这样明白吗?"

"不明白。"

"反正拿给奥格斯看就对了,然后打电话告诉我他写了什么。"

"好。"汉娜有点不知所措。

她抓了两个牛角面包和一个肉桂卷,便和奥格斯走向电梯。

奥格斯只在开头帮了她,但这样就够了。之后她会更清楚看到自己的错误,重新改善程序。她一个小时接着一个小时心无旁骛地工作,直到天色转暗,又开始下起雪来。这时忽然间——这是她永远难以忘怀的一刻——档案发生了怪事。它崩解了。她感觉到一阵电流窜遍全身,然后往空中挥了一拳。

她找到秘密金钥,破解了档案,有好一会儿因为太过激动,几乎无法静下心来阅读。接着她开始检视内容,随着时间一分一秒过去,她也愈来愈吃惊。这有可能吗？她压根没想到会是这么爆炸性的东西，之所以会被写下来，只可能有一个原因：有人以为 RSA 加密算法是铜墙铁壁。殊不知那所有的肮脏事此刻就呈现在她眼前，白纸黑字。内文全是一些行话、奇怪的缩写和秘密的相关信息，可是莎兰德对这方面熟悉得很，不成问题。就在她看完五分之四的内容时，门铃响了。

她决定不予理会，八成只是邮差。但一转念想到卡米拉的短信，便在计算机上查看门口的监视器。一看当下愣住了。

不是卡米拉，而是另一个威胁她的怪物，因为手边有太多事要忙，她几乎把他给忘了。他妈的艾德老大。他和网络上的照片一点也不像，但就是他，错不了。见他一脸乖戾又坚定的神情，莎兰德开始动起大脑来。他是怎么找到她的？现在该怎么办？她能想到最好的办法就是用 PGP 连线把档案传给布隆维斯特。

然后她关上计算机，勉强起身去开门。

包柏蓝斯基是怎么回事？茉迪一头雾水。他最近几个星期的那张苦瓜脸不见了，好像被风给吹走了。现在的他笑眯眯，还会自得其乐地哼歌。没错，的确有不少事值得高兴。凶手落网了；奥格斯安然逃过两次谋杀活了下来；鲍德和那家研发公司索利丰之间的矛盾与关联等细节也愈来愈明朗。

但还是存在着许多问题，而且她所认识的包柏蓝斯基不是一个会无缘无故开心的人。他比较有自我怀疑的倾向，即使是在成功的时刻。她想不出他到底是怎么了，不但笑容满面地在走廊上来来去去，就连现在坐在办公室里看着旧金山警方审讯艾克华的枯燥笔录，嘴角也带着笑意。

"亲爱的茉迪，你来啦！"

她决定不对他这不寻常的热情招呼作评论，直接说重点。

"侯斯特死了。"

"唉呀。"

"这么一来,就没法得知更多有关蜘蛛会的信息了。"

"所以说你觉得他会开口?"

"至少有点机会。"

"为什么这么说?"

"他女儿一现身,他整个人就崩溃了。"

"我都不知道呢,这是怎么回事?"

"他有个女儿叫欧佳,"茉迪说,"听说父亲受伤,她就从赫尔辛基赶来了。可是当我跟她谈过,她一听说父亲企图杀死一个小孩,就抓狂了。"

"怎么抓狂?"

"她冲进去找他,用俄语说了一堆话,冲得不得了。"

"你能听懂她说什么吗?"

"好像说他干脆去死、说她恨他之类的。"

"也就是说她斥责他了。"

"对,之后欧佳跟我说她会尽一切力量协助调查。"

"那侯斯特有何反应?"

"我刚才说的就是这个。有一会儿我心想我们突破他的心理防线了,他像是整个人被击垮,眼里全是泪水。天主教有个教义说人的道德价值是在临死前一刻决定的,这我本来不大相信,但亲眼看到还真是有点感动。这个干尽坏事的男人真的崩溃了。"

"我的拉比……"

"拜托,杨,现在可别提你的拉比,听我说完。侯斯特说起他以前是个多可怕的人,我便告诉他身为基督徒,应该乘机坦白认罪,告诉我们他在替谁卖命,那一刻我相信他话已经到嘴边了。他犹豫着,两只眼睛转来转去,结果他没认罪,而是担心女儿。"

"不管女儿可能有多恨他,他确实是。我试着告诉他我们可以替他女儿申请证人保护计划,可是侯斯特渐渐陷入昏迷,接着不省人事,一个小时后就死了。"

"还有什么?"

"我们开始觉得有个人可能是超级情报员,但他失踪了,还有安德雷·赞德依然没有下落,就这些。"

"知道了,知道了。"

"我们至少在某一方面有点进展。"茱迪说,"你还记得傅萝在奥格斯那幅红绿灯的画里认出的男人吗?"

"以前当过演员那个?"

"对,他叫罗杰·温特。傅萝问了他一些背景资料,想看看他和那个孩子或鲍德之间有无关联,我想她本来也没抱太大希望。没想到罗杰好像惊吓过度,傅萝都还没开始施压,他就自己把罪行全招了。"

"真的?"

"我说的可不是什么单纯无知的事。你知道吗?卫斯曼和罗杰打从年轻时在革命剧院里就认识,下午常常趁汉娜不在,一块在托尔斯路的公寓里喝酒。奥格斯就坐在隔壁房间拼拼图,他们俩都不太理他。但是有一次,汉娜给了儿子一本厚厚的数学书本,内容显然远远高于他的程度,但他还是发疯似的翻看,还发出兴奋的叫声。卫斯曼被激怒了,从男孩手中抢过书丢进垃圾桶。奥格斯顿时抓狂,好像激动得压不住,卫斯曼踢了他好几次。"

"太过分了。"

"这只是开始而已。在那过后,奥格斯变得非常奇怪,这是罗杰说的。那孩子老是用一种怪异的眼神瞪他们,有一天罗杰发现他的牛仔夹克被剪得破破烂烂,又有一天不知道是谁把冰箱里的啤酒全倒光,还砸碎所有烈酒酒瓶。最后演变成一种壕沟战,我怀疑罗杰和卫斯曼在发酒疯之余,开始针对男孩想象各种奇奇怪怪的事,甚至变得怕他。这种情形的心理层面并不容易了解。罗杰说这让他觉得自己像废物,后来他再也没和卫斯曼谈过这事。他并不想打那个孩子,但就是克制不了自己。他说这么做好像找回了自己的童年。"

"这到底是什么意思?"

"不太清楚。好像是罗杰有个残障的弟弟,童年时期的罗杰始终不争气,而他那个天才弟弟则是成绩优异备受称赞,无论在哪方面都很受重视。我猜罗杰可能因此心怀怨恨，说不定是下意识想报复弟弟。不然就是……"

"不然就是什么？"

"他的说法很怪。他说感觉好像是想把心里的惭愧给打出来。"

"真变态。"

"就是。最奇怪的是他忽然全招认了，好像想被抓起来似的。博萝说他跛着脚，两眼还有瘀青。"

"怪事。"

"对吧？不过还有一件事更让我吃惊。"茉迪说。

"什么事？"

"我那老板，一个总是心事重重又爱发牢骚的老家伙，忽然变成乐天派了。"

包柏蓝斯基显得有些尴尬："看得出来啊？"

"看得出来。"

"哦，是啊，"他支吾地说，"就是有位女士答应和我一起吃饭。"

"你该不会是恋爱了吧？"

"只是吃饭。"包柏蓝斯基说着说着竟脸红了。

艾德不喜欢做这种事，但他知道游戏规则，这就好像又回到多彻斯特，不管做什么都不能退缩。假如莎兰德想来硬的，他就跟她来硬的。他怒目瞪着她看，但没有持续太久。

她也一语不发回瞪着他。感觉像在对决，最后是艾德转移了目光。这整件事就是荒谬。这个女孩毕竟是被打败，暴露了真面目。他破解了她的秘密身份，追踪到她，现在他没带着陆战队员闯入屋内进行逮捕，她就应该心存感激。

"你自以为很强，对吧？"他说。

"我不喜欢不速之客。"

"我不喜欢有人入侵我的系统，所以我们扯平了。也许你想知道我是怎么找到你的吧？"

"我一点也不在乎。"

"是经由你在直布罗陀的公司。把它取名为黄蜂企业不怎么聪明。"

"看来也是。"

"你这么聪明的女孩,却犯了很多错误。"

"你这么聪明的男孩,却替一个很腐败的机关做事。"

"这倒是被你说中了。不过在这个邪恶的世界里,我们是必要之恶。"

"特别是因为有强尼·殷格朗这种人存在。"

他没想到会有此一说,真的没想到,但他不愿显露出来。

"你还挺有幽默感的。"他说。

"笑破人的肚皮,对吧?又杀人,又和俄罗斯国会的坏蛋联手赚大钱兼保命,真的很好笑,不是吗?"她说。

他有一刻几乎无法呼吸,再也假装不下去了。她到底从哪儿得到这些信息的?他感到晕眩。但一转念想通了:她在吹牛,这么一想脉搏速度也跟着放慢。他之所以相信她,哪怕只有一刹那,只不过是因为他自己在最低潮的时候也曾经想象殷格朗可能犯下类似罪行。但艾德比谁都清楚,这种事毫无根据。

"你别想蒙我。"他咆哮道,"你手上的资料我也有,而且比你多得多。"

"艾德,我可不敢这么说,除非你有殷格朗的 RSA 加密私钥?"

艾德看着她,心里暗想这不可能是真的。她绝不可能破解了密码吧?就连他掌握了这么多资源和专家,也一直认为试都不用试。

但现在她竟说……不,不可能。难道她在殷格朗的小圈子里有眼线?不对,这么解释同样很牵强。

"事情是这样的,艾德。"她重新以严峻的口气说道,"你跟布隆维斯特说只要我说出我是怎么入侵计算机的,你就会放过我。你说的可能是实话,也可能在撒谎,又或者这件事你根本没有置喙的余地。你有可能被炒鱿鱼。总之我看不出有任何理由可以相信你或是你的顶头上司。"

艾德深深吸了口气。

"我尊重你的想法。"他说,"但我是个守承诺的人。倒不是因为我有多正派,其实我是个有仇必报的人,就跟你一样,小姐。可是我要是会在关键时刻扯人后腿,也不可能活这么久。你爱信不信。只不过我可以向你发誓,你如果不老实说,我会让你生不如死。"

"你是个硬汉,"她说,"但也是个傲慢的家伙,对不对?你得不计代价、百分之百确保我取得的资料不会传到任何人耳中。但关于这一点,我可是作好万全的准备了。你恐怕连眨个眼都来不及,我就已经把每个小细节公诸于世了。老实说我也不想这么做,但若是逼不得已,我一定会让你无地自容。"

"你只会胡扯。"

"我要是只会胡扯,也活不到现在。"她说,"我恨死了这个随时都被人监视的社会。我这一生受够了老大哥和官方机构。但是艾德,我准备为你做点事情。如果你能闭嘴,我可以给你一些信息让你的立场变得更强硬,帮助你清除米德堡里的老鼠屎。关于计算机入侵的事,我一个字也不会说,只因为这对我来说是原则问题。不过我可以帮你报复那些王八蛋。"

艾德注视着眼前这个奇怪的女人,接着做了一件让自己也惊讶不已的事。

他忽然放声大笑,一直笑到飙泪。

第三十一章
十二月二日至三日

　　雷文在海灵格城堡一觉醒来心情愉悦。昨天以媒体数字化为主题开了一整天的会，会后还有一场盛大餐宴，喝不尽的香槟烈酒，美中不足的是挪威《今日晚报》的一位工会代表恶意宣称赛纳"解雇的人愈多，餐宴就愈豪奢"，引发了一点冲突，最后雷文的订制礼服还溅上了红酒，不过他倒是很高兴能教训教训他，尤其还因此在半夜里把娜妲莉·佛斯弄进了饭店房间。娜妲莉今年二十七岁，性感得要命，雷文虽然醉了，还硬是在昨晚和今天早上都和她温存了一番。

　　现在已经九点，手机嘟嘟嘟地响，一想到有那么多事要做，这宿醉的情况对他真是有害无益。但话说回来，他在这方面是佼佼者，"卖力工作卖力玩"是他的座右铭。而娜妲莉，天哪！有几个五十岁的男人能钓上这种正妹。不过现在得起床了。歪歪斜斜走到浴室去小便时，头还晕晕的。接着就是检视自己的股票投资组合账户，每逢宿醉的早晨，这通常是个好的开始。他拿起手机，进入网络银行。

　　肯定是哪儿出错了，可能是他不懂的技术问题。他的投资组合现值暴跌，当他全身发抖坐在那里浏览所有资产时，突然发现一件怪事。他所持有大量的索利丰股份就像是凭空蒸发一般。进入股市网站看见到处都是同样的标题，他简直要疯了：

美国国安局与索利丰合谋杀害法兰斯·鲍德教授
经《千禧年》杂志披露，震惊全世界

　　他也不知道自己接下来做了什么，八成就是吼叫、怒骂、掀桌吧，只隐约记得娜妲莉醒来，问他怎么回事。而他唯一清楚知道的就是他抱着马桶吐了许久，好像怎么也吐不完。

嘉布莉已将瑞典国安局的办公桌清理干净，不会再回来了。此时她已经靠着椅背坐了一会儿，正在看《千禧年》。在她看来，第一页不像是一本揭露世纪大独家的杂志。那一页全黑、优雅、沉郁，没有照片，最顶端写着：

献给安德雷·赞德

再往下写着：

法兰斯·鲍德命案——
俄罗斯黑手党与美国国安局、美国顶尖科技公司合谋害命相关报道

第二页有一张安德雷的特写。尽管嘉布莉从未见过他，却也深受感动。安德雷看起来俊美而略显脆弱。他的笑容带着好奇、犹豫，给人一种既积极热情又不自信的感觉。在报道里爱莉卡写道，安德雷的双亲都在塞拉耶佛的一场爆炸事件中丧生。她又接着说他深爱《千禧年》杂志、诗人莱昂纳德·科恩与安东尼奥·塔布齐的小说《佩雷拉先生如是说》；他梦想着轰轰烈烈的爱情与轰轰烈烈的独家。他最喜爱的电影是尼基塔·米哈尔科夫的《黑眼睛》和理查德·柯蒂斯的《真爱至上》。爱莉卡很赞赏他针对斯德哥尔摩游民所写的文章，说那是报道文学的经典。虽然安德雷痛恨那些攻击他人的人，自己却不肯对任何人口出恶言。爱莉卡继续写道：

写这篇文章时，我的双手在颤抖。昨天我们的朋友兼同事安德雷·赞德被发现陈尸于哈马比罕能的一艘货轮上。他饱受虐刑，生前痛苦万分。这份痛我将铭记终生。

但能有这份殊荣与他共事，我仍感到自豪。我从未见过比他

更全心投入的记者,比他更善良的人。安德雷今年二十六岁,他热爱生命也热爱新闻事业。他想要揭发不公不义,协助弱势族群与流离失所者。他之所以遇害是因为他试图保护一个名叫奥格斯・鲍德的小男孩,本期所揭露的近代数一数二重大丑闻中,报道内容的每字每句也都在向安德雷致意。麦可・布隆维斯特就在该篇报道中写道:

"安德雷相信爱。他相信会有一个更好的世界与一个更公正的社会。面对他,我们所有人都只能自叹不如。"

这篇报道足足写了三十页,这或许是嘉布莉有生以来读过最精彩的报道文章,有时候还会眼眶泛泪,不过读到以下这段文字仍不免露出浅笑:

瑞典国安局的明星分析师嘉布莉・格兰展现了卓越的公民勇气。

新闻的基本内容很简单。强尼・殷格朗中校——位阶仅次于美国国安局长查尔斯・欧康纳上将,与白宫及国会都有密切关系——手下有一群人,利用组织所掌握到的大量商业机密为自己谋利。他还得到索利丰研发部门"Y"的一群商业情报分析师协助。

假如仅止于此,这桩丑闻在某方面还能说是情有可原。然而一旦有犯罪集团(蜘蛛会)加入,事件便自然而然依循着自身的邪恶逻辑发展了。布隆维斯特有证据证明殷格朗如何勾结声名狼藉的俄罗斯国会议员戈利巴诺夫与蜘蛛会的神秘领导人"萨诺斯",向各科技公司窃取价值难以估计的点子与新技术,再转卖出去。不料这一切被鲍德教授发现了,导致他们丧心病狂地决定杀人灭口。这是整篇报道中最惊人的部分。美国国安局的最高长官之一明知有一位瑞典顶尖研究学者即将遭杀害,竟然不闻不问。

最令嘉布莉感兴趣的不是那些政治困境的陈述,而是人性的一面。布隆维斯特充分发挥了写作功力,他让读者领悟到自己生活在一个扭曲的世界,凡事不分大小都受到监视,凡是值钱的东西也一定会被不当夺取,她一想到就觉得毛骨悚然打哆嗦。

刚看完文章就发现有人站在门口,是柯拉芙,一身名牌服饰一如以往。

嘉布莉不禁想起之前是怎么怀疑柯拉芙泄漏调查信息的。当时在她看来柯拉芙是心虚惭愧,其实她只是对调查行动的不专业感到遗憾——至少在倪申认罪被捕后,她们有过一次长谈,而柯拉芙是这么跟她说的。

"就这样看着你走,真不知道该怎么表达我的遗憾。"柯拉芙说。

"万物皆有时。"

"你有什么打算吗?"

"我会搬到纽约去。我想从事人权方面的工作,而且你也知道,联合国的一封工作邀约函已经在我桌上摆了一段时间。"

"这是我们的损失啊,嘉布莉。但却是你应得的。"

"这么说你原谅我的背叛了?"

"我敢说不是所有人都原谅了,但我会把它看成是你良好品格的展现。"

"谢谢,柯拉芙。待会在记者俱乐部替安德雷·赞德举行的追悼会你会去吗?"

"我恐怕得代表政府对这整件事作个公开说明。不过今晚稍晚,我会举杯向年轻的安德雷和你嘉布莉致意的。"

亚罗娜坐在稍远处注视着惊慌场面,心里窃笑。她看着欧康纳上将穿过整个楼层,看起来活像个被霸凌的小学生,而不像全世界最强大的情报机关的首脑。但话说回来,今天国安局内所有的大人物都感觉被愚弄又可悲,当然,只有艾德一人例外。

艾德其实心情也不好。他两只手臂挥来挥去,汗流浃背,脾气暴躁,但平日的威严丝毫未减。很明显,就连欧康纳也怕他。艾德从斯德哥尔摩带回了真真正正的炸药,造成大骚动,并坚持要对组织进行彻底的大改革。局长可不会因此感谢他,八成是更想把他送到西伯利亚去——马上走而且永远不要回来。

然而他什么也做不了。走向艾德的他显得好渺小,艾德却连头也没转过去,他无视于局长就如同无视于那些他理都懒得理的可怜混蛋,一开口交谈后,欧康纳的处境也丝毫未见改善。

大部分时间艾德都一副爱理不理的样子,虽然亚罗娜听不见谈话内容,却猜得出他们说了什么,或者应该说是他们没说什么。她和艾德已经详谈过一回,但他绝口不提自己如何取得这些信息,而且一点也没有妥协的意思,这她尊重。

如今他似乎决定尽可能利用此情势,亚罗娜也郑重发誓要挺身维护局里的团结,假如艾德遇到任何问题,她都会给予最大的支持。她还暗自发誓,倘若嘉布莉要来的传闻属实,她会打电话去,最后再试着约她一次。

艾德并不是故意忽视局长,他只是不会因为上将站在他的桌子旁边,就中断自己正在做的事——此刻他是对手下两名管控员大吼大叫。大约一分钟后,艾德才正视他,并且说出相当友善的话,这不是为了讨好或弥补自己的冷淡态度,而是出于真心。

"你在记者会上表现得很好。"

"是吗?"上将说道,"简直像地狱一样。"

"那你可以感谢我,让你有时间准备。"

"感谢你?开什么玩笑?全世界每个新闻网站都贴出我和殷格朗的合照。我也被连坐了。"

"那就拜托你从现在起把你自己的人管好。"

"你竟敢这样跟我说话?"

"我爱怎么说就怎么说。我们现在正面临危机,安全问题又是由我负责,我可不是领薪水来表现礼貌的。"

"说话注意分寸……"欧康纳说道。

不料艾德猛然起身，壮得像头熊，也不知是想伸伸懒腰或展现权威，总之是把上司吓坏了。

"我派你到瑞典去收拾这些残局，"上将接着说道，"没想到你回来以后，一切都成了大灾难。"

"灾难本来就发生了，"艾德厉声反驳，"你跟我一样清楚。"

"那你怎么解释那本瑞典杂志刊登的那些乱七八糟的东西？"

"我都已经解释过好几百次了。"

"对，你的黑客。要我说根本纯属臆测，瞎扯淡。"

艾德答应过不把黄蜂扯进来，这个承诺他会遵守。

"那也是最高明的瞎扯淡，你不觉得吗？"他说，"那个该死的黑客，不管他是谁，肯定是破解了殷格朗的档案后泄漏给《千禧年》。这很糟，我同意，但你知道更糟的是什么吗？更糟的是我们本来有机会把那个黑客给阉了，让机密外泄到此为止，谁知道竟接获命令停止调查。你可别说你当时在努力地挺我。"

"我派你去斯德哥尔摩了啊。"

"可是你把我的人给撤了，让我们整个调查工作戛然而止。现在所有轨迹都被掩盖了，就算查出我们上了某个蹩脚小黑客的当，又有什么用？"

"用处或许不大，但我们还是可以给《千禧年》和那个叫布隆斯壮的记者惹点麻烦，这你最好相信。"

"他叫布隆维斯特，麦可·布隆维斯特。你请便吧。要是你大摇大摆进入瑞典国土，逮捕目前全世界最出名的记者，人气肯定会直线飙高。"艾德说。

欧康纳低声嘟囔了一句，便气冲冲地走了。

艾德和所有人一样心知肚明，欧康纳正在政治生命的生死关头，经不起任何鲁莽之举。而他自己则已经受够了这么卖力又卖命地工作，便大步走向亚罗娜找她闲聊。他现在想做一点无须负责的事。

"我们去喝个烂醉，把这一切乱糟糟的鸟事都忘掉。"

汉娜穿着雪靴站在艾茂城堡饭店外的小山丘上。她轻推奥格斯一下，然后看着他坐在向饭店借来的旧式木制平底雪橇上，咻地滑下坡去，到了一座褐色谷仓附近才停下来。尽管有一丝微弱的阳光，天空仍下着细雪，几乎一点风也没有。远方的山峦连天，一片开阔的旷野铺展在眼前。

汉娜从未住过这么棒的地方，奥格斯复原的情况十分良好，尤其要感谢艾铎曼的费心。但这一切并不容易。她感觉糟透了，即便是在这山坡上，她也停下两次抚着胸口。停止服用安眠药的痛苦远远超乎她的想象。到了晚上，她会像虾子一样蜷起身子躺在床上，毫不宽容地检视自己的人生，有时甚至握起拳头捶墙痛哭，咒骂卫斯曼也咒骂自己。

不过……有些时候她会有种身心涤净的奇怪感觉，偶尔还几乎觉得幸福。有时奥格斯会坐着写他那些方程式和数列，甚至也会回答她的问题，只不过都是单字和怪异用词。

至今这孩子对她来说仍是个谜。有时他会说一些数字的乘方，数字大，乘方数更大，好像以为她能听懂似的。但确实有些事情改变了，她永远不会忘记第一天在饭店房间里，她看见奥格斯坐在桌旁，顺畅无比地写出一堆冗长曲折的方程式，让她拍下来传送给斯德哥尔摩那个女人。当天深夜，她的 Blackphone 收到一条短信：

告诉奥格斯，密码破解了！

她从未见过儿子如此高兴又自豪。虽然她完全不知道这是怎么回事，也从未提起过——对艾铎曼也不例外——对她却是比什么都重要。她也开始感到自豪，无可拟比地自豪。

她开始对学者症候群产生莫大兴趣，当艾铎曼留在饭店过夜，他们经常趁奥格斯入睡后，一起讨论关于他的能力还有其他许多事情，直到深更半夜。

她不能肯定贸然和艾铎曼上床是不是好事，却也不能肯定这是不是坏事。艾铎曼让她想起鲍德。他们组成了一个非典型的小家庭：有她、奥格斯、艾铎曼，还有那个十分严格但和善的老师夏洛特·格雷贝尔，以及前来造访的丹麦数学家彦思·尼鲁普。待在这里的这段时间就是一趟深入她儿子脑袋奇异小宇宙的冒险之旅。此时当她悠闲步下积雪的山坡，奥格斯也从平底雪橇站起身来，可以说是她好久好久以来第一次感觉到自己可以成为一个好母亲，也能让自己的人生变得更美好。

布隆维斯特不明白身体怎会如此沉重，像在涉水的感觉。但外头可热闹了，简直是一场庆功宴。几乎所有的报纸、网站、电台和电视频道都想访问他，他一个邀约也没接受。以前每当《千禧年》刊登大消息，他和爱莉卡都不确定其他媒体会不会紧咬住他们，所以必须有策略性的思考，必须确保自己加入正确的联盟，有时甚至要分享独家新闻。但是，如今这一切都不需要了。

这次的新闻很顺利地自行爆发。美国的国安局长欧康纳与商务部部长史黛拉·帕克一同出席联合记者会公开道歉，也同时扫除了人众对这则新闻可信度的最后一丝疑虑。现在世界各国的社论都在如火如荼地热烈讨论这则消息曝光的后续效应与意义。

尽管闹得沸沸扬扬、电话响个不停，爱莉卡仍临时决定在办公室开个派对。她觉得他们应该暂时逃离这一切喧腾，举杯庆祝一下。第一版五万册已在前一天上午销售一空，兼有英文版的双语官方网站点击次数已高达数百万。写书邀约蜂拥而至，杂志订阅基数每分钟都在增加，想要共襄盛举的广告业者也大排长龙。

此外他们还买下了赛纳传播的股份。几天前爱莉卡已经成功谈妥交易，过程却是困难重重。赛纳的代表感受得到她势在必得，便充分利用此形势，有一度她和布隆维斯特认为恐怕办不到了。直到第十一个小时，直布罗陀某间不知名的公司提供了丰裕资金，让布隆维斯特脸上露出一抹微笑，也让他们得以买下这些挪威人的股份。就当下的情况而言，他们谈定的买价高得离谱，但隔天刊出独家新闻后，

《千禧年》杂志的市场价值一飞冲天，因此这笔投资仍算是小小的成功。他们再度恢复了自由独立，只是几乎还没时间好好享受。

在记者俱乐部为安德雷举行追悼会时，甚至有记者与摄影师紧跟着他们不放，无一不是想表达道贺之意，但布隆维斯特感觉被逼得透不过气，即使想亲切回应也力不从心。失眠与头痛继续困扰着他。

此时，也就是第二天下午，办公室里的桌椅已经过仓促重排，香槟、红酒、啤酒与外送的日式料理也都放到桌上了。人潮开始涌入，首先是员工与自由撰稿人，随后是杂志社的一些友人，其中包括潘格兰。布隆维斯特帮他走出电梯后，两人拥抱了一下。

"我们这姑娘做到了。"潘格兰眼泛泪光说道。

"她通常都可以做到的。"布隆维斯特微笑着回应。他将潘格兰安置在沙发的荣誉座上，并特别吩咐绝不能让他的酒杯见底。

能在这里见到他真好。能见到这许多新旧朋友真好。嘉布莉也来了，还有督察长包柏蓝斯基，有鉴于他们职业上的关系，加上《千禧年》又自诩为警察机关的独立把关者，或许不应该邀请他，但布隆维斯特就是希望他来。这位泡泡警官整晚都在和沙丽芙教授说话。

布隆维斯特与他们还有其他人——干杯。他穿了牛仔裤和他最好的一件西装外套，而且一反常态喝了不少酒。但仍甩不掉那种空虚、沉甸甸的感觉，这当然是因为安德雷。安德雷始终萦绕在他脑海，这名同事差一点就应他邀请一同去喝啤酒的那一刻，深深烙印在他心里，那是多么平凡却又生死交关的一刻。他不时回想起这个年轻人，与人交谈时自然难以集中精神。

他实在受够了这些赞美与奉承——唯一令他感动的赞词是佩妮拉传来的短信："你是真的在写作，老爸。"——目光偶尔会往大门飘去。莎兰德当然受邀了，她若出现也会是贵宾。布隆维斯特想要感谢她慷慨相助，终结了赛纳的纠纷。但不见她的踪影。难道他真以为她会来？

她所破解的机密文件让他厘清了整个事件，甚至说服了艾德与索利丰的老板戈兰特向他提供更多细节。但自那时起他只和莎兰德联络过一次，就是透过Redphone app，尽可能地访问她关于在印格劳度假小屋里发生的事情。

那已是一星期前的事，布隆维斯特不知道她对他写的文章有何看法。也许她在气他写得太夸张——她给的答案少得可怜，他也只好自己填空了。又或者她感到愤愤不平，因为他没有提到卡米拉的名字，只说是一个外号"萨诺斯"的瑞俄混血女子。再不然就是她对于他未能全面采取更强硬的态度感到失望。

谁知道呢。更糟的是检察长埃克斯壮似乎真的打算起诉莎兰德，非法剥夺自由与侵占资产则是他企图罗织的罪名。

最后布隆维斯特终于再也受不了，连声再见都没说便离开了派对。天气十分恶劣，由于无事可做，他便滑手机看短信。有道贺的，有要求采访的，还有两三个不当提案。就是没有莎兰德的只言片语。他关掉手机，拖着步伐回家，一个刚刚写出世纪大独家的人脚步竟如此沉重，着实出人意料。

莎兰德坐在菲斯卡街公寓的红色沙发上，两眼无神地望着旧城区与骑士湾。开始追踪妹妹与父亲遗留下的犯罪资产至今已一年多一点，她不得不承认在许多方面都很成功。

她找到了卡米拉，给予蜘蛛会重重一击，切断了他们与索利丰及美国国安局的关系。俄罗斯国会议员戈利巴诺夫在莫斯科受到莫大压力，卡米拉的杀手死了，她的心腹波达诺夫和其他几名计算机工程师都遭到通缉，被迫隐身。只是卡米拉还在某个地方活得好好的，事情还没结束。莎兰德只是伤了敌人的羽翼，这样不够。她阴沉着脸低头看着茶几，那上头有她的一包烟和一本尚未翻阅的《千禧年》。她拿起杂志又放下，然后又再次拿起来，读起了布隆维斯特的报道。读完最后一句之后，她瞪着他放在作者署名旁的近照看了好一会儿。接着她跳起来，进浴室化点淡妆，套上黑色紧身T恤和皮夹克后，随即走入十二月的夜色中。

她几乎冻僵了。穿这么少简直是疯了，但她不在乎。她抄近路快步往玛利亚广场方向走去，左转上斯威登堡街，走进一家名叫"旭德"的餐馆，然后坐在吧台前轮流喝着威士忌和啤酒。由于店里的顾客多半是文化界与新闻界人士，有许多人认出她来倒也不令人意外。例如吉他手约翰·诺贝，他固定为《我们》杂志写专栏，向来以目光敏锐、能留意到微小却重要的细节著称，据他观察，莎兰德不是在享受喝酒，反而像是嫌酒碍事想赶快把它解决掉。

她的肢体语言透着一种毅然决然，有位认知行为治疗师刚好坐在较内侧的一张桌子，他甚至怀疑莎兰德根本没有意识到餐厅里的任何人，她几乎没有抬头看向餐厅其他地方，就好像正准备采取某种行动。

九点十五分她付了现金，没有说一句话、没有打任何手势，便步入黑夜。

布隆维斯特不顾寒冷，闷闷不乐地缓缓走回家去。在"主教牧徽"酒吧外巧遇几个常客，嘴角才牵起一丝笑意。

"结果你到底还是没有一败涂地嘛。"那个叫亚纳还是什么的嘟囔着说。

"也许还没有吧。"布隆维斯特说。有一刻他想着不妨进去喝杯啤酒，和阿密尔聊聊。

但是心情实在太糟，只想一个人静一静，因此还是走进了住处大楼的大门。上楼时，没来由地隐隐感到不安，也许是经历了太多事情吧。他试着镇定心神，但这感觉怎么也挥不去，尤其当他发现顶楼有盏灯坏了，四下一片漆黑。

他放慢脚步，感觉到有动静。那里有光影晃动，是一道微弱的银光，看似手机的光，还能看出楼梯间站着一个鬼魅般的人影，那人身形瘦小，有一对闪亮的深色眼睛。

"是谁？"他惊恐地问。

接着他看出了是莎兰德。

他先是绽放笑颜张开双臂，却见她满面怒容，眼周泛着一抹黑气,身体仿佛蜷曲起来,一副准备发动攻击的模样。

"你在生我的气吗?"他问道。

"很生气。"

"为什么?"

莎兰德上前一步,苍白的脸上闪着亮光,他想起她的枪伤。

"因为我来找人,却没人在家。"她说道。

"这有点太不应该了,对吧?"他向她走近说道。

"我也这么想。"

"如果现在请你进去呢?"

"我应该会接受吧。"

"那么,欢迎。"他说着绽放出大大的笑容,这是好长时间以来第一次如此开怀。

外面夜空中有一颗流星坠落。

致谢

我要诚挚感谢经纪人马格达莱纳·赫德伦、史迪格·拉森的父亲埃兰德与弟弟约瓦金、瑞典出版人艾瓦·戈丁与苏珊娜·罗曼纳斯、编辑英格玛·卡尔松,以及 Norstedts 版权公司的琳达·伯格与凯瑟琳·默克。

此外还要感谢卡巴斯基实验室的资深安全研究员大卫·雅各比、乌普萨拉大学的数学教授安德烈亚斯、Ekot 电台的挖新闻高手弗雷德里克·劳林、Outpost 24 软件公司的副总迈克·拉格斯壮、作家丹尼尔·高博与林纳斯·拉松,以及曼纳彻姆·哈拉里。

当然还要谢谢我的安妮。